My Brown-Eyed Earl
by Anna Bennett

壁の花の秘めやかな恋

アナ・ベネット
小林由果[訳]

ライムブックス

MY BROWN-EYED EARL
by Anna Bennett

Published by arrangement with St. Martin's Press, LLC.
through Japan UNI Agency, Inc., Tokyo

壁の花の秘めやかな恋

主要登場人物

マーガレット（メグ）・レイシー……………………家庭教師
ウィリアム（ウィル）・ライダー……………………キャッスルトン伯爵
ダイアナ&ヴァレリー…………………………………ウィリアムのいとこの娘。双子の姉妹
シャーロット・ウィンターズ…………………………マーガレットの友人。家庭教師
アリステア／ウィルトモア卿…………………………マーガレットのおじ。子爵
エリザベス（ベス）・レイシー………………………マーガレットの妹
ジュリエット（ジュリー）・レイシー………………マーガレットとエリザベスの妹
レディ・キャッスルトン………………………………ウィリアムの母
アレック／トリントン卿………………………………ウィリアムの友人
マリーナ…………………………………………………ウィリアムの元愛人
レディ・レベッカ・ダマント…………………………侯爵令嬢
レッドミア卿……………………………………………レベッカの父。侯爵
ライラ……………………………………………………ダイアナとヴァレリーの母

1

一八一七年
ロンドン

メグことミス・マーガレット・レイシーには、奇妙でたしかな予感があった――いまから半時間のうちに、人生が変わる。

それはかえって好都合なことだった。しかも、永遠に。なぜならメグと妹たちは、もはやこれまでどおりの、つまり、住まいと食べ物に困らない生活を続けられそうにないからだ。

「大丈夫よ、メグ。あなたならこの仕事にうってつけだから」友人のシャーロットはメグに腕をからめ、メイフェアの瀟洒《しょうしゃ》なタウンハウスが立ち並ぶ方面へ向かって通りを急いだ。

「〝うってつけ〟はちょっと言い過ぎだわ」メグが希望していたのは年老いた未亡人の話し相手《コンパニオン》、つまり扇子やレモネードをとってくるような仕事だった。お年寄りのことなら理解できる。だが、相手が一二歳未満となれば、話はまったく別だ。

「子どもの扱いに慣れていないのに、家庭教師なんて」

「あなたには妹さんがふたりいるでしょ」シャーロットが言った。

「あの子たちとの年の差はほんの数年よ。それに、わたしがふたりに教えた役に立つことといえば、お高くとまったデビュタントにばかにされても無視する方法くらいだし」

「ばか言わないで。あなたは優しくて、知識が豊富で、忍耐強い。六歳の女の子ふたりのしつけくらい、絶対できるわ」シャーロットは足を止めてメグと向きあった。「これぞ家庭教師だと思う、とっておきの表情をしてみて」

メグは横目で友を一瞥《いちべつ》してから、励ますような笑みを向けた。

「そんなのじゃだめよ」

「どうして?」

シャーロットはため息をついた。「〝とっておきの表情〟は大切な武器なんだから」

「武器? 相手は六歳でしょう」

「算数なんてやりたくないって駄々《だだ》をこねられたらどうする? 有能な家庭教師は生徒に反論の余地を与えないものなの。〝とっておきの表情〟だけで言うことを聞かせるのよ。さあ、やってみて」

「いいわ」メグは自分の子ども時代の家庭教師の顔に刻みこまれていた、生徒を萎縮させる、軽蔑の表情を全力で真似してみた。

シャーロットは顔をゆがめて下唇を噛《か》んだ。

不合格みたい。「算数の勉強はしてもらえそうにないわけね?」

「当たり前でしょ。腐った魚でも食べたと思われるわ」シャーロットはメグの腕をとってふたたび歩き出した。「気にしないで――あとで練習しましょう。でも、いいこと、あなたはこの仕事にふさわしいの。本当よ、メグ」温かい笑みを浮かべてつけ加えた。「あなたに家庭教師になってもらえる子どもは運がいいわ」

メグは唾をのんだ。子どもは好き。嘘じゃない。ただし、ぞっとするほど予測のつかない行動をとる点については別だ。「雇い主になるかもしれない方々に気に入っていただけることを願いましょう」

じつのところ、気に入ってもらわないわけにはいかない。愛するアリステアおじはけっして認めないが、彼にとって、財産をすり減らし続けるメグと妹たちは莫大《ばくだい》な負担なのだ。おじは八年前、メグの両親が突然の悲惨な死を迎えたあと、嫌な顔ひとつせず三姉妹を引きとってくれた。だが、いまやメグも二三歳。思いきってひとり立ちしてもいい年齢だ。そしてアリステアおじを債務者監獄行きから救わなくては。

「じつはね、雇い主はおひとりなの」シャーロットが告げた。「独身の殿方で、どうやら双子のお嬢様方を持て余していらっしゃるみたい」

メグは片方の眉をつりあげた。「独身の殿方なのに、双子のお嬢様が?」

「詳しい事情は知らないの。でも、面接でもっと話を聞けるはずよ」シャーロットは外套《がいとう》のポケットから一枚の紙片をとり出し、そこに書かれている住所を荘厳なタウンハウスの入り口に掲げられているものと見比べた。磨きあげた石造りの階段の先に、艶のある黒い扉が待ち受けている。「ここよ。早く行ったほうがいいわ」

「ええ、そうね」メグはライラック色のドレスのスカートを両手でなでつけた。三年前に買ったものだが、持っている中でいちばんましな服だ。「待って。その方のお名前を聞いてないわ」

「伯爵でいらっしゃるの」シャーロットは手元の紙を見た。「キャッスルトン卿ですって」

嘘でしょ。視界の端がぼやけ、メグは歩道でよろめいた。

シャーロットがメグを支えた。「幽霊でも見たような顔ね。どこか具合が悪いの？」

どこもかしこもよ。キャッスルトン卿はかつて両親がメグの結婚相手に選んだ男性だ。

メグはにきび顔のむっつりとした一五歳だった頃、両親に客間に呼ばれて彼と会った。父も母もあの縁談に娘が大喜びすると思ったのだろう。何しろ向こうはいずれ伯爵となる、美しくたくましい青年――平凡な牧師の娘には望むべくもない相手だ。それに、いますぐ結婚しろというわけではなかった。彼とメグにはそのあと数年をかけて互いを知りあう時間が与えられていた。彼の一族が所有する領地と、メグの両親の質素なコテージは隣りあっていたから、ふたりは会おうと思えばいつでも会えた。

縁談話自体に不服はなかった――メグだってばかではない。けれど、こちらに向けられた相手のまなざしには不満を感じた。青年の瞳には、まるでニューゲート監獄での終身刑を言い渡されたかのような不安と恐怖がにじんでいたからだ。

あんなふうに見られて、黙っておけるものですか。

それで、メグはあごをつんとそらして腕を組み、相手を見据えて言った。「あなたと結婚するくらいなら、髪を切って修道院に入ったほうがましです」

思い出しただけで顔がほてった。メグは手袋をはめた手を両頰にあて、友人に向き直った。過去にそんなことがあったとシャーロットに明かしたことはない。あまりに多くのつらい思い出と結びついているうえ、いい印象を与える話ではないからだ。「わたしには無理よ」

「でも行かなきゃ！　向こうはあなたを待ってらっしゃるのよ」

「本当？　つまり、あの方はわたしが応募者だとご存じなの？」

シャーロットは肩をすくめた。「トリントン卿があちらにお伝えになったのはたしかよ。どうして突然そんなに不安になってるの？　伯爵とはお知りあい？」

メグは唾をのみこんだ。「昔——あの方が伯爵位を継がれる前のことよ」妹たちとロンドンに来たときには伯爵と出くわさないよう気をつけていたが、それはたやすいことだった。伯爵とは交際範囲が違うからだ。向こうは社交界の人気者。一方、メグは目立たずにひっそり生きている。「とんでもなく悪い印象を与えたと思うの」

「大げさに考えすぎよ」シャーロットが言った。「あちらは会ったことさえ覚えてらっしゃらないんじゃないかしら」

メグを安心させ、元気づけるつもりでかけてくれた言葉だとはわかっていた。それでも、あのときのことを忘れられているかもしれないと思うと——こちらにとっては、いまなお毎日頭から離れない出来事なのに——メグは余計につらくなった。「あなたの言うとおりね」

向こうにとっては遠い過去でしかないはず。とはいえ、いまさら伯爵の下で働くなんて、ひどく気まずい。

シャーロットは可愛《かわい》らしい灰色の瞳を細めた。「まだ隠していることがありそうね」

「全部話すって約束するわ。また今度」メグは大きく息を吸い、激しく打つ鼓動をどうにかして落ち着かせようとした。「いま言えるのは、かつてないほど緊張してるってこと。伯爵はわたしに家庭教師の経験がないことを指摘なさるでしょうから」かつて不作法なことをされた相手であれば、なおさらだ。

「面接の前に不安になるのは当然よ」シャーロットは思いやりあふれる口調で言った。「それ以上に何かあるの？　この仕事に就きたくなくなった？」

メグはほんの一瞬ためらった。「いいえ。もちろんいまも仕事は欲しいわ。雇い主になるかもしれない方があの伯爵だとわかって、あまりにも驚いただけ」経済的な余裕がないことをまともな頭で考えれば、自尊心を守っている場合ではない。「伯爵がわたしを家庭教師として雇う気でいらっしゃるなら、お会いするくらい、なんてことないわ」

「お願い、さっきわたしが言ったことは全部忘れて。とにかくいつもの魅力的なあなたでいてちょうだい」

メグはシャーロットの両手をぎゅっと握った。「面接の約束をとりつけてくれてありがとう。あなたやトリントン卿の顔に泥を塗らないよう努力するわ」片目をつむってみせた。「約束はできないけど」

「もう行って。遅刻するわ」シャーロットは豪奢なタウンハウスのほうへメグを軽く押した。

「今度の日曜、午後にお茶でもどう？」

「いいわね」

「うまくいけば、その頃には家庭教師よ」

メグは胃がよじれたものの、どうにか明るい笑みを浮かべ、震える脚で石造りの階段をのぼっていった。「ええ、うまくいくわよね。ちょっと安心したわ。頭の中で最悪の状況を思い描いていたけど、そこまでひどい面接にはなりっこないもの」


「家庭教師の面接に来られた若い婦人が客間でお待ちです、旦那様」

キャッスルトン伯爵ウィリアム・ライダーは、マホガニーの机の上に伏せていた顔を上げてうなった。「なんだ、ギブソン。起こすなと言っただろう」

執事は眉ひとつ動かさず、机の端にトレーを置いた。「はい、重々承知しております、旦那様。ですが、そう伺ったのは三時間も前でございます。もうそろそろ旦那様の、その、お体の具合がよくなっているかと思いまして――」

「頼むからはっきり言ってくれ」

執事は額にしわを寄せた。「なんのことでしょうか」

「〝体の具合〟じゃない。ひどい二日酔いだ」

「そのようでございますね。いずれにしましても、予定されていた約束は守るおつもりだろうと思いまして。しかしながら、あの婦人を追い返せとおっしゃるのでしたら――」

「いや」ウィルは両目のまぶたをこすった。腫れぼったく熱を持っている。「あの問題をどうにかしなくては」

その言葉が合図だったかのように、〝問題〟の片方が甲高い声をあげながら書斎の前の廊下を滑っていったので、ウィルは苛立《いらだ》った。

「あたしの番よ！」もう片方が叫んだ。ふたりは双子の姉妹で、どちらも金髪の妖精さながらの姿をしている。一瞬ののち、あとから来たほうが、磨き抜かれた床板を滑っていった。足にはストッキングしかはいていない。先に来たほうとぶつかったとたん、ふたり同時にばたりと倒れた。

「あたしが滑り終わるまで、待っててくれればよかったのに」先に滑ったほうが叫んだ。

「そっちがどけばよかったのよ」あとから滑ったほうが言い返した。

ウィルはずきずきと痛むこめかみに指先を押しあてた。

「ギブソン！」

「申し訳ございません、旦那様」執事は少女たちのほうを向いて叱った。「ダイアナ様。ヴァレリー様。若い淑女は、靴を脱いで廊下を滑ったりしないものですぞ」

「滑ったほうがいいわ」双子のひとりが言った。「すっごく楽しいもん」

執事が咳《せき》払いをすると、その両頬に丸く赤みが差した。「おふた方とも、子ども部屋に戻られてはいかがですかな」厳しい口調だった。「いますぐに」

またしても、頭が割れそうな叫び声をあげながら、双子はよろよろと立ちあがって廊下を走り去った。

「あれほど平静さを失ったおまえを見たことはなかったぞ、ギブソン」ウィルは笑みを浮かべた。「おかげで少し気分がよくなった」

「お楽しみいただけて身に余る幸せでございます」執事は皮肉っぽく言った。机の上の給仕用トレーからカップをとり、湯気が立ちのぼる刺激的な香りのコーヒーを注いでウィルの前に置いた。

「これには何も加えるべきじゃないな」ウィルはそう言って熱そうに口をつけた。

「加えてしまっては眠気覚ましになりません」

「わかったよ。その面接をすませようじゃないか。家庭教師をここへ」

ギブソンはちらちらと部屋を見まわした。いかにも男っぽいこの部屋へ、まともな若い未婚婦人が足を踏み入れてはならない理由を、頭の中で列挙しているらしい――サイドボードの上のブランデーグラスと半分まで中身の入ったグラス、炉棚の上に飾られたアフロディーテの裸婦画、椅子の肘掛けにだらりと放り出されたクラヴァット。「旦那様さえよろしければ」

「いいとも」哀れなギブソンにはこの返答が耐えられなかったようだ。

「フェルプスをお呼びしましょうか」

ウィルは椅子の背にもたれて両腕を広げた。

「なぜ従者を呼ぶ必要がある？」

「差し出がましいことを申しあげますが、旦那様、いささかだらしなくお見えでいらっしゃいます。フェルプスでしたら旦那様の身だしなみを整えられると思いまして」

「勘弁してくれ、ギブソン。整える必要などない。ぼくが探しているのは家庭教師だ、愛人じゃない」とはいえ、執事がそこまで言うからには何か理由があるのかもしれない。「待て。その婦人は……」

「なんでしょうか、旦那様」

ウィルは〝魅力的か？〟あるいは〝美人か？〟と訊《き》きたかった。「若いのか？」

「さようでございます。旦那様が普段お連れになっているような婦人とはまったく違いますが」

「だったら、なぜいちいちうるさいことを言うんだ、まったく。その婦人をここへ通せ」

執事はぴくりとも表情を動かさず、小鼻だけをふくらませた。「かしこまりました、旦那様」執事はぎこちなく体の向きを変え、やけにのろのろと客間へ向かった。

くそっ。ウィルは両肘を膝について前かがみになり、鼻梁《びりょう》をつまんだ。どういうわけかこの一週間で、規律正しい快適な生活が崩壊してしまった。

まず、美貌の未亡人マリーナが、これまでのように互いに快楽を与えあうだけの関係では満足できないと別れを切り出してきた。

次に、最近亡くなったいとこの愛人が、双子の姉妹を連れてウィルの屋敷の玄関先に現れ、彼が引きとらなければふたりを孤児院に預けると脅してきた。

さらに昨夜、母親の誕生日を祝う晩餐会《ばんさん》に出席したところ、母は多くの来客たちの前でたったひとつの願い――自分が五〇歳を迎える前、つまり、きっかり一年以内に息子が結婚すること――を発表した。ウィルはワインを喉に詰まらせたあと、その件については検討すると約束してしまった。

そしてその後は紳士クラブへ直行し、嫌なことを忘れるまで酒を飲んだのだった。

やれやれ。立ちあがって両手で髪をかきあげ、対になった本棚に挟まれた鏡で自分の姿を点検した。ギブソンの言うとおり――これはひどい。

家庭教師候補が怯《おび》えて逃げ出しそうなほどだ。

ウィルは椅子からクラヴァットを引っつかんで首に巻き、急いで適当に結ぶと、上着のボタンを留めた。あごに生えた無精ひげや、片方の頬にうっすらと残る吸い取り紙台の跡については、どうしようもないので、コーヒーの残りを飲み干してひとり悦に入った。一時間以内に、双子をしつける家庭教師を雇い入れよう。そうすれば少なくとも人生の一部はもとの平穏さをとり戻す。

すでにギブソンが足を引きずって廊下を歩く音がしていた。「旦那様」執事が部屋の入り口から厳かに言った。「ミス・レイシーをご紹介します」

ウィルは目をしばたたいた。レイシー……ありふれた名前だ。まさか家庭教師候補が――。

ミス・レイシーはすっと書斎へ入ってくるや、用心深い視線をこちらへ向けた。「こんにちは、キャッスルトン卿。またお会いできて光栄です」

そんなばかな。彼女じゃないか。ぼくにはもったいない女だとうぬぼれている、牧師の娘。ぼくの書斎に立っている。かつてはライラック色だったのだろうが、いまは灰色と言ったほうがいい、くすんだ色のドレスに身を包んで。茶色の髪を飾ってくれるリボンはなし。顔を縁どる巻き毛もなし。それどころか、彼女を飾っているものといえば、鼻のあたりに散らばる薄いそばかすしかない。

執事がふさふさした眉を上げた。「すでにお知りあいとは気がつきませんでした」

「ご苦労、ギブソン。下がっていいぞ」

執事はしぶしぶその場を離れ、部屋を出てドアを閉めた。

ミス・レイシーは口をきゅっと結んだ。何か言いたい気持ちと、黙っていたい気持ちがせめぎあっているらしい。こちらの記憶にある限りでは、あの口にはしっかり鍵をかけておくのがいちばんだ。

「一体ここで何をしている?」ウィルは強い口調で訊いた。

「家庭教師の面接にまいりました。ご存じだとばかり思っておりましたわ」

「いいや」すげなく言った。

「あら、そうでしたの」ミス・レイシーはちらりと振り返ってドアを見やった。「どうやら失礼したほうがよさ――」

「座りたまえ、ミス・レイシー」ウィルは頭を軽く傾け、机と向かいあった肘掛け椅子を指した。

相手がためらいを見せたので、一瞬、ウィルは断られると思った。しかしミス・レイシーは椅子のほうへと歩き、座席に目を向け、そしてぴたりと動きを止めた。まったく、記憶に違わず頑固だ。相変わらず従順さに欠ける。

ウィルは苛立った。「ひょっとして、立ったまま面接を受けたいのかな？」

「いいえ。ただ……」

「ぼくの書斎では面接を受けたくないとでも？」

ミス・レイシーは緑とも茶とも判断のつかない色の目を細めた。「いえ、ただ、これの上には座りたくないと思いまして」そう言って、しなやかな身のこなしで椅子の上にかがみこみ、レースで縁どられたピンク色のサテンの布切れを親指と人差し指でつまみあげると、ウィルの顔の前にぶら下げた。

2

キャッスルトン卿はフリルのついたハンカチをメグの手からさっとつかみとった。上着のポケットに突っこみかけたところで、考え直したらしく、机の引き出しに押しこんだ。「はっきりさせておこう、ミス・レイシー。この書斎では、不適切なことは何も起こっていない」

たぶん、そうなのだろう。けれどこの屋敷のどこかで不適切なことが起こったにちがいない。

メグは机を挟んで向かいあった椅子に座った。よかった、もう震える脚を支えにしなくていい。「わたしには関係のないことですから」

「意見が一致して何よりだ」

とはいえ、興味はあった。もし両親が自分たちの意見を押し通していたなら、いま目の前に座って小声で毒づいている男が夫になっているはずなのだから。想像しがたいことだが、この男と結婚していたら自分は伯爵夫人になっていただろう。そればかりか、ひょっとすると、いま頃は子どものひとりやふたりにも恵まれていたかもしれない。

しわくちゃの服を着て渋面をし、不機嫌そうにしている現在の相手の姿を見て、とんだはずれくじを引かずにすんだとメグは考えた。

伯爵は無精ひげに覆われたあごをなでた。「では、きみが家庭教師の面接を受けに来るほど身を落とした理由から話してもらおうか」

どうしよう、これは屈辱的だわ――職を求めていることはよしとしても、こちらの事情まで説明しなくてはいけないなんて。しかもあろうことか、キャッスルトン卿に。わたしがどれほど切羽つまっているかは知られたくない。家の玄関の外で求婚者が列をなしているわけではないことを認めるのも嫌だ。

「妹ふたりとわたしは、おじのウィルトモア卿と暮らしております」メグは伯爵の顔をじっと見て、自分が〝枯れかけた壁の花《ウィルティング・ウォールフラワーズ》〟という汚名を着せられたひとりであることに相手が気づく瞬間を待ち受けた。

長女のメグ、次女のベスことエリザベス、三女のジュリーことジュリエットが、初めての社交シーズンで惨敗を喫すると、上流階級の人々は無情にも三姉妹にそんなあだ名をつけた。三人がそんな不名誉を被ったのは、流行遅れのドレスを着ているうえ、おじが風変わりなふるまいをするというので大いに不評を買ったせいだった。メグがアリステアの姪であることを明かすと、決まって次のふたつの反応のうち、どちらかが返ってくる――嘲り、あるいは哀れみ。後者より前者のほうが、はるかに受け入れやすい。

だが伯爵は顔色をまったく変えず、穴が開くほどこちらを見ている。「続けて」

「おじはわたしたちに大変よくしてくれていますが、わたしもいつまでも厚意に甘えてはいられません」

「なぜ？」

なぜなら、もうアリステアおじ様には半年間給金を支払っていない四人の忠実な召使いしか残されていないから。なぜなら、妹たちとわたしの面倒を見るために、おじ様は昔のわずかな蓄えを削ってきたから。なぜなら、わたしだってベスとジュリーにきれいな靴の一足くらいは買ってあげたいから。

椅子の肘掛けを強くつかみながらメグは言った。「自立したいんです」

「それは興味をそそる話だ。ぼくはてっきり、子どもが大好きだからだとか、教えることに情熱を感じるだとかいうたわごとをまくしたてられるのかと思っていたよ」

おそらくそうすべきだったのだろう。「わたしはそのような思いをたわごととは思いませんわ、伯爵」

「しかしきみにはそういった思いはないんだろう、ミス・レイシー？」

メグはごくりと唾をのんだ。経験がないことや推薦者がいないことについて訊かれると思っていたのに、伯爵はそれよりずっと答えにくい質問をしてくる。どれも個人的なことばかり。「もちろん子どもは好きです」きっぱりと言った。「よろしければお譲様方のことをもう少しお聞かせ願えますでしょうか」

伯爵が笑い声をあげた。心を惹《ひ》きつける深みのある響きが、メグの心の中の何かを揺さぶった。「ひとつ教えよう、あのふたりはぼくの娘ではない。ほかに何か知りたいことはあるかな？」

いまので教えたつもりかしら。「おふたりのお名前は？」

「ダイアナと……」伯爵は豊かな黒髪をかきあげた。「……ヴァイオレット。だったかな、うん、そうだ」

メグは次にどんなことを尋ねようかと考えた。このまま攻める側でいたい。「では、伯爵はおふたりの後見人でいらっしゃるわけですね？」

伯爵は否定するかのように首を横に振ると、出し抜けに立ちあがってこちらに背を向けた。

「まあそうだ。いまのところは」

メグは少女たちの身の上に同情した。遠い親類のもとへ連れていかれるとはどういうものかは、嫌というほどわかっている。一五歳のとき、メグ自らが、先祖伝来の奇妙ながらくた――誰も欲しがらないけれど、見知らぬ人に譲るわけにもいかないもの――になった気分を味わった。アリステアおじがメグたち三姉妹を引きとると申し出てくれたのは天の恵みだった。

「お譲様方のご両親はどちらに？」

伯爵が振り向き、氷のように冷たい視線を注いできた。「失礼。この面接で質問するのはぼくだとばかり思っていたよ」

しまった。メグは身構えるようにあごを上げた。「なんなりとお訊きください」

「これまでに家庭教師の経験は？」

「ありません」

「だったら、なぜ自分がこの仕事にふさわしいと思う？」

無礼な態度で相手を萎縮させるつもりだとしたら、伯爵のもくろみは逆効果だった。相手の鋭い声の調子にメグは憤り、さきほどまでの緊張が消え去った。「妹にフランス語を教えたものですから」少々誇張かもしれない。けれど、たしかにベスに動詞の活用を教えた。それよりもう少し表現に役立つ成句だって。

伯爵は疑わしげに片方の黒い眉をつりあげた。「きみの推薦者は妹なのか？」

「もちろん違います。わたしが今回初めて家庭教師の職に就くことはすでにご存じでいらっしゃるかと。けれども誰にでも初めてのときがあるものですわ、伯爵。それに、わたしの友人のシャーロット――いえ、ミス・ウィンターズ――は経験豊富な家庭教師ですし、彼女が自分の生徒のために用意した授業の内容を共有することを約束してくれました」

「どうやらそのミス・ウィンターズはとても有能な家庭教師らしい。候補者にうってつけだ。その婦人こそ、この仕事に応募するべきかもしれない」

「ミス・ウィンターズはすでに雇われています。あなたのご友人の、トリ――」メグは思いとどまった。わざわざ教える必要なんてないわ。

失望感と苛立ちに背中を押され、メグは椅子から立ちあがった。しかし、ばからしいほど大きな机に身を乗り出し、目を細めて伯爵を見つめたのは自尊心のなせる技だった。「なんでもありません。この面接は時間の無駄でした。いまここで応募をとり下げます」

無理もないことだ。ばかなふるまいをしてしまった。どうやらミス・レイシーはぼくの最も悪いところを引き出すらしい。

だが一点についてはミス・レイシーの言うとおり――この面接は時間の無駄だ。ぼくとの結婚をはねつけておきながら、ぼくの下で働けるわけがない。双子の勉強の進み具合を知らせてほしいと言っただけでも、食ってかかられる可能性が充分にある。

とはいえ……。

ミス・レイシーの気性の激しさには恐れ入った。すすけたような色のドレスを着ているくせに、怒りの炎を盛んに燃え広がらせている。

「失敬な態度をとって申し訳ない」ウィルは言った。「きみが気に食わないわけじゃないんだ。昨晩飲みすぎたせいでひどい二日酔いでね。といっても、弁解の余地はないが」

ウィルの告白を聞いて、さもありなんと言わんばかりにミス・レイシーは鼻先で笑った。

「お気持ちはわかりました。それでもやっぱり、もうこれで失礼いたします」

ミス・レイシーのわずかにかすれた声音を聞いて、ウィルは心が温かくなった。自分の子ども時代の家庭教師がこんな声だったら、子犬のようについてまわっただろう。ウィルはミス・レイシーに悲しげな微笑を向け、礼儀正しくお辞儀をした。「ぼくもそうするのがいちばんだと思う」

ミス・レイシーは軽く頭を下げて会釈すると、オービュッソン織りの敷物の上を優雅に歩き、女王さながらの威厳をたたえて書斎のドアを開けた。

ところがその瞬間、双子が部屋の中へ飛びこんできた。投石機で放たれたとしか思えない勢いだ。ミス・レイシーは仰向けに押し倒されてしまった。

やれやれ。ウィルは机をまわりこむと、自分の書斎の床でもつれあっている腕や脚をぎょっとして見つめた。ミス・レイシーはいちばん下で虚《むな》しくもがいている。ウエストに双子のひとりが覆いかぶさって床に押さえこまれているうえ、もうひとりが両膝の上で斜めに横たわっているせいだ。

「きみたち！」ウィルは大声で言った。「一体、そのく――」危うく汚い言葉を使うところだったが、自制した。「ミス・レイシーの上からいますぐ退くんだ」

「誰と話してるのか知りたかっただけなの。こんなつもりじゃな――」双子の片割れが言い訳を口にした。

ウィルは少女の上半身に腕をまわし、もつれあった体の中から救い出すと、もうひとりも同じようにしてやった。

ミス・レイシーが呆然《ぼうぜん》としつつも上半身を起こしたので、ウィルはそのかたわらにしゃがんだ。「大丈夫かい？」

「ええ。その、たぶん」ミス・レイシーはボンネットに手を伸ばしたが、それはか弱い少女ではなく象の尻に敷かれたあとのように見えた。

ウィルは帽子を拾いあげ、果敢にも、うわべだけでもいくらかもとの形に戻そうとしてからミス・レイシーに手渡した。ふっくらと結った髪から、茶色の巻き毛がうなじにぱらぱらと落ちている。自分の髪がこんな状態だとわかればミス・レイシーは落ちこむだろうが、ウィルには魅力的に感じられた。

おかしなことだ。

乱れた髪や、ピンク色の頰や、ほんの少し開いた唇のせいなのかもしれないが、ミス・レイシーが……色っぽく見える。

八年前にぼくをはねつけた、しかめっ面のひょろひょろした女の子とはまったくの別人だ。

「この人を起きあがらせてあげなくていいの、キャッスルトン卿?」双子のひとりがうながした。

「紳士ならそうするわ」もうひとりが言った。

「黙っててくれ!」ウィルはふたりをにらみつけた。お説ごもっとも。二日酔いがすごい勢いでぶり返してきた。

「自分で起きあがれます」ミス・レイシーはすばやく立ちあがり、乱れた髪を耳にかけ、スカートのしわを伸ばした。

ウィルは少女たちに向き直って胸の前で腕を組んだ。「紹介されるのを待たずに、盗み聞きして人を押し倒すとはじつに不作法だ」

少女のひとりがミス・レイシーに片手を差し出した。「あたし、ダイアナ。はじめまして」

「はじめまして。わたしはミス・レイシーよ」彼女は少女の手を握り、もうひとりのほうを向いた。こちらは胸にしっかりと人形を抱いている。「キャッスルトン卿からあなたたちふたりのことをちょっぴりお聞きしたわ。あなたはヴァイオレットね」

「違う」小さな顔には不釣りあいなほど大きな青い瞳に涙が浮かび、下唇が震えた。「あたしの名前はヴァイオレットじゃない」少女に責めるような目を向けられ、ウィルは急に身長が中指ほどに縮んだ気がした。

「この子の名前はヴァレリーよ」ダイアナが助け舟を出した。「ヴァイオレットよりずうっといい名前」

「そうね」ミス・レイシーはすかさず言った。「まったくそのとおりだわ」一瞬ウィルを見やり、またヴァレリーに目を向けた。「間違えてしまってごめんなさい。キャッスルトン卿はあなたのお名前はヴァレリーだっておっしゃってたわ——たしかにね——わたしがうっかりしてしまったの」

ヴァレリーはぱっと顔を輝かせ、英雄を見るような表情でウィルに笑いかけた。ウィルは驚いてミス・レイシーを見つめた。小さな嘘ひとつで、ぼくを悪党から王子へと昇格させてしまうとは。どんな魔法を使っているのだろう?

「あなたたちふたりに会えてよかったわ」ミス・レイシーが双子に言った。「でも、もう行かなくちゃ」

その事実は雷《いかずち》のごとくウィルを貫いた。ミス・レイシーを書斎から出ていかせるわけにはいかない。ミス・レイシーが家庭教師候補としてふさわしくない理由は山ほどあったが、ヴァレリーの晴れやかな笑顔に勝るものはなかった。「待ってくれ」

「なんでしょう、伯爵？」

「考え直してほしい」

ウィルを見るミス・レイシーの表情は、礼儀正しくも残念そうだった。「わたしがこの仕事にふさわしくないことはお互いにわかっていると思います」

面接中に不運な出来事が相次いだことにより、ウィルは相手がすんなり受け入れるとは思っていなかった。しかしいまのところ、髪を切って修道院へ入るといった、こちらを激しく拒絶する発言は飛び出していない。勝算はありそうだ。

「ぼくは、きみこそこの仕事にふさわしいと思う」さらりと言ってのけた。欲しいものを手に入れるすべは心得ている。何が――いや、誰がというべきか――欲しいのかはっきりしたからには、条件を交渉するのみだ。

ウィルはすっかりミス・レイシーを手中におさめる気でいた。

メグには考えを変える気はなかった。シャーロットに協力してもらって別の仕事を見つけよう。とはいえ、キャッスルトン卿がどんなおためごかしを言ってくるのか、せっかくだから聞いてみたい。

「何をおっしゃっていますの、伯爵？」

キャッスルトン卿は口元をゆっくりほころばせ、どきりとするような笑みを浮かべた。

「きみに仕事を依頼しているんだ」

この人は自分のすぐ後ろに双子がいて、会話の一言一句に聞き耳を立てていることを忘れてしまったのかしら。「これほど急にお気持ちが変わったのはどうしてでしょう？」

キャッスルトン卿はずいぶんと幅の広い肩をすくめた。「二日酔いがようやく治ってきたからかもしれないな」

「なるほど」だがメグは相手の打ち解けた態度や、心を惹きつける気さくな言葉にだまされなかった。いままさに角笛が鳴り響き、狩りの開始が告げられたのだ——そして家庭教師候補である自分こそが、伯爵に追われる狐《きつね》だった。「恐れ入りますが、お受けできません」

「断るには早いんじゃないか。まだ条件すら話しあっていない」

「細かい条件なんて気にしておりませんわ。午後のお休みを余分にいただいたところで、気持ちが変わるわけではありません」

伯爵がにやりと笑い、メグは背筋がぞくりとした。「きみは収入を必要としているんじゃなかったかな」

情けないことに、そのとおりよ。でもきっと別の働き口が見つかるわ。そうよね？　「ほかをあたりますから」

「きみの給与について話しあおう」

「話しあうことなんてありません」メグはアリステアおじにどうしても必要な新しい眼鏡や、

ジュリーが欲しがっている上品な薔薇《ばら》色のショールのことを考えないようにした。大金を積まれたって雇われるわけにはいかない――この伯爵には。

「きみの友人のミス・ウィンターズがいくらもらっているにせよ……ぼくはその倍の金額を支払おう」

メグは息をのんだ。「なぜでしょう？」

「話をつけたいからだ。いますぐに」伯爵はふらりと近寄ってきて、たくましい腕でメグの腕をかすめるや、耳元に顔を近づけた。「女は結局、金で動くからね」

彼の言葉とあからさまな当てこすりにメグはむっとした。「わたしは違いますわ、伯爵。ほかの人はともかく、わたしがお金で動く女ではないことくらい、そろそろ気づいてくださったかと思っておりましたのに」

伯爵はあごをなでて微笑を浮かべた。動じていないらしい。「きみは恐るべき交渉人だな、ミス・レイシー。それなら、結構。給与をミス・ウィンターズの三倍支払ううえ、〈青の間〉をきみの寝室にしよう。庭の眺めが最高の部屋だ」自分の言葉を嚙みしめるかのように、彼は少しのあいだその場で行ったり来たりしたあと、得意げに微笑を浮かべた。「今度こそ決まりだろう？」

「いいえ、まさか」あとになって伯爵の申し入れを断ったことを後悔するだろう。けれど、いまは自尊心が相手の言いなりになることを許さない。「こういったことはお金だけで決断するものではありませんから」

「まさしくそのとおりだ」伯爵は双子にゆっくりと歩み寄り、ふたりの背後に立って、くしゃくしゃに乱れた金色の巻き毛をそっと叩《たた》いた。「きみたち、ミス・レイシーを特別な新しい友達として迎えたくはないか？」

「友達？　家庭教師は友達ではありま――」

「わあ、素敵！」双子はうれしさを抑えきれない様子でぴょんぴょん飛び跳ねた。

「ふたりにはこれまで家庭教師がついたことがなくてね」伯爵が聞こえよがしにささやいた。

「友達になることから始めてはどうかと思ったんだ」

だめよ。話に乗せられてはだめ。よくもまあ、このかわいそうな女の子たちを交渉の道具に使えたものね。

メグは双子の前にしゃがみこみ、期待に満ちた青い瞳を真剣に見つめた。「キャッスルトン卿はこの仕事にもっとふさわしい人をきっと見つけてくださるわ」おそらく、明日のいま頃までには。

「もっとふさわしい？　それどういう意味？」ダイアナが可愛い鼻にしわを寄せながら訊いた。「あたしたちと友達になりたくないの？」

ヴァレリーが小さな手を揉《も》みあわせた。「さっきは倒しちゃってごめんなさい」

「そのことを怒ってるわけじゃないのよ」メグはヴァレリーを安心させようとした。「もちろん、お友達にはなりたいわ。でも事情があって――」ため息をついた。「複雑なの」

「ママもそう言ってた。あたしたちをここに連れてきて……置いてく前に」ダイアナは思い出して顔をゆがめ、ヴァレリーはしくしくと泣いた。

メグは伯爵に容赦ない一瞥をくれてから少女たちに視線を戻した。

「何もかも、きっとうまくいくわ」メグは慰めた。「いずれわかるから」

「ママもそう言ってた」ヴァレリーが鼻をすすった。「けど、何もうまくいってない。あたし、ママがいなくて寂しい」

ダイアナがヴァレリーの肩を抱き、小さくとがったあごをつんと上げた。「心配しないで、ヴァル。ママが戻ってくるまで、あたしが面倒を見てあげるから」

メグがちらりと目を向けると、キャッスルトン卿は重々しく首を横に振った。

じゃあ、母親がこの子たちを連れ戻しに来ることはないんだわ。

なんて不憫《ふびん》な、けれど心の強い、可愛い子たちなのかしら。メグは喉のつかえをのみくだした。少女たちの血の気のない顔には、八年前、両親も家も、それまで知っていた唯一の生活も失ったあとでメグが感じた、悲しみと恐れのすべてが浮かんでいた。あの頃、もう少しだけ子どもでいる必要があることを理解してくれる人がいたなら、どんなによかっただろう。自分が安全で、守られていて――できれば愛されてすらいることを、確信させてくれる人がいたなら。

そうよ、このふたりを見捨てることなんてできない。「ちょっとのあいだだけ、わたしがここにいるっていうのはどう？」

「ほんとに？」ダイアナが期待と疑念をにじませながら訊いた。

うなずいたとたん、ヴァレリーが首に飛びついてきたので、メグは危うくふたたび倒れるところだった。ダイアナはにわかに信用できないといった様子で見守っていたが、やがてしかたなくほほえんだのをメグは見逃さなかった。

「子ども部屋を見に来てくれる？　モリーが寝る場所を見せてあげる」ヴァレリーが訊いた。

「モリーってこの子のことよ」ダイアナが人形を指さして説明した。

「ミス・レイシーはぼくと少し話があるんだ」伯爵がさえぎった。「でも、きみたちにはこれから三人で過ごす時間が山ほどある。いまはあっちに行ってなさい」

「またすぐ会いましょうね」メグがそう言うと双子は弾むような足どりで部屋をあとにし、彼女はキャッスルトン卿とふたりきりになった。

「結局話がついたようだね」伯爵は満足そうに笑った。

メグは手のひらがむずむずした。相手の顔に浮かぶ、会心の笑みを叩き落としてやりたい。

「お譲様方のために、一時的にこちらで働くというだけです」

「まことに結構。さきほど提示した条件は守るよ」

「それは大変……気前のよろしいこと」

「それから、勤務は明日の朝から始めてもらいたい」

「でも――」

キャッスルトン卿は両方の眉を上げた。「今晩からのほうがいいかい？」

メグはあわててにっこりほほえんだ。「いいえ」

「だと思ったよ」

やるべきことがたくさんある。ベスとジュリーには面接のことさえ伝えていないというのに、いまや伯爵邸に――少なくとも、しばらくは――移り住むことを知らせなくてはならない。

メグが書斎を出ると、キャッスルトン卿がゆったりした足どりでついてきた。勝ち誇っているにちがいない。

「どうしてわたしを雇う気になったんですか」メグは振り向きざまに尋ねた。

「あの子たちがきみを必要としているからさ」簡潔な答えだ。「ぼくのような愚か者でも、それくらいはわかる」

メグは思わず笑った。「まあ、その、おふたりには誰かが必要ですわね」

「それはぼくじゃない。きみの邪魔はしないと約束するよ」

しないに決まっている。華麗なるキャッスルトン卿は、傷心の双子の姉妹にも、野暮ったい家庭教師にも構っていられないはずだ。これからは、また放蕩《ほうとう》三昧の独身生活を送れるのだから、ほかのことには目もくれないだろう。

どうやら、何もかもうまくいったらしい。

3

「シャーロットと楽しく過ごせた？」ベスは針仕事から顔を上げ、目にかかった栗《くり》色の巻き毛を吹き払って笑顔を見せた。

メグは玄関広間の壁に打たれた釘に帽子とショールをかけると、心安らぐ居間へと入り、長椅子に座るベスの隣に腰かけた。客間より狭くて暖まりやすいため、姉妹はほとんどの時間を居間で過ごす。メグは積みあげられた本、未完成のスケッチや書きかけの小説の山を見まわし、胸に痛みを覚えた——伯爵邸に行けば、きっとここが恋しくなるでしょうね。「ちょっと顔を合わせただけだけど、元気そうだったわ」

「ちょっと、ですって？　お姉様ったら、ほとんど午後じゅう出かけていたじゃない」ベスは手に持った針に目を凝らし、膝の上に広げたドレスの裾へすっと通した。「どこかほかへも寄ってたの？」

「ええ」メグは声に緊張をにじませないようにした。「知らせたいことがあるの。ジュリーはどこ？」

「アリステアおじ様の様子を見に行ったわ。ほら、おじ様って——おじ様は、調べ物に没頭しすぎて食べることもお忘れになっちゃうでしょ。その知らせたいことってなあに？　とっても謎めいた言い方ね」

「ジュリーが戻ったら話すわ」メグはベスの両脚に垂れかかる紺色のドレスの袖を手にとった。「このドレスはもうこれ以上丈を伸ばせないと思ってたわ」

「そうね、でもあと少し長くできるんじゃないかと思うの。それにしても、ジュリーももうそろそろ成長が止まってもよさそうなものじゃない？」

「わたしのこと、呼んだ？」ジュリーが居間へ入ってきて、ほっそりした腰に両手をあてた。

「メグお姉様、帰ってきたのね！」

「そうよ、お姉様からわたしたちにお話があるんですって」ベスは席を詰め、自分の隣のクッションを軽く叩いて妹を招いた。

ジュリーはそれを無視し、あごの下で両手を握りあわせた。「まあ、楽しみ。まだ言わないでちょうだい――わたしにあてさせて。わたしたちが舞踏会に招待されたとか？」

「違うわ、ジュリー。そんなに楽しみに思うことじゃないのよ、残念ながら」メグは言った。三人のうち、末娘のジュリーだけは、いまだに舞踏会の話になると目をうっとりさせる。

「ここへ来て座ってくれたら、すべて話すわ」

ジュリーは勢いよく靴を脱ぎ捨てると長い両脚の膝を抱えて長椅子に座り、ベスは目の前のテーブルの上に縫い物を投げ出した。「嫌な予感がするわ。何があったの？」

メグは長くゆっくりと息を吐いた。「じつは、すばらしいお知らせなの」

ベスがきれいな青い瞳を細めた。「それなら、どうしてそんなに不安そうなの?」

「あのね、今日の午後、シャーロットと会ったあと……その足で面接に行ったの」

「面接ですって?」ジュリーが大きな声をあげた。「なんの面接?」

「小さな女の子たち――双子の世話をする家庭教師の仕事よ」メグは言葉を切った。「わたし、採用されたわ……だから、明日から働くの。今夜荷物をまとめないと」

ジュリーが震える手で喉を押さえた。「でも……でも家庭教師の仕事なんて、どうして?」

「わかってるでしょ」メグはそう言って声を潜めた。「アリステアおじ様は、残ってくれた数少ない召使いに給金を払うこともままならなくていらっしゃるわ。何か助けになることをしなきゃと思って。この仕事は実入りがいいから、わが家の支出のいくらかはまかなえるわ。あなたたちふたりの新しいドレス代だって捻出できるかも」妹たちにはどうしてもまともな結婚をさせてやりたい。自分は手遅れだとしても。

ジュリーがかぶりを振った。「まあ、メグお姉様。お姉様が出ていくことになるなら、新しいドレスなんて欲しくないわ。わたしたちはいつだって〝レイシー家の三姉妹〟って呼ばれてたのよ、覚えていて? 何があっても三人一緒よ」

両親が亡くなったあと、メグたちはその言葉を呪文のように何度も口にしてきた。よかれと思って親戚たちが三姉妹をそれぞれ別のまたいとこの家に預けようとしたときも、三人一緒にいたいと懇願した。そして勇敢にも救いの手を差しのべてくれたのが、アリステアおじだった。

「あなたたちを見捨てるわけじゃないわ」メグは言った。「わたしは相変わらずロンドンにいるわけだし、たった数区画離れるだけよ。でも、わたしたちももう子どもじゃないんだから、昔のままではいられないことを理解してね」

「お姉様の言うとおりよ」ベスが妹に言った。「わたしも家計を細かく調べては、可能な限りすべてを切りつめてやってきたわ。でもじつのところ……わたしたち、もういままでどおりにやっていくのは無理。それに、永遠に一緒にいることはできないでしょ？　いつか近いうちに、あなたは結婚を申しこまれるんじゃないかしら」

「結婚を申しこまれるですって？」ジュリーがまさかという顔をした。「どなたから？　結婚相手にふさわしい紳士から、最後にダンスを申しこまれたのがいつだったかすら思い出せないわ。ウィンストン卿を数に入れるとしたら話は別だけど」

ベスは三人の祖父と言ってもいい年齢の、太った男爵の名前を聞いて身震いした。「あの人が結婚相手にふさわしいだなんて、絶対に思っちゃだめ」

「そのとおりよ」メグは言った。「たしかにわたしたちの先行きは暗いわ。だからこそ、わたしの言いたいことが正しいとわかるはずよ。つまり、わたしたちは自分で将来をどうにかしないといけないの。三人のうちの誰かが、歯の抜けた男やもめから結婚を申しこまれて応じるほど落ちぶれる前にね」

「それにしても、ずいぶん急な話だわ」ジュリーが心配そうに言った。「来週まで待てないの？」

「残念ながらね。その双子にはどうしても導いてくれる人が必要なのよ」双子たちのそばかすだらけの顔や、上向いた鼻を思い浮かべ、メグはほほえんだ。「あなたもあの子たちに会ったら大好きになるわよ。小さい頃のあなたたちみたいなの――元気いっぱいで、ちょっぴりいたずら好きで。悲しいかな、両親はふたりの世話ができないか、する気がないんだわ」

「まあひどい」ベスが大きな声で言った。「少なくとも、わたしたちは子ども時代のほとんどをお父様やお母様と過ごせたわ。あの日まで……」

両親の死にまつわる話になると、いつものようにメグは身を切るような罪悪感にさいなまれた。自分こそが、あのおぞましい日の出来事を引き起こした張本人なのだ。妹たちが何を言おうと、その思いが消えることはない。「その双子はたった六歳なの。子どものしつけ方なんてさっぱりわからないけど……やってみないとね……あの子たちのために」

ベスがため息をついた。「立派なことだと思うわ」

ジュリーはうなずいた。「その子たちはわたし以上にメグお姉様を必要としてるみたい。よくわかるわ」

「シャーロットが面接をお膳立てしてくれたの？」ベスが訊いた。

「そうだわ、事の顚末《てんまつ》を話してちょうだい」ジュリーがせがんだ。「それから、どなたの家で働くの？　わたしたちの知ってる方？」

ついに来たわ。メグはこのときを恐れていた。とはいえ、答えないわけにはいかず、無理に明るくほほえもうとした。「ふたりとも、思いも寄らない方よ」

「双子のいる知りあいなんていないわ」ベスは考えこんだ。

「独身の殿方よ」メグは言った。「その子たちはその方の娘ではないの。だけど、差しあたり一緒に住んでいるんですって」

ジュリーが仰天した顔を見せた。「独身の殿方！　美男子なの？」

メグは落ち着かない様子を見せた。「美男子か、ですって？　背が高くて髪が黒くて颯爽《さっそう》とした人が好みなら、そう思うでしょうね。それでも、見た目がいいからといって、あの人の自堕落さや、えらく傲慢な態度に目をつむることはできないわ。「あえて言わないでおきましょう。でもその人が美男子かどうか、あなたたちはすでにわかっているはずよ。だってふたりとも伯爵とは面識があるんだもの――キャッスルトン卿と」

ベスとジュリーは目をしばたたき、それから凍りついた。居間が静寂に包まれると同時に太陽が雲に隠れ、部屋を暖かく包んでいた柔らかな光が、ひんやりした影にのまれていった。

ベスが唾をごくりとのんだ。「わたしたち、まだそこまで逼迫《ひっぱく》してないわよね、お姉様」

「ひどく気まずいことになるのでは？」ジュリーが割って入る。

「かもね。だけど、一時的にその仕事をすることに同意したの。あの子たちのため、そしてわたしたちのためにね。たしかに理想的な状況ではないけれど、彼は距離を置くことを約束しているし、わたしも同じようにするわ」

「同じ屋根の下で暮らしながら？」ジュリーが疑わしげに尋ねた。

「大邸宅ですもの」メグはそのことを天に感謝した。「さあ、荷造りを手伝ってくれる人はいるかしら？」

「荷造りだって？」アリステアおじがふらりと居間へやってきた。禿《は》げかかった頭に眼鏡がのっている。「これは驚いた！　いつも健気《けなげ》なわが姪が、遠征隊か何かに参加するんじゃないだろうな。わしらを置いて厳しい異国の地へ向かうなどと言わんでくれよ」

メグはおじのそばへ行き、インクの染みがついた彼の手を握りしめた。「そんなこと夢にも思いませんわ。けれど、ベスとジュリーに話したように、しばらく家を離れなくてはいけないんです。家庭教師の仕事をお引き受けしたから」

アリステアおじの顔から陽気さが消えると、そこには彼が過ごしてきた七〇年間のすべてが刻まれていた。「だが……だが、なぜなんだ、メグ？　ここはおまえの家じゃないか――ここがおまえの居場所なんだよ」

「そうですとも。でもわたし、子どもを扱う仕事がしたいとずっと思っていましたの」メグは小さな嘘をついた。「そしていま、すばらしい機会が訪れたんですから、おじ様にも喜んでいただきたいわ。ロンドンにいることには変わりませんから、たびたび顔を見せにくると約束します」

アリステアおじはあちこちに乱れた白髪をさっと耳にかけた。細い髪が絶えずふわふわと動いているように見える。「おまえが自分のやりたいことを追求すると言うなら、邪魔などせん。だが、まずしいほど明るいおまえがいなくなるんじゃ、わが家の雰囲気が変わってしまうな。寂しくなるよ」

メグはおじを抱きしめ、柔らかくもがっしりとした肩の感触を心に刻んだ。「わたしも寂しいわ、おじ様。おじ様がわたしに――わたしたち全員に――どれほどよくしてくださったか、けっして忘れません」

「きみの雇った新しい家庭教師に乾杯」アレックことトリントン卿はグラスを掲げて会釈し、ごくりと飲み干した。

「問題がひとつ片づいたことに乾杯」ウィルは言い添え、自分の酒をひと息に飲んだ。ミス・レイシーは今朝から働きはじめた。なのになぜ、これまで以上に人生が複雑に思えるのだろう?

ウィルはにわかに家庭的な雰囲気を帯びてきた自邸から逃げ出そうと、紳士クラブに来ていた。どうしたわけか、彼はこの一週間でふたりのおてんば娘の保護者となり、非の打ちどころのない寝室を子ども部屋に作り替え、気乗りしない様子の家庭教師を自ら背負いこんでしまったのだ。

アレックがひとりくっくっと笑った。「きみがその小さなじゃじゃ馬たちを国内のどこか――その子たちが虐げられないところに住む夫婦に里子に出さなかったとは驚きだな」

「それも考えたさ、本当だ」けれどもいとこのトーマスが娘たちを深く愛していたうえ、ウィルはかつて、不測の事態が起こった場合は自分が少女たちを養うと約束していた。そして、その事態は起こった――ウィルにとって兄とも言える人物、強健で生気あふれるいとこが、落馬して首の骨を折ってしまったのだ。トーマスの娘たちを追い払うことなど、ウィルにはできなかった。

悲しみを振り払うかのように、ウィルは鼻先で笑った。「少なくともこれからはあの双子も、算数の勉強で忙しくて屋敷じゅうを暴れまわるわけにいかないさ。ミス・ウィンターズが面接を手配してくれたんだったな。恩に着ると伝えてくれ」

ミス・ウィンターズの名前が出るや、アレックは恋に悩むうつけ者の顔になった。「シャーロットが喜んでしたことだ。ミス・レイシーは彼女の友人だからな」

ウィルは自分のブランデーをじっと見つめ、アレックにどこまで話すべきか考えた。あのふたりが友人同士なら、ミス・レイシーはきっとあの不道徳な話を聞かせたにちがいない。さらに、ミス・ウィンターズはそれを誰かに話したくなるはずだ。つまり、ほどなくアレックは、ぼくが新しく雇った家庭教師に以前きっぱりはねつけられたことを知るというわけか。

くそっ。

アレックが他の人間から聞かされる前に、自分で話したほうがいいだろう。

「ミス・レイシーとは昔、ちょっとした縁があってね」ウィルは語りはじめた。

「驚いたな！」アレックは革張りの椅子に座ったまま身を乗り出した。「きみと……ミス・レイシーが……」

「そうじゃない、ばかを言うな」そうたしなめつつも、ウィルはその考えに意外なほど興味をそそられた。「ミス・レイシーの一家が住むコテージが、オックスフォードシャーのぼくの領地——当時は父の領地だったが——からそう遠くない場所にあったんだ。向こうはぼくよりいくつか若いが、子どもの頃に知りあってたのさ」

アレックがにやりと笑った。「これはどんどん面白くなってきたぞ」

ウィルは相手を厳しくにらんだ。「二〇歳のとき、父に告げられたんだ。ぼくは牧師の娘のミス・レイシーと結婚することになっていると」

アレックはブランデーを噴き出した。「なんだって？」

「嘘じゃない。ぼくだっていまのきみ同様にひどく驚いたよ」ウィルは言った。「一家とは親しいつきあいなどないし、その縁談から得るところはほとんどなかったわけだからな。でも父はいつだって有無を言わさぬ人だった」

「で、きみは同意したのか？」

「表向きはね。何年か結婚を遅らせて、そのあいだに破談にするべき理由をたっぷり彼女に与えてやるつもりだった」

アレックは嫌悪感半分、称賛半分で首を横に振った。「おまえは血も涙もないやつだな。わかってるのか？」

「ぼくがか？」ウィルは鼻で笑った。「ミス・レイシーは縁談話を聞かされるや、ぼくと結婚するくらいなら髪を切って修道院へ入るほうがましだと宣言したんだぞ」

アレックは頭をのけぞらせて笑い、両方の目から涙まで流した。

「遠い昔の話だ」ウィルは周囲を見渡し、アレックの大きな笑い声が余計な注目を集めていないことを願った。

アレックは手の甲で頰を拭った。「どうして将来の見通しもない若い女が、未来の伯爵をはねつけるなんてことがあるんだ？　しかも美男子と言っていいほどの男を？」

なぜなら、ミス・レイシーが思いあがっていたから。それが理由のひとつだ。そしてもうひとつには——。「ある日、ぼくはミス・レイシーが湖で泳いでいるところに出くわした」

「出くわした？　嘘だろ」

ウィルは肩をすくめた。「まったくの偶然だった。嘘じゃない。ぼくは釣りをしようと、釣り糸を垂らす場所を探して——」

「ほう、近頃は男女の営みのことをそんなふうに言うのか」

相手をにらみつけると、ウィルは明らかに弱気の弁護に出た。「そこでは何度も釣りをしたことがあったんだ。誰に会うこともなく。それで、脱ぎ捨てられていたドレスをたまたま見つけて、水面で水しぶきをあげるミス・レイシーのむき出しの腕や脚が見えたとき……その、ぼくは精力旺盛な若い男なら誰でもしたはずのことをやったわけさ」

「そいつはまずい。ミス・レイシーがきみをはねつけたのも当然だ」

ウィルは片手で髪をかきあげた。「誤解するな。見とれたんだよ。ほんの数秒だ。向こうはぼくを見て、叫び声をあげた。ぼくは逃げた。以上」

アレックはまたしても大声で笑い出した。

「くそっ。話すんじゃなかった」

「いやいや。話してくれてうれしいよ。まったく、皮肉なものだな」

「というと？」

「本当に知らないのか？」

「一体なんの話だ？」

「きみが新たに雇った家庭教師は〝ウィルトモア卿の壁の花〟のひとりだ」アレックは背をそらせて葉巻に火をつけた。

急に慎重な面持ちになり、ウィルはクラヴァットをゆるめた。「待て。きみはミス・レイシーを知っているのか？」

「知りあいではないが、ぼくのほうはミス・レイシーのことを知っている。あの三姉妹は何年か前におじ上に引きとられたんだ。ウィルトモア卿は好々爺《こうこうや》さ」そこで言葉を切ると、アレックは頭の横で指をくるくるまわしてみせた。「そして、完全にいかれてる」

そうだ、たしかに、ミス・レイシーはおじのことを口にしていた――と言っても、頭のおかしな頼りない人物ではなく、英雄的な騎士のように話していたが。「ミス・レイシーについてほかに知っていることは？」

アレックは肩をすくめた。「特に何も。メイドより地味な服を着ているからか、ミス・レイシーはパーティーでは大抵目立たず、注目を浴びることはない。だが、もし誰かが頭の混乱したおじ上のことを大胆にも侮辱することがあれば、ミス・レイシーは怒り心頭で弁護を始めるらしい。自分自身の評判を危険にさらしてでもね」

では、ミス・レイシーは信義に厚いわけだ——度が過ぎるほどに。ウィルは鼻から息をもらした。「ミス・レイシーがおじ上の風変わりな性質を受け継いでいないことを願おう」

アレックは物思いにふけるように、薄い煙をリボン状に吐き出した。「それはないんじゃないかな。シャーロットが推薦したくらいだから。だが話を聞くに、自分の意見をはっきり持っている類の婦人のようだ」

「ああ」ウィルは心の中で言った。「それこそ、ぼくが恐れていることだ」

数時間後、ウィルが紳士クラブから帰宅すると、屋敷の中はありがたいほど静かでひっそりとしていた。玄関広間に入ると、扉の脇に置かれた銀のトレーの上に書簡がのっている——ウィル宛の手紙だ。マリーナの筆跡だった。

美貌の愛人とは——元愛人だ、とウィルは心の中で訂正した——もう四日間会っていない。厚みのある紙を鼻の下にあて、フランス製の高級な香水の香りを吸いこんだ。ひょっとするとマリーナはぼくが恋しくなり、以前のふたりの関係に戻る気でいるのかもしれない。快楽以外は何も求めない関係に。たぶん、この手紙には会いに来いと書かれているのだろう。

ウィルは赤い封蠟《ふうろう》の下に指を差しこみ、便箋を広げると、やたらと曲線で飾り立てた文章に目を細めた。

ウィルへ

ささいな喧嘩《けんか》がずいぶん長引いてしまったわ。わたしのベッドに戻ってきて、いとしい人。あなたを許すよう、わたしを説得してちょうだい。わたしたちには別れる理由なんてないはずよ。

M

便箋に書かれたマリーナの言葉は恋人からのキスのようで、互いを味わった無数の夜を思い出させた。けれども、くそっ、彼女の文字の綴《つづ》り方にはぞっとする。なぜこれまで気づかなかった?

ウィルは広間を見張るように置かれた大型の箱時計に目をやった。真夜中を過ぎたばかりだ。いまからでもマリーナの部屋を訪れれば、迎え入れてくれるだろう。だが、ウィルは許しを乞う気にはなれなかった。あるいは、ほかのことを乞う気にも。

肩をすくめ、手紙をぽんと投げてトレーに戻してから、階段を上がろうとした。そのとき、図書室からランプの柔らかな光がもれているのに気づいた。ウィルはその招きに応じて近づいたが、入り口でつと足を止めた。ミス・レイシーが暖炉近くの机に向かって座っている。暖炉では、火格子の上でオレンジ色の炎をあげて燃えている薪《まき》が小さく音をたてていた。もっとも、ミス・レイシーは椅子に腰かけたまま上体をすっかり机に預けているようだ。開いた本の上に額がのっている。

おまけに、ウィルの間違いでなければ、彼女はいびきをかいていた。

どうしたものかと思いながらも、ウィルは歩み寄った。インク瓶、殴り書きのメモ、ずらりと並んだ本――そういったものが散乱する机の前にミス・レイシーはいた。あたかもその夜のほとんどを使って仕事をしていたかのように。ウィルには彼女が勤勉な働き手となることがわかっていた。少女らに愛情を注いでいるからというのもあるが、それだけでなく、自分の価値をウィルに認めさせようと躍起になっているからだ。ウィルに対して彼女が抱いている怒りの大きさは、ウィンザー城にも匹敵する。

ところが、眠っているときのミス・レイシーは起きているときと比べて小さく見え、つむじ曲がりなところも姿を消していた。肩にかけられていたはずのショールはウエストのあたりでひだを寄せ、簡素なドレスの上から彼女のすらりとした背中の輪郭がはっきりわかる。繊細な巻き毛がうなじに張りついているのを見て、ウィルはその下のなめらかな肌の感触を味わいたい思いに駆られた。

まさか彼女が、これほど柔らかそうで、これほど儚《はかな》げで、これほど――。

そのとき、暖炉から音がした。

薪が勢いよくはぜて崩れ、それを聞いたミス・レイシーが目を覚ました。

両手を机の上にぺたりとつけて勢いよく頭を上げ、はっと息をのむ。

「こんばんは、ミス・レイシー」ウィルはからかうようにゆっくりと声をかけた。「それとも、おはようと言うべきかな？」

「旦那様」ミス・レイシーは息を弾ませて返事をした。「ここで何をしてらっしゃるの？」

「住んでいるんだよ、ここに」

ミス・レイシーは片手をしっかり胸にあてがい、部屋を見まわし、机を見て、最後にウィルを見た。どうやら平静をとり戻すのにしばらくかかるらしい。「わたし、お譲様方の授業の準備をしていたんです。知らないあいだに眠ってしまったのだわ」

片方の眉をつりあげ、ウィルは言った。「それは目が離せない授業になりそうだ」

ミス・レイシーはウィルをにらみつけた。当然だ。それでも、ウィルはミス・レイシーをからかわずにいられなかった。

普段のきびきびとした手際のよさで、ミス・レイシーは本やメモをきちんと積み重ねて机を整えた。「実を言うと幸運でしたわ、旦那様をここでお見かけして――」

「ぼくがきみを見かけたんだ」ウィルは訂正した。「だがどうぞ、続けて」

ミス・レイシーはあきれたように目をくるりとまわした。「ひとつお願いがあるんです――お譲様方に代わって。ダイアナ様とヴァレリー様には、新しいドレスが何着か必要です」

「それはそうだな」ミス・レイシーがあのじゃじゃ馬どもを遠ざけておいてくれるなら、衣装だんすごと買ったっていい。

「若い淑女らしいふるまいを望むのであれば、若い淑女らしく見せてさしあげなくては」

「きみの言うとおりだ、ミス・レイシー。話は決まった」

「ありがとうございます」こわばった口元にしわが寄っている。この言葉を口にするのがミス・レイシーにとってどれほど大変だったことか。「ご心配はいりません。お譲様方には華美なものや高価すぎるものは必要ありませんから。流行服を扱う仕立て屋へおふたりをお連れするわけではないんです」

「きみ自身は行かなくていいのかい?」

ミス・レイシーは目をぱちくりさせた。気を悪くしたらしい。「なんのことでしょう」

「流行服の仕立て屋だよ。気を悪くさせるつもりはないが、きみのドレスはちょっといまいちじゃないかな」というか、まるで話にならない。

ミス・レイシーは怒りの火花を目に散らしながら、机をまわりこんでウィルと向きあった。

「わたしが何を着ようと」彼女は歯をきしらせて言った。「わたしの勝手ですわ」

「ぼくが思うに」ウィルは反論した。「きみの着る服によって、きみの印象は変わる。双子についてはきみ自身同じことを言ったじゃないか」

「それとこれとは別です!」

「それだけじゃない」ウィルはおだやかな口調で続けた。「きみがどう見られるかがぼくの評判につながるんだ。新しく雇い入れた家庭教師が洗い場のメイドと間違われては困る」

「洗い場のメイドですって? よくもそんなことを――」

「大丈夫、費用はぼくが持つ。ぼくがきみに支払う高額の給与から出させることは断じてない」さぞ美しいはずだ、ミス・レイシーが、たとえば……絹を身にまとっている姿は。色は瞳によく合う苔《こけ》むしたような緑。襟ぐりが深いほうがいい。

「わたしは旦那様の着せ替え人形のような、どこやらの愛人ではありません」ミス・レイシーは怒りをにじませた早口で言った。こちらの考えを読んでいるのだろうか。「それに、旦那様はわたしの雇い主でいらっしゃるかもしれませんが、わたしの着るものにまで口を出す権利はお持ちではありません」

ウィルはミス・レイシーの身を包む、ドレスと呼ぶに忍びない代物をじっと見た。修道僧の着るローブ並みにしか彼女の体形を引き立てていない。「きみだって正直なところ、わざわざ好き好んで食欲の失《う》せるキノコ色のドレスを着ているとは言わないだろう?」

ミス・レイシーは挑むように腕を組んだ。「じつは、好きで着ておりますの」

ふたりはしばらくのあいだ互いに見つめあった。ウィルにはふたりのあいだで何が起こっているのか、はっきりわからなかったものの、彼がこれほど生き生きとして、これほど元気づいたことは、いまだかつて……なかった。

「それなら、いいだろう」ウィルは敗北を認めた。とびきり優秀な司令官というのは、撤退すべきときをわきまえているものだ。「きみはその服に合う泥色のボンネットを買うといい」

「結構ですわ」ミス・レイシーは濃いまつ毛に覆われた目をしばたたき、あきれたような笑みを向けた。「すでにひとつ持っておりますから」机の上の本や書類をひったくり、胸にしかと抱いて猛然とウィルの前を通り過ぎていく。「ところで、考え直したのですけれど」肩越しに大きな声で言った。「お譲様方を流行服の仕立て屋へお連れしたほうがいいかもしれません。それから帽子屋へも。あと、本屋へも」

「これ勘弁してくれ。ウィルはふたりをとり巻く壁一面の本に片手を大きく振り向けた。「これほどあるのに？」

「旦那様はお譲様方の教育に関して費用を惜しまれないのでは？」

「ああそうだ、しかし――」

「やっぱり、思ったとおりですわ」ミス・レイシーはとり澄まして言った。

「いやむしろ、そこまでごたいそうな買い物をしに出かけるなら、ぼくも一緒に行くべきじゃないかな」何を言ってるんだ？

ミス・レイシーは疑わしげに鼻先で笑った。「きっと旦那様にはもっと大切な用がおありのはずです」

一ダースはある。「いや」

ミス・レイシーはむっとした顔でつかつかと戻ってくると、つんとあごを上げた。あまり近くに立たれたので、ウィルはミス・レイシーの胸がかすかに上下する様子や、鼻梁に散ったそばかす、瞳にちらつく金色の斑点を見ることができた。愛らしい唇の端が弧を描き、笑みへと変わっていった。

まるで、相手を魅了するその効果をわかっているかのように。

「旦那様はわたしたちの好きにしていいと――」

ウィルは眉間にしわを寄せた。「そんなことは言っていない」

「わたしたちは一日がかりで外出します。そして買い物をたっぷりすませたあとは」ミス・レイシーは細い指であごを軽く叩いた。「お譲様方をハイド・パークへお連れし、新鮮な空気を吸わせて遊ばせましょう」

「遊ばせる？　子ども部屋に戻って詩でも暗記させるほうがいいんじゃないか？」

「そのあとハイド・パークを出て、アイスクリームを食べにガンターの店へ寄ります」ウィルは反対しようと口を開きかけた。ところがその直後、柔らかくなめらかなアイスクリームをひと匙《さじ》味わい、うっとりと目を閉じているミス・レイシーの姿が目に浮かんだ。

「きみのお気に入りの味は？」ウィルは訊いた。声のかすれにうっかり下心が表れている。

「桃？　オレンジ？　それとも、何かもっと異国を感じさせるような……ジャスミンとか？」

ミス・レイシーは突如、世界じゅうの家庭教師が使いこなす辛辣な表情を向けてきた。

「旦那様には」冷やかな声だった。「絶対に、教えません」

4

「うわあ、これ見て！」ヴァレリーがダイアナと一緒にファッション雑誌をめくりながら、サファイア色の絹のイヴニングドレスを指さした。「すっごくきれい」

「あんたが着たってジャムをこぼすだけよ」ダイアナが言った。

「そのとおりね」ヴァレリーがため息をついた。

メグはふたりのために選んだ品を包んでいる女店主に礼を言い、ヴァレリーの肩に手を置いた。「それはとても高級なドレスよ」

「あたしだってそう言ったんだから！」ダイアナが首を横に振った。まるで若者の軽はずみな言動を嘆く公爵未亡人だ。

メグは紙面に指を這《は》わせ、そこに載ったドレスの裾を縁どる繊細なビーズ飾りをなぞった。

「だけど、女の子なら誰でも、衣装だんすの中に一着くらい高級なドレスが入っていてもおかしくないと思うわ。せっかくだから、あなたの可愛い瞳の色に合わせてこれと似たような青で何か作れないか、仕立て屋さんに訊いてみましょうか？」

ヴァレリーは胸をふくらませて目を輝かせ、黙ってうなずいた。興奮のあまり言葉が出ないらしい。

「ご注文に青いドレスを追加いたしましょうか」女店主はメグに片目をつむってみせた。

「お姫様のお茶会にふさわしいものを」

「お願いするわ」メグは腹の中でくすぶる罪悪感を押しつぶした。伯爵なら、これくらいの余裕はあるはずよ。「あなたにも同じくらい高級なものを探しましょうね、ミス・ダイアナ」メグはダイアナの気を引こうと雑誌のページをめくった。

「ううん、いらない。さっき選んだドレスが気に入ってるもん。帽子も、手袋も、ストッキングもね。でも、いちばんのお気に入りは新しいブーツよ」ダイアナは片足を突き出すと足首をまわしてみせ、深緑色の小さなハーフブーツをほれぼれと眺めた。「どれだけ速く走れるか、確かめたくてしょうがないわ」

「せめて一日か二日は泥で汚さないようにしましょうね」メグはからかった。

「レイシー先生は？」カウンターの上にあった深みのある薔薇色の絹の生地見本をヴァレリーが指先でなでて、メグを見あげた。「衣装だんすの中に高級なドレスはある？」

「わたしの？」メグは小さく笑って、自分の着ているあせたライラック色のドレスをちらりと見おろした。「残念ながら、ないわ」

「一着くらいは持っておくべきじゃないの？」

女店主がカウンターの向こうで、丸めた手を口元にあてて咳をした。ヴァレリーに賛成らしい。

メグはファッション雑誌のページを彩る数々の流行服から目をそらした。舞踏室で体を回転させるたびに蠟燭《ろうそく》の光を受けて繊細に輝く、わたしのためにあつらえた華やかなドレス――喉から手が出るほど欲しいに決まっている。音楽に合わせて動くあいだ、なめらかな絹が肌の上をかすめ、脚の周りで渦を描くのはどんなに素敵な気分かしら。

けれど、それは秘められた願望――メグは考えないようにしていた。

「家庭教師には舞踏会用のドレスなんて必要ないもの」平静を装って言った。

「六歳の子だってそうよ」ダイアナが指摘した。ヴァレリーから絹の生地見本をつかみとると、さきほど女店主にされたのを真似てメグのあごの下にぐいとあてる。「この色は先生の髪の色にぴったり。ね？」

メグは思いきってカウンターの上の鏡にちらりと目をやった。その生地はたしかに、なんとも魅力的な色合いのピンクだった。「もう、からかわないで」

「からかってなんかないわ」ダイアナが口をとがらせた。「女の子なら誰でも高級なドレスを一着くらい持つべきだって言ったじゃない」

「まったく賛成だ」キャッスルトン卿が突然割りこんできたため、メグたちははっとした。彼は颯爽と店内へ入ってくるや、カウンターに集う三人に加わった。

メグはほとんど――だが完全にではなかった――店の外でキャッスルトン卿が三人を待っていることを忘れていた。伯爵は朝から三人の行くところすべてに付き添っていたものの、少女たちがドレスを注文するあいだは馬車の中にとどまることにしたのだった。この女の園とも言える領域に足を踏み入れる決断をしたということは、ほとほと待ちくたびれたにちがいない。

　皮肉なことに、レースや絹やひらひらした装飾品に囲まれていると、キャッスルトン卿はいつにも増して、大きく、男っぽく見えた。

　メグはファッション雑誌を閉じて脇に置いた。「遅くなって申し訳ありません、旦那様。いま品物を包んでもらっていますから、間もなく店を出られます」

「話を変えないでほしいね、ミス・レイシー」キャッスルトン卿がさらりと言った。「ここにいるきみの生徒は……」

「ダイアナですわ」メグは名前で呼ぶよううながした。

　キャッスルトン卿は軽くうなずいて続けた。「ダイアナは、じつに的を射たことを言っている。きみこそ素敵なドレスを一着持つべきだ」

「どうぞお気づかいなく」メグは冷静な口調を保った。「この子たちの前でかっとなってはいけない。「それに、今日の買い物はお譲様方のためのものですから」

「たしかに。だがこの子たちこそが、きみが新しいドレスを手に入れることを望んでいるらしい」キャッスルトン卿はダイアナが手にしている薔薇色の四角い絹を指さした。「それは？」

「生地の見本よ」ダイアナはそれをメグの肩まで持ちあげた。「これ、レイシー先生によく似あうでしょ？」

ヴァレリーが夢見るようにため息をもらした。「とっても素敵」

メグはダイアナの手から生地見本を引き抜くと、カウンターへ戻した。「ほら、荷物の準備ができたわ。従僕に頼んで馬車に積んでもらいましょう、ね？」双子の手を片方ずつ握り、メグは仕立て屋の出入り口へ向かった。

が、伯爵に阻まれてしまった。いや、正確に言えば、彼の上半身に。とても大きく、とても硬そうで、押してもびくともしないだろう。

「何を急いでいるんだ、ミス・レイシー？　今日出かけてきたのは多くの用をすませるためでもあるが、楽しむためでもある——そうではなかったかな？」

「そうですわ、もちろん」メグはこちらを見あげる双子の視線を感じていた。キャッスルトン卿とのささやかな権力争いでメグがどう出るのか、胸を高鳴らせて見守っているのだ。

「でも、お忘れかもしれませんが、わたしたちにはまだまだ予定があるんです」

キャッスルトン卿は愉快そうに口元をゆるめた。「きみはいつもそんなに四角四面で……そんなに融通がきかないのか？」

メグはむっとした。言われてみれば、わたしは少し頑固かもしれない。けれど、人生は自分ではどうにもできないことがほとんどだもの。決めたとおりにできそうなときは、そうしたっていいはずよ。「世の中には」歯噛みして言った。「思いついたときになんでも好きなようにできる余裕も、風まかせにどこへでも行ける自由もない人がいるんです」

「たんぽぽの種みたいに？」ヴァレリーが割って入った。

メグはヴァレリーの小さな手をぎゅっと握った。「そのとおりよ」

「ぼくは何も、頼むから仕事を放り出してこっそり船に乗りこみ、西インド諸島へ出帆しろと言っているわけじゃない。きみがこの子たちにしている助言を、自分も受け入れてはどうかと言っているだけだ。高級なドレスを一着注文して、きみの衣装だんすに入れておきなさい」

「なぜでしょう？」きれいなドレスを着たからといって、わたしと妹たちが上流階級の人たちからばかにされなくなるわけではない。わたしが壁の花から最高級のダイヤモンドへと変貌するわけでもない。この人はどういうつもりでこんなことを言うの？

「なぜなら、たとえきみがそんなものを買うのは軽薄で無駄遣いだと思おうと、いつか必要になるかもしれないからだ」キャッスルトン卿はメグのほうへ少し身をかがめた。「というより、欲しくなるかもしれない」

困ったことに、メグは欲しいと思っていた。とはいえ、自分用の素敵なドレス以上に、妹たちに着せるドレスが欲しい。たぶん、伯爵にドレスを買わせて、それを妹たちに譲るべきなのだろう。ジュリーには丈が足りないが、ベスなら着られる。いや、裾にレースを足してやればジュリーも着られるかもしれない。

メグはよほどそうしようかと思ったものの、自尊心に押しとどめられた。「まだ必要にも欲しくもなっておりませんのに、ご心配いただき、感謝いたします」さらに、かたくなに言った。「ですが、洗練されたドレスを持っていても、わたしには長い裾で埃《ほこり》を集めたり、きらきら輝く布地で蛾《が》を引き寄せたりするくらいにしか役立ちませんわ」

伯爵は腕を組んでメグの発言をじっくり考えているらしかった。幅の広い肩や、がっしりした上腕が、体にぴたりと合わせて作られた濃緑色の上着を内側から押しあげている。溶けゆくチョコレートにも似た茶色の瞳に顔を熱心に見つめられ、メグは落ち着かなかった。伯爵はなぜ自分の言うことにメグが逆らうのかわからず、そのことを受け入れられないのだ。おまけに伯爵の視線に潜む何かが、相手の秘密――妹たちでさえ気づかない、メグが心の奥にしまいこんでいる恐れと欲望――を余さず知るまで、彼が満足することはないと告げていた。

背筋に震えが走った。それでもメグには、譲歩する気も弁明する気もなかった。

困惑したような傷ついたような、なんとも言い表しがたい表情がキャッスルトン卿の顔をさっとよぎった。しかし、ほんの一瞬のことだったので、気のせいだったのかもしれないとメグは思った。伯爵は口を引き結び、それからうなずいた――無言で負けを認めたのだ。

それなのに、勝った気になれないのはなぜかしら。

「きみの衣装だんすに埃や蛾をはびこらせる気はないよ」伯爵は苦笑し、少女たちに目を向けると、さらにこう言った。「ドレスを買うという試練を耐え抜いたんだ、ぼくたちは公園へ行ってもいいんじゃないかな。どうだい?」

「やったあ!」少女たちは声をそろえて叫んだ。

「荷物の用意ができたと従僕に知らせてまいります」メグは申し出た。

「その必要はない」キャッスルトン卿は魅力的な笑顔を女店主に投げかけると、購入した商品を軽々と持ちあげ、店の出入り口へつかつかと歩いていった。女店主は卒倒しそうだと言わんばかりにカウンターの縁をつかみ、店にいた別の客は彼を意識してやたらと扇子で顔をあおいだ。

メグは思わず驚きを顔に出しそうになった。へえ、少しとはいえ、伯爵が荷物を運んでくれるなんて。でも、その程度のことで騎士道精神に則《のっと》っているとは言えないわ。

「きみは来ないのか、ミス・レイシー?」キャッスルトン卿が肩越しに大きな声で訊いてきた。「考え直してドレスを注文する気になったなら、ぼくたちは喜んで待つよ」

「いいえ」メグは歯を食いしばって答えた。「買い物はすっかりすませましたわ」


メグはその日一日あまのじゃくな気分でいたいところだったが、うららかな春の日とあってはほとんど無理な話だった。メグ、キャッスルトン卿、双子の四人は、影がまだら模様を作っている砂利道を散歩した。暖かなそよ風に吹かれ、メグの肩のこわばりも幾分やわらいだ。伯爵はサーペンタイン池のほとりに置かれたベンチへ三人を導き、片手を伸ばして周囲の芝生を示した。「お譲さんたち、ここはお気に召したかな?」

「とっても!」ヴァレリーが言った。

ダイアナは片方の手からもう片方の手へ、ボールを投げる動作を繰り返していた。「じゃあ、遊んでいい?」

「もちろんよ」メグはほほえみながら言った。

「ボール投げでもしましょうか」

「うんっ！」少女たちがそろって叫んだ。

「ぼくは遠慮する」伯爵はベンチに腰をおろし、長い脚を伸ばして足首で交差させた。

「お譲様方をお誘いしたんです、旦那様」

「ああ、そうか」そう言うと伯爵は口元をほころばせ、不敵な笑みを浮かべた。「ほっとするべきか、気を悪くするべきか」

「いずれにしろ、旦那様はお好きなようになさってくださいませ」メグは双子たちを率い、ロンドンの中でもとりわけ洗練された人々が散歩をしている砂利道から離れていった。わたしと一緒のところを見られて伯爵が恥ずかしく思ったところで、どうだっていいじゃないの。ちょっと流行遅れの格好だからといって人を避けるような心の狭い人間だとしたら、あの人のことなんて一瞬たりとも考えてたまるものですか。

「ふたりとも水辺から離れていてね。池に落ちないように。来て、こっちにちょうどいい広場があるわ」メグと双子はすぐさま三角形に広がり、互いにボールを投げあった。頭の上をボールが飛んでいくたび、ダイアナとヴァレリーはきゃあきゃあと大喜びし、はしゃぎながら追いかけていく。ふたりの笑い声はメグの心を満たして、胸の痛みをいくらかやわらげてくれた――誰かと違って、このふたりはわたしが洗い場のメイドのような服を着ていても気にしないみたい。

もし昨夜、図書室でわたしが伯爵を挑発するような発言をしなければ、こんな思いをしながらあの人に付き添われる必要もなかったのに。伯爵はわたしを怒らせ、わたしも同じように反応し、結局相手にしてやられたのだわ。もう、いまいましい。

「レイシー先生」ヴァレリーが芝生の向こうを指さした。「あそこにいる女の人、先生に手を振ってるみたい」

メグは振り返り、日差しをよけるため、目の上に手をかざした。数メートル先でシャーロットがうれしそうに手を振り、かたわらで少女が跳ねまわっていた。

「あの人たち、誰？」ダイアナが尋ねた。

「わたしのお友達のミス・ウィンターズと、彼女の生徒のアビゲイルよ」

「あの子、あたしたちと同い年くらいじゃないかな」ヴァレリーが言った。

「たしか、そのはずよ」メグは背後のベンチにちらりと目をやった。伯爵の隣には、鮮やかなピンクのドレスに身を包んだ可愛らしい金髪の令嬢が座っていた。繊細なレースで縁どられた黄色の日傘を優雅にまわし、キャッスルトン卿の言葉にくすくすと笑っている。ふたりから少し離れた場所には令嬢のメイドが立っていた。大丈夫、伯爵はわたしがこの子たちをシャーロットとアビゲイルに紹介しても気にしないわ。

キャッスルトン卿は次なる獲物を追うのに忙しく、こちらの様子に気づいていない。それどころか、自分と少女たちが頭から池に落ちても気がつかないのではないかとメグは思った。

「メグ！」シャーロットが大きな声で呼び、近づいてきた。「こんなところで会えるなんて」頬を上気させて息を弾ませ、メグをさっと引き寄せて強く抱きしめた。「うまくやってる――のよね？」

メグは肩越しに伯爵のほうを意味ありげに一瞥した。「まあね」

シャーロットはメグの視線を追い、うなずいた。「あら、じゃあ」少女たちにほほえみながら言った。「わたしたち、お知りあいにならなきゃね。だって、これからたびたび午後を一緒に過ごすことになる気がするんですもの」

互いに生徒を紹介しあったのち、メグはアビゲイルにボールを手渡した。「はい、わたしと交代ね。あなたのほうがずっと上手にこのふたりの相手になれるはずよ」

少女たちは遊びはじめ、メグとシャーロットはすぐそばに堂々と立っているオークの木陰へと歩いていった。「あなたに会えてすごくうれしいわ」シャーロットが言った。「本当にとても元気そう。いま、幸せ？」

予期せぬ問いにメグは驚いた。シャーロットに本当のことを言うわけにはいかない――親切に面接の手配をしてくれたのだから。「ベスとジュリーに会えなくて寂しいわ、もちろん。でもあの双子といるのは楽しいの」

シャーロットの眉が上がった。「伯爵とは？」

「これまでのところは、お互いになんとか我慢してる」

「どういうこと？」シャーロットが額にしわを寄せた。「不作法なことをされたわけじゃないわよね？」

「ええ」メグはシャーロットを安心させた。「そんなことはないわ」そのとき、メグの顔が曇った。少女たちが芝生をふらふらと歩き、こちらから遠ざかっていく。「あの子たちを連れ戻してくるわね」メグは向かいかけたが、シャーロットが腕に手をかけて引き留めた。

「あの子たちなら大丈夫。ちょっと自由を満喫させてあげましょ」

そう言われてメグは肩の力を抜いた。シャーロットはわたしと違い、家庭教師の役目を心得ている。それに、あの子たちはちゃんと目の届くところにいるわけだし。「いずれは気を楽に持てるようになるのかしら」

「なるわ。信頼関係を築くには時間がかかるの」

メグはうなずいたものの、シャーロットが子どもたちとのことを言っているのか、あるいは伯爵とのことを言っているのかはよくわからなかった。

「キャッスルトン卿とは知りあいだったって言ってたわね」シャーロットが言った。「ふたりはいつ出会ったの？」

「何年も前よ。お隣同士だったの」メグは伯爵をちらっと振り返った。伯爵と美しいお相手は池のほとりの小道を歩きはじめていた。シャーロットにならあの不道徳な話を打ち明けてもかまわないだろう。「わたしが一五歳になる直前——」

「ダイアナ！」ヴァレリーの叫び声がした。「だめだってば！」メグたちから数メートル離れたところで、ヴァレリーはなすすべもなく双子の片割れを見つめていた。買ったばかりのブーツで芝草をはねあげながら、ダイアナが全速力で一直線に突き進んでいる。

メグはヴァレリーのそばまで走っていった。「あの子、どこへ行くつもりなの？」

「道路の向こう端まで行って戻ってくるのに走ってどれくらいかかるか、時間を計ってほしいんだって」

メグの心は一気に沈んだ。「あっちは乗馬用道路《ロットン・ロウ》だわ」メグはドレスの裾を持ちあげ、ダイアナを追って走り出した。どうやらあの少女には見えていないらしい——尻尾に火がついたように速歩《はやあし》で駆ける馬に引かれて、道を暴走している二頭立ての四輪馬車が。

「ダイアナ！」メグはパイプを吹かしている男を肩で押しのけながら大声で呼んだ。

けれどもダイアナは走り続け、道路へ、そして御者のいない馬車へとさらに近づいていく。

メグは地面に靴音を響かせて走りながら苦しそうに息をし、さきほどより大きな声でふたたび呼んだ。「ダイアナ！」

ダイアナは道路の真ん中でつまずいて立ち止まり、くるっと体をまわしてメグのほうを向いた。金色の巻き毛がおだやかな風に吹かれている。にこにこと笑いながら、ダイアナは片手を上げて振ろうとした。

そして、ぴたりと動きを止めた。

ダイアナの目が大きく見開かれ、土埃の舞う道を自分のほうへ突進してくる巨大な馬たちに釘づけになった。

メグは人生でこれほど無力さを感じたことはなかった。ろくに知らない男と結婚するよう両親に告げられたときも、それまでの自分が唯一知っていた家を離れざるをえなかったときも、いまほど自分の力のなさを感じたことは、一度もなかった。

ダイアナを助けなきゃ。馬がぶつかってくる前に。

メグは力の限り走り、ダイアナ目がけて身を投げ出した。突き飛ばされたダイアナは芝生の上へ転がり、事なきを得た。

だがメグのほうは砂利道に、肺がつぶれそうなほど強く胸を打ちつけた。馬たちがすぐそこまで迫っている。メグは必死で立ちあがろうとした。が、靴がドレスの裾に引っかかり、不快な鈍い音をたてて片膝をつくはめになった。

叩きつける蹄《ひづめ》が地面を揺らしている。もうだめ。踏みつぶされる。

6

土埃が喉に詰まって息ができない。叫ぶことなど到底無理だ。

間もなく体が押しつぶされて痛みに襲われる。まだ死にたくない。でも――。

そのとき、風を切るような音がした。濃緑色の何かが馬たちの蹄の前に飛びこんでくる。

どすん、という音が聞こえ、大きな体が覆いかぶさってきたと思ったら胸が押しつぶされた。

たくましい手に両肩をつかまれ、蹄からも、土埃からも、危険からも引き離された。

メグは丸太のように地面を転がっていった。一瞬ごとに男と上下が入れ替わる。そうしてようやく、とげだらけの生け垣を目前にして止まった。ふたりともぴたりと抱きあい、激しく呼吸している。上にいるのはメグだった。

メグは両手で男の硬い胸板を押し、顔を上げて救い主を見た。

キャッスルトン卿。やっぱりそうだったのね。

相手は口元をゆがめてにやりと笑った。こちらは死にかけたというのに。そこでふと、メグは思い知らされた――この人は男で、自分は女なのだ、と。それも、キャッスルトン卿の体の上で。

「大丈夫かい、ミス・レイシー？」その問いかけは紳士的な言葉とは裏腹に、どこか面白がっているような表情と口調のせいで場違いに聞こえた。

「ええ、たぶん」メグはうまく声が出せなかった。「でもダイアナは――」

「大丈夫だ」キャッスルトン卿はどうにか上体を起こし、膝の上にしっかりとメグを抱いた。茶色の瞳が心配そうに色を濃くした。「しかし、きみのほうはブランデーが必要そうだな」

ブランデー？「とんでもないわ。いえ、その、ダイアナのことが心配なんです」メグは唾をのみこむと一瞬目を閉じ、頭に浮かんだ恐ろしい情景を消し去った。

突然、わっと泣き出したくなったものの、懸命にこらえた。一体何をしていたのだろう。家庭教師失格だ。わたしの無能さゆえに、ひとりの少女が死ぬところだった。「あの子の無事を確かめなくては」

メグは這うようにして伯爵の膝の上からおりた。だがその動作は、いささか優雅さに欠けていたかもしれない。なぜならその瞬間、伯爵が悪態を口にしかけてのみこんだからだ。そのときメグの片膝は、相手の体の――男性だけが持つ――ある部位を思いきり直撃していた。なんてこと。恥ずかしさに顔をゆがめながら、メグはよろよろと立ちあがり、ダイアナのそばまで行って膝をついた。「よく見せてちょうだい」メグは少女の両頬に手のひらをあて、顔じゅうをくまなく調べた。かすり傷ひとつない。「どこも痛くない？　腕も脚も動かせて？」

「もっちろん」ダイアナは息を切らしつつも笑顔で言った。「新しいブーツでどれだけ速く走れたか、見てくれた？」

メグの心はたちまち安堵の思いに満たされた。けれども、付き添いもなしに駆けていってはいけないことをダイアナにわからせなくてはいけない。ロットン・ロウの近くでは絶対に走ってはいけないことも。「たしかに、とっても速かったわ。でも、自分がどれほど危ない目にあったか、どうなるところだったか、わかっていないみたいね」ダイアナが小さな顔をしかめたが、メグは続けた。「あの馬たちはとても大きかったわ。あなたはもう少しで――」

「駆けっこでぼくを負かしそうだった」キャッスルトン卿がさらりと割って入った。

メグは振り返って伯爵をちらりと見た。少し足を引きずりながら近づいてくる。メグにうっかり膝をあてられた痛みがまだ引いていないのだろう。「いま、なんとおっしゃいまして？」

「ダイアナはあと少しでぼくを追い抜く速さだった、と」

ダイアナがにっと笑った。「ほんとはあたしのほうが速かったんだから」

伯爵は小さく笑った。「まったくそのとおりだ。少なくとも、ミス・レイシーにはどうにか勝ったがね」

メグは眉をひそめた。「笑い事ではありませんわ、旦那様」わたしが生徒から目を離しただけでも大問題だわ。ダイアナは危うく大怪我をするところだった――その責任はすべてわたしにある。「軽くお考えにならないほうがよろしいでしょう」

キャッスルトン卿はダイアナにいたずらっぽく片目を閉じてみせ、親指でメグを指した。

「潔く負けを認めたくないのさ」

メグは目をしばたたき、口を開いた。伯爵か、ダイアナか、あるいは……とにかく誰かを叱ろうとして。ところが、ダイアナがくすくすと笑い出した。

せっかくこの子に言い聞かせていたところだったのに。でも、たしかにいまはしつけに最適なときではないのかもしれない。ちゃんとした家庭教師なら、それくらい心得ているはず。

「メグ！　大丈夫？」シャーロットが芝生の向こうから走ってきた。両手でアビゲイルとヴァレリーの手を引いている。「ずいぶん派手に転がったわね！」

「ぼくが体当たりしてしまったからな」伯爵は後悔するそぶりも見せずに言った。

メグは伯爵を無視した。「わたしは大丈夫。ダイアナもね」

「よかった」ヴァレリーがシャーロットの手を放し、ダイアナをぎゅっと抱きしめた。

「痛いってば」ダイアナはヴァレリーに文句を言い、メグを見あげて訊いた。「もうガンターの店へ行ってもいい？」

立ちあがったメグは驚いた。両膝が少し震えている。伯爵がメグの肘をつかんで支えた。

シャーロットがメグのしわくちゃになったドレスを直し、髪についた葉っぱをとってくれた。

「ガンターの店ですって？」メグは訊き返した。少女たちはそこへ行くのを心待ちにしていたが、メグはまだダイアナのことが心配だった。できることなら、屋敷へ戻って医者を呼んだほうがいいかもしれない。

キャッスルトン卿に視線を向けてみても、物憂げなまなざしでにこりともせず、何を考えているのかわからなかった。「どうかしら」メグは何か助言をくれないかとシャーロットのほうを向いた。生徒が馬に踏みつけられそうになったあと、家庭教師ならどうするべき？

シャーロットはメグを励ますようにうなずいた。「行けば、みんな元気が出るかもしれないわね……あなたの具合さえよければ」

「わたしは大丈夫よ」メグの返事を聞いて、双子がうれしそうに飛び跳ね出した。「この子たちもそうみたい。あなたとアビゲイルも一緒にいかが？」

「残念だけど行けないわ。わたしたちは公園までちょっと散歩に来ただけなの。家に戻って書きとりの練習をしなきゃ」

さすがだと言いたげに伯爵がうなずいた。「外の世界の影響を受けやすい少女たちの誰が一日じゅう、ドレスを買ったり、公園でボール遊びをしたり、アイスクリームを食べたりして過ごすわけじゃないとわかって安心したよ。幼い生徒を一生懸命教育しようというきみの姿勢は見あげたものだ、ミス・ウィンターズ」

シャーロットは用心深い目でキャッスルトン卿を一瞥した。「ミス・レイシーも同じくらい一生懸命だと思います。何事も釣りあいが大切ですわ、伯爵」

「そうかもしれないね」シャーロットに向かって軽くうなずきながら、キャッスルトン卿が言った。「ごきげんよう、ミス・ウィンターズ。ぼくは友人に別れを告げてくるから、きみたち三人は馬車に乗っていてくれ」

キャッスルトン卿が歩み去った。体のある部分をかばうように、普段よりわずかに歩幅が狭く、速度も遅い。どうしよう、思っていた以上に傷つけてしまったのだわ。

双子の手をとり、公園を引き返しはじめた。「ふたりとも、お願いだから今日はもう走らないでちょうだい」

シャーロットが同情するような笑みを向けてきた。「ねえ、あなたの責任じゃないのよ、メグ」

いいえ、もちろんわたしの責任よ。この子たちの安全を守れないなら、わたしに家庭教師の資格はない。「伯爵の言葉をお借りするなら、〝そうかもしれないわね〟」

「本気で言ってるのよ。わたしも含めて誰にでも起こりうることだったわ。この子たちを自由にさせてあげるよう言ったのはわたしだってこと、覚えている？」

「ダイアナが買ったばかりのブーツで走りたがってることを、わたしは知ってたの。それなのに池に落ちないかばかり心配して……夢にも思わなかったの、まさかこの子がロットン・ロウへ——」

「子どもって何をするかわからないものよ。こういうこともあるわ」

メグは立ち止まって友と向きあった。「今日の外出は悲惨な結末を迎えていたかもしれないのよ、シャーロット。しかも、わたしが家庭教師になって一週間も経《た》たないうちに生徒が危険な目にあった。雇い主の目の前で」

シャーロットの顔が一瞬こわばった。「その点はついてなかったわね。でも自信をなくしてはだめよ」

「その心配はないわ」メグは言った。「そもそも自信なんて持ちあわせていないもの」

シャーロットは笑った。「何もかもうまくいくわ。いずれわかるから」

池のほとりのベンチのそばでは、伯爵が、ダイアナ、そしてメグを助けるために――少なくとも一時的には――置き去りにした美しい令嬢と話していた。金髪の令嬢は伯爵の乱れたクラヴァットも、草の染みがついたズボンも、土埃にまみれた上着もまったく気にならないようだ。それればかりか、伯爵を憧れのまなざしで見つめている。目の前に英雄でもいるかのように。

実際、あの人は英雄なのだわ。いくらメグでも、それは否定できなかった。伯爵は文字どおり身を挺《てい》してわたしを守ってくれた。とても大きくて、頑丈で、たくましい体で。

「メグ？」シャーロットがメグの顔の前で片手を振った。

「え？」

「日曜に会う約束を忘れてないかどうか訊いてたの」

「あら、ええ。忘れるわけないわ」

シャーロットが眉根を寄せた。「さっき転がったせいで少しぼんやりしてるみたいね。ガンターの店を出たら、夕食までベッドで休んだほうがいいわ」

メグはやれやれという顔をした。「はいはい、承知しました」

「伯爵がいらしたわ。それじゃあ、またね」

シャーロットとアビゲイルがダイアナとヴァレリーに手を振って別れを告げると、キャッスルトン卿は双子に手を貸して馬車に乗せた。メグはキャッスルトン卿に手を差し出されても気づかない振りをし、ひとりで馬車に乗って双子のあいだに座った。伯爵と体が触れあうのは、一日分としてはもう充分。いえ、二週間分かしら。

双子はメグの両側で落ち着きなく体を動かし、あったらいいと思うアイスクリームの味について話しあっていた。「誰かスエット・プディング（牛脂や小麦粉に干しブドウやスパイスを入れて作る菓子）味のアイスクリームを作るべきよ」ヴァレリーが発案した。「あったら食べるのに」

「あたしだって」ダイアナが肩をすくめて言った。「でもちょっとつまんないわ。もっとドキドキするような味がいいな。コオロギの足味のアイスクリームとかね」

「そんなの絶対まずい」ヴァレリーが反論した。

「なんでわかるわけ？」

ふたりが仲よく言い争うのを聞いて、メグは自分の妹たちを思い出してほほえんだ。けれども向かい側に座る伯爵のまなざしからは、彼がメグのように双子の会話を楽しんでいるわけではないことが見てとれた。腕を組んだまま、口を固く結んだ浮かない顔で見据えられると、不安を感じずにいられない。背筋が冷たくなった。

伯爵が腹を立てるのも当然だとメグは思った。自分でも自分に腹が立っていた。なんと言っても、まだ伯爵に謝っていないのだから。

馬車が通りを進みはじめると、メグは咳払いして「旦那様」と切り出した。

伯爵はまばたきをし、しぶしぶといった様子で、窓の外を流れる通り沿いの店から視線をはずした。「どうしたんだ、ミス・レイシー？」その声は、特別ややこしい数学の問題を解いている最中に邪魔されたとでも言わんばかりに苛立たしげだ。

メグはひるむことなく、あごを上げた。「さきほどの公園での出来事に関して、謝らなくてはいけないことが――」

「いや」伯爵ははねつけるように言った。

「でも、わたし――」

「いまその話をするのはやめておこう」伯爵はそれきりしばらく沈黙した。どうやら彼が何を言うつもりにせよ、少女たちの前で口にすることはできないということらしい。「今夜、晩餐の前にぼくの書斎へ来てくれ。七時きっかりだ」

メグは息が詰まり、うなずくことしかできなかった。

わたしをクビにするつもりなんだわ。

一度重大な過ちを犯したせいで、アリステアおじの債務者監獄行きを防ぎ、妹たちに良縁を結ばせ、自分も少しは自立しようという計画が事実上打ち砕かれてしまった。なんと不注意だったのだろう。メグの心は沈んだ。お金の問題だけではない。いまこのときも、手にはヴァレリーの小さな手が預けられ、肩にはダイアナが頭をもたせかけている。このふたりの期待まで裏切ってしまったのだ。

ため息が出た。たった二日しか家庭教師を続けられなかったなんて。予想よりは一日ほど長いけれど。

6

ウィルはブランデーをあおり、書斎の暖炉脇に置かれた一対の肘掛け椅子の片方に身を沈めた。最初のひと口が喉を焼きながら流れ落ちる。彼は脚を組もうとした――が、すぐに考え直してやめた。

くそっ。股間がまだ完全に回復していない。家庭教師の膝というより、破城槌《づち》（古代、城門を打ち壊す際に使われた兵器）にやられたかのようだ。

まあ、当然の報いか。何しろ、ミス・レイシーにこんな目にあわされる直前、否定しようがないほど欲望が高まっていたのだから。体の一部は松の木のように硬かった。

こちらの胸に押しつけられたミス・レイシーの柔らかな胸を思い出すと、いまも張りつめてくる。あのときは、しなやかな脚にまたがられ、その両腿にほどよい強さでしっかりと腰を挟まれていた。顔を上げてこちらを見たミス・レイシーの、絹のようになめらかな茶色の巻き毛が落ちて頬に触れてきた瞬間、うなじで固く結った崩れかけの髪をほどきたくなった。

ウィルは美しい女――ミス・レイシーほどのつむじ曲がりでさえ――を仰向けになった自分の体の上にのせるのがたまらなく好きだった。すぐ目の前でミス・レイシーの豊かな胸が揺れ、敏感な部分に彼女の尻の心地よい重みを感じ、きらめく瞳で思いのほか熱心に見つめられたとあっては、たちどころに欲望を募らせるほかなかった。

毒づきながら座り直し、グラスに残ったブランデーを一気に飲み干して炉棚の上の時計に目をやった。

七時まであと二分。ミス・レイシーが遅れることはないはずだ。融通がきかないくらい規則の奴隷なのだ――家庭教師には持ってこいの特質だろう。だが惜しむらくは、恋人としては都合が悪い。かといって、ミス・レイシーとベッドをともにするつもりはまったくないが。彼女ほどの美しさと情熱を兼ねそなえた人が、あそこまで……四角四面なのがなんとも残念なだけだ。

しかしハイド・パークではほかにも気づいたことが三つあった。まず、自分には双子に対する責任があるということ。これまでも頭ではそのことをわかっていた。けれども今日、暴走する馬車を前にダイアナがなすすべもなく立ち尽くしたとき、心から理解した。腹の底から思い知ったのだ。身のすくむ思いだった。双子の面倒を見るとトーマスに約束したときは、それがどういうことなのかをわかっていなかった。だからといって、約束を破るわけにはいかない。破るものか。

次に、ミス・レイシーは生徒のためなら自分を犠牲にすることも厭《いと》わないということ。彼女はダイアナを救おうとして、馬たちが突進してくる道にわが身を投げ出した。もしぼくがすばやく救い出さなかったら……。

考えたくもない。心臓が激しく鼓動し、ウィルは立ちあがってグラスに酒を注いだ。そして、今日わかった三つめにして最後の事実――ぼくはミス・レイシーのことも守らなくてはいけない。自分自身が正気を保つために。彼女とあの子たちが公園へ散歩に出かけるたびに気を揉むのは絶対にごめんだ。

階段をおりる足音がしたので、ふたたび時計を見た。予想どおり、時間きっかりだ。一秒たりともたがわない。

「失礼いたします、旦那様」ミス・レイシーが両手を揉みあわせながら書斎の入り口に姿を見せた。くすんだ紺色のドレスを着ているせいか、顔色が青白く見える。いや、幽霊かと思うほど蒼白《そうはく》だ。髪についていた芝生のくずはとり除かれ、頬を汚していた土も洗われている。ふたりが親密に――不慮の出来事だったにしろ――触れあった跡は、見たところ完全に消し去られていた。残念ながら。

ウィルはそばに置かれた椅子を手で示した。「どうぞ。座って」

ミス・レイシーは椅子に浅く腰かけ、膝の上で両手を重ねて口を一文字に結んだ。名づけて〝慎み深き家庭教師〟、あるいは〝決意を固めたオールドミス〟といったところか。「さきほど馬車の中では」ミス・レイシーが口を開いた。「お話しさせていただけませんでした」

「だからきみはいまここにいるんじゃないのか？」

「公園で助けに来てくださったことに、お礼を申しあげないわけにはまいりませんから」

ウィルはうなずいた。このうえなく素直な感謝の言葉とは言えないが、ミス・レイシーは誇り高い人だ。そして正直に言えば、ぼくは彼女のそういうところを尊敬している。ウィルは相手に歩み寄ろうとして言葉をかけた。「残念ながら、体当たりするしかなかった。できることなら、別の方法をとったんだが」

「承知しています。助かっただけましでした。旦那様にはご恩を感じております」

それは違う、きみはぼくになんの借りもないとウィルは否定しようとしたが、ふと思い直して相手に借りがあると思わせておくことにした。そのほうがこの先、ミス・レイシーとやっていくのが楽になるかもしれない。「怪我人《けが》が出なくて何よりだ」

「ええ、その点につきまして」ミス・レイシーはまた少し両手を揉みあわせた。「旦那様に謝らなくてはいけません、その」頬がさっと鮮やかなピンクに染まった。「非常に間が悪くて、まったくの偶然だったのですが、わたしの膝がうっかり旦那様の……」

ウィルは両方の眉をつりあげ、平然として訊いた。「ぼくのなんだって、ミス・レイシー？」

ミス・レイシーの頬の赤みが苺《いちご》色のインクの染みさながらに濃くなり、可憐《かれん》な首筋まで広がっていく。だがその先は、ばからしいほど高く詰まったドレスの襟に隠れて見えなくなった。「何を申しあげているかはご存じのはずです」

「買いかぶりすぎだ。ぼくは人の心が読めるわけじゃない」とぼけて女性を恥ずかしがらせるなんて褒められたものではないが、ミス・レイシーをからかう機会を逃す手はない。

ミス・レイシーは長い息を吐き、用心深くウィルを見た。「承知しました。できる限り、明確に申しあげることにいたしましょう。旦那様が地面の上にいらして、わたしが旦那様の――」かぶりを振ってから言い直した。「わたしたちがどちらも地面の上にいて――」

ウィルは大げさに眉をひそめた。「ぼくの記憶とはやや異なるが、続けて」

「わたしが立ちあがろうとしたとき」ミス・レイシーは歯を食いしばって続けた。「膝が偶然あたったせいで、申し訳ないことに、痛い思いをさせてしまいました、その……」

ウィルは身を乗り出した。「なんだい？」

ミス・レイシーは腕を組んだ。苛立ちがあふれ出ている。「おわかりでしょう」ほんのわずかな一瞬、ウィルのズボンの前に目をやり、またすぐに顔を見た。まずい。これはじつにみだらだ。そしてひどく興奮させられる。

ウィルは背後の炉棚の上に片肘をつき、足首を交差させた。ズボンの中で張りつめていくものが目立たぬことを願って。「正直に言えば、たしかにぼくはわかっているよ、ミス・レイシー。問題は、きみのほうは自分がどれほどの痛みを与えたか、わかっているのかどうかということだ」

「充分わかっておりますわ、旦那様」ミス・レイシーがすぐさま言い返してきた。「本音を申しあげれば、あれしきのことで、と思っております」

ブランデーを口に入れていたら、噴き出しているところだ。「あれしき？」

「ええ」ミス・レイシーが小ばかにしたように言った。「どうやらきわめて……繊細なようですわね」

「繊細？」

ミス・レイシーは肩をすくめた。「わたしの膝がどれほどの損傷を与えたというのでしょう。そんな気さえありませんでしたのに」

「意外だな。というのも、きみにそんな気があったんじゃないかと思えてきたからね」

ミス・レイシーは息をのんだ。「痛い思いをさせてしまったことを謝ろうとしておりますのに、邪魔なさるのですね。そんなふうにわたしに恥をかかせて何が楽しいんです？」

ウィルは言い返そうと口を開きかけてから、ミス・レイシーと向かいあった椅子に身を沈めた。ああ、ばかなことをしてしまった。「悪かった。気休めになるかどうかわからないが、きみに恥をかかせるつもりはなかったんだ……ましてや挑発するつもりもね」

ミス・レイシーは頭痛に襲われているかのように指先でこめかみを押して目を細めた。

「挑発？　どういうことでしょうか」

「きみと言葉の応酬《スパーリング》をするのが楽しいんだ」あれほど容赦なく攻撃したのだから、正直に話すべきだろう。「きみは好敵手なんだよ、ミス・レイシー」

ミス・レイシーは背筋を伸ばした。「打ちあい《スパーリング》のお相手をお求めでしたら、キャッスルトン卿、〈ジャクソンズ・ボクシング・サロン〉でお探しになるとよろしいかと存じますわ。わたしは家庭教師にすぎませんし――家庭教師としてもあまり優れておりません」最後の台詞《せりふ》はウィルではなく自分自身に対して言ったようだ。「そうだわ、いまの言葉で、この部屋に来た本当の理由を思い出しました。それから、さっき馬車の中でお伝えしたかったことも」

ああ、そうだった。ぼくの思い違いでなければ、ミス・レイシーはいまにも辞職を申し出ようとしている。けれども彼女を手放せば、別の家庭教師を雇わなくてはならない。小さなじゃじゃ馬ふたりのために、暴走する馬の前に進んで身を投げ出す家庭教師など、どうやって探せばいいのだろう？　堅物の老嬢を何人も面接して時間を無駄にするのは勘弁してほしい。

ミス・レイシーの辞職の意思は、いまのうちに芽を摘んでおこう。

ウィルは腕を組んで言った。「覚えているかな、ミス・レイシー、きみをここへ呼んだのはぼくだと」

「はい、ですがわたし――」

「きみが意見を言うのは、ぼくのあとだ」ウィルは相手の言葉を締めくくった。「それでいいかい？」

メグは黙ってうなずいた。伯爵は少し伸びてきたあごひげをさすりながら、考えこむようにして暖炉の前を行ったり来たりしている。どうやってクビを言い渡すのがいちばんいいかと考えているにちがいない。解雇されようと自分から辞めようと、メグにはどうでもよかった。ただ、人間は一日にどれくらいの屈辱に耐えられるものなのだろうと思っていた。もうそろそろ限界に近づいているはずだ。

「今日のようなことは二度と起こさせない」伯爵は事もなげに言った。あたかも命令すれば簡単に実現できるかのように。

「弁解の余地はございません」メグは認めた。「お譲様方から離れるべきではありませんでした。わたしの不注意のせいで、もしかしたら――」

「ミス・レイシー」伯爵は言い聞かせるように言った。「ひと息置いたのは、話してくれという意味じゃない」

メグはむっとした。「違いますの？　会話とはそういうものだと思っておりましたわ、旦那様」

伯爵が得意げな笑みを浮かべたので、メグはまたしても相手の罠《わな》にはまってスパーリングにつきあわされたことに気づいた。

「どうぞ、続けてくださいませ」メグは言った。

キャッスルトン卿は軽くうなずいた。「同じことが起こらないよう、きみとあの子たちは従僕の付き添いなしに屋敷を出ないでくれ。いつどこへ出かけようと、ハリーが目を離さないようにする。きみたちは彼なしでこの屋敷を離れてはいけない」

しばしの沈黙のあいだにメグに困惑と悔しさが駆けめぐったところで、伯爵がゆったり構えて手のひらを向けてきた。「きみの番だ。言いたいことが山ほどあるにちがいない」

「ちょっと確認させてください。わたしとお譲様方とで庭園を散策するたびに、従僕に付き添わせるとおっしゃるのですか？　わたしたちは基本的に囚われの身で、見張りがそばにいるときにしか敷地の外へ出ることが許されないと？」

「きみはいささか大げさだな、ミス・レイシー。このタウンハウスはニューゲート監獄とは似ても似つかない。こうするのはあの子たちに幸せに暮らしてもらうためなんだ」

メグはまた悔しさが込みあげた。「わたしひとりではお譲様方の安全を守れないとお思いなのですね」

「あの子たちは災難を引きつけるんだ。犬の毛にイガがつくように。ひとりでは誰もあの子たちを厄介事から引き離しておけないんじゃないかな。だがハリーが見張りとして手を貸してくれる。必要とあらば、きみのことも守るはずだ」

「わたしは守ってもらう必要などありません」

「今日あったがね」その声にはからかう様子も勝ち誇る響きもなかったものの、その分、メグははっとして黙りこんだ。「ぼくが四六時中きみと一緒にいることはできないが、ほかの者なら一緒にいられる」こちらを見つめる伯爵の茶色の瞳が濃さを増した。メグに理解を求めている。伯爵は全身をこわばらせて返答を待っていた。

ひょっとすると、これまで目にした中で最も無防備で偽りのないキャッスルトン卿の姿かもしれなかった。〝尊大な伯爵〟や〝自堕落な遊び人〟といった普段の仮面の下には、心からメグを気にかける――恋愛の相手として見ているわけではなく、ただ身の安全を心配してくれている――男がいたのだ。

メグはこちらを見つめる相手の視線にぞくりとして唾をのんだ。いまのキャッスルトン卿に逆らうのは、いつもより難しそうだ。

それならなおさら、ここを辞めなくては。自分と妹たちにはドレスを買う余裕もないが、醜聞に見舞われる余裕はそれ以上にない。わずかな間違いでも起これば、妹たちが良縁を得て結婚する機会がふいになる可能性がある。まさに三姉妹の将来がかかっているのだ。「旦那様がお決めになったことの理由はわかりました。ですが、この話しあいには意味がないように思います」

「それはまた、どうして?」

さあ、いまこそ言うのよ。メグは喉が詰まり、口が乾いた。唇を湿らせ、どうにか言葉を口にした。「本日午後の公園での出来事で、やはりわたしには家庭教師の資格がないことがわかりました。もっと経験のある方をお探しになるべきだと思います。どなたか、子どものことをよくわかっている方で――」

「まったく、何を言ってるんだ」

「え?」

「今日のことで動揺したんだな――誰だってそうなる。だが、きみは迅速に行動を起こしてダイアナを救った。なんの被害も出なかった」

「ですが、もし――」

「〝もし〟で自分をいじめるのはやめたまえ、ミス・レイシー。そんなことをしても面白くないばかりか、無益だ」伯爵は反動をつけて炉棚から離れ、机の後ろにあるサイドボードへふらりと歩み寄ると、デカンタを掲げた。「ブランデーは？」

メグは鼻にしわを寄せた。「いいえ、結構です」

「わかった、それなら――ポートワインにしよう」

「お酒は飲まないんです」

伯爵は一杯ずつ注ぎはじめた。「じゃあ、ただこれを持っているだけでいい。ぼくにつきあってくれ」

そう言ってメグにポートワインの入ったグラスを手渡すと向かいの椅子に座り、前かがみになって両膝に肘をついた。ブランデーグラスの中で酒をまわしながら、考え深げにのぞきこんでいる。

メグはこの機会を利用して、伯爵の整った頬骨やまっすぐな鼻筋、大きな手を観察した。このたくましい手に肩をつかまれ、この長い指に肌をかすめられたのだわ。そして一瞬――わたしがこの人の上にいたとき――ふたりのあいだで火花が散った。

いまもその余韻が感じられる。

「きみの経験が豊かになることを祈って」伯爵がブランデーグラスを掲げながら言った。

「えっ？」メグはぎこちなくグラスをまわした。ベルベットのような赤いポートワインがグラスの縁ではねている。

伯爵の手が伸びてきてメグの手をしっかりつかんだ。「乾杯の言葉を述べていたんだ」どこかの異国の習わしを説明しているかのような口ぶりだった。

「ええ、ですから、心の準備を……」メグは真っ赤にほてる頬を隠そうと、平静を装って言った。

伯爵は親指をメグの手首の内側にそっとあて、激しく打つ脈を数秒ほど感じた。そして手を離して自分の席へ戻り、ふたたびグラスを掲げ、「家庭教師としてのきみの経験が豊かになることを祈って」と、さきほどより具体的に言った。

酒を飲むあいだ、伯爵の口元にはいたずらっぽい笑みが広がっていた。メグは自分が何を言っても、相手にこちらを恥ずかしくさせる攻撃材料を与えるだけなのではないかと弱腰になり、敬礼するようにグラスを掲げた。

そして、飲んだ。

心地よいひと口がゆっくりと喉をくだり、いけないと思いつつも伯爵に惹かれている気持ちをやわらげていく。甘くて強いワインが胃におさまり、体を芯から温めた。

伯爵はメグがワインを飲む様子を見ると、両方の眉を上げ、よろしいとうなずいた。

とはいえ、メグは伯爵の意思に従うつもりはなかった。「よい家庭教師でいたいと思って一生懸命働けば、それで充分だと思っておりました」心の内を口にした。「でもそうではないようです。実際のところ、わたしにはこの仕事に就く資格がありません」

キャッスルトン卿は肘掛け椅子にもたれ、両脚を伸ばして足首で交差させた。よく磨かれたブーツのわずか数センチ先にメグのドレスのスカートがある。メグの言葉を咀嚼《そしゃく》しているらしく、彼は無表情のまま腹の上にブランデーグラスをのせて親指と人差し指で縁を軽くつまんでいた。メグは相手のズボンのウエストバンドのあたり、好奇心をそそられる例の場所に目を向けないよう気をつけた。

そのため、もう少しワインを飲んだ。

「父の爵位を継いだとき、ぼくは二三歳だった。伯爵の資格があったと思うかい、ミス・レイシー？」

「わかりませんわ」メグは口ごもった。「でも、そんなに若くしてお父様を亡くされて、さぞ大変だったでしょう」

伯爵は一瞬うつむいたのち顔を上げた。「ああ、いろいろな意味でね。母を慰めるのと同時に、領地の運営もしなくてはいけなかった。仕事のことなどまったくわからなかったが、学んでいったよ。きみも同じさ」

「旦那様とわたしでは、状況が違います」

「どう違う？」伯爵が尋ねた。

「旦那様はこのような環境にお生まれになったのですもの」メグは雅《みやび》やかな調度品が並ぶ部屋を片手で示した。「ご自分が伯爵になる運命にあることをずっと自覚していらして、幼い頃から爵位の継承者としてお育ちになった。けれど、わたしは家庭教師として生まれついたわけではありません」

伯爵はあきれたように首を横に振った。「数日前、きみはほかでもないこの部屋で、家庭教師の仕事を立派にやってみせるとぼくを説得したじゃないか。その気持ちの変わりようはどうしたことだ」

メグは困ったように肩をすくめた。「わたしが家庭教師ではお譲様方が気の毒ですから」

嘘ではない。それも理由のひとつだ。

「やめてくれ」伯爵が苛立った声で言った。

メグは片手を胸に押しあてた。「何をやめるのでしょう？」

「あの子たちのせいにすることを、だ」

「お譲様方のせいにしているわけではありませんわ」メグは言った。

「結構。問題はきみ自身だ。きみにとって、この仕事は考えていたほど生易しいものではなかった。だからいま、辞めたいと思っている」

いいえ、本心は辞めたいわけではない。伯爵には想像もつかないほどこの職を必要としている。すでに最初の一週間分のお給料を頭の中で一〇回以上使ったくらい。けれど、伯爵に惹かれる気持ちには不安を感じる。この人と同じ屋根の下で暮らせば、厄介なことになるだけだ。「ヴァレリー様とダイアナ様にとって最もよいことを望んでいるだけです」

「で、尻尾を巻いて逃げるのがふたりにとって最もよいことだと思うんだね？」伯爵が疑わしそうに訊いた。

メグは目をつむった。「いいえ、ですが……」

「だったら、とどまれと言ってるんだ！」

そこで会話が途切れ、メグはふたたび悟った。またしても、この人のあるがままの姿を垣間見たのだ。伯爵はメグの両手の中からグラスを奪い、テーブルの上の自分のブランデーグラスの隣に置いた。そしてメグの手をとり、手のひらを親指でさすった。

ワインのせいだろうか、伯爵に軽く触れられただけでさざ波のごとく快感が全身に広がっていった。ごわごわしたウールのドレスの下で胸の先端が硬くなり、メグは無駄とわかりつつ、両脚のあいだの疼《うず》きをしずめようと太腿をぎゅっと閉じた。

「ここにいてくれ」ささやくような声だった。「頼むから」

「失礼いたします、旦那様」書斎の出入り口からギブソンの厳かな声がして、ふたりはびくりとし、親密なひとときが終わった。「晩餐の準備が整いました」

メグは手を引っこめた。「もう下がらせていただきます」

「席をもうひとつ用意してくれ、ギブソン。今夜はミス・レイシーも一緒に食事をする」

「直ちに手配いたします」ギブソンはお辞儀をして静かにキャッスルトン卿の書斎を出ていった。主人が家庭教師を晩餐に招いたことに首をかしげているはずだが、眉ひとつ動かさなかった。

7

一方、メグはそうはいかなかった。「なんてことをなさったんです？」苛立ちが声に出た。

伯爵は何食わぬ顔で肩をすくめた。「きみを晩餐に招いた」

「失礼ですが、それは違うと思いますわ、旦那様。わたしはご招待いただいたわけではありません。招待でしたら断ることができますもの。旦那様がなさったのは……なさったのは……〝命令〟です」

伯爵はうなずいて認めた。「ほらごらん、ミス・レイシー。だからこそきみは非常に優秀な家庭教師になれるんだ。ぼくにはそんな微妙な言葉の違いなどわからない」

「なんて都合のよろしいことでしょう」

「ともかく、こうしているあいだもギブソンがきみの席を用意している。それにぼくたちにはまだ話しあうことがいくつか残っているからね」伯爵はふたりのグラスをつかんでサイドボードへつかつかと歩み寄り、酒を注ぎはじめた。

メグはわらにもすがる思いで言った。「正装しておりません」あまりにも控えめな表現だった。メグの実用一辺倒の紺色のドレスは、街へ使いに出たり、簡単な家事をこなしたりするためのものだ。上品な蠟燭の光が灯《とも》るテーブルでワインを飲むためのものではない。

「着替えるかい？」伯爵が訊いた。

メグはまた頰が熱くなった。「残念ながら、ふさわしいドレスを持ってきておりません」

伯爵はメグの席まで戻るとポートワインの入ったグラスを手渡し、伸びかけたあごひげをさすった。メグは相手の考えていることが手にとるようにわかる気がした。今日の午後の仕立て屋での場面を思い返しているにちがいない。「だから言っただろう、と口にしないためには相当な自制心が必要だな」

「ええ、いかなるときも紳士でいらっしゃいますものね、旦那様」メグは口元をこわばらせて言った。

「幸運にも、今夜の晩餐はぼくたちふたりきりだ。きみが何を着ていようと、ぼくは気にしない」

メグはワインを多めに飲んだ。「それは言わずと知れたことでしょう」

「うむ、そうだな」やけに真剣な口調だった。「たぶんすっかり見慣れたせいで、もうなんとも思わないんだろう」

「お気をつけくださいませ、キャッスルトン卿。そんなことを言われたら、調子に乗ってますます服装にかまわなくなりそうですわ」

伯爵は含み笑いをもらし、それから腕を差し出した。「正餐室までエスコートさせてほしい」

メグはためらった。すでに公園で体が触れあっているとはいえ、あのときはやむをえずそうなってしまったにすぎない。いまはものすごく伯爵を意識している――彼の腕に手をかけるという単純な行為にさえ、危険を感じるほどに。

メグは無礼を承知で断ることにした。

「ありがとうございます。でも、エスコートは必要ありません」それを実際に示してみせようと、あわてて椅子から立ちあがった――とたんに、めまいに襲われた。両脚が脳の命令を聞かず、膝が崩れる。手にしていたグラスが床に落ちて割れ、濃赤色のワインが飛び散った。メグは危うくガラスの破片の上に倒れそうになったものの、伯爵が彼女のウエストに両腕をまわして抱きとめた。周囲の壁がぐるぐるとまわり、家具が傾く中、メグはしかと抱きしめられていた。伯爵は石のように頑丈で、部屋の中で唯一揺らぐことのないもののように思われた。

「落ち着いて」優しい声だった。伯爵は自分のグラスを置くと、メグのあごの下に指を添え、自分の目をのぞきこませた。「大丈夫か？」腕の力をゆるめることも、メグが脚を動かす隙間を作ることもしない。彼の腰はメグの体の片側にぴたりと押しつけられていた。伯爵の顔がすぐそこにある。まつ毛の一本一本、あごに沿う傷痕まで見えるほどだ。

「あわてて立ったので……あと、ワインも」とはいえ、メグがうまく話せないのはワインのせいではない。完全に伯爵のせいだった。「大丈夫ですから」

「大丈夫じゃなければ、そう言うかい？」伯爵の低い声がメグの全身に響く。からかうような笑みが彼の口元に広がった。メグの背中のくぼみに置かれた伯爵の大きな手は、彼女をきつく抱いたままでいる。まるで……自分のものだと言わんばかりに。

「床を汚してしまって申し訳ありません」メグはワインまみれになった敷物にさっと視線を移した。「片づけるものを持ってこなくては」

「ギブソンにやってもらおう」伯爵はメグのウエストからそっと手を離し、うまく立たせようとするかのように彼女の上腕を軽くつかんだ。「最後に食事をしたのはいつ？」

「それは……数時間前です」本当は朝食以来、何も食べていない。

伯爵は片方の眉をつりあげた。「きみは腹に食べ物を入れなくてはいけない。正餐室までエスコートしよう。方法はふたつにひとつ——ぼくの腕をとるか、肩に担がれるか。選ぶのはきみだ、ミス・レイシー」

伯爵の瞳がきらりと光った。いまの言葉は冗談ではない。この機に乗じてそれを証明してみせるつもりだ。メグはすぐさま決断した。「腕のほうで結構ですわ」

伯爵はまた笑い声をあげ、低音の豊かな響きがメグの心の琴線をかき鳴らした。「そう言うと思ったよ」その言葉とは裏腹に、目には心配そうな色が浮かんでいる。伯爵はためらいつつ手を離し、もう一度メグに腕を差し出した。「よく気を失ったりするのか？」

「いえ。過去に一度だけです……その、とても悪い知らせを受けたあとでした」メグが伯爵の肘の内側にそっと手を滑りこませると、彼は腕に力を込め、自分にもたれかかるようにとメグを引き寄せた。

「つらいことを思い出させてすまない」その声には思いやりがあふれていた。

「お気づかいありがとうございます。でも何年も前のことですから」両親の乗った馬車が凍結した橋から猛烈な勢いで滑り落ち、ふたりが川で溺れて命を失ったときのことだ。それというのも、すべてはわたしがわがままで子どもっぽいふるまいをしたせいで。婚約について考える時間が欲しいと言うなり、あるいは単に、もっと丁重に断るなりできたはず……なのに、そうしなかった。両親はわたしに恥をかかされ、危険な天候にもかかわらず、娘の無礼を詫《わ》びるために伯爵の屋敷へ出向いた。そして、ふたりは二度と戻ってこなかった。

「足を止めて休む必要があれば言ってくれ」

「正餐室まではそれほど遠くありません」メグは言った。「それに、めまいはもう治まっていますから」その代わり、心が沸きたつような感覚に襲われていた。認めたくはないけれど、この人に惹かれているからだわ。ああ、どうしよう。

伯爵からはブランデーと石鹸とインクが混じりあった香りがほのかに漂い、メグは不思議と心が乱れた。けれども今夜の彼が魅力的なのは、ひたすらこちらに注意を払ってくれるからだ。必ずしも礼儀正しいとは言えないが、メグを気づかってくれている。忘れてはいけないわ、伯爵には魂胆がある――つまり、わたしを家庭教師として雇っておきたいのだということを。それに彼は大半の放蕩者と同じく、目的を果たすためならとびきり魅力的になれるはず。

「さあ、着いた」伯爵はメグをドアの向こうへと導き、上品な淡緑色の部屋へ招き入れた。趣のある風景画があちこちの壁に飾られ、暖炉の両側のアルコーヴには古典的な美しさを持つ壺《つぼ》が置かれている。部屋の中央では、何本もの蠟燭の炎が揺らめく黄金色の大きな燭台《しょくだい》が、長い楕円《だえん》形のテーブルを照らしていた。

あそこに、ふたりのために入念な支度が整えられているのだ。

真っ白なリネンがかけられたテーブルは、ゆうに一四人は座れそうだった。何メートルも隔たった両端には、ひとり分ずつ食器――ボーンチャイナ、銀、クリスタルの皿やナイフ――が左右対称に並んでいた。

困ったわ、ここはわたしの居場所ではない。昨夜は自分の部屋にトレーを運んで食事をした。今朝はほかの使用人たちと一緒に地下で。わたしがいるべきなのはそういった場所よ。

その場の堅苦しさから逃げ出したいというメグの思いを感じとってか、キャッスルトン卿が彼女の腕を強くつかんだ。完璧なまでに整えられたテーブルに眉をひそめると、向かい側の壁に背を向けて控えているギブソンを手で合図して呼び寄せた。「ミス・レイシーの皿をぼくの右側に移動させてくれ」伯爵が言った。「食事のあいだじゅう、互いに大声で話しかけずにすむように」

「承知しました、旦那様」ギブソンはすみやかに食器を移動させ、両方の皿から銀色の覆いをはずすと、ふたりのグラスにクラレットを注いだ。飲んではだめ——メグは肝に銘じた。

「ご苦労、ギブソン。下がっていいぞ。あとはぼくたちふたりで大丈夫だ」

「かしこまりました。何かありましたらベルを鳴らしてお呼びください、旦那様」

執事が体の向きを変えて退こうとしたとき、伯爵が声をかけた。「そうそう、さっき書斎のテーブルにぶつかって床にグラスを落としてしまったんだ」

「すぐ誰かに片づけさせます」そう言うと、ギブソンは静かにドアを閉めて立ち去った。

メグはまたしても伯爵とふたりきりになったことに気づいた。

伯爵に椅子を引いてもらいながら、この人は普段ひとりで食事をしているのかしらと考えた。見た目がよくて裕福な紳士なら、晩餐の誘いがたくさん来るにちがいないが、今夜はなんの予定もないようだ。自室でひとり食事をとるというならわかる。けれど、広い正餐室でぽつんと席に着くのは……悲しい気がする。

「今夜の献立は質素だな」伯爵は詫びるようにメグを見て席に着いた。「料理長はぼくに同席者がいると知らなかったから」

「当然ですわ」メグはわざと生意気な口調で言った。

「普段の夜は紳士クラブで食事をすませるんだが、週に一度、ここで食べるんだ。主にミセス・ランディの機嫌を損ねないためにね。誰しも練習しておくことが大切だと言って聞かないのさ。ぼくが正式な晩餐会を開きたいと思う日が来るはずだからって。彼女がその日を待ち構えていないことを切に願うよ」

メグは心優しい家政婦長を気の毒に思った。ミセス・ランディはこの屋敷に女主人を迎えるのが待ち遠しいことをぽろりと口にしていた。舞踏会やパーティーを開き、屋敷のいたるところに女らしさを添えてくれる人を。「ミセス・ランディはすばらしい人ですわ」メグは言った。「あの人のためなら、晩餐会を開くくらい、それほどの苦労ではないのでは?」

伯爵はワインを口にしかけていたが、メグのぶしつけな問いかけに手を止めた。「彼女はぼくに雇われている側なんだよ、ミス・レイシー。きみと同じように」

「いまのところは、そうですわね」メグは一時的に働くだけだと約束したことを相手に思い出させた。

伯爵は我慢しろと自分に言い聞かせるかのように、目をゆっくり閉じてから開けた。「ひとつ提案がある。晩餐が終わるまで、きみの仕事の話はやめにしてはどうだろう。あの子たちのことも、授業のことも、家庭教師の仕事に関することは一切口にしないんだ」

「わかりました」メグは他人事のように肩をすくめたものの、食事中にふたりでどんな会話をすればいいのか想像もつかなかった。

目の前の皿には見るからにおいしそうな羊肉のカツレツとアスパラガス、魚がのっていた。なんていいにおい。急におなかがすいてきた。メグはキュウリのソースに浸した羊肉をひと口食べた。たちどころにふわりと溶けていく。ため息が出た。

「おいしいかい?」伯爵が訊いた。なんだか面白がっているらしい。

「とっても」そうしてメグは知らず知らずのうちに、そのおいしいひと口を芳醇《ほうじゅん》なクラレットで流しこんでいた。

「きみの妹さんたち——エリザベスとジュリエット、だったかな——は、どうしてる？」

メグは片方の眉を上げた。「意外ですわ、ふたりの名前を覚えてらっしゃるなんて」

伯爵はわざとらしく胸に片手をあてた。「傷ついたよ、ミス・レイシー。ぼくたちは隣人として育ったと言ってもいいはずだ。いろんなことを覚えている」

「たとえば？」

伯爵が身をかがめると、蠟燭の光が彼の頬骨とあごを際だたせた。優しく語りかけるような声が、ふたりの周りに親密な空間を作り出す。「馬に乗って草原を走り、垣根を飛び越えようとして鞍《くら》から転げ落ちたことがあった。地面に強く叩きつけられたせいで何日も頭の中で音が鳴り響いていたよ」伯爵は長い指でとんとんとテーブルを叩き、ほほえんだ。かけがえのない思い出を語ったかのように。「それから、父のブランデーを拝借して飲んだな。そのうち気分が悪くなって——父の机の下の敷物に胃の中のものをぶちまけた」

メグは顔をしかめた。「まあ、なんて素敵なお話でしょう。気分のよくなる思い出はありませんの？　できれば晩餐での会話にもう少しふさわしいものは？」

伯爵はいたずらっぽい笑みを満面に浮かべ、瞳をきらりと光らせた。「気分のよくなる思い出なら、ひとつふたつある。残念ながら、最も気分がよくなるものは、偶然にも、最もふさわしくないものだが」そう言うと、彼は肉を切らずにそのままフォークで突き刺して口へ入れ、やけに満足げな様子で含み笑いをした。

不作法になりかねないふるまいでメグを落ち着かなくさせ、喜んでいるらしい。いいわ、やられたらやり返すまでよ。

メグは柔らかなアスパラガスをひと口食べると、またクラレットを飲んで自分を元気づけ、椅子にもたれた。「そのふさわしくない大切な思い出のひとつは、湖で泳いでいるわたしをのぞき見ていらしたことではないかしら」

伯爵の顔から不敵な笑みが消えた。喉を詰まらせ、男らしく頬張った肉の塊を飲みこむのに苦労している。「説明させてくれ」彼はどうにか喉のつかえをとった。

「もちろんですわ。どうぞ、ごゆっくり」メグは愛想よく言った。「ご説明いただくのを八年も待ったのですもの、あと数分くらい待っても死にはしません」

心の中で祝杯をあげながらフォークを持ちあげ、魚をひと口食べた。勝利ってこんな味かしら。

8

ウィルはこぶしで胸を叩き、喉に詰まった羊肉の塊をのみくだすと、クラレットを大量に流しこんだ。

くそっ。男には触れられたくない過去が——とりわけ一三歳から一八歳のあいだは——あるものだ。湖での出来事はそのうちのひとつと言っていい。

ミス・レイシーは少なくともぼくと同じくらい、この話題を避けたがるだろうと思っていた。なんといっても、裸になって湖で泳いでいるところを見られたのは彼女なのだから。牧師の娘なら、慎み深く控えめにしているはずでは？

どうやら誰からもそのことを教わらなかったらしい。目の前のミス・レイシーを見ると、こめかみから飛び出た巻き毛が、よりによって胸のふくらみまで垂れている。にもかかわらず、その胸をまるごと覆い隠しているのはみっともないドレスだ。まったく、罪深いことじゃないか。

待ち遠しげに開いた唇に、真実を語れと迫るようなまなざし。適当にごまかしたり、お愛想を言ったりしても満足してくれそうにない。ミス・レイシーは、深い屈辱を思い出すことも辞さないのだ――ぼくが苦しむのを見るためなら。

「きみは本当にこの話をしたいのか？」ウィルは尋ねた。

ミス・レイシーは強気な顔を見せた。「もうお互いにわだかまりを解いたほうがよろしいかと思いますわ。教えてくださいませ、キャッスルトン卿。どうしてわたしをのぞき見てもいいだろうと思われたのですか」

「あれはオックスフォードシャーで過ごした八月のことだった」ウィルは語りはじめた。

「ええ」ミス・レイシーがあきれ顔をした。「わたしもそこにおりました」

「ぼくの目から見た話を聞きたいのか、聞きたくないのか？」

ため息をもらしながらも、ミス・レイシーはうなずいた。

「辛抱するんだ、ミス・レイシー。結論を急いでばかりでは、お楽しみを逃してしまう」

ミス・レイシーが目を細めた。「なんでもよくご存じですこと」

「それはどうも」ウィルは本当に褒められたかのように、生真面目な口調で返した。「あれは八月のことだった」もう一度言った。「わが家では誰もが興奮して怒りっぽくなっていた。ぼくはその日の朝、父と言い争った」

「原因は？」ミス・レイシーが訊いた。

「学業に真剣に取り組んでいないと言われたんだ」ウィルは彼女ににやりと笑ってみせた。「ちなみに、そのとおりだったよ。何事も真面目に考えていなかった。でも父の機嫌が悪かったのは、ぼくが勉強しないこととはあまり関係がなくて……そうだな、父自身が問題を抱えているせいだったとだけ言っておこう」具体的には、父自身がこしらえた借金の問題だ――けれども、そこまで個人的な秘密を明かす必要はないだろう。「大して勉強していなくとも、ここは屋敷を離れたほうが身のためだと判断できるくらいの頭はあった。遊び相手のいとこのトーマスはロンドンへ発《た》ったばかりだったから、釣り竿《ざお》片手にひとりで湖へ向かったんだ。空気は重く、風ひとつ吹いていなかった。午後にひと荒れしそうな気配だ。ところが、それまで二週間雨が降っていなくて、湖の水位はいつもより低かった。ぼくはいつもの釣り場まで歩いていって釣り糸を投げた。が、何もかからなかった。屋敷には戻れない。それで、湖岸に沿って歩き出した」

ミス・レイシーが疑わしそうに鼻先で笑った。「そして偶然、うちのそばまで行き着いたと？」

「きみに出会えたらという気持ちはあったと思う」ウィルは言った。「うかつにも、きみが服を着ているとばかり思っていたよ」

「泳いでいるときに？」疑わしげにミス・レイシーが訊いた。

まいったな、この話が楽しくなってきた。「いや。散歩に出ているんじゃないかと思ったんだ……もしくは釣りに」

ミス・レイシーが眉間にしわを寄せた。「でも、わたしたちはお互いをほとんど知らなかったでしょう。どうやって見つけ出すおつもりでしたの？」

「見つけようとしていたわけじゃない。単に足の向くまま行き着いたんだよ。そうしてきみの家の近くだと気づいて……その、きみに会えたらと思ったのさ」

「よくわかりませんわ」

「さっきも言ったように、いとこがロンドンへ戻ってしまったから、真面目で思慮深そうなきみなら、いい話し相手になってくれるかと思ったんだ」

「わたしとお話しなさりたかったんですか？」

ウィルは髪をかきあげた。なんだってこんなことを正直に明かしてしまったのか。「まあね。きみの家の玄関まで歩いていって扉を叩きはしなかったが、道すがら会えたらいいなとは思った」

ミス・レイシーは皮肉を込めた目でウィルを見た。「それでは木の陰からこちらを見つめていた理由の説明になっていませんわ」

「ああ、そうだろうな」ウィルは慎重に言葉を選びながらあごをさすった。「水しぶきの音がしたから、そっちに向かったんだ。きみたち姉妹が釣りか水遊びをしているんじゃないかと思って。でも湖岸まで来ると、きみがひとりで湖の真ん中を泳いでいた。魚のように水に潜ったり、イルカみたいになめらかに浮かびあがったりしながら」

ミス・レイシーはまばたきをして小首をかしげ、話の続きを待った。

「最初はただ称賛の目で見ていたんだ。きみの泳ぎはトーマスよりうまかったから」

「でも、ご自分ほどではないと？」ミス・レイシーがまたあきれ顔をした。

ウィルは小さく笑って言った。「それはどうだろうね、ミス・レイシー。いつか競ってみないといけないな」ウィルはミス・レイシーと目を合わせ、真面目な顔に戻った。「ぼくが言いたいのは、見つめていたのはきみに魅了されたからだということ。裸だったからというだけじゃなくて、きみだったからなんだ。滑るように湖を泳ぎ、濡《ぬ》れた肌に太陽の光をきらめかせ――あんなに自由で……あんなに美しいものを見たのは初めてだった」

ミス・レイシーはごくりと唾をのみこみ、ウィルを見つめ返した。感情がたかぶっているのか、瞳が緑色に変化している。

「そして、じつを言うと」ウィルは冷静な口調で続けた。「以来、あれほどの美しさは目にしたことがない」


メグはほとんど息ができなかった。

伯爵が話したことは何もかもが礼儀作法にはずれていた。信じられない、この人はわたしが裸だったことを口にした。しかも、食事の席で。

彼が恥知らずにも語った話のせいで、メグの心は過去に戻っていった――あの日の湖に。温かい日差しを顔に受け、冷たい水を素肌に心地よく感じながら、メグは水面下で脚を動かしていた。このうえなく幸せな、誰にも邪魔されないわずかな時間、貧しい牧師の娘ではなく、魅惑的で力強い、自由な水の妖精になれたのだった――。

耳にしたばかりの伯爵の不道徳な言葉に、否定しようがないほど興奮を覚えている。一言一句が、ゆっくりと素肌に軽く触れる羽毛のようだ。悩ましく焦らしつつ、メグの体の感覚を隅々まで目覚めさせていく。いまやメグは唇や首や胸にまとわりつく伯爵の視線を十二分に意識していた。鼓動が速さを増し、硬くなった胸の先端が痛いほど疼いてコルセットの生地を押しあげた。腿のあいだが甘く誘いかけるように脈打ち、メグは椅子の上で身をよじった。なんという底知れぬ力が働いているのだろう。

この人は、わたしを眺めて美しいと思っていた。

さらに信じられないことに、いまなおそう思われていることが、伯爵の物憂げなまなざしからわかった。

だがメグは伯爵の魅力に屈するわけにも、体が感じている欲望の赴くままに行動するわけにもいかなかった。この人はわたしの雇い主——少なくともいまは——ただそれだけ。

「すごいお話ですこと」そう口にするのが精いっぱいだった。

「辛抱して聞く価値はあると言っただろう」伯爵がいたずらっぽくにやりと笑った。いまの話でメグの心が揺さぶられたとわかっているのだ。一拍置いて、また真剣な表情に変わった。

「ぼくの話を信じるか?」

困ったことに、メグは信じていた。女を意のままにするためなら、伯爵のような遊び人は見事な嘘をつくくらい、お手のものだということはメグも知っている。けれども相手の不意を突いて話をさせたことで、テーブルの中央で瞬く蠟燭の光のもと、かつて二〇歳だった青年の顔が垣間見えた。伯爵は話すつもりではなかったことまで明かしたにちがいない。

きっとそうよ。

「信じます」

はた目にも明らかなほど、伯爵が大きく安堵の息をついた。

「じゃあ、許してくれたかい？」希望を込めた問いかけだった。

「謝るおつもりですの、旦那様？」メグは待ち構えるように片方の眉を上げた。伯爵へのめくるめく思いはさておき、彼の無礼を簡単に許すわけにはいかない。

「難しい問いだ」

メグは不満げな顔をした。「ちっとも難しいとは思いませんが」

「ぼくは虹の完璧な美しさに束《つか》の間言葉を失ったからといって、あるいは嵐の持つ力に畏怖の念を抱いたからといって、謝りはしない」

まあ、まだ優しいことを言うのね。

メグは伯爵を見据えた。「虹や嵐は、たまらない屈辱を感じることなどありません。自分だけの世界を侵されて無力感を覚えることもありません。そして肝心なのは、虹や嵐は

……」メグは一瞬目を閉じ、鼻から息を吸いこんだ。

「なんだい？」キャッスルトン卿が身を乗り出した。

「裸になったりしないということです」信じられない。今度はわたしが、食事の席で裸について口にしているなんて。

「きみの意見はもっともだ」伯爵は膝の上のナプキンをとって皿の横に置くと、腰かけている椅子を少し後ろにずらした。その長くてたくましい脚を伸ばすためね、とメグは思った。

ところが伯爵はテーブル越しに手を伸ばし、彼女の手をとって包みこんだ。興奮が全身を駆けめぐる。しっかり息をするのよ——メグは自分に言い聞かせた。

「きみに詫びなくてはならない、ミス・レイシー。湖で泳ぐきみを見かけ、礼儀を忘れて見とれてしまったことを許してほしい。恥ずかしい思いをさせ、傷つけてすまなかった。かつてぼくたちが築けたかもしれない友情をふいにして申し訳ない」手の甲を親指でそっとさすられていたため、メグは気が散ってうまく言葉を聞きとれなかった。それでも心の奥のどこかで、心からの謝罪であることはわかっていた。

「お許しします」メグは言った。

伯爵はほっとしたように息を吐いた。特別難しい試験に合格したか、高所から転落するところを間一髪で助かったかのようだ。「ありがとう、メグ」

〝ミス・レイシー〟でも〝マーガレット〟でもなく、〝メグ〟。メグは口を開いたものの、声が出なかった。彼女をメグと呼ぶのは世界じゅうでごくひと握りの人たちだけだ。メグが蜘《く》蛛《も》を怖がることや、チョコレートに目がないことを知っている人たち。涙と笑いに包まれて、ともに夜を語り明かせる人たち。メグの心の中心にいる人たち。

「メグと呼んでもかまわないだろう？」相手が〝ええ〟と答えることを見越したような訊き方だった。自分はいつだって好きなようにやってきた、だからこの程度の願いは聞き入れられて当然と言わんばかりだ。

「それは困りま——」

「双子の前ではこれまでどおり、ミス・レイシーと呼ぶから」伯爵はメグを安心させるようにそう言って、彼女が唯一できそうな反論を巧みに退けた。

「お譲様方がいらっしゃらないときにご一緒する時間はあまりないかと思いますが」メグはいまも伯爵に握られた手を大いに意識していた。わたしったら、どうして引っこめないの？ どうやらこの人に触れられると、まともに考えられなくなるみたい――その、何が正しいのかを。

「だったら」伯爵が平然として言った。「ぼくの言うようにしたっていいだろう。ふたりきりのときはメグと呼ばせてほしい。そんな状況はないかもしれないが」そう言ってふたりしかいない広々とした正餐室を大げさに見まわし、彼ならではの得意顔でにやりとメグに笑いかけた。「その代わり、ウィルと呼んでくれて結構だ。好きなときにいつでも」

「ウィル」メグは相手よりも自分に聞かせるためにその名を口にした。なんてことはなさそうだ。子どもの頃はたしかに隣人同士だったのだから。

ふたりが名前で呼びあって、何が悪いというのだろう？〝キャッスルトン卿〟や〝伯爵〟と呼ぶのをやめれば、儀礼という余計な堅苦しさをとり払ってしまえる。コルセットをつけずに服を着るようなものだ。

非常識ではあるが、誰にも知られることはない。それに伯爵は謝ってくれたのだから、お返しにうわべだけでも調子を合わせたっていいだろう。

「よろしいですわ」メグは感情を表さずに言った。「ふたりきりのときはメグと呼んでくださってかまいません」とはいえ、礼儀作法をかなぐり捨ててしまう気でいるとは思われたくなかったので、あわてて こうつけ加えた。「ですが、今夜はもう失礼して明日の授業の準備をしなくては。忙しい一日でしたから」

メグは手を引き離して立ちあがった。触れられたところがまだぴりぴりしているのは無視しよう。

伯爵が不満そうな顔をして腰を上げた。「準備は図書室で?」

「いいえ」メグはあえて快活に言った。伯爵と同じ部屋にいるという危険を冒したくはない。一夜にしては充分すぎるほど打ち解けた。「自分の部屋に戻ります」

「わかった。部屋までエスコートしよう」

9

メグはむっとした。「寝室までくらい、ひとりで行けます」

「きみはさっき気を失いかけたんだぞ」ウィルが言った。

「お優しいですこと、思い出させてくださるなんて」

ウィルは肩をすくめた。「そのうえ、晩餐中にクラレットを飲んだだろう。だから、ぼくが部屋までエスコートする」

メグは体のほてりを感じて腕を組んだ。「この件についてはわたしにも意見を言う権利があるはずですわ」

「ぼくこそ紳士の役目を果たさせてもらえるはずだ。なんといっても、きみには今日すでに一度、男にとって大事な部分を痛めつけられたんだからな」

なんて人かしら。あの出来事を根に持つつもりね。

「それだけじゃない」ウィルが続けた。「階段を転げ落ちられて、またあちこち散らかってギブソンに片づけさせるようなことはしたくないんだ」そう言われてはメグも言葉が出ない。

ウィルが近づいてきた。さらに不適切なほど近づくと、腕を差し出した。「一度くらい言うことを聞いてくれ……メグ」

自分の名前が相手の唇でささやかれた。優しく誘いかけるように。それでいて、ウィルの瞳はいたずらっぽく輝き、メグに〝はい〟と言うよう迫っている。

そうするべきではないと知りつつ、メグはウィルの肘の内側に手を滑りこませた。ウィルは正餐室から廊下へ、ゆっくりと進んでいった。

心地よい沈黙が流れる中、ふたりは階段をのぼった。けれどもメグは、ウィルが一歩踏み出すごとに彼の長い脚がスカートをかすめ、たくましい太腿が動くのを充分すぎるほど意識していた。彼女は唾をのみ、視線をそらした。

ありがたいことに、この甘い拷問もあと少しだ。ようやく踊り場に着くと、メグはおやすみなさいと言おうとしてウィルのほうへさっと体を向けた。その動きを酔ってふらついているせいだと勘違いしたのか、ウィルははっと息をのんだ。大きな両手をメグのウエストにまわし、しかと支える。

ふたりは数秒間見つめあった。メグは相手の呼吸が自分とほぼ同じくらい荒くなっていることに気づいた。

「いまのは転げ落ちそうになったわけじゃなかったんだね？」

「ええ。階段くらいは大抵まともにのぼれますから」メグは軽い口調で言おうとしたが、余計に息づかいが荒く聞こえた。

ウィルはメグの腰のすぐ上をしっかりとつかんだままの自分の両手に向かって、裏切り者めと言わんばかりに顔をしかめた。「だったら、こうしていては決まりが悪いな」

たしかに決まりが悪い。とはいえ、うれしくもある。

「今日は恥ずかしいことばかりでしたわね」メグは調子を合わせた。

ウィルが眉根を寄せた。「だが悪いことばかりじゃなかった、そうだろう?」

「そうでしょうね、ダイアナ様が馬に踏みつけられそうになったことを抜きにすれば。それから、わたしがクリスタルのグラスを割ったことや、膝を旦那様の――」メグはそこで言葉を途切れさせると、お手あげのしぐさをして額をウィルの胸にもたせかけた。「ひどい一日でした」彼のベストに向かってつぶやいた。

ウィルに小さな声で笑われても、気にならなかった。言葉の応酬《スパーリング》をやめ、少しのあいだ肩の力を抜いて、ただウィルの力強さに身を預けるのはとても心地いい。メグはウィルに抗《あらが》うことに疲れていた。もっと正確に言えば、ウィルの魅力に抗うことに疲れているのかもしれなかった。

そんなメグの様子を察したのか、ウィルは彼女を片腕でぐっと引き寄せた。「みんな無事じゃないか」言い聞かせるような口調だった。「ダイアナもきみも、ぼくでさえも」メグは階段の最上段で抱きしめられていた。背中や首をそっとさすられ、やがて、膝にまったく力が入らなくなった。

「さあ」耳元でそっと誘う声。「ぼくの隣に座るんだ」

ウィルはその場にメグを座らせ、自分もすぐ横に腰をおろすと彼女の肩に腕をまわした。

「ここからの眺めも悪くない」

　メグは同意するほかなかった。眼下では、玄関扉の上にある扇形の明かりとりから月光が流れこみ、磨きあげた大理石の床が川のように輝いていた。頭上では、シャンデリアからぶら下がるしずく形のクリスタルが星のように瞬いている。そして目の前には、フラシ天の絨《じゅう》毯《たん》を敷きつめた階段が、田園地帯の草深い丘さながらに浮かびあがっていた。

　ここはロンドンから遠く離れた場所、ふたりのほかには誰もいない――そう思い描くのは簡単だった。

「今日の感想を言ってもいいかな？」ウィルが訊いた。

「どうぞ」

「これまでのところ、今日はとてもいい日だった」

　メグは信じられないという目でウィルを見た。「もっといい日がおありでしょうに」

「そうだろうか。まず公園では、危機一髪だったにせよ、大怪我にならずにすんだ。次に、ぼくたちが停戦状態に入ったのはすばらしいことだろう。でも、ぼくにとって今日最高の時間は、きみとの食事、それから、その……いまこのときだ」ウィルがメグの手をとって握りしめた。

　メグは胸の奥をつかまれたように感じた。

　ごくりと唾をのみこみ、訊かずにいられないことを訊いた。「どうして、いまが最高の時間ですの？」

「この眺めを誰かと分かちあえるのがうれしいから、かな」

そんなの変だわ。自分は孤独だと言っているみたい。

「それに」ウィルが続けた。「互いに機知を武器にして戦うのも楽しいけど、きみがほほえむのも見たいからね。きみの笑顔は……」少し伸びたあごひげをなで、言葉を探しながら言った。「まぶしいほどだが、ほんの一瞬で消え、めったに見られない。真夜中の空を駆け抜ける彗星《すいせい》のようだ」

メグはゆっくりと目を閉じてから開けた。ウィルの言葉が肌から染みて全身に響き渡る。呆然としてウィルの端整な顔立ちを見つめた。「それは……すばらしいたとえですわ。でも、わたしの笑顔はそれほど珍しいものではありません」

「そうかな？　ぼくに向けられることはめったにない」ウィルはメグの頰に片手を添え、親指でそっとなでた。「次に見られるまで、七年は待たされるんじゃないかな」

それを聞いて、メグは微笑を浮かべた。ばからしくも甘い言葉だった。ほほえまずにはいられない。

ウィルはメグの口元に視線を落とし、真剣な表情になった。「メグ」かすかな声だった。問いかけるようであり、頼みこむようでもある。

それに応えてメグは身を乗り出した。

すると、ウィルが唇を重ねてきた。

キスを許すなんて、ましてや自分からさせてしまうなんて、愚かにもほどがある。けれど、これは起こるべくして起こったことのように思えた。互いに感情を揺さぶられた、おかしな一日の締めくくりとして。言い争い、駆け引き、打ち明け話——そのすべては、この、何よりも意外なキスへと導いていたのだ。

とにかく、ここまで来てしまった。

ウィルが唇をわずかに離し、口を軽く開けたままそっとほほえんだ。片手でメグの頬をなでて体を引き寄せ、自分のものだと訴えている——少なくともいまは。彼は低い声をもらすと、さらに深くキスをしてきた。メグはぞくぞくした。この人はわたしを求めている。わたしが欲しくてたまらないのだ。

ほんの数時間前ならそんなことはとても信じられなかっただろう。だが、ここでなら、夜のわずかな光に照らされた伯爵邸の階段の上でなら、自分のことをさえないドレスを着た家庭教師だと思わずにいられた。

メグはいまこの瞬間、ウィルが言ったように、きらめく光に包まれて天を隅々まで明るく照らす彗星だった。

全身に快い震えが走った。ふたりの顔が触れあい、離れ、また触れあう。ウィルはメグの髪に手を差し入れたものの、固く結われていることに気づくと悪態をついた。気をとり直してメグの耳元にそっと指を這わせ、そのまま首筋へとおろしていく。ところが、慎み深く詰まった襟に阻まれてしまい、またも苛立ちを募らせた。

それでもウィルはあきらめず、メグの唇の合わせ目を悩ましく舌で舐《な》め、ここを開けろと迫った。メグはおとなしく従った。

こんなキスをするのは生まれて初めてだった――口づけ以上のものを予感させるようなキスは。

メグは深い驚きと、このうえない喜びに心が二分されて混乱していた。それでもひとつだけ、はっきりわかっていることがあった。伯爵なら、キスについてわたしが知りたいことをすべて教えてくれる。キス以外のことも。間違いないわ。

そう、安心してこの人にまかせればいい。それにこの魔法のような夜もいつかは終わる。だったら、楽しめるうちに楽しんでおいたほうがよさそうだ。

メグはこわごわと片手をウィルの首にかけ、うなじの柔らかな巻き毛をそっと引っ張った。相手のくぐもった声がしたところで、思いきりキスに――そしてウィルに――身を投じた。

足元で地面が崩れ落ちる。メグは宙に浮かんでいた。彼女をつなぎとめているのは腰をつかむウィルの手と、唇をふさぐ彼の唇だけ。ウィルの味わい、感触、隣りあう体の重み、伝わってくる熱――それ以外のことは考えられない。メグはあえぐような息づかいになり、肌が熱を帯びてきた。相手の胸板にドレスの前身ごろをかすめられたとたん、メグの胸の先端は痛いほど疼いて硬くなり、ずきずきしながらつんととがった。それを知っているかのように、ウィルはふたりのあいだに手を伸ばして乳房を愛撫《あいぶ》し、その先端を薄いウール地の上から転がした。メグの体じゅうに歓喜の波が広がっていく。

メグは小さくあえぎ声をあげた。が、ウィルがキスでその声をのみこみ、彼女の唇に向かってささやいた。「ずっとわかってたんだ」

メグはしぶしぶキスを中断し、互いの額をくっつけた。「何をわかっていらしたの?」

こちらの欲望を映し出しているかのように、ウィルの物憂げな瞳が光った。「きみが激しい情熱の持ち主で、神の作ったすばらしい生き物だということさ」

状況が違えば、メグは気を悪くしていたかもしれない。だが、どうやら褒められているようなので、その言葉をそのまま受け入れることにした。「ありがとうございます」

「今日は悪いことばかりじゃないと言っただろう。ぼくたちはどうにかうまく一日の幕をおろせそうだ」

ウィルはメグの手のひらに口づけし、メグの脈拍を落ち着かせようと、その手をしばらく自分の膝にのせた。メグは心臓が一拍打つごとに、ふたりにかけられた魔法が徐々に解け、雇い主と家庭教師という厳しい現実がふたたび入りこんでくるのを感じた。

すべてを失ってしまった。貞節も、自尊心も、仕事も……心までも。

急に気まずさを感じて手を引っこめ、ほつれた髪を耳にかけた。いま起こったばかりのことについて考え、どういう意味があった――あったとすればだが――のかを見極める時間と場所が必要だ。「たしかに今日はいいところもありました。ですが、今夜は本当にもう失礼いたします」

立ちあがろうとして階段の手すりに手を伸ばすと、ウィルがすぐさま立ちあがって手を差しのべ、立たせてくれた。乱れた髪にゆがんだクラヴァット姿のウィルは、どこか途方に暮れているようにも見えた。無防備と言ってもいい。「また明日」その言葉にはどこか問いかけるような響きがあった。

「ええ」そう言いながらも、メグは何事にもいまいち確信が持てなかった。まだキスの余韻に唇を腫らし、心を乱しているうちは。「また明日」

メグはウィルと並んで歩きながら自分の寝室へ向かった。ウィルは両手が空いていることがいまひとつ信じられないとでも言うように腕を組んでいる。メグがドアを開けると彼は脇へ寄ったものの、去ろうとはしなかった。

何か言いたいことがあるのかもしれない――きみにキスするべきじゃなかった、とか。それとも、訊きたいことがあるのかも――さっきのはなかったことにしないか、とか。

あるいは、もう一度キスしたかったりして。

そう思うと、メグの肌が疼いた。

ウィルは長い体躯《たいく》でドアの側柱にもたれかかり、メグの肩に落ちている巻き毛に手を伸ばすと、魅了されたかのように指に巻きつけた。視線はメグの口元をさまよっている。メグにはわかっていた――この人はもう一度キスするつもりなんだわ。

けれどもウィルは近づく代わりに髪から指をほどき、しかつめらしい態度で身を引いた。

「おやすみ、メグ」

メグはドアを閉めて部屋の中へ入ると洗面台の上の鏡へ駆け寄り、そこに映っている姿をよく見た。自分が感じているほど顔が赤らんでいるのか、唇が腫れて見えるのかを確かめたかったのだ。要するに、いかにも恋にうつつを抜かした女に見えるのかどうかを知りたかったのだ。

しかし、そうは見えなかった。変わったのは主に内面のようだ。ウィルと過ごしたその夜の皮肉さにメグが気づいたのは、顔を洗い、ネグリジェに着替え、豪華なベッドの上掛けの下に体を滑りこませたあとのことだった。

仕事を辞めるつもりで会いに行ったのに、最終的にはあの人とキスをすることになってしまった。

さらに悪いことに、彼のことを〝伯爵〟でも〝キャッスルトン卿〟でもなく、〝ウィル〟というひとりの男性として考えるようになっている。

これまで、メグの人生は着実に下降の一途を辿《たど》ってきた。だがどう見ても、これから向かう先は、救いようのないところだ。

10

開いた窓から暖かい風が吹きこんでいるにもかかわらず、室内には汗と血のむっとするにおいが満ちていた。ウィルは対戦相手のアレックを見据えた。アレックは胸の前でボクシンググローブを構えながら、左右交互に軽やかなステップを踏んでいる。ウィルは一昨夜、メグ――あきれたことに、自分が雇っている家庭教師だ――にキスをして以来、心の中で自らを鞭《むち》打ってきた。〈ジャクソンズ・ボクシング・サロン〉でアレックと行う毎週恒例の対戦は、気持ちを切り替えるには持ってこいだ。あのキスで何もかもがややこしくなった。ややこしいのはまっぴらだというのに。

それはそうと、アレックのボクシングの腕を侮ってはいけない。ぼくのまっすぐな鼻筋はもちろん、一カ月間にわたる連勝記録を守りたければ、フットワーク、ジャブ、ブロックといった基本動作に意識を集中しなくては。これはかなり難しいぞ。何しろアレックは打ちあいと同時に会話を始めるという、じつにうっとうしい習慣の持ち主だからな。

「昨夜オペラでマリーナを見かけた」アレックが息を切らしながら言った。

ウィルは相手があごを狙って打ってきたパンチをかわした。「それはよかった」愛人との関係を絶ってから一週間しか経っていないが、一年以上にも感じられる。
「きみのことを訊かれたよ」アレックは前腕で目の上を拭った。「きみが恋しいとさ。より
を戻す気でいるにちがいない」
ウィルは左手で一撃をかわし、右手でアレックのみぞおちにパンチを見舞った。「やった」
アレックはうめき声をあげてよろよろと数歩あとずさると、胸を突き出して左右のグロー
ブを叩きあわせた。「きみは戻ろうと思えば以前の関係に戻れる。知りたいかと思って教え
てやったんだ」
「興味ないな」一週間前なら、知りたかったかもしれない。だが七日間マリーナと離れてみ
て、ウィルは彼女がいないほうが気楽でいられること――そして間違いなく向こうも同じで
あることに気がついた。
「おやおや」アレックがからかうように言った。「それは聞き捨てならないな」にやりと笑
った。歯を折ってくれと言わんばかりだ。「ロンドンでも指折りの美女からベッドに誘われ
ているというのに」アレックはウィルの手が届かない左側にフェイントをかけた。「〝興味な
い〟だと？」
「きみには関係ないだろ」ウィルはこめかみを流れ落ちる汗を前腕で拭い、警告のまなざし
を友に向けた。
「愛人だった女、それも手練《てだ》れの妖婦と評判の女にこれほど急に興味を失くすとは、新しく
雇った家庭教師と何か関係でも？」

瞬間的に稲妻のごとく腕に力がみなぎり、ウィルは殴りかかった。パンチは見事アレックの頰に命中、相手を打ち負かした手応えがグローブの革越しに伝わってくる――。

その直後、ばたん、と大きな音がした。

アレックが倒木のように床に倒れたのだ。

しまった。ウィルは友のそばにしゃがみこんだ。アレックは気を失っていた。「誰か水を持ってきてくれ」ウィルはこちらを眺めていた五、六人の男たちに叫んだ。「気つけ薬もだ」今度はアレックに呼びかけた。「聞こえるか？　なんとか言え、ばかやろう」

アレックがうめき、鼻の下で振られている気つけ薬を押しのけて目をしばたたいた。「くそっ、ウィル。もうちょっとで頭を吹っ飛ばされるところだったぞ」

ウィルは安堵の胸をなでおろし、アレックに手を貸して立ちあがらせた。「そうしてやればよかったな。次回からあまりべらべら訊いてくるな。ここはボクシング・サロンだ。舞踏室じゃない」

アレックは顔をさすって眉間にしわを寄せた。「ご忠告、痛み入るよ」

「いいか、きみは口を閉じておくことさえできれば、手強《てごわ》いボクサーなんだ」

アレックは荒々しくグローブをはずし、ひしゃくですくった水をひと口飲むと、残りを頭にかけた。「しかし、きみがその頭の中で考えていたことなど、こっちは知る由もないんだからしかたないだろ」

ウィルは鼻先で笑った。「知らないほうがいい」

ふたりで部屋の端へ移動すると、アレックがタオルを首にかけて言った。「ミス・レイシーの話をしたのがまずかったようだ。それとも、いまは〝メグ〟かな？」

ウィルはアレックの肩を小突いて壁に背を押しつけ、にらんだ。「言葉に気をつけろ、トリントン。充分すぎるほどにな」

アレックは両手を上げて降参した。「わかった。だが偶然にも、ぼくにはその方面の経験が少しばかりある――家庭教師との交際をうまく進めることに関してね。助言が必要なときはいつでも言ってくれ」

ウィルは目をしばたたき、やがて大声で笑った。「友よ、男女関係についてきみに助言を乞うなど、まずありえん」

アレックも笑いかけたものの、あわてて頬に片手をあてた。「くそっ、痛むな」

「のちほど紳士クラブで夕食を奢《おご》ろう。家庭教師の話はしないと誓うなら、だが」

「いいだろう」アレックが不服そうに言った。

そのくせ、ウィルはタオルで体を拭いて着替えをするあいだ、メグのことを考えていた。口づけしたときのメグの反応や、この二日間、どこにいても彼女を捜してしまったことを。どうやらメグは持てる時間のすべてを、子ども部屋で双子に教えるか、自室で授業の計画を立てるかに費やしているようだ。

腹を立てるわけにはいかない――なんといっても、それがメグの仕事なのだ。

とはいうものの、避けられているのだろうかと考えずにはいられなかった。メグはあの夜のすべてを後悔しているのだろうか。何しろメグにはかつて、こっぴどくはねつけられたのだ。結婚をきっぱりと拒まれてから八年も経つとはいえ、ぼくの知る限り、人の芯の部分はそう簡単に変わらない。それに、当時のメグは明らかにぼくを嫌悪していた。

こちらに対するメグの見方が変わったかどうかはともかく、本当の問題は自分だ。キスで一線を越えたのだから。たしかに、あの夜ぼくたちは雇い主と家庭教師という役割に目をつむった。けれど、ぼくはあのひとときを楽しんではいたものの、腹の底では互いに決められた役割に戻らざるをえないとわかっていた。

メグはおてんばな双子の熱心な教師、見苦しいドレスをかたくなに着続けるミス・レイシーへ、ぼくは資産家の気楽な独身男、重責を避け続けるキャッスルトン卿へ。

この役を演じることに慣れたほうがいい。くそっ、役なんかじゃない。単に、これが自分なんだ。

この役に以前ほど満足いかないのであれば、どことなく虚しさや迷いを感じるのであれば、たぶん、困ったことだが、母の願いを聞き入れるべきなのだろう。

伯爵になる、少なくとも、よい伯爵になるとは、務めを果たすということだ。ウィルは父親が犯した過ち——爵位も財産もないがしろにする行為——を繰り返すつもりはなかった。

父親の死後、ウィルは伯爵の位を継承しただけではなく、このうえない厄介事まで背負わされた。領地はすべて荒廃し、一族の財産は使い果たされていた。未払いの債務、考えなしに結んだ契約、莫大な出費の何もかもを、まとめて抱えこむはめになった。

ウィルはそれを知ったときの衝撃から立ち直ると、腹をくくった。この五年間というもの、可能な限り家の財政を立て直し、領地が利益をあげられるようにして、父親の負の遺産をあらかた片づけてきたのだ。

ただし公平を期して言えば、ウィルが仕事をするのは一日一二時間だけなので、独身男が大抵楽しむようなことにふける時間は山ほどある――たとえば、魅力的な家庭教師とじつに楽しく戯れるといったことだ。

けれども本当の意味で立派な伯爵になるには、資産管理の手腕や勤勉さは重要事項の半分でしかない。残りの半分は、尊敬に値する人物であること、そして、やれやれ……人としての務めを果たすこと。

もう愛人を囲ったり家庭教師を誘惑したりするのはやめ、人生を前に進めねばならない。

正式な伯爵夫人を見つけるときが来たのだ。

「もう一問解く時間があるわ」メグは〝8－3＝？〟と小さな石板に書いてダイアナに見せた。「これを解いてみて」

ダイアナは目を閉じると口の中でぶつぶつ数を数え、深呼吸してから答えた。「六？」

「惜しい」ヴァレリーが言った。

「七？」ダイアナが答え直した。

「うーん、残念」メグはダイアナの膝をぽんと叩いた。「でも、がっかりしないで」

「あとちょっとだったわ」ヴァレリーが慰めた。

ダイアナは両手をこぶしにして見事なうなり声をあげた。「そんなのおかしいじゃない。八から始めて三つ逆さに数えたのに。八、七、六って。答えは六のはずよ」

「あら、間違えているところがわかったわ」メグは言った。「七から始めるべきところを八から始めているのよ」

「違う」ダイアナがぽっちゃりした指を石板に書かれた問題に向けた。「八から始めるのよ。ここにそう書いてあるもん」

あらまあ、これはなかなか厄介だこと。メグは説明に使えそうな小さい物はないかと、子ども部屋を見まわした。こぎれいだが、わずかな家具しか置かれていない。「ビー玉はあるかしら」

ダイアナがやれやれという顔をした。「あったけど、ギブソンにとりあげられちゃった。あたしたちが持ってると危ないからって」

「それはたぶん正しい判断ね」メグはあごを軽く叩いて考えた。「そうだわ。明日、散歩に出かけて小石を集めてきましょう」

「算数の問題を解く手伝いを石がしてくれるの？」さも疑わしそうにダイアナが訊いた。

「幸運のお守りかもよ」ヴァレリーが言った。

メグはふたりにほほえみかけた。「石が幸運をもたらしてくれるかもしれないわね。でも、今回は計算の説明に使うのよ。明日わかるわ」

「どうしていま行けないの？」ダイアナが訊いた。

「先生は昼から休むんだって」ヴァレリーがため息をついた。

「何を休むっていうのよ？」

ヴァレリーがふたたびため息をついた。「あたしたちの世話よ」

メグは笑みを浮かべ、石板に書いた字を消して本箱に戻した。「数時間ほど、妹たちと過ごしてくるわね」

ダイアナがふくれっ面をした。「あたしたちはどうするの？」

メグも最初は同じことを考え、少女たちと一緒にいようかと思案した。けれども、ミセス・ランディがまかせてくれと言って譲らなかったのだ。どのみち、たった数時間のことでもある。

「あなたたちは昼ご飯を食べて、お昼寝をするのよ」

「昼寝なんか、大っ嫌い」ダイアナが言い放った。

「だったら、代わりに本を読んでもいいわ」メグは落ち着き払って提案した。「それにミセス・ランディが、お利口にするなら夕食の前に厨房《ちゅうぼう》へおりていって、料理長がケーキを焼く手伝いをしてもいいと言っていたわ。楽しそうだと思わない？」

「すごく楽しそう」ダイアナがつまらなさそうに言った。

「帰ってきたら、今夜はたっぷり時間をとってあなたたちを寝かしつけるわ」

「妹たちと一緒にいられなくて寂しい？」ヴァレリーが真面目な顔で訊いた。

「とっても」たった六日が、メグはこんなに長く妹たちと離れていたことがなかった。

ヴァレリーがすり足で寄ってきた。メグの体に両腕をまわし、背伸びして抱きしめる。

「妹たちと楽しく過ごしてきてね」メグのスカートの中でぼそぼそと言った。「でもお願い、お願いだから絶対帰ってきて」

「まあ、ヴァル」メグはしゃがんでヴァレリーをきちんと抱きしめ、金色の巻き毛をなでてやった。「帰ってくるわ。約束する」

ところが、ダイアナは腕組みして自分のベッドの端に座ったまま考えこんでいる。メグはダイアナの目を見て、本当に帰ってくるのだろうかと疑われていることに気がついた。

「そうそう」ヴァレリーに言った。「わたしがいないあいだ、このロケットペンダントを預かっておいてくれたらとってもありがたいわ——今夜戻ってくるまでだけよ」メグはペンダントをはずし、ヴァレリーの小さな手に置いて握らせた。

ヴァレリーはにこっとした。「先生のためにしっかり預かっとくわ」

「あたしは?」ダイアナが大股でやってきた。「何を預かればいいの?」

「ヴァレリーがペンダントをなくさないよう手助けしてもらえない?」

「嫌。あたしひとりで預かるものが欲しいんだもん」

「それじゃあ……」メグはほかに宝飾品を持っていなかった。とはいえ、持っていたとしてもダイアナに預けるのは躊躇しただろう。そこで、髪に結んでいたラベンダー色のリボンをはずし、ダイアナに渡した。「これを預かっておいてくれるかしら」

「はい、レイシー先生」真剣な口調だった。

「よくできました。これでかなり安心したわ。今日はミセス・ランディの言うことをよく聞くのよ。そうすれば、今夜また会えますからね」

着替えて荷物をまとめるために寝室へ向かいながら、メグはちょっと屋敷を離れる時間がどうしても必要だと実感した。仕事よりむしろ、伯爵から逃れたい。この二日間というもの、全力を尽くして彼を避けてきた。というか、ばったり会う可能性を最小限にすることだけを考えて日々の計画を立てようとして、疲れ果てていた。

もちろん、伯爵が本気でメグに会いたいと思えば、そうできたはずだ。

でも伯爵は会いに来なかった。

あのキスから二日間、メグはずいぶんと考え抜いてふたつの結論に達していた。まず、あの夜伯爵が見事な魅力を発揮したのは、きっとひとえにメグを家庭教師としてつなぎとめておくためだったのだろうということ。伯爵はメグがいまにも辞めようとしているとわかっていた。ほかの人間を雇うのが面倒だったため、甘い言葉と熱いキスでうまい具合に彼女の気をそらそうとしたのだ。実際、そのとおりになった。

次に、見つめたり口づけしたり愛撫したりといった、あのさまざまな戯れの行為は伯爵にとってなんの意味もないということ。メグからすれば、階段の最上段で過ごした心ときめく時間はなんともすばらしく、魔法のようで、快楽の世界を垣間見せてくれるものだった。けれど、伯爵にとっては単なる金曜の夜でしかなかったのだ。

あのキスにどれほどの影響を受けたかを知られて、伯爵をいい気にさせてなるものかとメグは思った。首筋に押しあてられた彼の甘い唇の感触や、両手で体に触れられてぞくぞくした感覚を思い出し、眠れぬ夜をどんなふうに過ごしたかを。こちらにとってもなんの変哲もない金曜の夜だったふりをして、何食わぬ顔でいるほうがいい。

鞄《かばん》の中をのぞき、第一週分の給料が入っていることを確かめた。こんな大金を一度に手にするのは初めてだ。今朝ミセス・ランディから給金を手渡されたときには、ずいぶんお稼ぎなのねと言われた。どうか、ほかの使用人には秘密にしてくれていますように。

11

「お姉様！」ドアをくぐり抜けた瞬間、ベスとジュリーが勢いよく飛びついてきた。「とっても寂しかったわ！」

メグはどうにか妹ふたりをまとめて抱きしめ、わが家のくつろいだ心地よい雰囲気を味わった。「わたしも寂しかったわ。アリステアおじ様のご様子は？」

「お元気よ——いつもどおり」ジュリーがメグのボンネットをさっと脱がして玄関広間の壁のかけ釘にかけた。「でもわたしたち、お姉様のことを知りたいの。あんなに短いお手紙じゃ、なんにもわからなかったわ、メグお姉様。双子の話を聞かせて。お行儀はよくて？　キャッスルトン卿はやっぱり偉そうな雇い主でいらっしゃるの？」

「質問攻めにする前に、せめてひと息つかせてあげたらどうなの」ベスがジュリーを叱り、メグにほほえんで言った。「くたくたでしょ。居間へ行って座りましょう。お茶の用意ができているわ」

「待って。これを受けとって」メグは鞄の中に手を入れ、第一週分の給金をベスに渡した。「うちの借金を返しきるには足りないでしょうけど——増やさずにすむだけね——でも、あなたがいいと思うように使って。アリステアおじ様には秘密よ。きまり悪くさせてしまうだけですもの」

ベスは紙幣の束を見つめ、青い目を丸くした。「家庭教師の稼ぎがこんなにいいとは思わなかったわ」

「これは例外なのよ」メグはため息をついた。「伯爵はわたしを雇うために破格の給料を約束なさったの」

「いい気味ね」ジュリーが姉妹愛を見せて言った。どういうわけか、メグはウィルをかばいたくなる気持ちをぐっと抑えた。

「このお金がどれほど助けになることか」ベスが言った。「使用人に未払いの給料の一部を支払えて、そのうえ食料庫に食材を補充できるわ」ベスの目が潤んだそのとき、メグは自分が正しいことをしているのだと実感した。

伯爵の下で働くのははらはらする——ふたりがキスを交わしたいまとなっては、なおさら。だが、家族が幸せに暮らせるなら、自分の評判も心も危険にさらす価値はある。

「少しでも家計に貢献できてうれしいわ。さあ、ぜひお茶をいただかなくちゃ」メグは漂ってきたにおいをかいだ。「チョコレートの香りかしら」

「あたり！」ジュリーが声をあげ、三姉妹は居間へ入った。「メグお姉様の家庭教師第一週のお祝いよ。ほら、シャーロットも来てくれたの」

「なんて素敵なの！」メグは叫び、愛情を込めて友の両手を握りしめた。

「ご家族との再会を邪魔するつもりはないんだけど、どうしても会って様子を聞きたかったの。公園で会ったあの日以降、便りがなかったから」

メグはわずかに首を横に振った。ベスとジュリーの前であの胸の痛む話を詳しく語る必要はない。あれやこれやと訊かれて、不要な心配をかけるだけだ。「話すほどのことはあまりないのよ」メグはささやかな嘘をついた。「この一週間は授業の計画を立てたり、読み書きや計算の授業をしたりで飛ぶように過ぎてしまったわ。あの子たちといると楽しくて」

メグの無言の合図を理解し、シャーロットが熱心にうなずいた。「可愛い子たちよね」

ベスはメグとシャーロットを交互に見比べた。何か秘密がありそうだと疑っている。「ふたりの見分けはつくの？」

「遠くからだと、ちょっと難しいときもあるわね。でもダイアナは左利きで、頬に小さなえくぼができるの。ヴァレリーは右利きよ」

「もし、わたしに双子の姉か妹がいたら」ジュリーが言った。「ふたりで家庭教師にいたずらして思いきり楽しんじゃう。用心したほうがよくてよ」

「誰もがあなたほど悪だくみの才能に恵まれているわけじゃないわ」ベスが口を挟んだ。

「神に感謝ね」

すりきれた長椅子に座って女同士四人で体を寄せあう中、メグはカップに伸ばした手を止めた。「上等の磁器だわ。テーブルに花まで活《い》けてあるのね。どうしてわたしのために、ここまでしてくれるの？」

「今日を特別な日にしたかったのよ」ベスが言った。

「それに、メグお姉様はキャッスルトン邸に住んでるでしょ」ジュリーが指摘した。「間違いなく、優雅なものに慣れっこになってきたはずよ。それに引き替え、わが家はひどくみすぼらしく見えるにちがいないわ」

「たしかにうちのほうが狭いし、高級さでもかなわない。でもね、わが家にはいいところがたくさんあるわ。とりわけ、すばらしい人たちが集まってるもの」メグはカップの欠けた部分を指で隠して紅茶に口をつけ、心から満足して吐息をもらした。「じゃあ今度はわたしが訊く番よ。ここではどんなことがあったの？」

「ここで？　あら、面白いことなんて何もないわ」ベスがやけに明るい声を出し、ジュリーに目配せした。「嫌になるほど退屈よ。新しく縫いはじめたものがあるんだけど――」

「嘘」メグはかちゃんと音をたててカップを置いた。「縫い物の話なんてしたいわけじゃないはずよ。この一週間、裾上げより大事なことがあったでしょ、教えて」わが身を振り返り、首筋がちくりとした。「何か隠してるんじゃなくて？」

ジュリーが居心地悪そうに体を動かした。「話したほうがいいわ、ベスお姉様」

ベスは妹をじろりと見た。「しかたないわね」苛立ちながらも、メグに顔を向けた。「アリステアおじ様のことよ。おかしなことを思いつかれたの」

メグは少しほっとして肩の力を抜いた。アリステアおじの突飛な言動なら、いまに始まったことではない。「どういうこと？」

「とんでもない話よ」ベスは眉をひそめて話した。「でも、すっかりその気でいらっしゃるわ」

「あててみせましょうか」メグは言った。「とんでもない値段の望遠鏡を購入すると言い出したとか……それとも、変わった動物でももらい受けるおつもりかしら――ヤマアラシみたいな？」

「はずれよ……」

「舞踏会を開くとお決めになったの」我慢できずにジュリーが教えた。

「なんですって？　そんなことできっこないわ」

ベスが唇を噛んだ。「もちろんそうよ。だけど、こうすると決めたときのおじ様がどんなふうか、知ってるでしょ」

「おじ様からすれば、わたしたちのためなんですって」ジュリーが言った。「うちで舞踏会を開けば、わたしたちにぴったりの求婚者がたちまち集まるとお考えなのよ。皮肉ね――わたしたちは汚名を返上するどころか、笑い物になるんですもの。これまで以上に」最後の台詞はしょんぼりと言い添えた。

メグはジュリーの肩を抱いた。「出席者がいるとは思えないわ。来るとしても、わたしたちが恥をかくのを見にくるひと握りの人たちくらいよ」

「本当にそう思う？」ジュリーが訊いた。「むしろ、〝枯れかけた壁の花〟が一世一代の大恥をかくところを見に、招待客が押し寄せるんじゃないかしら」

「心配しないで。アリステアおじ様に事実を話して思いとどまっていただきましょう。うちには舞踏会なんて開くお金も場所もないし、使用人だって足りないもの。わたしからお話しするわ」

「もう話してみたわ」ベスが言った。「聞く耳を持ってくださらないの。まあ、どうしましよう、おじ様がいらしたわ」

「わしの可愛いメグの声がしないか?」アリステアおじが気の抜けた足どりで居間へ入ってきた。白髪が逆立っている。しわくちゃの顔がにっと笑った。「やっぱりそうだ。やっと帰ってきたのか」

「たった一週間じゃありませんか」メグは優しく言った。「でもお会いできてうれしいわ、おじ様」アリステアおじを抱きしめてから、彼のお気に入りの肘掛け椅子を引き寄せた。

「とってもお元気そうね」

「まあ、人並みにはな」アリステアおじは朗らかにふうっと息をつきながら、哀れなほど薄いクッションに腰をおろした。「可愛い姪三人のために舞踏会を開くくらいは充分にできる」

メグは用心しながら笑顔を向けた。「その件について、ちょうどベスとジュリーから聞いたところです。おじ様のご提案は本当にありがたいと申しあげるほかありませんわ。けれどもわたしたち、面倒や負担をおかけする気などゆめゆめありませんの」

「だが、これはわしの望みなんだ!」アリステアおじが言った。気を悪くしたらしい。「誰よりもおまえはわかってくれると思ったのに」

「おじ様にはもうずいぶんよくしていただいています。一生かかってもお返ししきれないくらいよ」

「ばかを言うんじゃない」アリステアおじは笑ってはねつけた。「わしらは家族じゃないか。家族にはお返しなぞせんもんだ。ただ愛して、差し出された贈り物を喜んで受けとるだけでいい」

メグは胸が熱くなり、泣きそうになった。けれど、まばたきをして涙をこらえた。「なんて優しいことをおっしゃるの。わたしたち、おじ様を心から愛しています。これからもずっと。でも残念ながら、舞踏会を開くには綿密な計画と準備が必要です。それに……その、手元にある以上の費用もかかりますし」

アリステアおじが椅子の肘をつかんだ。「だったらわしの芸術作品か、あるいは……本を売ろう！」

「おじ様ったら！」ベスが叫んだ。「わたしたち、そんなこと望みませんわ」

「資金が足りないだけじゃないんです」メグは続けた。「この家には舞踏室もなければ、準備を手伝ってくれる召使いもいません」それどころか、舞踏会で着るドレスさえないんだから、もう。

「どうして若い者はうまくいく方法の代わりに、失敗する理由ばかり探すんだろうなあ」しわだらけの顔にもかかわらず、アリステアおじが大好きな菓子をつかんで放さない小さな子どものように見え、メグは胸が張り裂けそうになった。

わかってもらいたい一心で、おじの手の甲をなでた。「現実的になろうとしているだけですのよ」それに、おじ様を債務者監獄に入らせたくないの。

アリステアおじが鼻先で笑った。「現実的だと？　ひとりよがりの言い訳だ。わしを信用せんといかんぞ、おまえたち。わしにはお金や名声はないが、知恵や前向きさがある。わが家の舞踏会は上流社会で噂《うわさ》の的になるはずだ――あまりのすばらしさに、みんな目を見張るぞ」

おやまあ。逆に、目もあてられないありさまになるだろう。どうしても舞踏会を阻止しなくては――あるいは、せめて延期だけでも。

「おじ様の熱意には恐れ入りますわ。ですけれど、残念ながら、わたしは少なくともあと数週間後でなければ舞踏会に出席できません。ほら、いまは家庭教師の仕事に専念しなくてはいけませんから。一カ月か二カ月、先に延ばすことはできますかしら？」

「一カ月だって？」アリステアおじは頭のてっぺんの禿げた部分をかいた。

「もしくは二カ月でも」

「三週間だ」断固たる口調だった。「それ以上は延ばさん。さて、招待客にふさわしい若い紳士の名簿でも作ってくるか」アリステアおじは肘掛け椅子から腰を上げてドアへと向かった。あたかも国王から使命を託された男のように。

ジュリーとベスが万事休すという顔をしてメグを見た。暴走する荷馬車の後部座席に三人そろって乗せられ、崖へ突き進んでいる気分だ。どうにかしないわけにはいかない。自分のためにも、妹たちのためにも。

「舞踏会の計画を立てるお手伝いをさせてくださらない？」メグは気がつくとそう口走っていた。アリステアおじが振り返ってメグを見た。いぶかしげな面持ちだ。「舞踏会なんて開いたことがありませんもの」メグは続けた。「ずっと開いてみたかったんです」

アリステアおじは一瞬ためらったのち、うなずいた。「もちろんかまわんよ、メグ。ベスやジュリーやシャーロットも、何か希望があれば言ってくれてかまわん。盛大に客をもてなすという、わしの意向をわかってくれるならな。おまえたちは間違いなく、ロンドン、いや、大英帝国じゅうの若い令嬢の中で最も美しい。華麗なる大舞踏会へ出席してしかるべきなんだ」

アリステアおじが居間を立ち去ってからしばらくのあいだ、メグたち四人は座ったまま呆然と黙りこんでいた。

ジュリーがうつむいて両手で顔を覆った。「これは大変なことになるわ」

「想像もつかないほどね」ベスが言った。

「でも、少しだけ日程を延ばしてもらえたわ。これから数週間かけておじ様を説得してみましょう」そう励ましつつも、徒労に終わるかもしれないとメグは思った。

いまやふたつの戦いに身を置いている気分だった。一方の相手はメイフェアにいる放蕩者の伯爵、もう一方は自分の家の風変わりなおじ。

おまけに、どちらにおいてもさほど有利な戦況ではない。

「ダイアナがいなくなった？　どういうことだ」

ミセス・ランディはレースの襟の上で結ばれたリボンをいじった。「子ども部屋にも厨房にも、ここかと思うところにはどこにもいらっしゃらないんです」

「それなら、まさかと思う場所を捜してはどうだ」ウィルは家政婦長のそばを大股で通り過ぎて書斎を出た。「ミス・レイシーはどこだ」

「午後から休みをとっています」ミセス・ランディもウィルのあとに続いた。

ウィルは懐中時計を見た。「七時を過ぎている。もう戻っているはずじゃないのか？」

「ええまあ、もうすぐかと思います。あのお嬢さんはこの一週間がんばったわけですし、数時間くらい家族と平和に過ごしてもよろしいでしょう」

ウィルはくるりとミセス・ランディを振り返った。「ミス・レイシーは炭鉱で働いているわけじゃない。人をけだものか何かのように言わないでくれ」

ミセス・ランディの顔からさっと血の気が引き、何度もまばたきが繰り返された。涙をこらえているらしい。「ご主人様、わたくし、そのようなことを申しあげたりはしません」

ウィルは玄関広間で足を止め、深呼吸をして心を落ち着けた。「そうだな。すまない。ハリーはどこにいる？　双子が屋敷を離れるときは必ず付き添うことになっているはずだが」

「ランプの掃除と調整をしているはずです、旦那様。ハリーはダイアナ様が出かけるおつもりだったなんて知りませんでしたから」

「ハリーとギブソンを客間へ呼んでくれ。そのあとでもう一度屋敷の中を捜そう」

「承知しました」ミセス・ランディは室内帽をかぶった頭を下げると、急いで立ち去った。

ウィルは玄関広間を行ったり来たりした。ブーツの踵が大理石の床に不吉な音を重々しく響かせる。六歳の少女が行くところと言えば、一体どこだ？　母親――と以前住んでいた家――が恋しくなった可能性はある。だが、そうとも思えない。

たぶん、メグがいなくて寂しくなり、捜しに出かけたのだ。

それなら納得できる。人には言えないが……ぼくだってメグに会いたくてたまらない。

12

メグはキャッスルトン邸へと続くレンガ道を急いでいた。妹たちやシャーロットとの別れは予想以上に名残惜しかった。家では、自分が何者なのかはっきりしている。レイシー家の三姉妹の長女。小さな一家を束ねる現実的なしっかり者。できる限りアリステアおじを守り、曲がりなりにも家計をやりくりする人間。そして、三人いる〝枯れかけた壁の花〟のうち……まあ、その中でもいちばん枯れた花。

それでも少なくとも家では、メグを愛して理解してくれる人々に囲まれていた。キャッスルトン邸では、自分が何者なのかまるでわからない。家庭教師、それはたしかだ。けれども伯爵にとってわたしは何者かしら。雇われ人、友人、それとも……まったく別の存在？

それより何より、わたしはあの人にとってどんな存在でいたいの？

メグは屋敷の玄関で足を止め、つややかに光る真鍮《しんちゅう》のノッカーを鳴らしてギブソンが現れるのを待った。しかし、わずか数秒後にドアが開くと、入り口の向こう側にいたのは恰幅《かっぷく》のいい執事ではなかった。

ウィルだった。

「メグ」その深みのある声には安心感と失望感が入り混じった奇妙な響きがあった。ウィルは肩越しに振り返り、誰かに大きな声をかけた。「ミス・レイシーだ」

「ああ、よかったわ」ミセス・ランディが駆け寄ってきてメグを引き入れた。

メグは悪い予感がした。「何かありましたの？」

「ダイアナさ。どこにいるかわからないんだ」伯爵が言った。

「ベッドの下はお調べになりました？　衣装だんすの中は？　厨房は？　庭は？」

「そのすべてを調べましたよ」ミセス・ランディが落ち着かなげに喉元を触った。「屋敷じゅうの部屋を隅から隅まで捜しましたとも。でも、どこにも見つからないんです」

「ハリーにもこの区域全体を捜させたんだ」ウィルが言い添えた。「ほかにダイアナが行きそうなところは？」

メグは力なく首を横に振った。「わかりませんわ。ヴァレリー様はなんとおっしゃってますの？」

ウィルは肩をすくめた。「あの子とは話していない」

「なぜでしょう？」

「ミセス・ランディがもう話しているだろうと思ってね」ウィルは期待を込めて家政婦長のほうを向いた。

「もちろんヴァレリー様にはダイアナ様の居場所をお尋ねしましたよ——厳しいくらいに。ですから、いたずらだったらただじゃすまないことくらい、おわかりだと思います。ヴァレリー様がおっしゃるには、おふたりで昼寝をなさっていたそうです。それで、目が覚めたらダイアナ様がいなくなっていた、と。それ以上は話していただけませんでした。静かなお子様でいらっしゃいますからね」

まあ、かわいそうに。ミセス・ランディはよかれと思ってしたのだろうが、おそらくヴァレリーは恐ろしさに縮みあがったことだろう。「たしかに口数の少ないお子様です」メグは認めた。「でも、嘘はおっしゃいません。わたしが話してまいります」

「ぼくも行こう」伯爵が言った。

メグはサイドテーブルの上に鞄をぽんと置き、階段のほうへ向かった。「どうぞお好きなように――でも、ヴァレリー様を怖がらせないでくださいね」

「うっかり鬼に変身しないよう気をつけるよ」階段を駆けあがるメグのあとをウィルが追ってきた。

メグは大げさににっこり笑いかけた。「よろしくお願いいたしますわ、旦那様」

息も整えぬまま子ども部屋のドアを開けると、ヴァレリーが窓辺に座っていた。その窓からは通りとその向こうにある広場が見渡せる。外では夕闇が迫りはじめていた。メグはヴァレリーのかたわらにしゃがみこみ、どうにか同じ視点で景色を見ようとした。ウィルはいまのところ、背後でいつになく静かにじっとしている。

ヴァレリーがメグを見あげた。そばかすのある顔に心細さと悲しみが浮かんでいる。握った手を広げ、メグのロケットペンダントを見せた。「これ、ちゃんと守ったわ。先生は家族と楽しく過ごせた？」

「とっても。でもいまはダイアナのことが心配よ」

「あたしも」ヴァレリーが素直に言った。

メグは窓の向こうを見ながらうなずいた。「あの子は外にいると思う？」

「わかんない。そうなのかも」か細い声が震えている。

メグはヴァレリーの肩をそっと片腕で抱いて言った。「わたしが見つけるわ。まかせておいて」

「ダイアナはどうなっちゃうの？」

「心配しなくてもいいのよ、きつくお仕置きされたりしないから」背後でウィルがふんと鼻を鳴らすのを無視して、メグはヴァレリーを安心させようとした。「わたしたちはダイアナを無事に連れ戻したいだけなの」

「あたしもそう思ってる」

メグはヴァレリーのそばへ椅子を引き寄せた。「今日わたしがいなくなってから、何があったの？」

ヴァレリーは唾をのみこんだ。「昼寝したの。少なくとも、あたしは」

「眠る前にダイアナと話した？」

ヴァレリーは思い出そうとして眉根を寄せた。「ちょっとだけ。ダイアナは計算問題がわかんないことにまだ腹を立ててた。それであたし、心配しないで、先生にいい考えがあるみたいだったじゃないって言ってあげたの」

「それを聞いてダイアナはなんて言ったの？」

「明日まで待たなくてよければいいのにって」

「何を待つんだ？」ウィルが割りこんできたので、ヴァレリーもメグもびくりとした。「〝いい考え〟とは？　詳しく知りたい」

「別にとんでもない悪だくみをしているわけじゃありませんわ、旦那様」メグはそっけなく言った。「明日の授業で計算に使う小石を、少し集めてこようと話していただけです」

ウィルはさらに近づき、メグとヴァレリーの上で身をかがめて窓の外をじっと見た。「ダイアナは待ちきれずにひとりで小石を集めようとしたのかもしれないわけか」

「たぶん」ヴァレリーが口を開いた。「あの子、せっかちだから」

「ダイアナのブーツも消えているか？」伯爵が訊いた。

メグは衣装だんすを調べ、「ええ」とウィルのほうを向いて答えた。「小石を集めるくらい、半時間もかかりません。ダイアナ様がいなくなってから、少なくとも三時間は経っています」鼓動が速くなる。六歳の少女がロンドンの通りをひとりでさまよえば、どんな恐ろしい目にあうことか――メグは考えないようにした。

ウィルが一瞬ヴァレリーを見やり、メグに目配せした。彼はこれ以上この哀れな少女を心配させたくないのだ。「きっとダイアナはどこかで少し休んでいるか、ちょっと道に迷っただけだろう」

「ハリーのところへ行って、ダイアナを捜す手伝いをしなくちゃ」メグはヴァレリーのそばへ行き、汗で湿った小さな両手をぎゅっと握った。「ミセス・ランディに頼んであなたの夕食を持ってきてもらうわね。ダイアナのことは心配しなくていいのよ。伯爵とわたしで見つけるから。必ず」

ヴァレリーはあごを震わせたものの、必死にこらえてうなずいた。

ウィルはメグを子ども部屋の外へと連れ出し、しっかりドアを閉めると彼女の両肩に大きな手をのせた。「きみはここにいたほうがいいと思う」

「そういうわけにはいきません。ダイアナ様はわたしを信頼なさってるんです」

ウィルが眉間にしわを寄せた。いささか気分を害したようだ。「ぼくは信頼されていないと言うのか？」

メグは肩をすくめた。「ダイアナ様は旦那様をあまりご存じでらっしゃいませんから」とはいえ、ダイアナは公園での一件以来、伯爵が英雄に見えてしかたないようだけれど。

「結構。一緒に行こう――ただし、ぼくの目の届く範囲にいてくれ」

メグはむっとしてあごをつんと上げた。「逃げ出す気なんてありませんわ。少なくとも今夜は」

「それはありがたい」ウィルはメグの背中のくぼみに手を添えて廊下を進み、階段をおりていった。

ふたりが玄関広間に着くと、屋敷の裏手から甲高い声に続いて何度か大声が聞こえた。ウィルは騒ぎのするほうへ駆け寄り、メグもそのすぐあとを追った。

「あの子だ！」ウィルが肩越しに叫んだ。「ダイアナだよ。無事らしい」

メグは伯爵も、ダイアナを見て大騒ぎしている厨房メイドと従僕も押しのけた。「ダイアナ」少女を引き寄せ、抱きしめた。知らぬ間に涙が頬を伝って流れていく。「無事でよかった」

ダイアナも泣いていた。泥で汚れた顔に涙が筋を引いている。「さ、算数の授業で使う、こ、小石を見つけたかったの。だ、だけど、通りの向こうの広場にはあまりなかったから、も、もうちょっと遠くへ行ったら、帰る道が、わ、わからなくなっちゃった」

メグはダイアナを抱きかかえ、背中をさすってやった。「でも、もう家にいるわ。どうやって帰ってきたの？」

「きれいな格好の女の人に、メイフェアはど、どっちって訊いて、歩いていったら、伯爵の庭が見えたの。噴水がある庭はここだけだもん」

「それは利口だったな」ウィルが声をかけた。「だが、わかっているだろう、勝手に屋敷を離れてはいけなかったんだ。ましてや、ひとりきりでなんて」

ダイアナの下唇が震えた。「はい」

「お説教はあとにしましょう。まずはお風呂に入ってから夕食を食べなきゃね」メグは言った。

「食べ終わったら、授業をしてくれる？　石がたくさんあるの――ほら」ダイアナはエプロンドレスのポケットに片手を突っこむと、手のひらいっぱいの土や小石、そしてメグのラベンダー色のリボンを差し出した。

「リボンは持っておいて。たしかに授業に必要なだけの石を集めてくれたわね」メグはにっこりして言った。

「今夜はもう、授業はなしだ」伯爵がよく通る声できっぱり告げると、ダイアナはメグにしがみつく力を少し強めた。「ミス・レイシーに言われたとおりにしなさい——風呂、食事、それからベッドだ。さあ、早く上へ行ってヴァレリーと会っておいで。きみのことをとても心配しているぞ」

「はい」ダイアナはポケットの中へ乱暴に石を戻し、身をよじってメグの腕の中から出ると子ども部屋へ向かっていった。

ウィルは厨房メイドと従僕に向かって眉を上げてみせた。「戻ってやる仕事がまだあるんじゃないか？」

「はい、旦那様」ふたりはぼそぼそと返事をし、あわてて走り去った。

「手伝ってくれてありがとう」メグはふたりの背中に向かって叫んだ。両目を拭うや、急に恥ずかしくなった。

「どうして泣いている？」すっかり戸惑った様子で伯爵が怪訝《けげん》そうな顔をした。「ダイアナは無事だったのに」

「とても……ほっとしたんです。旦那様にはご理解いただけないかもしれませんが」

ウィルは口をきゅっと結んだ。「ぼくだってあの子たちのことを気にかけている。約束したからな」

「約束？　どういった約束ですか？」

ウィルは上着のポケットから糊《のり》のきいたハンカチを出してメグに手渡した。「話せば長くなる」

メグはそれで目尻を拭った。「お嬢様方に関することでしたら、お聞きしたく存じます」

ウィルはしばらく考えたのち、そっけなくうなずいた。

「あの子たちが落ち着いて、ベッドに入ったら、書斎に来てくれ。一杯やって互いをねぎらおう。そのあと、あの双子がここに来た経緯を話すよ」

わたしを信用して、秘密を打ち明けてくれる――そう思うとメグは心が温かくなった。

「ありがとうございます、旦那様」

「ウィルでいい。忘れたかい？」

ああ、そうね。覚えているわ。「ではまた、今夜……ウィル」

相手がいたずらっぽくにやりと笑うと、メグの全身にしびれるような感覚が走った。

まったく、もう。わたしこそ、伯爵が英雄に見えてしかたないみたい。

13

　ずいぶん夜が更けてきたため、メグは結局来ないのだろうかとウィルはいぶかり出した。ふたりのあいだの気まずさはダイアナの失踪騒ぎで一時的に消えていた。ダイアナが見つかるまでは、メグとの密《ひそ》やかなキスや親密な触れあいについてあれこれ考える暇などなかったからだ。

　しかし、いまは……ほとんどそのことしか考えられない。

　廊下の角を曲がるメグの靴音がしたかと思うと、書斎の出入り口がぱっと輝いて見えた。彼女の着ている茶色のドレスには華やかさのかけらもないのに。「もういらっしゃらないかと思いましたわ」メグは前置きなしに言った。「あの子たちがちゃんと眠るまで子ども部屋を離れたくなくて」

「まあ少なくとも、いまから八時間はあのふたりが面倒を起こすことはないわけだ」

「ええ」メグの視線が炉棚の上の時計にちらりと移った。もうこんな時刻なのかと驚き、先にあれこれ用をすませておけばよかったと考えているのだろう。冥府の川を渡ろうか渡るまいか思案しているかのように、まだドアのあたりでぐずぐずしている。

だが、もう悩まずにすむだろう。

「庭へ行こう」ウィルはデカンタとグラスふたつをさっとつかみあげた。

「いまですか?」信じられない様子でメグが尋ねた。

「何か問題でも?」

メグは困ったように肩をすくめた。「その、まずひとつに、外は真っ暗です」

「月明かりがある。目も慣れてくるだろう。おいで」ウィルは廊下に出るとそこから居間へ向かい、グラスをメグに手渡して、中庭へ通じる両開きの扉を開けた。「さあ、こっちだ」

蔦《つた》に覆われたあずまやに置かれた石造りのベンチへメグを連れていった。昼間は日陰になる場所だ。さあ、ここでなら、書斎よりもひと目を気にせず大事な話ができる。

メグはグラスをかたわらに置いてベンチの端に腰かけ、両手を膝の上に重ねた。グラスを傾けに来たというより、仕事の面接でも受けに来たみたいだ。背筋をまっすぐ伸ばして無表情で座っている彼女を見ていると、数日前の夜、抱かれるままになっていた人物とは思えない。たぶんあの夜をなかったことにしたいのだろう。分別のある者ならそれに倣い、互いにもとの立場に戻るはずだ。メグは堅苦しくてすました家庭教師に、ぼくは尊大で鼻持ちならない伯爵に。

問題は、メグの唇の味や、体が触れあった感触を忘れられそうにないことだ。胸を激しく上下させているところを見ると、向こうもこちらのことを完全に頭から消し去ったわけではないのだろう。

ウィルはそれぞれのグラスにブランデーを注ぎ、片方をメグに渡すと自分の分を掲げた。

「おめでとう、と言うべきだろうな。きみは第一週を乗りきったのだから」

メグは考え深げにグラスをのぞきこんだ。「そのようですね。何より、あの子たちが乗りきってくれました」

「ああ。かろうじてね」ウィルは冗談まじりに言った。

メグは可愛らしく眉をひそめた。「もし今夜ダイアナが恐ろしい目にあっていたら、永遠に自分を許せなくなるところでしたわ」

「そうだな。ぼくも同じように思ったはずだ」自分でも意外だが、紛れもない事実だ。

「お譲様方とは血のつながりがおありなんですか？」

「そうとも言える。といっても、あの子たちに会ったのはきみよりほんの数日早かっただけだ。亡くなったいとこの愛人だったライラがやってきて、置いていったのさ」

「その人はどうして自分の子を捨てたのでしょう？」

ウィルは肩をすくめた。「まったく、どうしてだろうな。それより気になるのは、どうせ捨てるなら、どうしてそれまで手放さずにいたのか、ということかもな」

「理解できませんわ。子どもを手元に置いておきたくないなんて」

ウィルは鼻先で笑った。「自分勝手な母親さ。いとこのトーマスが生きているうちは、あの子たちを手元で育てるほうが都合がよかったんだ。トーマスは毎週あの子たちを訪ねていって、気前よく贈り物をしていた……たとえ娘として公に認めることができなくとも」

「認めることができなかった？　一体どうして？」

「双子に父親だと明かさないよう、ライラに言われたんだ。ただし結婚してくれるなら話は別だとね」

メグが憤然とした顔をした。「なんてひどい。自分が結婚するために、あの子たちから父親を奪っていたのね」

「欲望を満たさんがため、女は地の底まで身を落としたのさ」

「男と同じですわね、旦那様」メグにブランデーグラスの縁越しににらみつけられ、ウィルは体が熱くなった。ああ、これだから彼女に惹かれるんだ。こういうやりとりをどれほどしたかったことか。

「で、〝旦那様〟に戻るわけだ？」

メグはその問いかけには答えず、ウィルに冷たい視線を向けた。「それで、ライラさんの思惑どおりにはいかなかったんですね。トーマス様はプロポーズなさらなかった」

「したかもしれない……若くして亡くならなければ」

肩にメグの手が置かれ、ウィルの中でさまざまな感情が目覚めた。「お気の毒に」

「トーマスとは兄弟みたいなものだった。ぼくたちはよく似ていたが、彼のほうが立派だったよ。賢くて、品行方正で」

「では、どうしてライラさんと結婚なさらなかったんでしょう？」メグは息を凝らすようにしてウィルを見つめ、答えを待った。

「トーマスの母親、つまりぼくのおばが認めなかったんだろう。ライラは上品ぶった客間が似合う類の女ではないからね」

メグは手を引っこめ、冷やかなまなざしを向けてきた。「わたしもそういう類の女ではありませんので、なんとも申しあげられません」

これはまずい。「何を言うんだ。きみは淑女じゃないか、メグ。ライラは節操がなくてずるい女なんだ」

「たぶん、ほかに道がなかったのでしょう」メグはぽつりと言った。「それに、そうした欠点を補う美点があるにちがいありません。お嬢様方は恋しがってらっしゃいますから」

「あの子たちは母親という存在をライラしか知らないからね。だが、ライラはもう子どもの面倒を見られないと言ってきたんだ。ぼくが引きとらなければ孤児院へ入れるしかないと」

メグは目をしばたたいた。愛らしいはしばみ色の瞳が長いまつ毛に縁どられている。「それでお引きとりになったのですね」

「そうだ」

「ですが、ほかの方法もあったはずです。田舎の親戚のもとへ預けるとか、温かい家庭にお金を渡して里子に出すとか」

ウィルは長いため息をついた。「トーマスはそうしたことを望まなかっただろう。彼に何かあったら、あの子たちの後見人になるとぼくは約束したんだ」

「トーマス様に何が……？」

「落馬事故さ」ウィルは喉が苦しくなった。「愚かな落馬事故だ」

メグはグラスを置き、ベンチに座ったままウィルに近寄った。彼女が間近にいると、心地いいと同時に気が散ってしかたない。「不公平ね」

「ああ」メグは自分の両親と、その命を奪って家族を引き裂いた恐ろしい事故のことを考えているのだろうか。「人生は不公平だらけだ」

「いとこのトーマス様は旦那様のようなご友人がいらして幸いでしたわね。旦那様がいらっしゃらなければ……」恐ろしい光景を想像したのか、メグは身震いした。

「ぼくはあの子たちに住むところを与えてやれる。食べるものや着るものも。しかし、あの子たちはそれ以上のものを必要としている……ぼくには与えてやれないものだ」

「できないのでしょうか……それとも、なさらないだけ？」

ウィルはブランデーをぐいと飲んだ。「できないんだ」親というものに関しては父親から学んだことしか知らない。両脚の裏を鞭打たれる痛さ。いまなお頭の中で響く、息子を罵るひどい言葉。自らのみじめな人生に気をとられ、ひとり息子とわずかな時間さえ一緒に過ごさなかった男の無関心さ。

「ご自分を誤解なさっているのでは？」

「いいや」ウィルはかたくなに言った。父親になるという危険を冒すわけにはいかない――言葉どおりの意味ではないが。当然ながら、自分もいつかは世継ぎが必要になる。けれど、子どもとは距離を置き、日々の子育ての責任は自分よりふさわしい誰かにまかせるつもりだ。

ちゃんとした愛情深い父親なら子どもをどう扱うべきかを心得ている誰かに。「本当のことだ。ぼくはあの子たちの後ろ盾になってやることしかできない。だからこそきみが必要なんだ」

「わたしはお嬢様方の家庭教師にすぎません。母親とは違います」

「わかってる。だが、いまは同じようなものだ」ウィルは考えこむようにメグを見つめた。「正直、心のどこかで、きみが戻らないんじゃないかと心配だった。仕事を辞めて一緒に家にいてくれと妹さんたちに説得されるのではとね」

メグは目をそらした。「そんなこといたしません——できません——お嬢様方には」

なるほど。ではすべてはあのふたりのためで、ぼくは関係ないのだ。「ここ数日、ぼくを避けていたね」

メグはあごを上げ、ウィルをまっすぐ見た。「それはお互い様でしょう」

「ああ、そうだ。きみはそのほうがやりやすいかと思ってね。ぼくがいると邪魔だったろうから」ウィルは固唾をのんでメグの返事を待った。相手がひと言言ってくれさえすれば、喜んで数日前の夜の続きを始めるつもりだった。夜の戸外でブランデーに口をつけているいまこのときでさえ、ウィルはメグの唇を奪ってぶざまなドレスを脱がせたいという思いをやっとのことで抑えていた。薔薇色の胸の先端を愛撫し、その先をねだるあえぎ声を聞きたくてたまらない。

「わたしたちのあいだで、やりやすくなることなんてないでしょう」メグの声が妙にうつろに響いた。

ウィルは苦笑した。「なぜ？　きみとぼくはそんなに違うのか？　どうしてぼくのやることすべてがきみに拒絶される？」

「わたしに拒絶される？」メグが目を丸くした。「どういうわけでそんなふうにお思いになるんです？」

ウィルは肩をすくめた。「修道院へ入って髪を切ると言ったり、ぼくを軽蔑したような態度をとったりしていたから」

それを聞いたとたん、メグは真っ赤になった。「それは何年も前のことです」

「だが、まるで昨日のことのようだ」ウィルは笑みを浮かべてグラスの中のブランデーをまわした。あのときのメグの言葉にどれほど深く傷ついたかを悟られないように。

「どうしてわたしがあんなことを口にしたか、お知りになりたいですか？」

そうだな、それは事と次第による。真実を知って立ち直れなくならなければいいが。「胸の内を明かしたいなら、どうぞそうしてくれ」

メグはわけ知り顔の笑みをウィルに向け、立ちあがった。暖かな微風にスカートが衣《きぬ》ずれの音をたてる。「では、お話しします。まず、わたしが一五歳の小娘だったことをお忘れなく。ご存じのとおり、物事を大げさに考えがちな年頃です」

ウィルは胸の前で腕を組み、さりげなくうなずいた。これまで自分も、年齢のせいだと思おうとしてきた。なんといっても、自尊心が傷つかずにすむ。「しっかり覚えておこう」

「次に」メグはピンク色の花のにおいをかぎながら言った。「旦那様を不届き者と見なしてしかるべき理由がありました」

「たしかに——湖での一件だね」

「湖でのぞき見された件です」メグが訂正した。「お人柄について非常によくない印象を受けました」

「その印象の誤りは後日、修正されたんだろう？」ウィルは期待を込めて尋ねた。

メグはあきれ顔をし、紅色の花々であふれんばかりの別の茂みへそっと身を寄せた。「酌量すべき事情があったらしいことは認めます。それでも、完全に無実とは申しませんわ」

まあ、我慢しよう。「それもしっかり覚えておこう」

「ですが、そのどちらも、わたしがあれほど極端な反応をした直接の原因ではないんです」

ウィルはメグに近づいて茂みから一輪の花を摘み、耳の後ろに挿してやった。深紅の花びらがメグの唇の色や頰の赤みを引き立てる。彼女の身を包むがっかりするような泥色のドレスもほとんど目に入らない。まったくではないが。「だったらどうしてぼくをはねつけたんだ、メグ？」

メグは口を開きかけたものの、言葉にするのを恐れるかのようにためらった。そしてようやく、こう言った。「旦那様のような方にはご理解いただけませんわ」

ウィルはむっとした。「〝ぼくのような人〟とはどういう意味だ」

「旦那様は殿方でいらっしゃるということです。ご自分で決定を下す権力と能力をお持ちの方です」

「そのせいでぼくを嫌ったというのか？」

「理由のすべてとは申しませんが、まあそうです」

「そんなのはどう考えても公平じゃない」

「おわかりになりませんか？」メグは弁明した。「自分のことは自分で決めたくてたまらなかったんです。旦那様にとっては当たり前のことでしょうけれど。誰かに自分の夫や将来を決められると思うと、耐えられなかった」

「きみは女流学者だな」ウィルはからかって言った。

メグがつんとあごを上げた。「どうとでもお呼びくださいませ。両親を喜ばせるために結婚するという考え方に我慢ならなかったんです。幸せな結婚には、両家が手をとりあう以上のことが必要ですもの。つまり……愛が」

「きみは夢見るお嬢さんでもあるようだ」

メグは片手を振ってその言葉を払いのけた。「とんでもない。わたしは現実的ですわ。一家を束ねておじを債務者監獄に行かせないことで頭がいっぱいなんです。あと、妹たちにドレスを一、二着買ってやりたいことだとか。だからこそ、こちらで働いておりますの」

「じゃあ、きみは本当にぼくと結婚するより修道院に入るほうがましだと思っていたわけじゃないんだな」

メグがいたずらっぽく眉を上げた。「そんなこと申しましたかしら。ですが、このことは認めます——あの夜の発言は旦那様が気に入らなかったというより、自分の置かれた状況に対する苛立ちのせいでした」

「ぼくだって苛立ちを感じたよ。お互い、両親から完全に不意打ちを食らわされたわけだ」

「ええ、でもおそらく旦那様はすでに婚約破棄をたくらんでいらっしゃったはずです」

くそっ。彼女はこっちの化けの皮を剝《は》がす不思議な力の持ち主だ。「きみは違ったのか？」

ウィルは言い返した。

「残念ながら、驚きすぎてそんな余裕はありませんでした。婚約が公になったあとで解消された場合、それがわたしの希望だと思う人などいなかったでしょうし。わたしのようなぱっとしない娘が、伯爵の位を継ぐ裕福な紳士との婚約を解消したがるなんてありえませんもの」

「美男子というのもつけ加えてほしいね」ウィルはにやりと笑いかけた。

「わたしが申しあげたいのは」メグはおだやかな口調で言った。「そちらにはすべての力があって、わたしにはなんの力もなかったということ。それが癪《しゃく》に障ってしかたなかったんです。いまもですけれど」

ウィルはその言葉をじっくり考えながらメグの両手をとり、目を見つめた。髪は月光にきらめき、肌は燃えたつ心を示すように輝いている。こちらをじっと見据える瞳は、できるものなら反論してみろと言わんばかりだ。とても無力には見えない。「きみは自分の力を見くびっている」

「わたしには富も地位も美しさもありません」メグは当然のことのように言った。「教えてくださいませ、わたしにどんな力があるのでしょう？」

ウィルはゆっくり片手を上げてメグの頰を包み、サテンのような柔肌を親指でなでた。

「きみには力がある」彼はささやいた。「ぼくを思うままにする力が」

14

メグは喉の奥が詰まり、心臓が激しく打つのを感じた。伯爵が視線を唇に落とす。口づけしたいと思いながらも、許されるまで待っているらしい。ため息ひとつ、身動きひとつ、物音ひとつでも、合図になるのだ。

束の間であれ、メグは伯爵の言う〝力〟を手にしたような気がした。この沸きたつような感覚を長引かせたい。

「どうしてそんなことがあるでしょう、旦那様？　雇い主と家庭教師という関係で、どうやって旦那様に力を振るうことができまして？」

「お嬢様、いまこの瞬間、わたしはあなたの召使いでございます」ウィルが低い声で言った。そのややかすれた響きは、あらゆる不道徳な楽しみを予感させた。

「わたしの召使いですって？」メグは大胆にも、ウィルの信じられないほど硬い胸板に片手を置いた。相手が深く息を吸いこむのが聞こえる。「では、あなたの仕事は？」

「きみを喜ばせること」ウィルが身をかがめた。いまにも互いの唇が触れそうだ。彼の瞳は激しく燃えている。「ぼくにまかせてくれるかい？」

メグはごくりと唾をのんだ。ふざけないで、と怒れたらどんなにいいか。でも、どうしようもない遊び人という評判は、伯爵が念入りに作りあげたものだった。その下には良識や誠実さが見え隠れしている。彼はいとことの約束を守り、身寄りのないふたりの少女を引きとっているのだ。

おまけに、この危険を感じるほど美しい顔立ちと鍛えあげた肉体――女なら身をまかせてしまうのも当然だろう。

熱いまなざしは間違いなくメグを求めている……にもかかわらず、先へ進むかどうかの判断をこちらにゆだねているのだ。さあ、答えなくては……。

「ええ」

返事を言い終わる前に抱き寄せられた。互いの体がぶつかる。メグはぞくぞくしつつ欲望を燃えあがらせた。

ほかのことは何ひとつ考えられなくなった。さきほどまで必死にダイアナを見つけようとしていたことも、アリステアおじが舞踏会を開こうとしていることも――伯爵と口づけを交わしたことへの気恥ずかしささえも。そんなことはどうだっていい。唇を首元に押しつけられ、両手でヒップを包まれるめくるめく快感の陰にすべてが隠れてしまった。

解放感とともに興奮を覚えた。わたしはいまこの瞬間だけを生きている。過去にも未来にもとらわれていない。蔓《つる》で覆われたあずまやと芳しい花々に囲まれて、わたしたちはふたりだけの小さなエデンの園にいる。

この楽園では、メグが伯爵のベストの下に手を差しこみ、シャツの下の引きしまった筋肉をいとしげになでても咎《とが》められることはない。

硬くなった欲望の証を確かめるように、わざと伯爵のズボンの前に下腹部を押しつけても眉をひそめる者はいない。

アダムの妻のイヴ同様、慎みのない行為に手を染めたことをあとで悔やむにちがいない。それでも今夜は、うまくいかない人生をどうにかしようとするのをやめよう。家族の哀れな経済状況も、おじが変わり者だという評判も放り出すのだ。

上流社会のしきたりを捨て、ただ身をまかせよう……生きているという感覚に。

メグは吐息をもらしながらウィルのうなじの髪に手を差し入れ、彼の頭を引き寄せた。

これこそ求めているものだった。鎖骨を辿る、熱く濡れた口づけ。襟足を這う、巧みな指。官能を刺激しながら肌をこする、少し伸びたあごひげ。

この人こそがわたしの求めているもの。今夜だけは素直になろう。メグはウィルの腕の中で身をよじり、思いきって背中を向けた。「ゆるめていただける?」

ウィルは喉の奥から低い声をもらし、手際良くドレスの紐《ひも》を解いた。しかしメグが向き直ろうとするや、むき出しになった両肩に温かい手を置いて押しとどめた。「待つんだ」

彼はメグの背中をくすぐる髪を一方に寄せ、ドレスを下におろしかけた。湿った夜風が素肌にあたる。「袖から腕を抜いて」耳元でウィルがささやいた。「もっときみを見たい。どうしてもきみに触れたいんだ」

その不道徳な言葉を聞いてメグの胸の先端がつんと立った。メグはウィルの求めるままに袖から腕を抜いたものの、ドレスの前身ごろでしっかりと胸を隠した。

「さっきよりずっといい」ウィルは満足そうにささやいた。「だがシュミーズがちょっと邪魔だ」メグの体に手をまわし、襟ぐりの紐をほどく。「これも脱ぐんだ」

今度はメグに頼まず、強引に薄いローン地を肩から腕へ引きおろした。これでもう、ふたりを隔てるものは何もない。

ウィルがうなるような声をあげた。「ちくしょう、メグ」苛立っているようだ。でも、喜んでもいるみたい――そう思うとメグは喜びを感じた。

彼は背後からメグの肩にあごをのせ、ごわごわしたウールのドレスの下に両手を滑りこませた。その手が体の両側からそっと腹部へ、そして豊かな胸の下へと上がってくる。「すばらしい」ウィルが言った。「完璧だ」

胸の前を押さえていたメグの手が滑り落ち、ドレスがウエストでしどけなくひだを作る。メグは足元もおぼつかず、ウィルのがっしりとした肉体に感謝しながらもたれかかった。

ウィルは手のひらでメグの両方の乳房を包みこみ、その重みを確かめながら耳の後ろの敏感な場所に口づけをした。

信じられない。これは密やかなキスを超えている。ちょっと相手に身をゆだねるどころの話じゃないわ。そう思うとメグはいっそうぞくぞくした。

羽根のように優しくそっと愛撫され、メグは悩ましげな声をもらした。張りつめた先端をウィルが軽くつまむ。メグは思わず大きな声をあげた。こんなに簡単なことで、これほど快感が押し寄せてくるなんて。両脚のあいだが歓喜の熱に疼き、その熱が全身へと広がっていく。体の隅々まで火がついたかのよう――この人のせいだわ。

どういうわけか、ウィルにはメグが求めるより先に彼女の望みがわかるらしい。

「こっちへ」ウィルはメグをベンチへ連れていった。「座って」

メグがおとなしく従うと、彼は目の前でひざまずいた。あらわになったこちらの肌を眺めている。メグは手で体を隠そうとしたが、両手をベンチに押さえつけられた。「ぼくの前では隠すな。絶対に」

「わたしは旦那様のものではありません。言いなりにはなりませんわ」

「そうかもしれない。きみのそういうところがぼくをここまで惹きつけるんだ。でもメグ、近いうちにきっと、ぼくのものにしてみせるよ」そう言うと、ウィルはメグの胸に顔を寄せた。先端を口に含んで吸い、味わうように舌で転がす。

メグは息を吸いこんだ。えも言われぬ恍惚《こうこつ》感にめまいがする。「ああ、やめないで」懇願するように言った。

ウィルは片方の胸から唇を離し、もう片方も存分に吸って可愛がると、誘いかけるようなけだるい笑みを向けてきた。「ぼくはきみの言いなりだ」そう言って、さきほどのメグの言葉を返した。「特にこういうことに関してはね」

鋭い口調で言い返そうにも、言葉が出ない。メグは頭をのけぞらせた。ウィルの両手がドレスの裾の下から忍びこみ、片脚のふくらはぎをなでる。「きみをもっと気持ちよくさせたい。ぼくにまかせてくれ」

「何をなさるの？」メグは息を切らしながら訊いた。

「きみが望むなら、言ってもいい」ウィルはメグの耳たぶを噛んだ。「だが実際にしてみせることもできる。ぼくを信じるか？」

彼は信じられないほど男らしいと同時に、傷つきやすそうにも見えた。これ以上ないほど魅力的だ。

「信じます」メグは答えた。

ウィルは野獣のようにきらりと瞳を光らせ、メグのドレスをまくりあげた。内腿に片手を滑りこませ、優しく脚を押し広げる。メグの肌は月光のもとで青白く輝いていた。暖かい夜の空気に触れて全身が刺激される。膝をぎゅっと閉じようとするや、ウィルが身をかがめてきて唇をとらえ、キスをした。

ウィルは片方の手でメグの裸の胸に官能的ならせんを描き、もう一方の手で秘密の入り口の繊細なひだを探りあてた。メグがあえぎ声をあげるたび、彼女の求めに応えてウィルの手が優しく動く。最も敏感な部分で円を描く指の動きに、やがてメグはこらえきれなくなって情欲にあえいだ。まともにものも考えられない。

「こうやってきみに触れるのを夢見ていたんだ、メグ。気持ちよさそうな声をあげて自制心を失っていくきみを眺めるのをね」

「どうして？」メグは息を弾ませ、ウィルの鋼のような肩に頭をのせた。「どうしていつもわたしに奔放なふるまいをさせようとなさるの？」

「ああしなきゃ、こうしなきゃとがんばりすぎているからさ」ウィルがメグの中へ指を一本挿し入れると、彼女は本能的に腰を突き出した。「思いどおりにしようとするのをやめて、自分を完全に解き放ったときに……最高の喜びを味わえるんだよ」

「教えて」メグは懇願するように言った。「どうすればいいかわからないの」

「とても簡単だ」ウィルが優しく含み笑いをもらした。「きみは自分で思う以上に、その瞬間に近づいている。だが、ふしだらなことを想像するといい」

「庭で半分裸になっていることよりふしだらなこと？」ウィルはメグの中で指を動かすと同時に、うっとりするようなリズムを刻みながら親指で外からも愛撫を加えた。

「それよりふしだらなことだ」ウィルが答えた。

「思いつかないわ」メグは不意に恥ずかしくなって下唇を噛んだ。「手伝ってくれる？」

「偶然にも、ぼくはふしだらなことを考えるのが得意でね」ウィルがしたり顔で言った。「ぼくの言うとおりにするんだ」

メグはもう限界に近づいていた。早くこの状態から解放されたくてたまらず、ウィルの命令にためらいを見せることすら考えられない。

ウィルはメグの髪に挿した花から花びらを一枚ちぎって彼女の目の前に掲げた。「これをアイスクリームだと思ってごらん」

メグはややいぶかしげにそれを見た。と同時に、スカートの中でウィルが与えてくれる心地よさを嚙みしめた。

「うーん、甘くておいしそうだ。ここに垂らそう」ウィルはメグの胸の谷間に花びらを滑らせた。「ここにもだ」そう言ってそのまま、へそまで手をおろした。「冷たくて甘いアイスクリームがきみの体の両側を伝っていく。だが、ぼくはきみの肌から一滴残らず舐めとらなくてはいけない」ウィルは実際にしずくを舐める真似をしてメグの胸のふくらみに舌を這わせた。

「ああっ」メグの頭の中は、体のそこかしこにウィルが黒髪の頭を近づけ、ひたすら彼女を喜ばせようとしている光景でいっぱいになった。「ほかには?」

「目を閉じて」メグは従った。「ぼくに触られているのをよく感じるんだ」ウィルはメグの入り口を無情にもじらすようになでた。「ここを」

メグはほかのことがほとんど考えられなかった。

「じゃあ、ここを愛撫されているのを想像してごらん、ぼくの指ではなく……唇で。思いの限り味わわれ、探り尽くされているところを。ぼくの舌でみだらに舐められるたび、どうかしてしまいそうになるところを」

ああ、どうすればいいのかしら。体の奥がじりじりと熱くなったまま、いつまでもくすぶっている。完全に燃えあがることは永遠にないのではと不安を感じながら、メグはすすり泣くような声をもらした。けれどもそのとき、ウィルがメグの髪をぐいとつかんで引き寄せ、耳元でささやいた。

「自分を解き放つんだ、メグ」

その言葉で一気にメグの体に火がついた。燃え盛る炎が激しくも美しく全身を駆けめぐり、身も心も余さず焼き尽くす。肌は疼いて胸は高鳴り、つま先がきゅっと丸まった。その間ずっと、ウィルはメグを抱いたまま離れず、すばらしい奇跡でも前にしたかのように見守っていた。

メグは徐々に意識がはっきりしてきた。さわやかなそよ風が吹く中、噴水が音をたて、ヒキガエルの鳴き声がしている。

もう二度と、もとの自分には戻れないんだわ。

メグの歓喜の残り火がようやく消えると、ウィルはドレスのスカートをおろして石造りのベンチの上で彼女の隣に座った。「きみは優秀な生徒だ」メグのこめかみを唇でかすめながらささやいた。

メグは急に恥ずかしくなり、唾をのんで両腕を袖に通した。この人に身をゆだねてしまった。正気の沙汰ではない。すっかりどうかしていた。

どうやら伯爵はこちらと同じような満足感を得たわけではないらしい。けれど、これ以上不道徳なことをさせるつもりはなさそうだ。ひょっとすると、すでにメグの予想をはるかに上まわる行為をしたことをわかっているのかもしれない。

「ドレスの紐を結ぼう」

メグは何も言わずに背中を向け、ウィルにドレスの背を閉じてもらいながら、崩れた髪を直そうとした。もうしばらくすれば、見苦しくない程度には身なりが整うだろう。

だが、もう自分を品行方正とは言えないことは充分わかっていた。これから何をしなくてはならないかも。

心が張り裂けそうだ。

15

「こうなった以上」メグが真剣な面持ちで口を開いた。「あなたの下で働き続けるわけにはいかないわ」

そんなばかな。ウィルは石のようにじっとしたまま、メグの香りと彼女から放たれている生々しい色気に酔いしれていた。「あわてるのはよそう」メグの首に鼻をこすりつけた。自分のベッドへ彼女を連れていき、あまたの方法で朝まで喜ばせたい。「きみが去るなんておかしいじゃないか。たしかにちょっとややこしいことになってはいるが――」

「ややこしいなんてものじゃないわ」メグは言った。「何もかも変わってしまった。こっそりキスするのとはわけが違う……わたしたち、もういままでどおりには戻れない――少なくとも、わたしは無理よ」

「逃げたってなんにもならない。ぼくに時間をくれ」

「なんのための時間？」

いい質問だ。ウィルにはこれという答えがなかった。「状況を整理するためさ。それからぼくがきみを……大切に思っていることをわかってもらうための時間だ」困ったことに、本当にメグを大切に思っていた。

メグは背をしゃんと起こした。「先のことなんてあてにならないわ」

「期待を持ってみてもいいんじゃないか」その言葉はひとりでにウィルの口からこぼれ出た——にもかかわらず、真実味があった。

「結局はがっかりすることになるのに？」

くそっ。ウィルは約束できる立場にいなかった。メグは未来の伯爵夫人として彼が思い描いてきたような女性とはまるで違う。ウィルに必要なのは、生まれながらの伯爵夫人——日中はさまざまな貴族の客間を訪問し、夜は豪華な晩餐会を開いて、楽々と社交界を動きまわる人だ。舞踏会に出て野暮ったいドレスに眉をひそめられることも、ロンドンの洗練された人々に陰口を叩かれることもない人。跡取りを産んでくれて、時間や愛情を要求しすぎない人。それはメグではなかった。

だが、どうしてもメグを手放す気にはなれない。この腕の中であんな姿を見せてくれたばかりなのだから。

おそらく、未来の伯爵夫人像に若干の変更を加えることならできるだろう。もしかするとメグも少し変わってくれるかもしれない。それなら互いにどこかで妥協できる。

もちろん相手はかなりの頑固者だから見こみは薄いが、やってみるしかない。

ウィルは大きく息を吐いた。「ぼくの気持ちが本物だと証明してみせる機会をくれ」

メグはウィルに向かって目をしばたたいた。半ば閉じた清らかな目で見つめられるとそそられる。「それはわたしがおじの家にいてもできるんじゃなくて？」

たしかに。しかし離れた状態でメグの心の鎧《よろい》を打ち砕くのは、いまよりはるかに困難を極めるはずだ。「自分勝手な話だが、きみにはここにいてほしい。ぼくの屋敷に。もちろん、きみの評判に傷がつく心配はいらない。ほかの人間がいるところでは礼節をわきまえると約束する」

「そのこと自体、どうしたって疑わしいわ」メグはからかうように言った。

「たしかに一日じゅうきみに触れないようにすると考えただけで頭がおかしくなりそうだ」ウィルはつぶやくように言った。「でも約束するよ。きみを見かけたら、思い出すことにしよう。この手で触れたサテンのような肌の感触を……とろけそうな唇の味を……われを忘れた、輝くようなきみの姿を」

ウィルはメグのあごを上向けて優しく口づけた――約束と懇願、両方の意味を込めて。

「選ぶのはきみだ、メグ。ここにいてもいいし、去ってもいい。だがどうしても、ぼくはきみにいてほしい」

メグは考えこむようにウィルを見ながら片方の眉を上げた。「家庭教師も必要でしょうしね」

「それもある。でも、いまは――」ウィルは片手をメグの体の脇へ滑らせ、胸を包みこんだ。「誓ってもいい、ぼくが考えているのはきみのこと、ぼくたちのことだけだ」

メグはまぶたを震わせながら目を閉じ、小さくため息をついた。「わたしったら間違いなくどうかしてるわ」

「ぼくだってそうさ」

「でも、わたしにはお金が必要なの。ここにいるわ。とりあえずは」

ウィルはお金のためと言われて、突き刺されるような痛みを感じた。それを無視して彼女の乳首を親指でこすると、つんと立ってドレスの生地を押しあげたので気分がよくなった。

「いいだろう」不満げに言った。

「ただし、わかってちょうだい。醜聞を招く危険を冒すわけにはいかないの」

「あなたをお守りしましょう」ウィルはお辞儀をしてみせた。

事の重大さをわかっていないと言いたげに、メグはかぶりを振った。「家族に恥をかかせるわけにも、妹たちの評判を傷つけるわけにもいかないのよ。あの子たちが良縁を得る機会を台なしにする気はないわ。わたしたちの関係を知られるような危険にさらされたら、すぐにここを去ってあなたと縁を切らなくちゃ」

「そんなことは起こらないようにするよ」

「物事にはどうにもできないことだってあるのよ、ウィル。あなたがいつもわたしに言い聞かせていることじゃなくて？」

「聞き流されているとばかり思っていたよ」

メグは悲しげな笑みを浮かべて立ちあがり、スカートのしわを伸ばした。「もう行かなくちゃ。明日はあの子たちとやることがたくさんあるの」

ウィルはメグの手をとり、甲に口づけをした。「ぼくのためにも時間を空けてもらえないだろうか」

「状況によるわ」メグは明言を避けた。

「状況って？」

「あの子たちがちゃんと昼寝してくれるかどうかってこと」メグが手を引っこめようとしたので、ウィルは指先をつかむ手をしぶしぶ離した。

「ぜひとも昼寝がうまくいくことを願うよ」メグが静かに家の中へ向かうのを眺めながら、ウィルは言った。

「わたしもですわ、旦那様」メグが肩越しに言った。「心から願っております」


「ヴァレリーはリボンを九本持っています」メグは小石を九個数えてダイアナの前に置いた。彼女と双子は机と椅子を壁際に寄せ、子ども部屋の中央で、すりきれてはいるがくつろげる敷物の上に腰をおろしていた。「そして四本あげました」

ダイアナは小石を四個脇へやった。

メグはそうよと言う代わりにうなずいた。「ヴァレリーはいま何本のリボンを持っているでしょう？」

「わかるわけないわ」ダイアナが生意気な口調で言った。「だってこの子の鏡台、めちゃくちゃなんだもん」

「あんたの鏡台ほどじゃないわ」ヴァレリーが反論した。「少なくともあたしの引き出しは雑草だらけじゃないもん」

「あれは花なの！」

「花だったかもね。けど、もうしおれてるじゃない」

「ふたりとも」メグはおだやかに声をかけた。あとでダイアナと引き出しを片づけなくちゃ。「授業を最後まで続けましょうね」

ダイアナはもう一度小石を見つめ、声を出さずに唇を動かして数えた。やがて片手を上げて言った。「問題は九引く四だから、答えは五ね」

「よくできました！」メグは大声で褒めた。

「おめでとう！」ヴァレリーが叫んだ。「わかったみたいね」

「うん、そう思うわ」ダイアナが誇らしげに言った。「さあ、今度はヴァレリーの番よ。あたしが問題を考えてあげる。ええっと、ダイアナは亀を六匹飼っています」

「失礼、お嬢さんたち」

メグが顔を上げると、伯爵が出入り口に立って何気なくドア枠にもたれかかっていた。幅広の肩と引きしまったウエストに合わせてあつらえたミッドナイトブルーの上着を着ている。

「ミス・レイシー、ちょっと話せるかな」

「授業の真っ最中なんです、旦那様」首元がほてってきたと思ったら、あっという間に頬まで熱くなった。

「すぐにすむから」ウィルにかたくなに言われ、メグは気が滅入った。子どもに戻って女校長の執務室に呼び出される気分。

「承知しました」力を振り絞り、できる限りしとやかに――といっても大してうまくいかなかったが――床から立ちあがると、双子に声をかけた。「問題を出しあって、自分の黒板に計算式を書いておきなさい。あとでわたしが確認できるようにね。数分で戻ってくるわ」

少女たちはくりくりした大きな瞳で伯爵を見つめながら、無言でうなずいた。

メグはウィルが待つ廊下に出ると、子ども部屋のドアをしっかり閉めた。「何しにいらしたの？」声を潜めて訊いた。

「きみが恋しくてね」ウィルはメグの肩にかかった長くてゆるい巻き毛に手を伸ばし、指に巻きつけた。「だから昼寝の時間を訊こうと思ったんだ。いつかな？」

「あと二時間は先です、早くても」

「くそっ」ウィルが顔をしかめた。彼があからさまにひどくがっかりするのを見て、メグの心は少しだけとろけそうになった。けれども双子がドアに耳を押しあてているかもしれないことは十二分に意識していた。

「今日の午後はあまり都合がよくないかも――」

「とにかくあとで図書室に来てくれ」ウィルはメグをさえぎって言った。飢えたような熱い視線でじっとこちらを見ている。「行儀よくすると約束するから。そうしないほうがよければ話は別だが……」

「行けるよう努力いたします」

「話は以上だ」ウィルはメグの髪から手を離すと彼女の下唇を親指でかすめ、口元を見つめた。

「もう行かなくては」

「じゃあ、あとで」ウィルは手をおろした。けれどもメグが子ども部屋のドアに手を伸ばすと、また声をかけてきた。「今日のダイアナはどんな調子だい?」

その問いにメグは戸惑い、眉をひそめた。「元気そうですわ。なぜですか」

「昨日の冒険のあと元気になったかと思ってね。ひとりで迷子になって怖かっただろうから――たとえメイフェアでさまよっていただけにしてもね」

それを聞いてメグは胸がきゅんとなった。「思っていることを申しあげてもよろしいかしら」

「もちろんだとも」

メグはウィルの肘の内側に片手をあて、耳元に顔を近づけた。「口でおっしゃるより、あの子たちのことを気にかけておいでなのね」

ウィルは鼻で笑い、首を横に振った。「あのふたりは手に負えん」

「かもね」メグは我慢できずにつま先立ちになってウィルの唇にキスをした。しかも、思いがけず長い口づけになってしまった。

ウィルが喉の奥で低い声をもらす。メグはほほえみ、子ども部屋へ戻った。早く昼寝の時間にならないかしら。

ウィルは書斎に閉じこもり、契約書や台帳に囲まれていた。二時間後まで多くの仕事を片づけているふりをしよう。

彼はウィルトモア卿の経済状態について内密の調査を依頼する手紙を何通か書いた。メグにとって、おじは父親に最も近い存在だ。彼女が家庭教師の職に就くことにしたということは、ウィルトモア卿は厳しい財政状況に置かれているにちがいない。ぼくなら手を貸せるはずだが、まずは借金や問題がどの程度のものか、把握しておかなくては。

書き終えた手紙に蠟で封をしていると、廊下からギブソンの咳払いが聞こえた。「お邪魔して申し訳ございません、旦那様。ただいまこちらの手紙が到着しました」

その手紙をさっとつかみとった瞬間、香水のにおいがウィルの目と鼻を刺激した。高価だが、やたらと甘ったるい香り――マリーナだ。「ひどいにおいだ」

「さようでございます、旦那様」

「下がっていいぞ、ギブソン」

ウィルはその手紙を読もうか焼き捨てようか思案しながら両手でひっくり返した。マリーナとはもう別れたのだから、連絡をとり続けてもろくなことはないだろう――たとえこちらが純粋に友人関係でいようとしたとしても。マリーナには復縁の可能性があると思ってほしくない。特に、いまはメグとつきあっているのだから。

とはいえ、手紙を捨てると思うと罪悪感にさいなまれた。マリーナとは数カ月間、親密な仲だった。体だけの関係だったとはいえ、読むくらいはするべきだろう。

ウィルは罵り言葉を口にしながら手紙の封を開け、息をついてから読んだ。

ウィルへ

ふたりの関係について、お気持ちに変わりないことと思います。正直なところ、がっかりよ。けれど、戻ってきてと頼むつもりはないわ。あなたにはほかにいくらでもいい人がいるはずだから。ただ、どうしても伝えないといけない大事な話があって、直接会って話すべきだと思うの。どうかそちらの都合のいい時間と場所を知らせてちょうだい。

M

ウィルはマリーナのごてごてと飾り立てた筆跡に首を横に振りながら、〝大事な話〟とはなんだろうかと探るようにして手紙を読み返した。欠点はあるものの、マリーナはつまらぬことをたくらむ人間ではない。したがって彼女が話しあいたいというのであれば、最も考えられる理由は……。

まさか。ウィルは口がからからになり、頭ががんがんしてきた。妊娠させないようずっと注意してきた。しかし避妊具をつけたからといって絶対に安全とは言えない。

たぶんマリーナの思い違いだ。それともひょっとすると、彼女が話したいことというのは何かまったく別のことなのかもしれない……だが、それがなんであれ、いい知らせではないと直感が告げている。

額から冷や汗が噴き出た。もしマリーナが妊娠していたら、何もかもおしまいだ……それでも彼女の話を聞いて、子どもにとって正しいことをしてやらなくては。

ウィルはマリーナの手紙を机のいちばん上の引き出しに押しこみ、便箋を一枚とり出すとペンを手にした。マリーナと話しあうのが早ければ早いほど、どうするべきか早くわかる――ウィルはすぐにでも答えを出したかった。

手紙を書きはじめて間もなく、執事が戻ってきた。普段よりさらに尊大に見える。ウィルはペンを動かし続けた。「いま忙しいんだ」

「そのようですね、旦那様」ギブソンがにべもなく言った。「しかしながら、客間にお客様がいらっしゃっていることをお知りになりたいかと思いまして」

ウィルには人をもてなす時間も意欲もなかったが、こう尋ねるほかなかった。「誰だ？」

「先代のキャッスルトン伯爵夫人です」

「母が？」まいったな。先週ハウスパーティーに出席していたから、おそらく滞在中に聞き集めた噂話を喋《しゃべ》りたくてしかたないのだろう。

「お連れの方もいらっしゃいます」

「その人物の名前を知らせてくれると助かるんだがな」ウィルはじれったさに歯噛みして言った。

「レディ・レベッカ・ダマントです」ギブソンが厳かに告げた——どうだと言わんばかりに。それもそのはずだろう。

侯爵令嬢レディ・レベッカといえば、誰もが認める美貌の持ち主だ。きわめて裕福な家のデビュタントで、今シーズンの注目株として幅広い評判を得ている。あまりの美しさに、彼女が舞踏室へ足を踏み入れるや、その場にいるほかの令嬢たちがそろって不満の声をあげるのが聞こえそうなほどだという。

それほどの美女がわが家の客間で何をしていようと、知ったことではないが。

ウィルは時計をちらっと見た。一五分後にはメグと図書室で会うことになっている。つまり、客人たちを早く帰らせる方法を見つけなくてはいけないということだ。

「レディ・キャッスルトンは旦那様がすみやかにおいでになることをご所望です」ギブソンが言った。

ウィルは不満げな顔をした。「すぐに行くと母に伝えてくれ」

16

算数の授業が終わる頃、すでに双子はあくびをしていたが、メグはさらに書きとりの練習もさせた。おかげでベッドの上掛けをめくってカーテンを閉めたとたん、双子は寝床に潜りこんでくれた。あまりにくたびれたのか、昼寝なんて赤ん坊か老人のするものだという、いつもの不服も言わずに。そして疲れ果てた子どもらしく、数分も経たぬ間に頬を美しい薔薇色に染めて眠りに落ちていった。

メグは子ども部屋を抜け出した。しばらくウィルと密やかに過ごすことを考えて胸が高鳴る。自分の寝室に立ち寄り、鏡をのぞいて眉をひそめた。いま着ている灰色がかったドレスでは顔色が悪く見える。これまでむやみやたらと外見を気にすることなどなかったが、いまはまともな色のドレスを着たいと思っていた。こんな〝くすんだ色〟ではなく。

けれども現時点ではどうしようもない……と思ったところで、ある考えが浮かんだ。あわてて旅行鞄を引っ張り出し、中をごそごそかきまわして緑色の絹のリボンを見つけ出した。以前これを身につけたとき、メグの瞳がエメラルドのように輝いて見えるとジュリーが褒めてくれた。妹のひいき目だったとしても、少し色を足して見栄えが悪くなることはないはずだ。

いまここにジュリーがいてくれれば――メグは思った。あの子なら、このリボンを髪にうまく編みこんで、首元には可愛いリボンを粋に結んでくれるはず。メグが首に結んでいるリボンはよれよれだが、それでも装飾品にはちがいない。幸い、昨夜のウィルはメグがさえないドレスを着ていても気にしていないようだった。

ウィルと庭で分かちあった、魔法のような時間をとり戻すことはできるのだろうかと考えながら、メグはすたすたと図書室へ歩いていった。さきほど彼が子ども部屋を訪れた際、メグはみぞおちのあたりであのときの不思議なときめきを感じ――相手も同じものを感じていると確信した。

互いが運命の相手かどうかはまだまだわからない。けれども昨夜のウィルは、メグに自分が魅力的で、尊敬に値し……崇拝されている気分まで味わわせてくれた。あれはすばらしい関係の始まりだった。

メグは血色をよくするために両頬をつねり、滑るような足どりで図書室へ入っていった。少し息が上がっている。早くウィルに会いたい。

ところが、彼はいなかった。

暖炉脇の肘掛け椅子にのったクッションはふっくらしたまま。サイドテーブルの上の本はきれいに積み重なっている。部屋の中は整然としていて静かだった――さきほどまでウィルがここにいたなら、逆の状態になっていただろう。

こちらが予定より数分遅れたとはいえ、ウィルがこんなに早く待つのをあきらめたわけがない。そうよ、たぶんあの人は仕事に夢中になっているか、領地のことで緊急の問題に対処しているんだわ。メグはやや落胆して、いまかいまかとドアのほうに目を向けながら壁伝いに部屋の中をぶらぶら歩いた。ウィルが現れたら、誘いかけるようににっこりしようかしら、それとも静かにほほえもうかしら――実際には、どちらもできそうにないけれど。

メグはその後、回転する地球儀に指先を這わせたり、分厚い詩集を熟読したりして半時間待った。それでもウィルは姿を見せなかった。

向こうにはもっともな理由があるにちがいない。けれども逢《あ》い引《び》きの場合、はたしてどのくらい相手を待つべきか。

もしあの人がかなり遅れて部屋へ入ってきて、まだわたしが待っていたら、どう見えるかしら。〝この女は必死だ〟〝ばかみたいだ〟〝よっぽどこちらにほれているな〟――どれもこれも、苛々するほどあたっている。

でも、わたしにとっても時間は貴重なのよ。伯爵は自分の時間のほうが貴重だと思っているにちがいないけれど。こっちだって授業の計画を立てたり、手紙を書いたり……ええと、ほかにもすることがあるんだから。

そうよ、いつまでもあの人を待つのはよそう。いちばんいい方法はゆっくり図書室を出ていくことだわ。そうすれば、もし伯爵と――望みどおりに――出くわしたら、正直にこう言えるもの――〝あら、ちょうど出ていくところだったんです〟

わたしがドアに辿り着くまでのあいだに、かたつむりが屋敷じゅうを這いまわれたりして。いやだわ。わたしったら、自尊心のかけらもないわけ？

メグは背筋を伸ばし、すぐ寝室に戻って双子が起きるまでの時間を最大限に活用しようと心に決めた。伯爵を待つより実りのあることをしよう——家具の埃を払うとか、ブーツを磨くとか。

それとも、あの子たちと一緒に昼寝をしてもいいかもしれない。

メグは読んでいた詩集を脇に挟むと、さっさと部屋を出て廊下を進んだ。角を曲がって階段をのぼる際、伯爵の書斎のほうをちらりと見た。

ドアが少し開いている。

さきほどは図書室へ向かうことで頭がいっぱいで気づかなかったが、いまは伯爵がずっと書斎にいたのではないかと思わずにいられなかった。たしかあの人は図書室に来てくれと言ったわよね？　書斎の言い間違いだったなんてことはあるのかしら。

足がひとりでに書斎へと向かっていった。中をのぞきこむと、図書室同様、室内には誰もいない。

違うのは、ここには伯爵がいた痕跡があることだった。机の上はめちゃくちゃで、本や書類があちこちに散らばっている。財産管理の仕事をしていたか手紙を書いていた最中に呼び出されたらしく、インク瓶にペンが突っこまれたままだ。

けれど、メグが気になったのは別のものだった。かぎ慣れない刺激的なにおいに鼻をくすぐられ、思いきって書斎の中へ入っていった。部屋のにおいをかいでみる。香水だわ。

メグの知る限り、ウィルが書斎で女性をもてなすことはないはずだ。とはいえ、ここでの面接中、女性がいた証拠とも言えそうなハンカチが見つかったではないか。自分は伯爵をどれくらい知っていると言えるだろう？

メグは誰かやってこないかと耳を澄ませながら巨大な机の上に身をかがめ、インク瓶とペンの隣にあった紙をのぞきこんだ。書きかけのまま置いていったものらしい。メグの位置からでは上下が逆だったが、伯爵の力強い筆記体は簡単に読めた。

マリーナ
ぜひともすぐに会おう。慎重に行動してほしい。
待ちあわせの時刻は今夜九時、場所は……。

メグは喉に大きなつかえを感じて唾をのんだ。胃がむかむかする。ウィルがほかの女性と密会の約束をするのはどういった理由からだろうかと考えたが、何も思いつかなかった。マリーナという名の人物が誰なのかはわからない。けれども、体の弱った大おばや大好きな祖母の名前とは思えなかった。そうよ、マリーナなんて、美人女優か才気あふれるオペラ歌手か……愛人の名前みたい。

だがメグは結論に飛びつくつもりはなかった。ウィルには説明の機会を与えるべきだ。それまでは、疑わしきは罰せずとしよう。とはいうものの、目の前の証拠のせいでウィルへの印象は悪くなった。

彼と交際をはじめるなんて、どうかしているのでは？

「レイシー先生？」

メグは顔を赤くしながらあわてて振り向いた。双子がこちらを見あげている。金色の巻き毛があちこちにはね、青い瞳は眠そうだ。「ヴァレリー。ダイアナも。ここまでおりてくるなんてどうしたの？」メグはふたりをそっと廊下へ連れていった。

ダイアナがあくびをしながら答えた。「おなかすいちゃった」

「そのリボン、とっても可愛い」靴をはき忘れた足を引きずりながらヴァレリーが言った。

「まあ、ありがとう」

「料理長のところへ行って、おやつをもらってもいい？」おなかがすいて死にそうだと言わんばかりに、ダイアナが片手を腹にあてた。

メグは両膝をついて少女たちを抱きしめた。この子たちといると、自分の役割がはっきりわかる。おまけに、幸いにも忙しすぎて自分を哀れむ暇がない。

「みんなで厨房へ行くのもいいわね。でもまずは、子ども部屋へ戻ってあなたたちの身だしなみを整えなくちゃ」

ダイアナは腕を組んで片意地を張った。「いま、行きたいの」

メグはゆっくりと立ちあがった。まっすぐダイアナを見て、以前シャーロットから聞いた

〝とっておきの表情〟を作ろうとする。感情を顔に出さず、冷やかな声で威厳を持って言った。「厨房へ行くのは、髪を梳《と》かして靴をはいてからよ」

ダイアナは地団太を踏み、甲高い声をあげた。「でも、いまおなかすいてるんだもん！」

もうっ、〝とっておきの表情〟なんて全然きかないじゃない。

「おなかがすいているのを我慢させたいわけじゃないのよ」メグはおだやかに言い聞かせた。「早く身だしなみを整えれば、その分だけ早くおやつが食べられるわ」

ダイアナが鼻孔をふくらませ、胸を波打たせはじめた。息づかいがどんどん激しくなっていく。大事を起こす前触れのようだ。

ヴァレリーはいかにもうろたえた顔をした。突撃してくる雄牛を目の前にして突っ立っているだけの闘牛士みたいに。

メグはゆっくりまばたきをして、なんとも思っていないふりをした。けれども心中はかなり不安だった。ダイアナのかんしゃくはどの程度のものだろうか。わかっているのは、そのときが来るのは間もなくであり、避けられないということだ。

「髪を……梳かすの……なんて……いやーっ！」ダイアナは窓が震えるほどの大声で叫び、床に身を投げ出して足をばたつかせた。見る見るうちに顔が真っ赤になっていく。

メグは大して興味がないふうを装い、駄々をこねているダイアナを眺めた。「残念なお知らせよ」騒ぐダイアナを見おろしながら言った。「あなたの髪はますますからみあってるわ。この調子だと、もつれを梳かすのに明日の朝食の時間までかかりそう」

ヴァレリーがメグの袖を引っ張った。「ダイアナはおなかがすくと、ちょっと怒りっぽくなるときがあるの」

「まあ、そうなの？」

メグはダイアナの気持ちがわかるような気がした。自分も空腹を感じると苛々しがちな子どもだったからだ。でも、それは秘密にしておこう。

家庭教師の仕事についてほとんど知識がないとはいえ、これくらいはわかる――かんしゃくを起こしている子どもには、何があろうと絶対に白旗を掲げるべからず。

そういうわけで、ダイアナはいっそう暴れ出した。

やがて、騒ぎを聞いたミセス・ランディがとり乱した様子で駆けつけた。

「ダイアナなら大丈夫です」メグは家政婦長を安心させようとして言った。「自然におさまりますから」

「本当なの？」ミセス・ランディは片手で胸を押さえ、一歩あとずさった。

「ええ、本当――」

「おや、これはなんとも行儀のいいことだ」伯爵がつかつかと近づいてきた。苦々しい表情から察するに、けっして面白がってはいない。彼の後ろからふたりの女性までやってくる――年上のほうは一分の隙もない装いで、若いほうは目を疑うほどの美人だ。

メグは胃が沈むような感覚に襲われた。両手で双子の手をつかみ、さっさと上の階へ逃げてしまいたい……が、そういうわけにはいかなかった。

「母上」伯爵は足元で泣き叫ぶダイアナを無視して礼儀正しく言った。「ミス・マーガレット・レイシーを覚えておいででしょう。彼女が双子の家庭教師です」

「気づかなかったわ」先代伯爵夫人が口元だけでほほえんだ。

「レディ・レベッカ」ウィルは紹介を続けた。「ミス・マーガレット・レイシーを紹介させていただきたい。ミス・レイシー、こちらはレディ・レベッカだ」

「おふた方にお会いできて光栄です」メグは膝を曲げてお辞儀をした。なんと無能な家庭教師かとあきれられているだろうが、まったくの礼儀知らずだと思わせておく必要はない。

レディ・レベッカは見事なまでにふっくらした唇をすぼめてメグの野暮ったいドレスを眺めまわした。「あなたを存じている気がしますわ、ミス・レイシー。どこかでお会いしたのでは――もしかすると、以前働いていらしたお宅でかしら」

「いいえ、そうは思えません。家庭教師としてお勤めするのはこちらが初めてですから」しまった。どうしてこんなことを正直に明かしてしまったのかしら。

先代伯爵夫人の薄くて白い眉がじわじわとつりあがっていった。「初めて、とおっしゃった？」

「ミス・レイシーはすばらしい推薦を得て来たんですよ」伯爵が嘘をついた。

一方、ダイアナの金切り声はすすり泣きへと変わり、ふたりの女性が哀れそうに目を向けた。

「思い出したわ」レディ・レベッカが顔を輝かせて言った。「あなたはウィルトモア卿の……被後見人のおひとりね」

メグはたちまち怒りを覚えた。「たしかにウィルトモア卿はわたしのおじであり後見人ですわ。親切にもわたしと妹たちを引きとってくれたんです。それまでは……」そこで声が出なくなり、メグは咳払いをした。「おじには大変よくしてもらっております」

レディ・レベッカはふたたびメグのドレスを見た。その言葉に偽りあり、と言いたげだ。

「もちろんウィルトモア卿はよかれと思ってなさっているのでしょうね。でも、あなたや妹さんたちは大変にちがいありませんわ、一緒にお暮らしになっている殿方があれほど……」

メグは自分もかんしゃくを起こしそうになっているのを感じた。歯を食いしばり、警告のまなざしをウィルに向ける。レディ・レベッカは慎重に慎重を重ねて次の言葉を選んだほうがいい。

「慣習にとらわれない方ではね」レディ・レベッカはすっかりいい気になって続けた。「若いご婦人たちを社交界入りさせる複雑な手筈《てはず》をご存じないでしょうし、ご理解もなさらないでしょうから」

メグは平静を保って鼻から息を吸った。見下すような言い方だが、レディ・レベッカなりにメグの窮状に同情を示そうとしているにすぎない。垢《あか》抜けない服装や、さまざまな要領の悪さをアリステアおじの奔放さのせいにしてやろうというわけだ。

ダイアナを超える失態を演じずに返事ができそうだと思い、メグは口を開いた。「おじは紳士の中ではあまり慣習にとらわれないほうですが、誰よりも寛大で愛情深い人ですの」

「ウィルトモア子爵ですって」先代伯爵夫人がひとりごちた。「いままで精神病院に入れられなかったなんて驚きね」

なんですって。メグは両手を握りしめて双子に向き直り、歯を食いしばりながら言った。「子ども部屋へ行きなさい。いますぐよ」ダイアナはさっと顔を青くして、よろよろと立ちあがった。ヴァレリーに手を握られ、ふたりで階段を駆けあがっていく。

メグは先代伯爵夫人ににっこりと笑いかけた。双子がいなくなったとなれば、怒りを抑える必要はない。

17

メグの瞳は激しい憤りに燃え盛っていた。

大爆発寸前だ——ウィルは確信した。彼女の怒りをあおるきっかけがそこかしこに潜んでいるというのに、気持ちを静めるものは何もない。

「よくもそんなことを」メグが先代伯爵夫人を非難した。

ウィルの母親は嘲るように笑った。「本当のことを口にしたまでよ」

「言葉に気をつけてください、母上」ウィルは警告した。

母親は肩をすくめた。「ミス・レイシーだってご自分に正直でいらっしゃるなら、お認めになるはずだわ。ウィルトモア卿はずいぶん頭のおかしな方ですもの」

「おじはわたしが知る中で最も頭のいい人間のひとりですわ」メグは怒りで煮えくり返っていた。「さまざまな事柄に関して、きわめて博識な人です。好奇心をくすぐる噂話やら……最新の流行服などより、はるかに重要なことを知っています」

レディ・レベッカがまたしてもメグのドレスに目を向けた。詰まった襟に大きな袖、低いウエスト位置をじろじろと眺めている。「ウィルトモア卿はここ数年の流行に関してはご存じないようですわね」

メグが息をのんで目を細めると、レディ・レベッカは完璧に髪を整えた頭を高く上げた。

「もういいでしょう」ウィルは厳しい口調で言った。自分もメグのドレスにはうんざりを通り越して嫌悪感すら抱いていることを折に触れて伝えてきた。とはいえ、自分の母親やレディ・レベッカがメグや彼女のおじをばかにするのは許せない。「ミス・レイシーにもお茶に同席してもらうつもりでした。いましがたこちら側で失言があったことを考えれば、今日はこれで終わりにするのがいちばんでしょう」

「またいつかの機会にね」母親が考えこむように言った。そうするくらいなら街中を馬に引きずりまわされるほうがましだと思っているらしい。

メグはあごをつんと上げた。「失礼いたします」口を引き結び、体の向きを変えて階段をのぼっていく。母とレディ・レベッカに辛辣な言葉を浴びせられて黙っている――まあ、厳密には黙っていたわけではないが――のはメグにとってどれほど大変なことか。ウィルはよくわかっていた。

「玄関までお見送りしましょう」ウィルは母親とレディ・レベッカにそっけなく言った。

母親はそれまで耐えていた不快感をとり除こうとするかのように、ドレスの前身ごろを両手で払った。そうして、やけにゆっくりと玄関へ歩きはじめた。「家庭教師を雇ったなんて聞いてなかったわ、ウィリアム。わたしに相談してくれてもよかったのに」

ウィルはたじろいだ。自分が何をしようと、いちいち母に説明する必要などない。しかし、くそっ、子どもの頃からの習慣というのは断ちがたいものだ。「トーマスの双子の娘が突然やってきましてね。ハウスパーティーを楽しまれている母上をお呼び立てして、大勢の家庭教師候補者に会っていただくような時間はなかったんです」

「僭越《せんえつ》ながら申しあげますわ」レディ・レベッカが口を挟んだ。「ミス・レイシーではあの子たちをしつけられないのではないかしら。有能な家庭教師なら、あのような不作法なふるまいはけっして許しませんもの」

「貴重なお知恵を賜り、感謝しますよ」

レディ・レベッカはウィルの皮肉に気づかず、得意げな顔をした。

「わかっていただきたいのですが」ウィルは続けた。「今日のようなことはめったにないんです」

「あーら、そうなの」母親は疑念をにじませつつ、笑いをこらえて言った。

「ダイアナは昨夜大変な目にあったせいで、今日は疲れきっていただけです」

「どんな目にあわれましたの？」レディ・レベッカが目をしばたたいた。

まずい。余計なことを言ってしまった。「大したことではありません。あの子がいま無事でいてくれさえすればいいんです」

「トーマスの愛人の子をずいぶんと気にかけてるのね。立派だこと」母親が言った。

ウィルはふたたびたじろいだ。

「でも、別の見方もしてごらんなさい」母親は続けた。「たとえば、未婚のお嬢さんがお目付け役《シャペロン》もつけずにあなたとひとつ屋根の下で暮らすのはいかがなものかしら。ミス・レイシーのような人であってもね」

「ではこの屋敷にお戻りになりますか、母上？」はったりだ。真に受けないでくれ――ウィルは祈りながら母親の淡青色の目をまっすぐ見つめた。ウィルの父親の死後、母親は伯爵邸を出て姉妹で暮らしている。もともとは服喪期間中だけという話だったが、離れて暮らし続けるほうが母親にとってもウィル同様に都合がいいらしい。

母親は揺るがぬ視線でウィルを見返し、数秒ほど沈黙したあと口を開いた。「その必要があると思えば、越してくるわ」

「あなたとミス・レイシーのあいだで不適切なことがあったと思う人はいないでしょうけれど」ウィルと並んで階段をおりながら、レディ・レベッカがくすくす笑った。「何しろあの人は……」

ウィルは頭に血がのぼったものの、平静を装って尋ねた。「あの人は、なんですか？」

「その、殿方を惹きつけるような婦人ではないでしょうから。それどころか、あのドレスを見る限り、一生懸命殿方に関心を持たれまいとしていらっしゃるように思いますわ。あの残念なドレスについてはそれ以外の説明が思いつきませんもの」

ウィルは何も言わなかった。どうやらレディ・レベッカは頭を使うことが苦手らしい。ありがたいことに、玄関扉までもうすぐだ。間もなく母も帰ってくれる。

「おいでくださり、ありがとうございました。ダイアナのかんしゃくのせいで台なしになっ

「ちっとも気にしておりませんわ、伯爵」レディ・レベッカが甘ったるい声で応じた。「子どもって興味深い生き物ですわね」王立動物園にいる珍しい動物のことでも話しているかのような口ぶりだ。「とにかくあの年頃の女の子には母親のような存在が必要ですわ。正しい礼儀作法や、年長者に対する敬意を教える人が」レベッカはこうつけ加えるかのようににっこり笑った――〝つまり、わたしのような人〟

ウィルは身震いを抑えた。

「いずれにしても」レディ・レベッカは続けた。「次にお会いするときは、もっと……お話しできればと思います」ウィルは差し出された手をとり、義務的にお辞儀をした。

「レディ・レベッカ」ウィルの母親が声をかけた。「先に行って馬車に乗っておいてくださらない？　わたしもすぐにまいりますから」

「承知しましたわ、レディ・キャッスルトン」レディ・レベッカは焦げ茶色の巻き毛の上に、メグの一週間分の稼ぎより高価であろう金色の絹のボンネットをのせた。そして優雅な足どりで馬車に向かって舗道を歩いていった。

ウィルは気を引きしめて母親のほうを向いた。

「あなたがおつきあいするべきは、まさにレディ・レベッカのような婦人よ」母親が言った。「あの人にはすでにたくさんの求婚者がいますよ」

「人と競うのを避けるなんてあなたらしくないわ、ウィリアム」

「避けませんよ。価値あるものが手に入るのであれば」

「価値ならこれ以上ないほどあるわ。レディ・レベッカは由緒正しい家系の生まれでいらっしゃるんだから。彼女の持参金があれば、わが家の財産を大いに増やせるわ――いまは増やす必要がなくても、財産というのは蓄えすぎることがないものよ」

「救貧院で老後を過ごす心配なら無用ですよ、母上」

「ふざけないでちょうだい。あなたのお父様が天に召されてからもう五年よ。伯爵としての役割に慣れて領地を復興させる時間が必要だと言われたから、あなたを信じて待ったわ。そろそろ務めを果たしてもらいますからね――約束どおり」

ウィルは父親のことを言われて身を固くした。「自分の務めを忘れているわけではありませんよ」

「そうかもしれないけれど、あなたったら行動に移す気がほとんどなさそうなんですもの。幸い、財産があって見た目もいいんだから、難しいことじゃないはずよ。レディ・レベッカは縁談が来たら素直に従ってもいいようなことを話していらしたわ。若くて美しくて洗練されていて――未来の伯爵夫人として申し分ないじゃないの」

真心や強さや情熱を求めていないのであればの話だ。メグのような。

だが、いくらウィルでも、自分の求めているものをいまこの瞬間正直に言うわけにはいかなかった。わかっているのは、誰とであれ――特にメグと――約束を交わす前に、元愛人と会う必要があることだけだ。

「その件についてはじっくり考えておきましょう」

「よろしくね。その答えが早く聞けるよう、三日後に晩餐会を開いてレディ・レベッカを招待するわ。あなたも来てちょうだい」

「残念ですがもう予定が入っています。屋敷でやることがいくつもあるもので」

「まあ、残念だこと」母親は首をかしげて探るような目でウィルを見た。「不思議ねえ、どういうわけだか家庭教師を雇ったことであなたの仕事が増えたみたい。わたしもまたここに住んだほうがいいのかもしれないわね。そうすれば多少なりとも負担が減るでしょう」

ウィルは母親と目を合わせ、数秒間見つめ続けた。「その必要はありませんよ」

母親はにっこり笑い、白く整った歯を見せた。「だったら、出席してくれる？」

お手あげだ。ウィルの交渉術は母親譲りだった。「わかりました。でも、晩餐会はここで開きましょう。ミセス・ランディはぼくが客をもてなすのを見たいようですから。社交行事を開くとなったら喜びますよ」

「それはぜひとも家政婦長を喜ばせてあげなくてはね」母親が冷やかかな口調で言った。

ウィルは差し出された頬にキスをして言った。「木曜の夜八時に」

「レディ・レベッカとお父様のレッドミア侯爵にもお伝えしておくわ」先代伯爵夫人はさわやかな初夏の日差しの中へ足を踏み出した。猫のように満足そうだ。肩越しに振り返り、こうつけ加えた。「招待客が到着する前に子どもたちをしっかり寝かしつけておくのよ。今日のようなみっともない真似は二度とごめんだわ」

先代伯爵夫人は満面の笑みを浮かべて手を振った。母親らしい優しさと愛情を絵に描いたような姿だ。

「あたし、ちゃんとして見える？」ダイアナが両手でお下げ髪をなでおろし、ワンピースの前身ごろのしわを伸ばした。

「ええ」メグはほほえんだ。

「いいわ」ダイアナが意を決したように返事をした。「用意はいい？」

ヴァレリーが励ましを込めてダイアナの手をとると、メグはふたりを伯爵の書斎へ連れていった。「いないかも」いささかの希望を込めてヴァレリーが言った。

「すぐにわかるわ」彼がいるかどうか、メグにもよくわからなかった。伯爵はメグに会いにはこなかったものの、まだ謎の女マリーナと会う約束の時間ではない。

メグは知りたくてたまらなかった――マリーナとは何者で、ウィルにとってどんな存在なのか。と同時に、その答えを知るのが怖くてしかたない。しかもこっそり手紙を盗み見たものだから、伯爵を問いただすわけにもいかなかった。

そうはいっても、ほかに誰か知っていそうな人がいるはずだった。もしくは、調べ出してくれそうな人が。そこでシャーロットのことが頭に浮かび、さきほどあわててペンを走らせて短い手紙を書いた。そして、それを数区画先のトリントン卿のタウンハウスへ届けてくれるよう従僕に頼んだのだった。返事が来るのは数日後かもしれないが、なんらかの行動を起こしたのだと思うと気分がよくなった。

いまはダイアナと伯爵のあいだに立って、事を丸くおさめることに気持ちを集中させよう。

書斎のドアは閉まっていた。ダイアナは用心深くドアの前に立った。ギリシャ神話で神々が住むとされるオリュンポス山に近づく人間のようだ。メグはいたく同情した。

ダイアナがヴァレリーの手を放し、メグを見あげた。メグが励ますようにうなずくと、ダイアナはドアを叩いた。

「入りなさい」伯爵の声が大きく響いた。最高神ゼウスの威厳を感じさせる。

ダイアナは手を震わせながらドアを押して開けた。「失礼します」

ウィルは一瞬メグを見た。真剣だが、何を考えているかは読めないまなざしだ。それからダイアナに視線を移した。「どうした?」

ダイアナはぎゅっと目をつむって深く息を吸うと、あごを上げて伯爵の目を見つめた。

「昼間のことを謝りに来ました」

「なるほど」

「あんなふうにふるまうべきじゃありませんでした——特に、お客様がいるあいだは」

「理想的なときではなかったな」伯爵は考えこむようにしてあごをさすった。

「あたし、おなかがすくと手がつけられなくなっちゃうの。でも、言い訳しません。恥をかかせて、ごめんなさい」

「わかったよ、ダイアナ。しかし、きみが恥をかかせたのはぼくだけじゃない。ミス・レイシーにも謝るべきだ」

メグはダイアナの肩に片手を置いた。「ありがとうございます、旦那様。ですが、わたしにはもう謝ってくださいました」

「それはよかった」伯爵は椅子から立ちあがると机をまわりこんできて縁に腰をのせ、長い脚を体の前で何気なく交差させた。「今度はぼくの番だ」

双子は目を丸くして用心深くまじまじと伯爵を見つめた。

「ミス・レイシー」伯爵が話しはじめた。「母とレディ・レベッカが不愉快な思いをさせてすまなかった。あのふたりはきみときみのおじ上について無礼きわまりないことを口にした。ふたりにはぼくから不満を伝えておいたよ」

「ありがとうございます。でも旦那様はおふた方のなさったことに責任はありません――あるのは、旦那様がなさったことにだけです」メグは最後の言葉をつけ足さずにはいられなかった。

「きみの言うとおりだ」伯爵はゆっくりと恐る恐る慎重に言葉を選びながら言った。「きみを失望させるようなことをしたなら、説明させてほしい」

メグはため息をついた。説明してほしいのは彼がしたことではなく、これから――謎の女マリーナと――しようとしているらしいことなのだ。「誰だって自分の行動について弁護や説明の機会を与えられるべきですわ」

「そう思ってくれてうれしいよ」そう口にしながらも、ウィルの顔にははっきりと心配の色が浮かんでいた。

ヴァレリーがぴょんとメグのかたわらにやってきて手を握った。「レイシー先生が言ったの、ダイアナが謝ったら、みんなで客間へ行ってピアノの練習ができるって」

「旦那様に差し支えがなければということですが」メグは言い添えた。

「まったくかまわないよ。いい考えだと思うくらいだ」

「弾き方を知ってるの？」ダイアナが興奮した様子で伯爵に訊いた。

「少しね」

「わあ、だったら一緒に来てくれる？」ヴァレリーが伯爵を見あげてまばたきした。青い瞳が期待に輝いている。

ウィルは炉棚の上の時計をちらりと見やった。「そうしたいのは山々だが、残念ながら約束があってね。また今度になりそうだ」

メグはがっかりして胸がずきりと痛んだ。愚かにも心の片隅で、ウィルがマリーナと会う約束をとり消して代わりにメグといようとしてくれるのではないかと期待していたのだ。さきほど図書室で会えなかった理由を説明するために。先代伯爵夫人とレディ・レベッカのおぞましい失言の埋めあわせをするために。けれどもウィルが約束を守る気でいることは火を見るより明らかだ。メグはいま、自分がウィルにどう位置づけられているかを悟った。

伯爵が立ちあがり、双子の頭越しにメグを見つめながら近づいてきた。「明日、話の続きができることを楽しみしているよ」

「ええ、わたしもですわ」メグは応じた。「ただ、当初とは違う理由からですけれど」

ウィルは困惑と不安が入り混じった様子で額にしわを寄せた。「それはどういう意味だろうか」

「ご説明したいところですが」メグはそっけなく言った。「お約束があるようですから、お引き留めはいたしません。さ、行きましょ、ふたりとも」

18

ウィルは酒場〈銀狐《ぎんぎつね》〉の中へつかつかと入っていった。ところ狭しと並ぶテーブルのあいだをすり抜けていく。マリーナは奥の仕切り席に座っていた。黒いレースで顔を覆っている。手紙の中で〝慎重に〟と頼んだことや、マリーナが芝居がかった演出を好むことを考えれば、彼女がヴェールをかぶってくることくらい予測しておくべきだった。

「マリーナ」ウィルは彼女の向かいに座りながら声をかけた。「来てくれてありがとう」

「会えてよかったわ、ウィル」マリーナはヴェールを上げてしげしげとウィルを眺めた。

「わたしの望んでいた状況じゃなくてもね」

「元気そうだな」ウィルはとってつけたような会話をするのがわずらわしかった。知りたいのはマリーナが妊娠しているのかどうか、それだけだ。いますぐ知りたい。だがマリーナを急《せ》かさないほうがいい。彼女はすべてを明かしてくれる――話す準備ができたときに。そこでウィルは胃のむかつきを無視して給仕係の娘を呼び寄せ、ふたり分の酒を注文した。

「新しい恋人ができたの」マリーナが肩をすくめて言った。「あなたほどの技量はないけど、若いから大いに教えがいがあるわ」

ウィルはビールの入ったグラスを掲げて微笑した。「おめでとう。ふたりの幸せを祈る」

「彼はわたしたちがつきあっていたことを知ってるのよ、当然だけど。別に秘密じゃないものね。でも嫉妬深い人だから、わたしがあなたと会ってるとわかったらいい顔はしないわ」

「甘えん坊の子犬みたいだな」ウィルはからかうように言った。

マリーナは考え深げに自分のシェリー酒に口をつけた。「そうかもね。でも、うまく手なずけるつもりよ」

「それについては間違いなさそうだ」マリーナはそこらの商人よりやり手だからな。「忙しい中、会ってくれて感謝するよ。きみの手紙に書いてあった件というのは――かなり重要なことなんだろうな」ウィルは心の準備をした。

「言いにくいことなの」マリーナは物思いにふけりながら言った。「でも事実を話して、判断はあなたにまかせるわ」

ウィルは少し肩の力を抜いてうなずいた。「続けてくれ」

「二日前の夜、ヴォクソール・ガーデンズにいるときに仮面をつけた男が近づいてきたの。背が高くて、髪の色は明るかったわ」マリーナは一瞬考えこんだ。「服装は紳士みたいな感じだった」

「破廉恥なことをされたわけじゃないだろうな」ヴォクソール・ガーデンズはそうした行為であふれ返っている。

「ええ」マリーナが言った。「でも、その男はわたしが誰だか知ってるらしくて、あなたのことを尋ねてきたのよ」

ウィルは目を細めた。「ほう、どんなふうに？」

「あなたと別れたのは本当かって訊かれたわ。普段ならそんな個人的なことを話すのはお断りだけど、パンチを飲んでたせいでうっかり喋っちゃったの」

「なんて答えたんだ？」

決まってるでしょ、とマリーナが手を振った。「もうつきあってないって言ったわ」

「ほかにも何か訊き出されたのか？」

「ええ。そこがいちばん変だと思ったの。その男ったら、あなたが双子の女の子を引きとったかどうかを知りたがっていたのよ。そんな噂は聞いたことがあるけど本当かどうかは知らないと話しておいたわ」マリーナはウィルに向かって片方の眉を上げた。「本当なの？」

ウィルはうなずいた。「まだ六歳なんだ。なかなか手こずっている」

マリーナが肩をすくめた。ふたりの少女ではなく、二匹の山羊《やぎ》を引きとったと告白されたかのようだ。「一体なんだってそんなことしたのか訊きたいところだけど、答えを知りたいかどうか、自分でもよくわからないわ」

「その男の身元はわからないのか？」

マリーナが残念そうにかぶりを振った。「ええ。名前を訊いたけど、〝この件の関係者〟と言われただけ」

「ほかにそいつが話していたことは？」

「双子のことや、あなたがその子たちにどのくらい愛情を抱いているかということ……」マリーナは指先でグラスの縁をなぞった。「あと、その子たちの母親についても訊かれたわ」

「そんなばかな」ウィルはマリーナというより自分に向かってつぶやいた。

「わたしにはわからないし、お互い関係ないでしょって言ってやったの」

「ありがとう」ウィルは心から礼を言った。マリーナは本当に気がきく女だ。

「本当のことだもの——あの男は聞く耳を持たなかったけどね。もしあっちの役に立つ情報をわたしが手に入れたら、礼金を弾むと言われたんだから」

ウィルは首筋がぞくりとした。「ちくしょう。そいつはどうやってきみから連絡を受けるつもりだ？」

「わたしもそれを訊いたら、心配するなって言われたの。必要なときは向こうがわたしを探し出すからって」

「どうにも嫌な予感がするな、マリーナ。どういう方法であれ、そいつに脅迫されなかったか？」

「ええ。さっきも言ったように、身なりや話し方は紳士的だったの。ただ、冷酷な雰囲気が漂ってた。あの男の口ぶりや態度にはどこかぞっとさせられたわ」

「きみは当分のあいだ、ひとりで出かけないほうがいい。どこへ行くにも恋人に同伴を頼むんだ」

「自分の身は自分で守るわ」マリーナは言葉を濁した。「またあの男が近づいてきたら、知らせるわね」

「恩に着るよ。ともかくきみを巻きこんで申し訳ない。誰にしろ、なぜぼくと双子の関係に興味を持つんだろうな。あの子たちは単にぼくの――」

「だめよ」マリーナが片手を上げてウィルを制した。「わたしは知らないほうがいいわ。それなら、もし問いただされたとしても、明かすべきでないことを口にすることはできないもの――たとえパンチを飲んでいようとね」

「きみを問いただすようなやつは、ぼくが承知しない」ウィルは言った。「でも、余計なことを明かしてしまわないかと心配する必要はないよ。ぼくには何も秘密はないから」

「何も？」常に男を魅了してやまぬマリーナの口元に、かすかな笑みが浮かんだ。「噂によれば、家庭教師まで雇ったそうじゃないの――〝ウィルトモア卿の壁の花〟のおひとりだとか。ひょっとすると、その人が壁の花じゃなくなる日もそう遠くないんじゃない？」

そんなことまで知っているとは。だが、この街の人間は噂話に目がないのだ。「その答えを知るのはきみのほうが先だったりしてね」ウィルはビールを飲み干すと、音をたててテーブルにグラスを置いた。「そろそろ行くよ。家まで無事に送らせてくれ」

マリーナはほほえみ、優雅な手つきで顔に黒いレースをかけた。「よかった、騎士道精神は完全に死に絶えたわけじゃないようね」

メグはベッドの端に腰かけ、両手を震わせながらシャーロットからの手紙の封を切った。

まさか今夜のうちに届くなんて。すでに夜も更けている。しかしメグの手紙を届けてくれた従僕は、トリントン卿の屋敷で働く厨房のメイドのひとりと親しかった。ふたりが世間話をしているあいだに、シャーロットは返事を書いてくれたのだ。

そんなわけで、メグは手元の返信を読んだ。

メグへ

マリーナという名前の知りあいはいないから、こっそり調べたわ。どうやらその人はごく最近までキャッスルトン卿の愛人だったみたい。ずいぶん驚かせることをお伝えして、ごめんなさいね。でも、大あわてで書いたお手紙みたいだったから、知りたがっているはずだと思って。こちらの情報源によれば、ふたりはもうつきあっていないんですって。これを読んで悩んだりせず、役立ててくれることを願っています。都合のいいときに、どうかまたお手紙ちょうだいね。

愛を込めて
シャーロット

愛人だなんて。メグは片手で胃のあたりを押さえた。怒りが渦巻いている。愛人と会う約束をするなんて一体どういう神経なの？　つい昨夜、ふたりで一緒に庭で過ごしたばかりなのに。伯爵はあのとき……そしてわたしは……どうしよう、なんてことをしてしまったのかしら。

あの人をこんなに早く信用するなんてばかだったわ。彼にとっては人を操るくらいお手のもの。うっとりさせるような言葉と官能的な愛撫でわたしをたぶらかしたのよ。わたしったら喜んで――いえ、大喜びで――欲望に身をゆだねてしまった。

二度と同じ過ちは犯すまい。

メグは寝室のドアの鍵を閉めたあと、醜いドレスを頭から脱ぎ、床に放った。粗末なコルセットの紐を必死でほどき、身をくねらせて脱ぐと、ドレスの上に放り投げた。服をたたんだりハンガーにかけたりする気にはなれない。洗面台の前に行って顔をごしごし洗い、タオルで拭くだけしたら、はらわたを煮えくり返らせたまま、ベッドの上掛けの下に潜りこんだ。

一時間後、これでもかというほどの拷問からなる復讐《ふくしゅう》の手立てを半ダースほど考えついた頃、ドアをそっと叩く音がした。

メグは心臓が飛び出しそうなほど驚き、身をこわばらせた。大丈夫、ドアには鍵がかかっているわ。じっと息を潜め、廊下から聞こえる音に耳を澄ませた。

訪問者はウィルだろう。双子はいつも朝までぐっすり眠る。ほかにメグを起こしに来る理由のある人間はいない。

ふたたび、ドアを叩く音がした。さきほどより少しだけ大きな音だ。メグはぎゅっと口を結んだ。

「メグ?」ドアの向こうからウィルのささやき声がした。「いるんだろう?」

メグは物音ひとつたてなかった。

またドアが叩かれた。「メグ、起きてるかい？　話したいんだ」

話したい、ですって？　話すだけなら、日がのぼるまで待てるはずじゃないの。

ややあって、ドアの取っ手がまわされる音がした。鍵がかかっているのかどうか確かめているようだ。メグは怒りをわきあがらせながら敷布を胸元に引き寄せた。

ドアの取っ手がガチャガチャ鳴る音に続いてウィルが悪態をつくのが聞こえる。メグはひとりで笑みをもらした。

愛人――というか元愛人ね、細かいことを言えば――と夜を過ごしたあと、別の女性の寝室を訪ねるなんて、厚かましいにもほどがあるわ。

返事なんてしてやるものですか。どうしたことかと悩ませ、待たせておこう。あからさまに拒否されるより、何も言ってもらえないほうがつらいはずだもの。それにドアの前まで行って、来ないでなどと言おうものなら、声がうわずってしまうかもしれない。あるいは、決意が揺らいでしまうかも。

ほとんどないとはいえ、わたしにも自尊心があるんだから。

やがて、ウィルの足音が聞こえた。廊下をすたすたと歩いてメグの部屋から遠ざかっていく。

まあ……ずいぶん簡単にあきらめたのね。とはいえ、これがいちばんよかったんだわ。メグは胸の内のわずかな失望感を無視し、もう一度上掛けの下に滑りこんだ。

長い一日だったけれど、ようやく終わった。明日は伯爵への気持ちを抑える方法を見つけ出そう。少し前までなら、伯爵にひととおり悪態を浴びせたらキャッスルトン邸から立ち去り、二度と戻らなかっただろう。けれどもいまは、自分の給料で妹たちを食べさせていることを自覚している。そのうえ、たとえ金銭的なことを抜きにしても、双子に対して情が芽生えていた。

今日の午後、ダイアナはわたしを信頼して心の内を明かしてくれさえした。いまとなっては……なんというか、状況はすっかり変わってしまったわ。

窓の外では月の光が、寝室の目の前に立つ木の輪郭を浮かびあがらせていた。突然の強風に、葉の茂った大きな枝が震えている。雨が窓ガラスに打ちつける音が断続的に聞こえはじめた。ベスとジュリーもベッドの中でこの音を聞いているだろうか。嵐が来ると妹たちはいつもメグのベッドに潜りこんできた。怖いからではなく、一緒に自然の力をひしひしと感じたいからだ――ひらめく稲妻、とどろく雷鳴、吹き荒れる風のひとつひとつを。あの子たちとは数区画離れているけれど、激しい雨音を聞いていると三人でいるような気分……心が落ち着くわ。メグはまぶたが重くなってきた。間もなく眠りに落ちそうだ。

そこで突然、めりめりと大きな音がした。

いまのは何？　メグはベッドから跳ね起き、窓のそばへ駆け寄った。大きな枝が折れるような音だった。そこへまた、嵐にも負けない何かが聞こえた――誰かが叫んでいる。メグはどきどきしながら窓ガラスに額を押しつけ、闇夜に目を凝らした。窓辺の木は、土砂降りの雨に葉を揺らしながらじっと立っている。

寝ぼけていたのかもしれない。眠る直前の夢うつつの状態では、現実そのもののように思えたりするものだ。夢を見ていたにちがいない。

しかしそのとき、自分の名を耳にした。「メグ！」くぐもってはいるが、間違いない。男の声に呼ばれた。それも、庭のほうからだ。

「まったく、もう」メグは窓を引きあげながらつぶやいた。嵐の最中にこんなことをするなんて正気の沙汰ではない。が、あれは急を要する声だった。まともに雨を顔に受け、シュミーズをびしょ濡れにしながらも、窓の外へ身を乗り出して庭を見おろした。

すると、ふたつの手が視界に現れた。男の手だ。メグの目の前で、窓台を必死につかんでいる。

19

目の前の窓台に男がぶら下がっている。メグは心臓が飛び出しそうになった。が、喉まで出かかった叫び声をどうにかのみこんだ。

「メグ、ぼくだ、ウィルだよ」息を切らしている。「窓から離れてくれ。這いあがるから」

「お願い、はしごの上にいるって言って！」メグは懇願した。

「いいや」ウィルはうなるように返事をした。「下がって」

メグはウィルの両手首をつかもうとした。けれども雨で滑ってしまう。「無理よ。どうしましょう、落ちてしまうわ」

「いいから下がってろ」

メグは胃がよじれる思いで脇に寄り、ウィルを見守った。彼はれんが造りの窓台の片端へ両手をじりじり寄せていく。「手を貸すわ」メグは声をかけた。

「それどころじゃない」

ああ、もう、何かしなくちゃ。メグは必死でベッドへ駆け寄って上掛けをめくり、その下の敷布をつかんだ。大あわてで敷布の端を自分の腰にくくりつけ、残りを窓の外へ投げる準備をした。「そのままでいて、いま行くわ」

しかし、まさにその瞬間、大きなブーツが音をたてて窓台にのせられた。

間もなくウィルの体全体が現れ、メグの寝室の床の上に転げ落ちた。ずぶ濡れで苦しそうに呼吸している。

「一体なんのつもりなの？」メグは叫んだ。涙があふれ、喉が締めつけられる。「一歩間違えば……もしかしたら……もう、ウィリアム・ライダー、なんて人なの」メグは床に座りこみ、泣きじゃくりはじめた。

「メグ、ぼくは大丈夫だ。何もかも大丈夫だよ」ウィルは床からさっと上掛けを拾いあげ、メグの肩にかけると彼女を自分のかたわらに引き寄せた。「窓を閉めてくる。少しここに座って気持ちを落ち着けるんだ」

メグは腹を立てながら目をしばたたいた。「気持ちを落ち着ける？　よくもそんなことが言えるわね」メグは非難した。「あの窓の外に押し返してやりたいわ」

「いいとも」ウィルがくっくっと笑ったので、メグはますます腹を立てた。「怒ったままでいたいなら、好きなだけそうしてくれ」

ウィルは二歩踏み出して窓を閉めた。風や激しい雨の音が聞こえなくなると、室内はたちまち小ぢんまりとして、心地よく親密な空間に感じられた――どきりとするほどに。

彼はベッド脇のランプに火をつけてからメグのそばへ戻り、床に座った。「枝にのったら折れたんだ」そのひと言ですべて説明がつくと言わんばかりだ。

「嵐の最中に木にのぼろうなんて考えるのは愚か者だけよ」まだ涙が止まらない。嫌だわ、どうして泣いているのかしら。

「反論の余地はないな。ただし自己弁護のために言っておくと、嵐が始まったのは木の幹を半分ほどのぼってからだ」ウィルは雨でびっしょり濡れた髪を後ろになでつけると、うつむいて両方の手のひらを見た。皮膚がすりむけている。「驚かせてすまない」

「なぜ？」メグは両手でウィルの片手を包んだ。「なぜこんなことを？」

「ドアを開けてもらえそうになかったから」

「だめよ」メグはそう言ってウィルの手を彼の膝に戻した。「自分が死にそうな目にあったことをわたしのせいにしないで。方法はほかにもあったのに。たとえば、朝まで待つとか――まともな紳士ならそうしたでしょうね」

「朝まで、か」ウィルはひとり言のように繰り返した。「そうしていたら、きみと話せた？」

メグの勢いがややそがれた。「そうとも言えないかも」

「返事がないからきみのことが心配になったんだ。どうしても様子を確かめたかった」メグの顔にかかっていた濡れた髪をウィルが払った。「いまは大丈夫かい？」

メグはかぶりを振った。「どうかしら。あなたの首の骨が折れるかもしれなかったんだもの」

「折れてないよ。それに、下に灌木《かんぼく》が植わってるんだ。たとえ落ちても、かすり傷を作るだけで助かったはずだよ」

「ここまで愚かなことをしたのでなければ、あなたの自信に脱帽したかもね」メグは鋭い口調で言った。

ウィルが笑い声をあげた。豊かな低音がメグの全身に響き渡る。「きみのそういうところが大好きだ、メグ。歯に衣着せず物を言い、心にもないお世辞や、やみくもな賛成意見を真に受けない。そればかりか、事あるごとにぼくに異論を唱えてくる」

「誰かがそうしなくちゃいけないもの」メグは無愛想に言った。

「そうだ。それに、じつを言うと」ウィルは片手でメグの頬を包んだ。「その人物がきみで、うれしくてたまらない」

ウィルの賛辞にメグは心が温かくなった。大抵の男性は、メグのはっきりした物言いを好ましくないと考える。女性として恥ずべき欠点だと。なのにウィルは、自分の意見を言うメグの性格を気に入ってくれているのだ。それだけでなく、メグという人間を心から好いてくれている。

ウィルが身をかがめて自分の額をメグの額にあてた。キスをするつもりだろうか。メグは頭と裏腹に心臓が跳ねあがり、唇を開いた。

相手が息をのんだとたん、メグはあることを思い出して身を引いた。訊かなくてはいけないことがある——すでに答えを知っていようとも。

いや、答えを知っているからこそ。

「マリーナって、誰なの？」

勘弁してくれ。ウィルは顔をこわばらせて鼻梁をつまんだ。「なぜマリーナのことを知っている？」

「ちょっと耳に挟んだから」メグは言葉を濁した。「でもほとんど何も知らないわ。だから訊いてるの」

無理だ。元愛人の話をメグにすることなどできない――彼女がすでに動揺しているいまは特に。ウィルは立ちあがってメグに片手を差し出した。「つらい一日だったろう。椅子に座って楽にしてほしい」

メグはウィルの手を借りることを拒み、からまりあった上掛けと敷布の中から抜け出して立ちあがると、ウィルのほうを向いた。濡れた巻き毛が黒っぽく輝き、肌には湿ったシュミーズが第二の皮膚のように張りついている。

「椅子なんて必要ないわ」彼女は言葉をゆっくり口にした。「必要なのは真実よ」

くそっ。こんなことなら窓台にぶら下がっているほうがよかった。真実を話せばメグを傷つけることになる。それはウィルが何よりも望まないことだった。「どうしてマリーナのことなんて訊くんだ？　彼女はぼくたちとなんの関係もない」

「〝ぼくたち〟なんて言わないで、ウィル。この単純な質問に答えられないなら、なおさらよ。マリーナって誰なの？」

友人――それだけだ、と言うこともできた。実際、それは事実になるはずだ。けれどもメグは真実をまるごと知りたがっている。ウィルはそれを尊重するほかなかった。

「いいだろう。話すよ。ただ、言っておくが――きみの気に入る答えじゃないだろう」ウィルはメグの片手を握りしめ、彼女をベッドの端へ連れていくと、ふたりで腰をおろした。

彼はメグの美しくも警戒した瞳をのぞきこみ、胃が締めつけられた。この気まずい話をメグにするくらいなら、母親にしたほうがましなくらいだ。けれど、もはや逃げ道はない。メグにつらい思いをさせるしかないのだ。

ウィルは深く息を吸いこんでゆっくり吐き出すと、話しはじめた。「最近まで、マリーナとぼくは……愛人関係だった」〝愛人〟と聞いてメグはたじろいだ様子だったが、目をそらさなかった。「彼女は未亡人で、裕福なんだ。誰にも頼らず暮らしている。ぼくたちは体だけの関係だった――つまり、愛情表現や結婚を互いにまったく期待していなかった」マリーナが考えを変えて、関係を終わらせるきっかけを作るまでは。いまにして思えば、マリーナがああしてくれて本当によかった。

「何があったの？」ランプの光がメグの青ざめた顔をゆらゆらと照らしていた。

「ぼくたちの関係は自然に終わったんだ。いつかそうなることは互いにわかっていた。マリーナにはもう新しい恋人がいる」

メグはウィルを長いことじっと見つめた。いまの話が本当かどうか疑っているのだろう。

「最後に会ったのはいつ？」

ウィルは一瞬ためらった。メグはすでに答えを知っているにちがいない。「今夜、さっきまで会っていた」

メグはあごを震わせ、ふたたび両目に涙をためた。「わけがわからないわ」

「たしかにそうだろうな。話しあいが必要な問題があったんだ」ウィルはメグを安心させたかったものの、マリーナが仮面の男から双子について訊かれた話は伏せておくのが賢明だと考えた。この件にはできるだけメグを関わらせないほうがいい。

「なるほどね」メグは言った。しかし、ウィルはメグがもっと知りたがっていることをわかっていた。

「誓って言うよ」メグの手をとりながらウィルは言った。「マリーナとのあいだに恋愛関係は一切ない。向こうはもう別の関係へ進んだ。ぼくと同じように」

「また会うつもりなの？」

「その可能性はある。ただし、どうしても必要なときだけだ。マリーナはぼくに力を貸そうとしてくれていてね……ある件で。なんとも曖昧な話に聞こえるだろうが、どうかぼくを信じてほしい」

「信じたいわ。けれど正直に言って、そういうことだけに基づいた関係というのが理解できそうにないの。そういうことというのは……」

「快楽？」

「そう。それに、終わり方がそんなに……唐突だということも」

「そう思われてもしかたないな」ああ、ブランデーがあれば。「実際、そういう関係は往々にして薄っぺらいものなんだ。それで結局虚しくなってしまう」もっとも、いままでそれを気にしたことは一度もなかったが。

「それってずいぶん……悲しいことだわ」メグは腕を組んで立ちあがり、ベッドのそばで行ったり来たりした。「わたしが世間知らずなのね。あなたと庭で過ごした時間は快楽を楽しむ以上のものだったと思うなんて」頬が鮮やかなピンクにさっと染まった。

「違う」ウィルは強く首を横に振った。「きみは世間知らずじゃない。あれはぼくにとっても大きな意味があった」

メグはウィルの前で微動だにせず立っていた。ランプの光を受けて彼女の輪郭が浮かびあがっている。「どういうこと?」メグに尋ねられ、ウィルは答え次第ですべてが変わると言われた気がした。

上着もズボンもまだ湿っているというのに、額から汗が噴き出てくる。「そういうことを言葉にするのは苦手だ」

「聞かせて」要求しているようにも懇願しているようにも聞こえた。

ウィルはしばらく考えをまとめてから口を開いた。といっても、さほど大したものではないが。「きみといると——キスしていようと、言い争っていようと、話しているだけであろうと——生きている実感がわくんだ。ぼくは人生をやり過ごしているだけじゃない、わずかばかりの期待に応えているだけじゃない、気ままな放蕩者を気どっているだけじゃない——そんなふうに思えるんだよ。きみはぼくを……もっと大きな存在に思わせてくれる」ウィルは髪をかきあげた。「くそっ。ばかみたいに聞こえないか？」

　メグは唾をのみ、ゆっくりと首を横に振った。「いいえ」

「あの日湖で、一〇代のきみを探し求めたのと同じ理由じゃないかな。きみにはいつも強さと自信があって——物事に疑問を投げかけ、慣習に逆らう傾向がある。ぼくはそういうところが好きなんだ」

「その傾向のせいで、よく困ったことになるわ」メグは正直に言った。「でも、自分でもどうしようもないの」

「ぼくはきみに変わってほしくない」ウィルはにやりと笑った。「まあ、この程度の要求には黙って従ってくれたらと思うときもあるが——たとえば、窓から離れるとかね」

　メグが片方の眉を上げた。「わたしも、寝室の窓台からぶら下がらないでくれたらと思うときがあるわ」

「ほらね」ウィルはメグを指さしながら言った。「きみは適切なときに叱ってくれる——だからぼくはいつも納得がいく。ぼくが向こう見ずなことをするのを許さないんだ」

「褒められているのかどうか、よくわからないわ」メグは眉をひそめた。「でも、とにかくそう受けとっておくわね」

「本当に褒めているんだよ、メグ」ウィルはメグの手を引いて隣に座らせ、華奢な肩を抱いて彼女の頭の上にあごをのせた。湿った髪から石鹸や柑橘《かんきつ》類や夏のような香りが漂う。「きみはぼくに、さらなる高みを目指せと言ってくる。しかも、その気にさせてくれるんだ。もっといい自分でいたいという気に」ウィルは息をついた。「いまのとりとめのない話で、少しはわかってもらえたかい？」

「そうでもないわ」メグはウィルの胸に顔をすり寄せながらつぶやいた。「家庭教師の面接の日以来、わからないことだらけ。あなたを大嫌いと思った次の瞬間、すばらしいと思ってしまう。ばかにされたかと思えば、褒められる。相性がよくないのね。でも、あなたと一緒にいるのが好きなの」

ウィルの心拍数が一気に高まった。「本当に？」

「不本意ながら、本当よ」

ウィルはメグのあごを持ちあげ、信じてほしいという思いを込めて瞳をのぞきこんだ。「ややこしいことになってはいるが、はっきりしていることがある——ぼくはこの関係をうまくいかせたい。きみもそうだと言ってくれ」

「そうね」メグは小さな声で言った。「わたしも同じ気持ちだと思う」ウィルの手をそっと持ちあげて広げ、すりむけた手のひらにキスをした。純真な口づけだったにもかかわらず、ウィルのズボンは気まずいほどきつくなっていった。

「痛む？」メグが訊いた。

ウィルはにやりとした。「どんどんよくなってるよ」

「あなたと一緒にいると、わたしも生きている実感がわくわ」メグはシュミーズの開いた襟ぐりのすぐ上にウィルの片手を置いて握った。すぐ下に、欲望をそそる胸の曲線がある。ウィルの指先の下でメグの心臓が早鐘を打っていた。ウィル自身の鼓動と寸分たがわぬ速さだ。

「あなたを拒むのはとても難しいの」

「メグ」ウィルは真剣な面持ちで言った。「ぼくがここにいるべきじゃないのはわかっている。招かれてもいないのに勝手にきみの寝室に入ってしまった。でもきみが望むなら、いますぐ出ていこう。ただドアを指さすだけでいい」

「入ってきたのと同じ方法で出ていくのはどう？」ウィルの首に両腕を巻きつけながら、メグはからかった。

ウィルはシュミーズの下に片手を滑りこませ、メグの乳房をなでた。「いいや、小悪魔さん。ここにいたいんだ」

「それなら、あなたの濡れた服を脱がせたほうがよさそうね」

20

頭がどうかしてしまいそう。純粋で、単純で、ありえないほど甘いこの感覚――正気とは思えない。

メグはウィルの上着に手をかけた。ふたりの腕がからみあう中、無我夢中で脱がせていく。上着に続いて、クラヴァット、ベスト、シャツ。生地が破け、ボタンが床に転がり、衣類が脱ぎ捨てられた。

ウィルの上半身を完全に裸にして。

見つめずにはいられなかった。困ったことに、目をそらそうにもとても無理だ。ウィルが腰を曲げてブーツを片方ずつ脱ぐあいだ、引きしまった筋肉と生命力の塊のような胸と肩がぴくぴくと動いている。筋張った力強い腕を見てメグの口の中は乾いていった。そして何よりもあの腹筋――めまいがするわ。ウエストバンドの上の、うっすらと体毛に覆われた平らな腹部に触れて硬さを確かめたくてたまらず、メグの手は疼いた。

ウィルは背を起こすと、ズボンだけの姿で勝ち誇ったようににやりと笑った。黒髪が眉の上に垂れ下がり、湿った肌がランプの明かりのもとに輝いている。その姿は略奪に来たヴァイキング、はたまた竜退治の騎士と言ってもおかしくなかった。

いずれにしろ、この人はわたしのもの。

永遠にとはいかなくても……今夜のうちは。

「気が変わった？」ウィルはメグの瞳を探るように見た。

「その逆よ。残念ながら……ふしだらなことを考えてるの」

ウィルは安堵したように息を吐いた。「ふしだらな考えには賛成だ、ご存じのとおり」手足を広げてベッドに斜めに寝そべると、マットレスをぽんと叩いた。「ここへおいで」

メグはベッドに上がってウィルの隣に横たわった。全身が期待に脈打っている。「次はどうするの？」ちょっと張りきりすぎかしら。

「ミス・レイシー」ウィルが舌打ちした。「何も学ばなかったのか？」

メグの顔は一気に熱くなった。「わたしにはまだなんの経験もないことはあなただって知っているくせに」

ウィルが低い含み笑いをもらしたので、メグはどきどきした。「このあいだぼくが教えたじゃないか」

「あなたに教わった？」メグは疑わしげに訊いた。

「そうとも。辛抱するよう言っただろ。結論を急いでばかりではお楽しみを逃してしまう、とも」

ああ、もう。たしかにそう言っていたわ。「あの忠告はまったく別の状況での話だったわ」メグは指摘した。

「状況は人それぞれ違うものだ。貴重な教訓は人生のさまざまな局面で応用できる」

「なるほどね」とは言ったものの、たまらなく美しい、鍛えあげた肉体がわずか数センチ先にあるのでは、相手の言葉に意識を集中させることなど不可能に近かった。

ウィルはシュミーズの襟ぐりに通された紐がほどけていることに気づき、ゆっくりと少しずつ引っ張った。メグの大きな胸のふくらみに熱い視線を漂わせている。「とにかくあわてないことだ」

シュミーズの柔らかく薄い生地が、硬くとがった頂にこすれ、体の芯まで甘い痛みが走った。「あなたがそう言うなら」メグはほっとした——しばらくのあいだ、自分でどうにかしようとせず、人にまかせてしまおう。完全にこの身をウィルに預けるのだ。メグは彼の横で手足を伸ばした。「思いきり辛抱するって約束するわ」

ウィルの瞳が意地悪そうに光った。「それがどういうことかはいずれわかるだろう」シュミーズを肩から引き下げ、ウエストまでおろした。そしてメグの両手首を、彼女の頭上でマットレスに押さえつけた。「ぼくのものだ」彼がささやいた。「きみはぼくのものだ」

ウィルはメグの胸に顔を近づけ、乳房の先端を口に含んで吸ったり舐めたりした。やがてメグは背を弓なりにして、悩ましい声をもらしはじめた。このうえない喜びに体が疼いている。ウィルはもう片方の乳房も同じだけ可愛がると、物憂げな茶色の瞳でメグを見おろした。

「きみのすべてを知りたいんだ、メグ。ゆっくりとね。たとえひと晩じゅう起きていても、到底時間が足りないことは承知している。きみに飽きることはないから」メグはとろけそうになった。さきほどよりさらにウィルに魅了されている。「いまからお互いを楽しみましょう」彼女はささやいた。「できる限り」

ウィルはメグを喜ばせることに全力を傾けた。喉の奥から低い声をもらし、片脚でメグの両脚を広げる。腿の上部をさすりながら徐々に秘めた場所へと手を近づけ、彼女の入り口のひだをからかうようになでた。メグは欲望にくらくらしてきた。庭で味わったすばらしい解放感を求め、ウィルのほうへ腰を突き出した。

「そう焦らないで、小悪魔さん」そう言いながらも、ウィルもメグとほぼ同じくらい息が荒くなっている。

「わたしもあなたに触れたいわ」メグは手首をひねったが、まだ頭の上で優しくつかまれていた。

ウィルは片方の眉を上げた。メグの頼みについて考えているらしい。「取引ならしてもいい」

「取引？」

「きみを自由にする代わり……シュミーズを脱いでもらう」

もう脱いでいるようなものじゃないの――メグは言いかけて肩をすくめた。「いいわ」ウィルが手首を放したので、メグは腰までシュミーズを下げはじめた。

「そうじゃない」ウィルが言った。

「どういうこと?」

「あそこに、ランプの前に立つんだ。きみがちゃんと見えるように」

まあ。メグはごくりと唾をのみこんだ。わたしが引き下がらないとわかっているんだわ。でも、わたしもちょっぴり彼をいじめることができるかもしれない。「かしこまりました」

メグはシュミーズの袖を肩まで引っ張りあげ、裾を膝の下までおろし、なるべく肌を隠してからベッドを出た。

「これがどういう遊びか、わかってないんじゃないか?」ウィルが渋い顔をして言った。

「わかってるわ」メグはベッド脇のテーブルまで来ると、ランプを明るくした。シュミーズの薄いローン地がほとんど透けて見えることは百も承知だ。「これでいかが?」

ウィルは起きあがり、口を開けて見とれた。「驚いたな、メグ」

「お気に召したということかしら」

「ああ、そうとも」

「よかった」ばかみたいに見えないことを祈りつつ、メグはウィルのほうを向いた。袖をするりと脱ぎ、ゆっくりシュミーズを下げ——胸、腹、腰、脚をあらわにしていくと——ついには足元に落とした。

何度か息をするあいだ、ウィルは動かずにいた。暗くて彼の表情は読めないが、その目で食い入るようにこちらを見つめているのはわかる。「まぶしいくらいきれいだ」

〝まぶしいくらいきれい〟——壁の花には望むべくもない、うっとりするような言葉。でも彼はそう言ってくれた。このわたしに。何より、目を見れば本気だとわかる。

メグはウィルが差し出した片手をとると、ベッドの上に戻って彼の前に膝をついた。

「きみのおかげで最高の取引になった」ウィルは満足そうに言った。

「わかってるはずよ」メグは鉄壁のような胸板に片手を滑らせた。「手にした機会は充分に生かすつもりなの」

「それでこそきみだ」

メグは唇をウィルの肩に押しつけ、首を軽く嚙む一方で、両手を彼の背中に這わせ、体の両側から腹部へとおろしていった。どこに触れても、みなぎる力強さ、張りつめた筋肉、完璧な男らしさを感じる。メグはウィルの体を押してベッドに仰向けにし、その上から身を寄せた。軽く上下するウィルの胸毛に乳房をくすぐられ、吐息をもらす。

「きみが欲しいんだ、メグ」ウィルが言った。「これほど何かを欲しいと思ったことはない」

「わたしもあなたが欲しいわ」メグは頭を低くしてウィルの平らな乳首を舐め、彼が思わずうめくような声をあげるとほほえんだ。

「ちくしょう」ウィルは体を起こし、メグをうつ伏せにして押さえつけた。彼女は自分に覆いかぶさった彼の体の重みや、腰に押しつけられた硬くて長いものをはっきりと感じた。

「辛抱できないのはどっち？」メグはからかった。

「ぼくとしたことが」ウィルは立ちあがってズボンを脱ぎ、メグを引き寄せると、片手を彼女の頬にあてて訊いた。「本当にいいのか？」

「ええ」困ったことに、メグは心からそう思っていた。自分のような――上品ぶった、貧しく地味な――女性にとって、こんな機会はめったにない。見つめられるたび激しく胸を高鳴らせてくれる男性と熱い夜を過ごせることなど、この先あるだろうか？

ウィルは気持ちよさそうな声を喉の奥からもらし、メグに唇を重ねた。メグは頭がぼうっとしてきた。相手はこちらの喜ばせ方を心得ているようだ。ウィルの手に導かれ、メグはますます高みへのぼっていった。自分も相手に触れたいと思い、なめらかで長い彼のものを片手で包みこんで優しく愛撫した。ウィルがうめいた。

とうとう、ウィルはメグの両脚を少しずつ押し広げ、互いの額をくっつけた。「メグ」神聖な力を持つ真の祈りを唱えるかのように、その名を口にする。

メグはウィルのうなじの湿った髪に手を差し入れ、彼の腰に両脚を巻きつけた。「いいわ」

ウィルはゆっくりとメグの中に入った。自制心を保とうとして体じゅうの筋肉が震えている。メグはさらにウィルを引き寄せ、先へ進むよううながした。もうあと戻りはできない。わたしはすでにこの人のもの。

これまでメグは少女っぽい空想の中で、男女がひとつになるというのは形だけの控えめな行為であり、永遠の甘いダンスのようなものだろうと思い描いていた。けれどもいまふたりがしていることは、そんなものとはまるで違う。

熱く湿った肌と肌の重なりあい。本能的なむき出しの力と、すばらしいまでの奔放さ。肉体同士が激しく衝突すると同時に、胸が痛くなるほど親密さを感じる。

外には何も存在しない。ふたりきりの短い逃避行と無上の喜びの中に全世界があった。メグの心と体のすべてが、ようやくウィルという安住の地に行き着いたかのように。

口づけするたび、より深くウィルに魅了された。触れられるたび、喜びの極みへと近づいていく。ウィルは一心不乱だった。メグを喜ばせるため、意識のすべてを集中させる必要があるようだ。ただしその瞳には優しさも浮かんでいた——メグの心を包む殻を、打ち砕く優しさが。

「ああ、いい気持ちだ」ウィルがささやいた。不規則な呼吸とともに、メグの中で彼が動く。「きみを解き放ってくれ」そうしてくれなければ死んでしまうと言わんばかりだ。

「教えて……どうすればいいの？」

ウィルはくぐもった声を出しながらメグと体の位置を入れ替え、仰向けになって自分の腰に彼女をまたがらせた。メグの中にはまだウィルの高まりがうずめられたままだ。ウィルは命令し、メグの手をとり、手のひらに口づけしてから彼女の胸の上に置いた。「自分で触るんだ」命令し、メグの手を持ったまま官能的な円を描いた。「ぼくはきみの別の場所を触るから」

ああ、どうしよう。メグは首元まで熱くなった。「うまくできるかどうか——」

「気持ちよくなれるんだ……ぼくたちふたりとも」ウィルは励ますような言葉を低くささやきながらメグの手を動かし、それから両手を離した。

メグはひどく恥知らずで無防備な気分だった。それでも、ウィルを——そして自分自身を——喜ばせたくてたまらない。恥ずかしさをのみこみ、言われたとおりにしようと両方の乳房をぎゅっとつかんだ。

「なかなかいい」ウィルが言った。「もっとうまくできそうだ」

メグは勇気を奮い起こしてほほえんだ。ウィルの整った顔を見つめ、指先で乳房に円を描く。張りつめた頂を転がすと、甘美な疼きが走った。それを見ていたウィルが満足げな声をもらしたので、メグはふしだらなことをしているとは思いつつも、ますます快感を覚えた。ウィルはあたかも彼を拷問にかけようと愛欲の女神アフロディーテが地上に遣わされたかのごとく、メグを見あげている。

「くそっ」ウィルが我慢の限界に達して毒づいた。片手でメグの腰をつかみ、もう片方の手を互いがつながっているところへ伸ばす。彼女の秘部を愛撫して、どこよりも敏感な場所と喜びの源を探りあてた。

えも言われぬ快感に、メグは頭をのけぞらせた。何も考えられない。わかるのはただ、メグの中で動き、メグの下で身を揺らし、メグ自身に触れているウィルだけだ。

「それでいい」ウィルがささやいた。「最高だ」

メグはすすり泣くような声をあげた。体の奥でどうしようもないほど圧迫感が高まっていく。

そして、そのときが来た。全身が嵐のような解放感に襲われる。その激しさに畏怖の念さえ抱かせる、恐ろしい――けれども、はっとするほど美しい嵐。メグは大きくあえぎ声をあげた。のぼりつめる体をウィルが支えてくれている。メグは無限にも刹那にも感じられるひとときを味わっていた。

満足感に浸りながらもようやく意識がはっきりしてくると、まばたきをしてウィルを見た。

「いまのは……あなたも……」

「まだだよ」ウィルはメグを仰向けにして両手で彼女の顔を包みこんだ。「でももうすぐだ」

彼はゆっくりとメグの中で動き、規則正しく腰を突きあげて彼女の体にふたたび火をつけた。メグはウィルの両腕をつかんだ。手の下で彼の上腕二頭筋が収縮する感触がたまらない。ウィルが挿し入れてくるたび、メグは彼に、きみはぼくのものだと言われているような気がした。体にも心にもウィル自身の印を刻まれているかのようだ。互いの体がぶつかり、肌と肌がこすれるのが気持ちいい。より速く、より激しく――やがてふたりはともにあえぎ、ついに……。

メグはまたしても絶頂を迎えた。今回はウィルも一緒だった。メグはこの瞬間の持つ純粋な力を満喫し、ウィルに最後にひと突きされると、あられもない声を出した。ウィルは言葉にならない声をあげて自分のものをメグから引き抜き、片手で自らの種を受け止めた。

ふたりはしばらく隣りあって横たわっていた。次第に安定した息づかいが戻ってくる。

「どんな気分？」ウィルが訊いた。

「すばらしいわ」まるで飛び方を教わったみたい。

「ぼくたちなら、こうなれるとわかっていた」ウィルがメグの首の横に口づけしてきた。伸びかけのあごひげが肌にこすれて心地いい。

「〝こう〟って？」メグは訊いた。まだ全身が快感の余韻に打ち震えている。

ウィルは答えを探すかのように一瞬天井を見つめた。「特別ってことさ。あらゆる意味で」

メグはその賛辞を聞いて温かい気持ちになった。「タオルをとってくるわ」

洗面台へ向かう途中、ウィルのブーツをまたぎ、床に落ちていた敷布を拾いあげて両脇に抱えた。

「こう言ってはなんだが」ウィルが言った。「きみの寝室はすっかり荒らされてしまったようだな」

メグは洗面器の上でタオルを絞って水気を切り、ウィルに投げた。「残念ながらそうみたいね。いまあの子たちに部屋を片づけなさいとは言えないわ」ベッドの上でウィルの横に腰をおろし、幸せそうに吐息をついた。ふたりで愛を交わした余韻がいつまで続くかわからないが、続く限りはそれを楽しむつもりだった。

ウィルはメグの台詞を聞いてくっくっと笑いながら手を拭いてタオルを戻し、床に積まれた衣類の山からベッドの上掛けを引き抜いた。ふたたびメグの隣に来ると、その上掛けをさっと広げてふわりとかけた。ふたりのための繭に包まれ、メグはウィルに寄り添った。この瞬間をしっかり覚えておきたい――。

何年も経ってから、今夜のことを振り返って思い出すはず。この人がわたしに、美しくて尊敬すべき特別な存在だと感じさせてくれたことを。子ども時代の友人でも、家庭教師でも、孤独な壁の花でもなく、もっと大切な人であるかのように思わせてくれたことを。メグはありのままの自分をウィルに見せたことで、思いがけない強さと弱さを自分の中に見出していた。

それを知った以上、明日何が起ころうとも、二度ともとの自分に戻ることはない。

21

メグはいま何を考えているのだろう？　ウィルは知りたくてしかたなかった。数時間前に寝室の窓から入りこんだとき、彼女は怒りに震えていた。だがいまは……そうだな、いまは満足そうだ。いや、幸せそうと言うべきか。

メグはウィルの横にぴたりと寄り添っていた。しなやかな両脚をウィルの脚にからめ、片手を彼の胸の上に広げている。ウィルはその夜——少なくともマリーナのことをメグから問いただされたあと——のすべてが正しく、快く、真実であるように感じられた。こんな経験は初めてだ。

しかも、そのことに恐ろしいほど驚かされている。

メグを抱きしめ、眠り、朝が来る前にもう一度喜ばせたい。望むのはそれだけだ。けれど、いつまたメグとふたりきりで話す機会があるだろうか。ここに辿り着くために首の骨まで折りかねなかったことを考えると、いま話をしておかなくては。

「どうしてさっききみの部屋を訪ねてきたか、話していなかったね」

メグは顔を上げ、ウィルに向かって片方の眉を上げてみせた。「真夜中に紳士が若い婦人の部屋を訪ねる目的なんて、訊かなくてもわかるわ。達成できたんでしょう？」

「小悪魔め」ウィルはメグの唇を力ずくで奪った。すでにもう一度彼女が欲しくてたまらない。「たしかに否定はできないな。しかし本当に今夜はきみと話したかったんだ」

「わかったわ」メグはウィルの胸にけだるく円を描くように指先を這わせながら言った。「しっかり聞いてるから、話して」

「昼間の母とレディ・レベッカの言動について謝りたいんだ。あのふたりにはきみやきみのおじ上を中傷する権利なんかない」

「ええ」メグは真面目な顔になって言った。「ないわ」

「レディ・レベッカのことはよく知らないんだ。でもどうして母があんな失礼なことを言ったのかわからない」

「自分の評判くらい、ちゃんと把握してるわ。あなたのお母様とレディ・レベッカは、ほかの人たちが陰でこそこそ話している意地悪な意見をはっきり口にしただけよ。その点については評価しなくちゃね」

「評価だって？　とんでもない。でもあのふたりには今日の失言の埋めあわせをする機会を与えたいんだ」

メグはくるくると動かしていた手を止め、用心深い面持ちでウィルを見あげた。「どういう意味？」

やれやれ、これはそう簡単にはいかないぞ。ウィルが体を起こすとメグも起きあがり、頭板にもたれかかった。上掛けを胸元まで引きあげ、輝く巻き毛を肩に落とす姿は思わず見とれるほど官能的だ。まずい、話に集中しなくては。

「木曜の夜、この屋敷で晩餐会を開くんだ。母とレディ・レベッカも出席する」

メグは顔をこわばらせた。「あの子たちもわたしも、今度は絶対にお邪魔しないようにするわ」

「そうじゃないんだ。きみにはいてもらいたい」ウィルは言った。「晩餐会に出席してくれないか——ぼくの招待客として」

「ウィル、それは……」メグは相手の正気を疑うような顔で呆然とウィルを見つめた。「とんでもない考えだわ。いろんな理由で」

「ぼくはそうは思わない。母たちだってきみをよく知る機会があれば、見方を変えて自分たちの過ちに気がつくさ」

「世間知らずはわたしのほうだと思っていたわ」メグが小さくつぶやいた。

「人にはやり直す機会を与えるべきだと思わないのか？」ウィルは問いかけた。

「むやみに笑い物になるべきだとは思わないわ」メグが言い返した。けれどもその平然とした態度の下に傷ついた心が隠されていることを、ウィルはほぼ確信していた。

「母たちにはけっしてきみをばかにさせたりしない」ウィルは真剣な面持ちで言った。「ぼくの屋敷の中では」

「わかってる。今日、あなたは守ってくれたもの」メグは目を潤ませて感謝の笑みをウィルに向けた。「でも晩餐会であなたのお母様とレディ・レベッカがわたしへの見方を変えることはないわ……あなたがどれほど望もうとも」

ウィルはメグの手をつかんで指をからめた。「ぼくのために……木曜の晩餐会に出席してくれと言ったらどうする？」

メグは眉間に小さな縦じわを作り、ごくりと唾をのみこんだ。「なぜ、あなたにとってそれがそんなに大事なことなの？」

たしかに、なぜなのか——いまやこれまで以上にメグとの結婚を望んでいるからだ。そして、もしその可能性があるなら、メグがぼくの家族や友人とつきあったりパーティーを開いたりして、こちらの世界でうまくやっていけることを確かめておきたい。「きみが大事な人だから。母はぼくに残された唯一の近親者でね。欠点はあるが、母のことも大事なんだ。きみと母にはうまくやってもらいたい——あるいは少なくとも礼儀をわきまえた関係でいてもらいたいと思っている」

メグはしばらくのあいだウィルを見つめてから息を吐いた。「招待客は何人？」

ウィルはほほえんだ。「七人だ」

「いいわ。自分でも信じられないけれど、出席します——あなたのために。ただし、条件がひとつあるの」

「どういう条件？」ウィルはメグの手首の内側に口づけした。

「友人のシャーロットを呼んでちょうだい。それなら味方がそばにいて心強いわ。それにその場で唯一の家庭教師じゃなくなるし」

「了解だ。彼女とトリントンを招くよ。ほらね、悩む必要なんてなかっただろう?」ところが、メグはまだ困っているかのように顔を曇らせていた。「ほかに何が心配なんだ?」

「わたしたちの関係が明るみに出ないかと思って。とても重要なことよ」メグはゆっくりと言った。「誰にも知られないようにしないと……わたしたちのことを。妹たちとおじに恥をかかせたくないの」

「もちろんそんなことにはならないさ」

「本気で言ってるのよ。ちょっとでも醜聞がささやかれたら、ベスとジュリーがいい相手と結婚できなくなるかもしれないんだから」

「わかった」ウィルはメグに唇を重ね、言葉にできないすべての思いをその口づけに注ぎこんだ。〝きみを傷つけはしない。ずっとぼくのものでいてほしい。この関係がうまくいくと思わせてくれ〟

顔を離すと、メグがこちらを見あげた。ぼうっとしたまなざしに、キスで腫れた唇。「大したやり手の交渉人ね、キャッスルトン卿。わたしを晩餐会に出席させるなんて」

「きみだって有能な交渉人だ、ミス・レイシー」

ふたたび唇を重ねようとメグが身をかがめるや、上掛けが落ちてふたりは体を寄せあった。ウィルは両手でメグの胸を探りあて、続いて柔らかな曲線を描くヒップを包んだ。間違いなく硬くなっている。いますぐにでも、もう一度欲望の証をメグにうずめられそうだ。

「そうだわ」キスを中断してメグが言った。「忘れるところだった。わたしも話したいことがあったの」

「あとにしないか？」ああ、メグはなんていい香りなんだ。ウィルは顔を下げ、心を込めてメグの腹部に唇を這わせていった。向かう先は――。

「だめよ」メグはウィルのあごをつかんで顔を上げさせた。「いま話します」

やれやれ。「家庭教師みたいな口調だ」ウィルは不機嫌そうに言った。

「家庭教師ですもの」ウィルがしっかり耳を傾けていないと思ったのか、メグは上掛けを引っ張り、ふたたび体を覆った。

ウィルはしぶしぶながら会話を続けることにした。とはいえ、早く話をすませれば、すぐまた彼女を押し倒して脚を開かせることができる。それから――。

「じつは双子のことなの」メグの言葉に、ウィルは冷水を浴びせられたような気がした。

「双子のこと？　もう問題は解決したと思っていた。ダイアナの謝罪は可愛かったよ」

「あの子はかんしゃくを起こしたことをとても悔やんでいたわ。わたし、あとで訊いたの。空腹以外にも理由があったんじゃないかって」

「へえ」ウィルは頭をかいた。「ヴァレリーと口げんかでもしたか」

「違うわ」メグがため息をついた。「その程度のことならいいんだけど。ダイアナはね、母親に会えなくて寂しいって打ち明けてくれたの。ヴァレリーもよ」

ウィルは両手で顔を覆った。当然だ、六歳の少女なら母親が恋しいにきまっている。「わかっておくべきだった。まだ小さいのに二週間で人生がひっくり返ったわけだからな」

「自分を責めないで。あの子たちはあなたみたいな後見人がいて運がいいのだから」メグが言った。「でも新しいドレスも、公園へのお出かけも、アイスクリームでさえも、両親に見捨てられた心の傷を癒《いや》すことはできないわ」

「ああ」ウィルはその気持ちに覚えがあった。父親に親戚の玄関先に置いていかれたことはなかったが、別の方法で、自分もまた見捨てられた子どもだったからだ。

「二日前の夜に行方不明になったとき、ダイアナは石を探していただけじゃなかったの」

ウィルの心は沈んだ。「もとの家へ帰る道を探そうとしていたのか?」

メグはうなずいた。「この屋敷を出たときは小石をいくつか集めるつもりだったらしいの。けれど歩きはじめたら、母親のところへ戻れないかと思ったんですって」

ウィルは胸が締めつけられた。「かわいそうに。いとこの愛人だったライラの家はここから八キロは離れている——ハックニーに住んでいるんだ。ダイアナの足では絶対に辿り着かなかっただろう」

メグは唇を噛み、ためらいがちに言った。「あの子たちには何も言ってないけれど、ひょっとしたら……母親と会わせる手筈をわたしたちで整えてあげられないかと思って」ウィルの肘の内側に手を置いた。「どうかしら?」

「自分の子どもの世話もできず、孤児院へ入れると脅す母親になんて会わなくていい。ライラは母親失格じゃないかな」

メグはじっと考えるように首をかしげた。「そうかもね。でも自分を見失っていただけという可能性のほうが高いわ。まだトーマスさんの死から立ち直っていないのかもしれなくてよ」

ウィルはトーマスのことを言われて、胸に穴が開いたようないつもの痛みを感じた。その穴を怒りで満たしていく。「亡くなってから半年が経つが、一度でもライラがトーマスの死を悼んだとは思えない。トーマスはライラに毎年たっぷり手当が支払われるようにしていたんだ——母娘が充分暮らしていける以上に——なのに彼女は娘たちにびた一文使おうとしなかった」

しかも話はそこで終わらなかった。ライラが娘たちを連れてウィルの屋敷の玄関先に現れたあの日、彼女ははじめに法外な金額を要求してきたのだ。トーマスの血を分けた子どものためにそれくらいしてやってもいいだろうと言って。ウィルは次のふたつの理由から断った。まず、金を渡しても少女たちには一切使われないことが明らかだったこと。次に、相手が本気で幼い双子の娘を置き去りにするつもりだとは思わなかったこと。

だが、ライラは本気だった。

「ひどい話だわ」

「まったくね」ウィルからすれば、ライラは獄中にいるべき人間だ。「信じてくれ——ライラはあの子たちと会うに値しない」

「たしかにあなたの言っていることは正しいわ」メグが優しく言った。「でもヴァレリーとダイアナのほうは、母親と会ってしかるべきじゃないかしら」

ウィルはあごをさすって考えた。怒りが消えていく。メグの言うとおりだ。「ライラと会うことで双子はかえってつらい思いをするかもしれない。母親と半日過ごせば、以前の生活がなつかしくなるはずだ。もとの家に帰りたがるぞ」

「そうでしょうね。問題は、ライラさんがあの子たちを家に迎えるかどうかだわ」

ウィルは鼻で笑った。「迎えるさ、自分の身勝手な目的に役立つのであれば」

とはいうものの、そこまでライラを見下してはいなかった。あの子たちはたしかに母親といるべきだ。しかし、子育てをする資格のない母親だとしたら？　ウィルはほんの数週間のあいだに少女たちを気にかけるようになっていた――自分で認める以上に。

「あの子たちを守りたいのね」メグがほほえみながら言った。「ちょっと好きになってるくらいだったりして」

「困ったおてんば娘たちだがね」

「ええ、そうね。でもとても可愛いわ。偶然にも、あの子たちもあなたを好きみたい。ダイアナはかんしゃくを起こしたことをあなたに許してもらえないのではと恐れていたのよ」

ウィルは表情を曇らせた。「あの子たちに恐れられたくはない」自分が父親を恐れていたように。

メグはウィルの片腕を強くつかんだ。「ダイアナがあなたの意見をとても重要視してることを言いたかっただけ。少し怖がることもあるかもしれないけど、ダイアナもヴァレリーも、あなたが案外優しいことはわかっているわ」

怖い顔をするふりをしてウィルは言った。「きみもぼくを怖がってるのか、小悪魔さん？」

「まさか」なめらかなむき出しの肩にかかった髪を払いながらメグが言った。

ウィルはにやりと笑った。「それは残念だ」

「じゃあ、ライラさんに手紙を書いてくださる？　ここへ呼んであの子たちに会わせてあげていただけて？」

会わせないほうがいい——直感がウィルに告げていた。けれどもメグのはしばみ色の瞳が熱意と希望に満ちている。断ることはできない。

「ライラに連絡して、ここへ来るよう伝えよう」ウィルは言った。「だがあの子たちにはまだ黙っておいたほうがいい。もしライラが断れば、がっかりさせてしまう」

「ありがとう」メグはウィルの首に両腕をまわして彼の頬に鼻をすり寄せた。

「いいかい、ライラが姿を見せればすべてがややこしくなる。あの子たちが難しい決断を迫られる可能性もあるんだ」

「そのとおりね。でも少なくとも自分たちで決められる。あの子たちは強いわ」

「じつを言うと、この数カ月間あの子たちがどれほど大変だったか、ちゃんと考えたことがなかった。父親を亡くし、母親に捨てられ、家から追い出されて」ウィルはメグの頭のてっぺんにキスをした。「きみはあの子たちの気持ちが誰よりもよくわかるんじゃないかな」

メグはうなずいた。「わたしは妹たちがいて助かったの。ダイアナとヴァレリーもお互いがいて幸運ね。あの子たちはうまくいくわ。わたしたちみんな、うまくいく」あくびをしながら言った。

甘美な曲線を描くメグの体がこちらの体の脇に押しつけられている。こんな状態で眠るなんてとても無理だ。それでもウィルは思った――束の間、彼女を休ませてあげよう。そのあとでまた楽しめばいい。

メグのように楽観的に考えられればと思いながら、ウィルはランプを消して彼女を抱き寄せた。けれども心配せずにはいられない。ライラ、双子、そしてマリーナを問いただしたという男について……さらには、この全員がどうつながっているのかということを。

22

メグは木陰に敷いた毛布の上に座っていた。毛布の反対側にはシャーロットがいる。ふたりは双子とアビゲイルが一緒に遊べるよう、またハイド・パークで会うことにしたのだった。三人の少女たちはハリー――メグと双子の護衛にウィルが指名した従僕――に輪まわし（輪を倒さないようにしながら棒で転がす遊び）のやり方を教わりながら、芝生の上で遊んでいる。ハリーが空中に輪を放りあげ、ブーツの踵の上で回転させてから片手でつかむと、きゃあきゃあと喜ぶ声があがった。

少女たちの笑い声を聞くのはいいものだ。メグはウィルと決定的な一夜を過ごしたあと、どうしても屋敷を離れたかった。自分のしたことを後悔しているわけではないが、あの夜の意味を見極めるための時間と場所を必要としていた。自分にとっての意味はわかっているけれど、ウィルにとってはどんな意味があったのだろうか。

メグは昨夜の出来事について友と語りあうつもりはなかった。そうでなくとも、ふたりにはほかにいくらでも話題がある。そのほとんどは、間もなく開かれる晩餐会のことになりそうだ。

「あなたのドレスを一着貸してもらえないかしら」

メグの頼みを聞いて、驚きを隠そうともせずシャーロットがほほえんだ。「もちろん貸してあげるわ――あなたの好きなときにいつでも」彼女は身をかがめてきた。青い瞳が好奇心に輝いている。「何があるの？」

「ウィルが、いえ、キャッスルトン卿が木曜に晩餐会をお開きになるの。あなたとトリントン卿も招待なさるおつもりよ」

シャーロットが片手で胸を押さえた。「わたしも？　まあ不思議なこと」

メグは素知らぬ顔で肩をすくめた。「あなたも知ってのとおり、伯爵とトリントン卿は仲のいいお友達でいらっしゃるでしょ。トリントン卿がご提案なさったのかもしれないわ」

「そうかもしれないわね」シャーロットはメグを横目でちらりと見た。「あなたは招待を受けて驚いた？」

「驚いたわ」メグは正直に言った。「人数を合わせるために必要だったんじゃないかしら」

メグはとりつくろうように言い添えた。

「どんな理由でも、うれしいわ」シャーロットはほっそりした指で頰を軽く叩き、メグを頭からつま先まで眺めまわした。「緑の絹のドレスはどうかしら。あなたの瞳によく合うわ」

メグは首を大きく横に振った。「だめよ。上等すぎるわ。そんなに高級なものじゃなくていいの――これよりもうちょっとふさわしいものを着たいだけ……」わかるでしょ、とばかりに、いま着ている地味な茶色のドレスを見おろした。

メグがドレスを借りることにした理由はただひとつ——ウィルに恥をかかせないためだった。もちろん、晩餐会の招待客は誰もふたりの関係を知らないが、ウィルは見た目を重視している。それにきれいなドレスを着ているほうが、レディ・キャッスルトンやレディ・レベッカとも顔を合わせやすい。辛辣な言葉や批判的なまなざしから自分を守る鎧のようなものだ。

「青いモスリンのドレスはいかが？　どちらかといえば昼間用のドレスだけれど、とても見栄えがいいわ。青いサッシュを白のサテンのものに変えれば、夜に着てもおかしくないし」

メグはシャーロットを抱きしめたくなったものの、片手をぎゅっと握るにとどめた。「完璧だわ。なんてお礼を言っていいかわからないくらい」

「ばか言わないで。あれを着ているあなたを見られるだけで充分よ。明日、従僕に頼んで届けてもらうわね。考えてもみて——このわたしたちが、一緒に晩餐会に出席するのよ。とっても楽しそう！」

シャーロットの熱心な様子を前にしても、メグは相変わらず不安だったが、晩餐会の席に友がいると思うと気分がよくなった。礼儀正しさと美しさを兼ねそなえたシャーロットは、社交場でも公爵夫人のごとく楽々と対処できる。レディ・キャッスルトンでさえ、シャーロットの礼儀作法にはそう簡単にけちがつけられないはずだ。

ふたりは芝生を転がっていく輪をダイアナたちが追うのを眺めた。転がる速度が落ちて倒れる前に輪をつかまえると、少女たちが歓声をあげる。メグは何日ぶりかに気持ちが軽くなり、吐息をついた。あるいは、何年ぶりかもしれない。

シャーロットがバスケットの中に手を突っこみ、メグにりんごを差し出した。

「ありがとう」メグはそれを少しかじり、果汁があごにしたたると笑い声をあげた。

「少し訊いてもいい？」シャーロットが静かに話しかけてきた。メグの頭の中で警鐘が鳴る。

メグはかじったりんごをのみこんだ。「ええ」

「昨日はどうして伯爵の愛人だった人のことを訊いてきたの？　その人がキャッスルトン邸を訪れたとか？　それともほかの場所ではち合わせしたの？」

「いいえ。会ったわけじゃないの」メグは友人に隠し事をしたくなかった。けれど、ウィルに対する気持ちを明かさずにマリーナの話をするのは難しい。その気持ちについてはメグ自身、まだはっきりさせようとしているところなのだ。「たまたま名前を耳にして興味を持っただけ。あんなに早く返事をくれて、どうもありがとう」

「なんでも頼りにしてちょうだいね」メグが話題を変えたがっているのに気づいたのか、シャーロットは言葉を継いだ。「そういえば……アリステアおじ様の舞踏会の計画はどうなっているの？」

そうだった。〝舞踏会〟と言われてメグは落ち着きを失っていった。「〝舞踏会〟じゃなくて……〝夜会〟よ」

シャーロットは疑わしそうに片方の眉を上げた。「ふうん、そうなの」

「いずれにせよ、あれについてはまだ何も決まっていないの。まずは晩餐会を乗りきることを考えなくちゃ」それから、この先数週間の家庭教師の仕事についても。うまくいけば、双子は念願かなって母親のところに戻れるかもしれない……そうなればこちらは家に帰れて、アリステアおじの計画を阻止するのに間にあう。

たぶん、こうした問題のすべてを片づけたら、ウィルとの関係についても、ふたりになんらかの未来があるのかどうかもはっきりさせられるだろう。

「〝乗りきる〟だなんて」シャーロットがからかうように言った。「若い婦人なら、大抵は晩餐会を楽しみにするものよ。しかもわたしたちには、少なくともふたりの素敵な殿方が出席することまでわかっているじゃないの」

メグはあきれ顔をした。「素敵な殿方の目を引くなんて、わたしにはあまりにも遠い目標だわ。恥をかかずに当日を乗りきろうとするだけで精いっぱいよ」

シャーロットはつややかな黒い巻き毛を顔から払ってにやりと笑った。「ずいぶん退屈な晩餐会になりそうね」

「あら、きっと息つく暇もないわ」

ウィルは正餐室のテーブルに新聞を広げたものの、上の空だった。議会での政治的駆け引きも最新の醜聞もどうでもいい。強情な家庭教師に伯爵夫人になりたいと思わせる最善策を練りながら、晩餐を少しずつ口に運んだ。

今朝、夜明け前にメグの部屋を抜け出して以来、ウィルはじつにさまざまなことを考えていた。そうして思ったのが、非常に慎重に事を進める必要があるということだった。屋敷の者は誰ひとり、ウィルとメグとの関係を疑っていないようだ。とはいえ、一度でも不注意——ささやき声を立ち聞きされたり、うっかりのぞき見られたり——があれば、メグの評判が危うくなる。

メグに不安を感じさせるような、いらぬ危険は冒すまい。本音を言えば、自分のベッドに彼女を連れこみ、そこに一週間とどめておきたいところだが。

一日じゅうメグのそばにいながら触れることができないなんて、頭がどうかなりそうだ。しかし彼女を妻にするつもりではいるが、自分のものになれと要求したり、そうなって当然であるかのようにふるまったりしてはいけないことくらい承知している。そのやり方ではうまくいかないことは、八年前に実証ずみだ。

そう、メグには自らの意思だと思わせないといけない。実際にはそうでなくとも。

まったく、晩餐会への出席を説得するだけで全力を要するとは。結婚を説き伏せるとなれば、かなりの困難を極めるだろう。

問題は、メグがいま悩みを抱えすぎているということだ。こちらで片づけてしまおう。まず、メグのおじと妹をひどい窮乏から救い出す方法を見つける必要がある。ただし自尊心を傷つけてはならない——家族全員が誇り高いに決まっている。

次に、双子を最善の場所に落ち着かせてやらなくては。ここでぼくといるにしろ、ハックニーで母親といるにしろ、ふたりが充分に面倒を見てもらえることが不可欠だ。でないと亡くなったトーマスに面目が立たない。といっても、これはトーマスとの約束を果たすためだけではない。ヴァレリーとダイアナのためだ。

食べ終わった皿をウィルが脇にやったちょうどそのとき、正餐室の外でメグと双子の話し声がした。メグにひと目会いたい一心で出ていくと、三人は階段のそばにいた。

「こんばんは、ミス・レイシー」メグがくるりと振り向くと、双子もそれに倣った。

「旦那様」彼女は可愛らしく頰を染め、膝を曲げてお辞儀した。それを見て双子も真似ようとした――が、どちらも転びかけたのでメグが手をとった。「練習しなくちゃね」自分の肝に銘じるようにメグがささやいた。

ウィルは双子の顔をじっくり眺めた――えくぼがあるほうがダイアナだな。それぞれを名前で呼び、挨拶の言葉をかけた。メグは目を丸くした。感じ入っているらしい。

「お風呂に入る準備をしに、上へ行くところですの」メグがやや息を弾ませて言った。

ウィルは顔を曇らせた。授業やら買い物やら公園への外出だけでなく、入浴の見張りまで家庭教師がするものだろうか。メグには自分の時間がほとんどない――つまり、ウィルのために割く時間もほとんどないということだ。

「引き留めはしない」ウィルは言った。「ただ、きみと話しあいたいと思っていたんだ。今夜は紳士クラブで予定があるが、明日の午後ならどうだろう?」

「かしこまりました、旦那様」メグの優しいまなざしに、ウィルの鼓動が速まった。

ヴァレリーがメグの袖を引っ張り、耳元に顔を寄せた。「キャッスルトン卿とけんかしてるの？」本人はささやいているつもりだが、その場の全員に筒抜けだ。

「かもね」メグがささやき返した。「でも大丈夫よ」彼女は少女たちを急きたてて階段をのぼらせながら、肩越しにウィルにほほえんだ。「おやすみなさいませ」

「おやすみ、お嬢さんたち」ウィルが堅苦しく返事をすると、くすくすと笑い声が起こった。

ウィルはメグが視界から消えるまで、彼女の腰がそっと揺れる様子を見守った。はたして自分はあれほど愛らしい人に入浴の準備をしてもらったことがあっただろうか。ウィルの子ども時代の子守はメグの三倍はある体格で、しかも六〇歳は超えていた。

その瞬間、ひらめいた。あの双子に必要なのは子守だ。メグの負担を軽くしてくれる人。もしくは、双子がもとの家に戻って母親と暮らすなら、そこで世話をしてくれる人。とにかく子守を雇おう。そうすれば、あの子たちが安泰だとわかっていくらか気が休まる。

申し分ない計画だ。子守をすぐにでも見つけられたら、木曜の夜にメグが晩餐会を楽しむあいだ、あの子たちの世話を頼める。

子守を雇うくらい、さほど難しくはないはずだ。候補者を面接して適任者を選ぶとなるとメグに手伝ってもらいたいところだが、彼女の仕事を増やすわけにはいかない。そうだ、これについては自分でどうにかしよう――そしてメグを驚かせてやろう。

メグは片手で頭を支え、あくびをこらえた。明日の歴史の授業の準備を終わらせてしまおう。あと少しだ。とりあげるのは一六世紀のスコットランド女王メアリー。ふたり目の夫を殺害したとされる男と結婚し、やがて断頭台に送られた人物。こんな話を少女たちに聞かせるのはいかがなものかとメグは心配だった。けれどもシャーロットが請けあったのだ——子どもの関心を引きつけておくには、ちょっと血なまぐさいくらいの話がいいのだと。いまのわたしもしっかり関心を保てるといいのに、とメグは思った。部屋の反対側で、柔らかなベッドとふっくらした枕が呼んでいる。船乗りを誘い寄せる、ギリシャ神話の海の精セイレーンのよう。

「やっぱりまだ起きていたのね」ミセス・ランディがメグの寝室へ入ってきて、茶色い紙で包まれた小包を手渡した。「夕食のあと、あなた宛にこれが届いたんですよ。いままで持ってくる暇がなくて」

シャーロットのドレスだわ。ああ、早く着てみたい。「ありがとうございます。わざわざ持ってきてくださるなんて」

家政婦長はメグの顔を心配そうに眺めた。間違いなく目の下のくまを見ている。「今日はもう疲れたでしょう。寝たほうがいいわ——すぐに」

「ええ、そうですね」メグは笑みを浮かべて返した。

ところがミセス・ランディが挨拶をすませたとたん、ドアを閉めて小包を破いた。

茶色い包み紙の下から鮮やかな青い色がのぞくと、にわかに部屋が明るくなった。モスリンには絹やサテンほどの高級さはない。とはいえ、いま着ている茶色いウールのひどい服も含め、メグが持っているどのドレスよりも素敵だ。

自分の古びたドレスを脱ぎ捨て、シャーロットのドレスを体にあてた。花びらのように柔らかな生地が両脚を滑り落ちて足首を隠す。

丈は大体ちょうどいいみたい。でも着てみないことには、似合うかどうかわからないわ。なぜ急に二の足を踏んでいるの？

ごくりと唾をのんだ。さえない服を捨てるというのは、ぼろぼろではあれど着心地のいい皮を脱ぐに等しい。素敵な服を着たにもかかわらず、滑稽だったり、うぬぼれて見えたり、似あわなかったりしたら？　古びたドレスを着ていればばかにされるだろうが、ひとつ明らかな利点がある。上流社会の人々から受け入れられなくても、服のせいにしやすいのだ。このドレスを着れば、そんな言い訳は通用しない。

不安を振り払い、青空色のモスリンを頭からかぶると真っ白なサッシュを胸の下に巻いた。体を回転させて姿見のほうを見る。

信じられない。

公園を散歩中に見かけた、流行服に身を包んだ貴婦人たちにそっくりだ。いつもメグを避け、ひどい場合は完全に無視する人たち。あまりに似ているので、一瞬、自分の姿に腹が立った。

でも、これはわたしなのだわ。透き通るようなモスリンのスカートが両脚を包み、四角く開いた襟ぐりが胸を縁どって、袖の小さなふくらみから腕が見えている。メグは鏡の前でくるくるまわり、体の周りでドレスの生地がふわりと浮かぶ様子にうっとりした。

わたしは美しい。そう思えた。目の周りにくまがあっても、髪が乱れていても、裸足《はだし》でも。

シャーロットはわたしにいちばん似合うと思ってこのドレスを選び、貸してくれた。彼女に心から感謝しよう。思いやりあふれる友人のおかげで、メグはいつの間にか晩餐会を楽しみにしていた――とりわけ、このドレスを着た彼女を見たウィルの表情を。

それだけでも、出席する価値がありそうだ。

23

ウィルは足早に子ども部屋へ向かっていた。ちょうど昼寝の時間だといいが。ドアがわずかに開いていたので中をのぞくと、うれしいことに双子はベッドの中だった。眠ってはいないけれど。メグはヴァレリーのベッドの端に腰かけ、少女の髪を優しくなでている。

「メアリーはどのくらい牢屋《ろうや》にいたの？」ヴァレリーが小さな声で訊いた。

「一八年間よ」

ヴァレリーは息をのんだ。「先生の年と同じくらいだわ」

「そうよ」メグがささやいた。

「それから殺されたの……？」

メグは真面目な顔でうなずいた。「ええ」

「どうやって殺されたの？」ダイアナが自分のベッドの中から尋ねた。

メグは一瞬ためらった。「斧《おの》で首を切られたのよ」

「きゃあ」少女たちが声をあげた。すっかり恐れおののいている。

話したことを後悔しているのか、メグはさっと目を閉じて首を横に振った。「ベッドで聞かせる話じゃなかったわね。でも心配いらないわ――いまの英国はその頃より進歩して平和になっているから」メグはヴァレリーの額に口づけしたあと、静かにダイアナのベッドへ行って同じようにキスした。

「あたしにいとこがいたら、牢屋へ入れたりなんかしない」ヴァレリーがあくびをしながら言った。

「あたしはするかも」ダイアナが正直に言った。「でも会いに行ってあげるわ」

「あなたならきっとそうするでしょうね。さあ、目を閉じて」メグが声をかけた。「あとでもっと話しましょう」

子どものことをよく知らなくとも、いま子ども部屋にずかずか入っていくべきでないことくらいはウィルもわかっていた。代わりに廊下からメグを見つめていると、彼女は音をたてないようにしてカーテンを引き、書類を整え、ヴァレリーの腕に人形を抱かせた。ようやく部屋を出ようとこちらに歩いてきたところで、ウィルが手を振るとメグはびくりとした。

彼女は片手で胸を押さえつつも笑みを浮かべ、しっかりとドアを閉めた。「いらしてたなんて」

「うれしいかい？」ウィルは相手の言葉を引きとるように訊いた。

「たぶんね」メグは素直に認めた。

「そう言ってもらえるとは大きな前進だな」ウィルはメグの手をとり、手のひらを上向けて口づけした。「ゆうべは寂しかったよ」

メグの頰が魅力的なピンクに染まった。「じつは泥のように眠っていたの」

「きみには休息が必要だろうと思った。だから紳士クラブへ行ったんだ。ここにいると、きみの部屋のドアを叩かずにはいられなかっただろうから」

メグは片方の眉をつりあげて言った。「ドアを？　なんとも平凡な方法ね」

「じゃあ、窓のほうがいいのか？」

メグは平然として肩をすくめた。「窓ならもう経験ずみよ。次は煙突からとか」

「それは大変そうだ」ウィルはメグの頰に片手を添え、親指で下唇をなでた。「でもきみに会えるなら。今夜行こうか？」胸を高鳴らせて相手の返答を待つ。

「やめたほうがいいんじゃないかしら」メグは残念そうに顔を曇らせ、廊下の向こうに目をやった。「前回人に見られなかったのはとても運がよかったのよ」

ウィルは落胆する気持ちを抑えた。「たしかに気をつけないといけない。だが、会おうとすること自体は悪いことじゃないだろ」

「そうね」メグに片手を握りしめられ、ウィルはたちまち体を熱くした。「でも我慢して」

「調子はどうだい？」本当は、自分がメグを思う半分でも彼女に思われているのかを確かめたかった。

「元気よ。あの子たちも前より元気みたい。ダイアナはまだ普段より少し静かだけれど」

「静かだと悪いみたいな口ぶりだな」ウィルは冗談まじりに言ったものの、やはり気にはなった。「今朝ライラに手紙を書いた」どんな調子で書くべきかと考え、筆を置くまでにとんでもない時間がかかってしまった。かろうじて礼儀を保ちながら友好的に書くということで落ち着いたが。双子はライラが利益を得るための道具ではなく、ふたりを傷つけることは二度と許さないことは明記してある。

「ありがとう」メグの輝くような笑みにウィルの苦労は報われた。「返事をくれるかしら……だけど返事が来ても、同じくらい不安だわ」

「どうなろうとも、ぼくたちで必ずダイアナとヴァレリーが大切にされるようにしてやろう。あの子たちは強い――きみたち姉妹と同じように」ウィルはメグを引き寄せてそっと抱きしめ、腕の中に彼女がいる感覚に浸った。「晩餐会は明日の夜だ」

「覚えているわ」

「でも忘れたいんだろ」

メグがいたずらっぽくにやりと笑った。「観念して出席することにしたわ。少なくともシャーロットがいることだし」

「ぼくが怒りっぽくなくて幸運だな、小悪魔め」ウィルはメグの背を徐々に壁へ近づけて押しつけ、彼女の顔の両側に自分の腕をつけた。「よく考えるんだ。シャーロット以外に会うのを楽しみにしている出席者は？」

「ええと……」

メグが考えるふりをしているあいだ、ウィルは彼女の首の横にキスをした。ああ、なんて素敵な味だろう。ヴァニラアイスクリームみたいだ。

「まだ答えが出ないのか？」ウィルはメグの温かい肌に向かってつぶやいた。

「うーん……」

ウィルは片脚をメグの脚のあいだに割りこませ、腰にもたれかかった。その動きに反応して、彼女の呼吸が速まるのがいとしくてたまらない。

「ウィルよ」メグはウィルの髪に手を差しこみ、彼の顔を引き寄せてキスをした。めまいがするような口づけだ。

すばらしい。ウィルは誰かが廊下を歩いてこないかと耳を澄まそうとした。けれども実際のところ、メグとキスをしているうちは、すぐそばでパレードが行われたとしてもわからないだろう。ふたりを包みこむ欲望をどうにかして抑えなくては。ウィルが両手でメグの体を両側から腰、尻の下へとなでおろして揺らすと、彼女は喉の奥で声をもらした。

「きみはぼくのものだ」ウィルはささやいた。「いまも、これからも」

メグは体を引いてウィルを見あげ、目をしばたたいた。「どういう意味？」

「近いうちに話しあおう。いまはぼくを信じてくれるだけでいい。それから、明日の夜の晩餐会を楽しんでほしい」ウィルはメグの頬にかかったゆるい巻き毛をそっと耳の後ろにかけてやった。

「努力してみるわ」メグは自信がなさそうに言った。

「驚くようなうれしいことがあると思うよ」その内容を明かさないようにするだけで精いっぱいだ。

ウィルは晩餐会を開くにあたって、メグに何か特別なことをしたかった。ウィルにとって
メグがどれほど大切な存在かをわからせ、彼女の自信を高めるようなことを。最初に思いつ
いたのは、メグに新しいドレスを買ってやることだった。しかし、メグとはこれまで彼女の
服装について何度も口論し、ウィルは常に言い負かされてきた。それに、もうメグが何を着
ていようとかまわなかった。最終的に彼の寝室の床に落ちるのであれば。
そうだ、メグがぼくに求めるのは新しいドレスじゃない。気持ちを示す行為だ。
というわけで、ウィルにはある計画があった。準備は万端。明日の夜、メグの反応を見る
のが待ち遠しい。
その一方で、今日の午後遅くには子守候補者ふたりとの面接を予定していた。どちらの女
性にもすばらしい推薦状がある。ダイアナとヴァレリーと肌が合いそうな人がいい。明日か
ら勤められれば、なおありがたい。
メグが目を細めた。「何かたくらんでいるように見えるのはなぜかしら」
「たくらんでいるからさ」ウィルはメグの下唇を軽く噛んだ。
「何を？」
「単純なことだ。どうやってきみをベッドに連れこむか」
今夜の晩餐会のあいだ、どうやって双子を子ども部屋にとどめて面倒を起こさせないよう
にするか。メグは戦略を練ってあった。第一段階として、授業、外出、遊戯で少女たちをへ

とへとにさせる。第二段階として、昼寝の時間を免除する。うまくいけば、ふたりはいつもの就寝時刻の一時間前に自らベッドへ飛びこみ、朝までぐっすり眠ってくれるはず。

ところが、計画は失敗に終わった。晩餐会の招待客が到着するまであと一時間もないというときになっても、双子はまるで疲れを見せなかった。大忙しの一日だったにもかかわらず、少女たちはすこぶる元気に子ども部屋を跳ねまわり、こちらを質問攻めにしてくる。疲れ果てていたのはただひとり、メグだけだった。

「晩餐会に公爵は来る?」ダイアナが訊いた。

まさか。「来ないと思うわ」

ダイアナはがっくりと肩を落とした。「なーんだ。公爵に会いたかったのに」

メグは服の袖で額を拭い、ベッドの上掛けをめくってやった。就寝をうながそうという無駄な努力だ。「もう——何度も——説明したように、あなたたちは今夜のお客様のどなたとも会うことはないの。これからお休みするんですからね」

ヴァレリーはわざとめまいを起こすつもりらしく、踵を軸にして体を回転させている。

「眠れなかったら?」

「きっとすぐに眠くなるわ」メグはその言葉が暗示の力を持つよう願いを込めて答え、目を細めた。ダイアナが椅子に座ったまま背にもたれかかり、二本の後ろ脚でバランスをとろうとしている。「そんなことしないでちょうだい——倒れてしまうわよ」

「ダンスはある？」椅子が前に揺れ、床に脚が着いてどすんと音がした。「いちばん一緒に踊りたいのは誰？」

メグは首を横に振り、子ども部屋に散らばった、人形やリボンやさまざまな玩具《おもちゃ》を拾い集めはじめた。「音楽もダンスもなしよ。ただの晩餐会だけ――舞踏会じゃないの」自分自身に言い聞かせたほうがいい台詞だ。晩餐会にしては緊張しすぎている。

ヴァレリーがくるくるまわるのをやめ、ふらつきはじめた。ビールを三杯くらい飲んだような足どりでまっすぐダイアナのほうへ向かっている。ダイアナはまたしても椅子の後ろ脚に体重をかけてぐらぐら揺らしていた。

メグは恐怖に手を震わせた。「危ない、ヴァル！」

だが、ときすでに遅し。ヴァレリーの片腕がダイアナの肩をかすめ、ふたりを道連れにして椅子が倒れた。ダイアナが身の毛もよだつような叫び声をあげ、ヴァレリーも大声で泣きはじめる。メグは腕いっぱいに抱えた玩具を放り出し、少女たちのもとへ駆け寄った。

ダイアナは床に大の字になり、大げさにぜえぜえと息をしていた。

「どこが痛いの？」メグは尋ねた。

「ぜ、ぜ、全部！」

絨毯に血がついていないかしら。よかった、何もない。「頭を打ったの？」

「せ、せ、背中」

ヴァレリーがすすり泣きながらも体を起こそうとした。「ごめんなさい。わざとじゃなかったの」

「もちろんわかっているわ、ヴァレリー」

ダイアナはむくりと起きあがってヴァレリーに指を突きつけた。「この子にひっくり返されたんだから！」

ダイアナに非難され、ヴァレリーはまた涙を流しはじめた。それでもメグはダイアナが床に座っているのを見て安心した。首の骨が折れていたら、座れるはずがないからだ。もっとも、医学の心得があるわけではないが。

メグはダイアナをなだめようと背中を上下にさすってやった。と同時に、すすり泣きが激しいしゃっくりに変わったヴァレリーを抱きしめた。

「よしよし」メグは少女たちの体を抱き寄せながらささやき声で言った。「ちょっとびっくりしたわね。でもふたりとも大丈夫よ、たぶん」

そのとき、咳払いが聞こえて三人はびくりとした。一斉に子ども部屋のドアに視線を向ける。

やはり伯爵だった。すでに晩餐会用の服装に着替えている。ミッドナイトブルーの上着に空色のベスト。彼は部屋をさっと見まわすと、散らばった玩具や倒れた椅子、涙の跡がついた双子の顔に視線を注いだ。「今日の授業はうまくいっているようだな」

からかわれている。間違いない。けれどもメグはいまこの瞬間、ウィルの冗談をちっとも面白いと思えなかった。それどころか、染みひとつないクラヴァットで首を絞めてやりたいくらいだ。

「すいすい進んでいますわ」メグは苛立った声で言った。「ちょうど物理の授業を終えたところですの。物体——というか人間——に対する、重力の予期せぬ効果が明らかになったんです」

ダイアナが腕を組んだ。「重力なんか、大嫌い！」

「残念ながら重力を避けては生きられないんだ」きわめて有益な助言だ。

メグは立ちあがってため息をつき、ウィルのほうを向いた。「うるさくして申し訳ありません。お屋敷じゅうを驚かせるつもりはなかったんです。では、恐れ入りますが一時間以内に終わらせないといけないことがたくさんありますので」

ウィルは上着のポケットに両手を突っこみ、澄ました様子で体を揺らした。「だからこそぼくが来たんだよ、じつは」

メグは片方の眉を上げ、ウィルがはいている腹の立つほどきれいなズボンと磨き抜かれたブーツに鋭い視線を向けた。「旦那様が手助けを？」

「いや、ぼくが直接手を貸すわけじゃない。でも強力な助っ人《すけと》を連れてきたんだ。ミセス・ホップウッドを紹介しよう」ウィルが出入り口で手招きすると、鮮やかな赤毛に室内帽をのせた小柄な年配の女性がちょこちょこと部屋に入ってきた。聞きわけのない子どもたちと散らかった子ども部屋を見てすっかり魅了されたかのように、にこにこと笑っている。

ウィルはいかにも満足そうにほほえんだ。「ミセス・ホップウッドは双子の子守だ」

24

メグは目をしばたたいた。聞き間違えたにちがいない。「子守？」

「今日の午後から雇ったんだ。なんと、すぐに勤務を始めることに同意してくれた」朗報を告げるかのようにウィルが言った。「この子たちの心配をせずにいられれば、きみが今夜の晩餐会をより楽しめるんじゃないかと思ってね」

いいえ、むしろ知らない婦人が子ども部屋にいることが心配になるわ。

ヴァレリーが顔をしかめた。「子守ってどういうこと？　レイシー先生がいるのに」メグもまさに同じことを考えていたものの、礼儀を守って目の前の女性に片手を差し出した。

「はじめまして、ミセス・ホップウッド。こちらはダイアナです」ダイアナのくしゃくしゃした髪をなでる。「そしてこちらがヴァレリー」そう言ってヴァレリーの頭もなでた。

「はじめまして、皆さん」

「ミス・レイシーはきみたちの家庭教師だ」ウィルは双子に言い聞かせた。「きみたちに勉強を教えるためにいる。きみたちの面倒を見るためじゃない」

「あたしたちは先生に面倒見てもらうのが好きなんだけど」ダイアナが口をとがらせた。

「それはそうだろうな」ウィルは厳しい口調で言った。「だがミス・レイシーはきみたち専属のメイドじゃない。さらに言えば、ミセス・ホップウッドもだ」ウィルは散らかった玩具を指さした。「いますぐ部屋を片づけなさい。すんだらミセス・ホップウッドと仲よくなるといい」

少女たちがあわてて片づけにとりかかったので、メグはウィルに対してむっとした。初心者のツキね。

「散らかっていてすみません」メグはミセス・ホップウッドに言った。「子ども部屋に人がいらっしゃるとは思っていなかったので」相手は同情するような表情を見せた。事前に知らせがあったところで、なんら違いはなかったことを互いに了解しているのだ。

「何も気にしないでくださいな」ミセス・ホップウッドがふっくらした手を振った。「子どもは子どもらしくいるのがいちばんです。遊んだり探検したりさせてあげなくちゃいけません」

メグはうなずいた。どのように子どもを育てるのがいちばんいいか、これまで考えたことはなかった。けれど、もし考えていたなら、この人と同じことを思ったかもしれない。ミセス・ホップウッドが好感の持てる人物であることは認めざるをえなかった。鼻の上に散ったそばかすでさえ、彼女の顔に陽気な印象を添えている。

だからといって、ウィルからこんなふうに突然知らされて驚かされるいわれはない。これほど重要なことはあらかじめ相談があってしかるべきだ――とりわけ、双子に関することならば。

「ミセス・ホップウッドは見事な推薦を得て来たんだ。前の職場では一二歳以下の六人きょうだいの世話をしていたらしい」

「六人？」メグは半ダースの子どもたちをまかされることを想像した。考えただけで気が遠くなる。

メグの心を読んだのか、ミセス・ホップウッドは身をかがめ、秘密を明かすかのようにささやいた。「上の子たちに下の子たちの世話をさせるよう、しつけるのがこつなんです。ほとんど縫い物ばかりしていましたよ」笑い声をあげ、肉づきのいい腰に両手をやる。「今夜は晩餐会に出席されるとキャッスルトン卿からお聞きしました。支度をしに行ってくださいな。心配いりません――この子たちのことはしっかり見ておきますから」

「でも……」

「そうだ、ミス・レイシー、行きなさい」ウィルは片手をメグの背中のくぼみにあて、ドアへとうながした。「ミセス・ホップウッドの勤務第一日を祝して、彼女とこの子たちにおやつを持ってくるよう料理長に言ってある」

「それは……素敵ですこと」それでもメグは、追いやられている気がしてならなかった。ヴァレリーとダイアナにおやすみの挨拶すらしていない。

けれども双子はさほど心配していないようだ。伯爵がおやつの話をしたせいで、片づけをする手がいっそう速まっている。そうよ、この子たちはわたしのことなんて気にも留めていないわ。

ドアのそばまで来てメグは躊躇した。「では、明日の朝までよろしくお願いします」

「ええ、わかりました」ミセス・ホップウッドが言った。「でも、ゆっくり寝ていてくださいね。朝食のお世話はわたしがします。そのあと、授業が始まる前に散歩に行くかもしれません」

それならこちらの仕事がたちまち半分に減りそうだ。普通の家庭教師なら有頂天になるだろう。ところがメグにとっては忙しさが心の支えだった。アリステアおじの増え続ける借金や、妹たちの追いつめられた窮状、自分自身の暗い先行きを考えずにいられるから。

ウィルは相手を骨抜きにするような笑顔を見せながらも、鋭い視線をメグに向けた。「間もなく下で会えるのを楽しみにしているよ、ミス・レイシー。八時に客間に集まって食前酒を飲む予定だ」

まあ、大変。あと半時間以内に着替えをして、レディ・キャッスルトンと顔を合わせる心の準備をしなくてはならない。メグはうなずき、急いで寝室へ行った。よかった、今朝シャーロットのドレスをベッドの上に出しておいて。

メグはドレスを脱いで顔を洗い、髪にブラシをかけて巻き毛に艶を出した。ジュリーがいれば、晩餐会にふさわしい髪型にしてくれただろうに。メグひとりでは、後れ毛を少し残して結いあげた髪を、ドレスに巻くサッシュに合わせた白い絹のリボンで飾るだけで精いっぱいだった。リボンを巻いて固定するのに何度かやり直しはしたものの、全体として満足いく仕あがりになったことはたしかだ。

おしろいを軽くはたいて目の下のくまを隠し、頰紅を少しつけて健康的に見せた。一見しただけでは、誰も睡眠不足に悩む家庭教師とは思わないはず。

時計をちらりと見た。着替えの時間は一〇分——充分間にあう。髪を崩さないよう細心の注意を払って青いドレスを頭からかぶった。まるで柔らかな羽根が軽く触れるように、モスリンが肌の上をかすめる。瞬く間に気分が高揚した。王妃とまではいかないけれど、妖精になったみたい。魔法にかかったように自由で生き生きした気分だわ。

メグもこのときばかりは期待を胸に鏡へ近づいた。早く全身を確かめたくてたまらない。ドレスの紐を結んでサッシュを締めると、レディ・レベッカの批判的な目で自分自身を見ようとした。ドレスの優しい青色は女らしく、けばけばしさはない。開いた襟ぐりは目を引くものの、上品だ。ドレス全体の形は優雅で、しかも洗練されている。容赦ないレディ・レベッカでさえ、今夜のメグの見た目にはけちをつけられまい。

さらにうれしいことに、ウィルはこのドレスのすべてを大いに気に入るはずだ。体の曲線にぴたりと沿い、メグが歩くたび脚の周りで軽やかな衣ずれの音をたてる生地。いまにも肩から落ちそうな袖、胸のふくらみを色っぽく縁どるレース飾り。この姿をウィルに見せるのが待ち遠しい……もしかすると今日の夜更けには、このドレスを脱がされたりして。

メグはふたたび時計を確認し、深呼吸して気合いを入れた。そろそろ時間だ。

今夜何が起ころうとも、少なくともひとつはうまくいった。誰ひとりとして、メグを壁の花呼ばわりすることはできないのだ。

メグは持っている中でいちばん素敵な靴をはいてショールをつかむと、勇気を奮い起こして客間へ向かった。ところが廊下へ出て歩き出したとたん、足が止まった。子ども部屋から何か聞こえる――くすくす笑いと鼻歌だ。あの子たちったら、ベッドに入っていないんだわ。でも、すべてうまくいっているみたい。メグはひとりで笑みを浮かべ、ふたたび歩きかけた。

そこで突然、子ども部屋のドアがさっと開いた。

飛び出してきたのはヴァレリーだった。「レイシー先生！」甲高い声。「おやすみなさいって言いたかっ――わあ、とってもきれい」

メグの胸はうれしさにきゅんとした。「ありがとう、ヴァル。気分はよくなった？」

「えっ、うん。それ、新しいドレス？　まるで……まるで、女王様みたい」

「レイシー先生？」子ども部屋の中からダイアナの大きな声がした。「あたしも見たい！」

ダイアナは出入り口に突然現れてヴァレリーを押しのけ、廊下の絨毯につまずいた。その拍子に、ダイアナの両手からティーカップが勢いよく投げ出された。

メグのほうへ、まっすぐに。

カップはまともにメグの胸元にあたった。べたべたした濃い茶色の液体があちこちに飛び散り、ドレスからしたたり落ちる。チョコレートだ。

嘘でしょ。嘘、嘘、嘘よ。「ダイアナ！」メグは叫んだ。「なんてことするの。あなたのせいで……」鼻から息を吸い、涙をこらえた。「全部台なしよ！」

信じられない。メグは踵《きびす》を返してすたすたと自分の部屋へ向かい、中に入るや、ばたんとドアを閉めた。まさかこんなことが起こるなんて。今夜、人生でいちばん大事な晩餐会に出席しようというときに。

そうだ、ドレスをきれいにする方法があるかもしれない。メグは洗面台へ駆け寄って濡れた布をつかみ、べっとりついた濃い染みを一心不乱にこすった。

けれど、汚れを広げただけだった。

メグは唾をのみこんだ。泣くものですか。まだ方法はあるはずよ。ドレスを脱いでしっかり水に浸せば、チョコレートは落とせるわ。生地が薄いから、すぐに乾くだろうし。体の線を見せるために、わざとドレスを濡らして着る婦人もいるんじゃなかったかしら。食前酒には間にあわないけれど、しかたないわ。

ドアを叩く音がした。「ミス・レイシー？　ミセス・ホップウッドです。お手伝いします。何かできることはありますか？」

メグは喉まで出かかった辛辣な言葉をのみこんだ。〝まずは、あの子たちにチョコレート入りのカップを持って室内を跳ねまわらせないようにしてもらえるかしら〟「結構です。汚れを落とす時間が欲しいだけですから」苦労してドレスを脱いだものの、丁寧に高く結いあげた髪に片方の袖が引っかかり、鳥の巣のようなぼさぼさ頭になってしまった。

「あの子たちはとても反省しています」ミセス・ホップウッドが廊下から声をかけた。「わたしも申し訳ありませんでした」

「レイシー先生」ドアの向こう側でダイアナが叫んだ。「きれいなドレスにチョコレートをこぼしちゃってごめんなさい」

メグはドレスの胸元を洗面器に突っこみ、心の中で三つ数えてから口を開いた。「わかってるわ、わざとじゃなかったって」

「じゃあ、許してくれる？」

メグは染みの部分をそっと叩いた。だめみたい。今度はごしごしとこすった。繊細なモスリン地には強すぎる力を込めて。洗面器の中の水が茶色く濁った。にもかかわらず、染みはほとんど落ちていない。そのとたん、メグははっとした。

シャーロットのドレスがだめになってしまった。もはや修復不可能だ。

心臓が猛烈な激しさで早鐘を打つ中、メグは衣装だんすへ駆けていった。扉をぐいっと開け、半ダースほど並ぶ野暮ったい手持ちのドレスを一着ずつ確認していく。朽ち葉色に似た茶色、灰色がかったライラック、色あせた紺色。あとは、名前すらつけられない色ばかり。もう、もう、もうっ。わたしったら、この中から何を見つけたかったわけ？　理想のドレスを出してくれる魔法使いの妖精がいるわけじゃあるまいし。メグは衣装だんすの扉を勢いよく閉め、床にくずおれてわっと泣き出した。

「レイシー先生？」またダイアナの呼ぶ声がした。ドアをこぶしで激しく叩いている。「お願い、お願い、許すって言って」

メグの自制心が小枝のようにぽきりと折れた。「ひとりにして」

それを聞いてダイアナは泣き叫んだ。ミセス・ホップウッドがダイアナをなだめつつ連れていく。メグは罪悪感に胸が痛んだ。でもはっきり言って、半時間で支度をすること自体、無理な話だったのでは？

頭痛がすると言って出席を断ろうか。恥をかかずにすむには、それがいちばんだ。というか、そうするしかない。

けれどもウィルのことを思うとそれはできなかった。理由はよくわからないが、今夜は彼にとって重要な夜なのだ。

いまこの瞬間、おそらくウィルは時計に目をやりながら、客間にメグが現れるのを待っているだろう。となれば、是が非でも堂々と入っていくしかない——厨房のメイドにもばかにされそうなドレスに身を包んで。

25

一五分後、メグは可能な限りの——つまり、万全には程遠い——支度を整えた。髪は普段の簡素な形に結っている。いまだに泣き出しそうな気分ではあったが、さきほどまで紅潮していた顔は、ほんのりしたピンク色に落ち着いていた。

胃がぎゅっと締めつけられるのを感じつつ、客間へ向かう。シャーロットにどう説明しよう？　ドレスの弁償方法もわからない。

けれどもレディ・キャッスルトンやレディ・レベッカ、そして誰であれほかの招待客への対応の仕方については、はっきりわかっていた。持っている武器はただひとつ——自尊心だ。毅然《きぜん》と顔を上げ、恐怖心やつらさを見せないようにしよう。

何年も壁の花として過ごす中で、この戦略は役立ってきた。メグは人からどう思われようとまったく気にしないふりをする技を完璧に身につけているのだ。あまりの完璧さに、自分までだませそうなほどだった。完全にとはいかなかったが。

メグは客間の外で立ち止まり、深呼吸をひとつした。いまから大人同士で礼儀正しく落ち着いた会話を交わすのだと思うと、子ども部屋の生き生きした自由な騒がしさが恋しくなる。それでもこれから三時間は、きちんとした若い淑女としての役割を果たしてみせよう――ウィルのために。

客間に入ったとたん、ウィルの黒髪と大きな肩を見つけた。招待客は少数で、部屋の中央に置かれた椅子の周りでゆるく円を描くようにして集まっている。

メグが近づくと、ウィルの温かい笑みに迎えられた。いくばくかの不安が消えていく。「ミス・レイシー、来てくれてうれしいよ」ウィルはメグの手をとり、招待客の中へ引き入れた。「友人のトリントンを紹介しよう」そして声を大きくして言った。「トリントン卿、こちらはミス・マーガレット・レイシー――シャーロットの友人で、新しく雇った家庭教師だ」

「はじめまして、ミス・レイシー」トリントン卿はウィルより背が低く、がっしりしていた。運動選手のような体格と優しい瞳の持ち主だ。なるほど、シャーロットが夢中になるはずだわ。

「お噂はかねがね伺っております、閣下。お近づきになれて光栄です」メグがトリントン卿に片手を差し出すと、彼はその手をとってうやうやしくお辞儀をした。こちらが手袋をはめていないことに気づくそぶりも見せない。メグが唯一持っていた手袋はチョコレートの犠牲となってしまったのだ。

「こちらこそ、あなたと双子のお話はずいぶんお聞きしていますよ」トリントン卿が思いやり深い口調で言った。「娘のアビゲイルはこちらの双子がお気に入りらしい」

「メグ！」シャーロットがあわてた様子でやってきてメグを抱きしめ、耳元でささやいた。「ドレスを受けとらなかったの？」

メグは喉の大きなつかえをのみくだした。「受けとったわ。あとで説明させて」

「あなたは素敵よ、いつもどおり」メグを安心させようとしてシャーロットが言った。

メグは友に感謝した。「ええと、あなたはいつもよりさらに素敵よ」シャーロットが着ているすみれ色のサテンのドレスは、蠟燭の光のもとできらめいていた。豊かな黒髪をこのうえなく引き立てている。

ウィルがトリントン卿と話しているあいだ、メグはしかたなくほかの招待客に挨拶をしてまわった。冷たく迎えられることは覚悟のうえだ。ウィルの母親である先代伯爵夫人がこわばった微笑を浮かべてこちらを見た。金色の絹のドレスを身にまとい、いくつもの宝石をぶら下げている。まるで舞踏会に出席しているかのようだ。あるいは王妃との謁見中か。「ミス・レイシー」先代伯爵夫人が歌うように言った。「今夜は子ども部屋から抜け出せたご様子ね」

メグは膝を曲げてお辞儀をした。「時々自由にさせていただけますので。お嬢様方のことはとても好きですが、大人の方々とお話しできる機会はうれしく思います」

「かんしゃくを起こしている子どもには、声を張りあげなくてはいけませんものねえ」レディ・レベッカがするりと割りこんできた。水色のショールをまとってサテンのサッシュを巻いた白いドレス姿は、まさに純真無垢《むく》を絵に描いたよう――だったはずだ、想像の余地も残さないほど襟ぐりから胸元が見えているのでなかったら。メグはレディ・レベッカのドレスの身ごろを引っ張りあげたい衝動を必死に抑えた。

「ダイアナ様は、普段はとても優しくて可愛らしいお子様なんです。別の状況でお会いになっていたらよかったのにと思いますわ。どちらのお嬢様もすばらしくていらっしゃることがおわかりになるでしょうから」

「それはうれしいことを伺いましたわ。あの子たちとはまた会うにちがいありませんもの」レディ・レベッカが満足そうに言った。

メグは眉根を寄せた。「どういう意味でしょう？」

レディ・キャッスルトンの目がいたずらっぽく輝いた。「レディ・レベッカはかなりの時間をここでお過ごしになるんじゃないかしら。この先、何週間も何カ月もね」

レディ・レベッカはやたらと扇で顔をあおぎ、ウィルの母親にいわくありげな目線を送った。「そう願っておりますわ。父も大変喜ぶはずです」

メグははらわたが煮えくり返ったものの、あとで後悔するようなことは言うまいと頬の内側を噛んだ。ウィルの気を引こうとしたからといって、レディ・レベッカを責めることはできない。けれども彼女がいまにも胸がはみ出しそうなドレス姿で――ほかならぬ彼の母親を前に――その意向を表明するのを聞かされるというのは……耐えがたいことだった。

メグとウィルの本当の関係など、レディ・レベッカにはわかりようがない。メグ自身、ほとんどわかっていないのだ。それでもレディ・レベッカとウィルの縁組みを連想させられただけで、メグは怒りに駆られた。

でも、本当に彼はわたしのものなの？

ふたりきりのときはたしかにそう思える。唇を重ねられ、体を両手で愛撫されながら相手の気持ちを疑うというのも無理な話だ。けれどこうしてウィルの母親や友人たちの中にいると、自分の立場を見極めるのはいつも以上に難しかった。

この部屋に足を踏み入れた者なら、誰でもすぐさまメグを部外者と見なすはずだ。醜いドレスを着ていなかったとしても。

「お父様」眉の濃い、骨ばった顔をした長身の男性にレディ・レベッカが声をかけた。「こちらのお屋敷で家庭教師をなさっている、ミス・マーガレット・レイシーを紹介しますわ。ミス・レイシー、父のレッドミア侯爵です」

「ミス・レイシー」侯爵がしゃがれた声で言った。「はじめまして」鋭い視線でメグを眺めまわしたものの、自分の娘を脅かす相手ではないと見なすや、肩の力を抜いて頬をゆるめた。「こちらではどのくらいお勤めですかな？」

「まだ二週間ほどですわ。でも、伯爵とは子どもの頃からの知りあいですの」なぜこんなことを明かしたのかしら――メグは自分でも意外に思った。たぶん、ウィルをめぐる競争相手の中から即刻はねのけられたのが気に入らなかったのだろう。

「それはそれは」侯爵がわざとらしい口調で言った。興味をそそられたらしい。侯爵がいまにも次の言葉を口にしかけたそのとき、執事が咳払いをして、晩餐の準備が整ったことを告げた。

「待ってくれ」炉棚の上の時計に目をやりながらウィルが言った。「もうひとり招待客がいるんだ、ギブソン。もう一五分待とう。それまでに彼が到着しなければ、ここにいるわれわれだけで正餐室へ行く」

執事は渋い顔をした。遅刻するような客のために予定を変更するなどもってのほか——明らかにそう思っている。「承知しました、旦那様」無愛想にお辞儀をして言った。

よかった、わたしが最後というわけじゃなかったんだわ。メグが侯爵に注意を向け直すと、相手はサイドボードのほうを手で示した。「一杯いかがかな、ミス・レイシー？」

「いただきますわ」侯爵が酒を注いでいるあいだ、メグは密かに喜んでいた。出だしは上々。もしかすると、恐れていたほどみじめな夜にはならないかも。

レッドミア侯爵はメグにワインの入ったグラスを手渡したとたん、客間の外の廊下を見て眉をひそめた。メグがその視線の先を追うと、そこには、最後に現れた謎の招待客がいた。

嘘でしょ。

「こんばんは、皆さん。遅れて申し訳ない。いやはや、わしとしたことが」

「アリステアおじ様？」

「メグ！」耳の上で薄い白髪を漂わせながら、アリステアおじがうれしそうによたよたとやってきてメグを温かく抱き寄せた。「キャッスルトン卿が呼んでくれたんだよ。すばらしい男だ。そうだろう？」

「ええ」メグはアリステアおじのためにどうにか笑みをこしらえたものの、心の中ではこう思っていた――ウィルったらどういうつもり？　わたしをこれまで以上の笑い物にしようっていうの？

「ジュリーとベスがおまえによろしくとさ。ふたりには上着を三度も替えられたよ。どうかね？」

「とても颯爽として見えますわ」メグがアリステアおじの頬に口づけをすると、彼は赤くなった。

「ようこそ、ウィルトモア卿」ウィルがやってきてアリステアおじと握手を交わした。「お越しいただき、ありがとうございます。ミス・レイシーを驚かせたかったもので……どうやら成功したようですね」

「たしかに驚かされましたわ」メグは奥歯を噛みしめて言った。

ウィルはアリステアおじの丸まった肩を片手でつかんだ。「到着されたばかりで恐縮ですが、いますぐ正餐室へ向かい、席に着いていただきます。でないとギブソンが怒りを爆発させかねませんから」

「ギブソン？」かなり不安そうな様子でアリステアおじが訊いた。

「キャッスルトン卿の執事です」メグは説明した。「〝爆発〟とおっしゃったのはちょっとした冗談ですわ」

「ああ、そうなのか」

まあ、信じられないわ、といったささやき声とともに、ほかの招待客たちから哀れみのまなざしを向けられた。メグは心にあふれた怒りを抑えるだけで精いっぱいだった。たしかにアリステアおじ様には、物事を若干文字どおりに受けとったり、時々言葉を間違えたりするところがあるかもしれない。それでもわたしの知る限り、最も知的で寛大な男性のひとりだわ。ああいう思慮の浅い人たちに、おじ様をとやかく言う権利なんてないんだから。

ウィルが母親に片腕を差し出すと、ほかの人々も男女ひと組になりはじめた。レッドミア侯爵は自分の娘をエスコートしている。レディ・レベッカが――あの深すぎる襟ぐりで――ウィルの隣に座るのだと思うだけで、メグは苛々した。

トリントン卿がメグに片腕を差し出した。「まいりましょうか」メグは心配そうにアリステアおじをちらりと見やった。すると、シャーロットがすでに話しかけてくれている。アリステアおじも安心しているようだ。

「ありがとうございます」それぞれが順に正餐室へ入り、席に着いた。ウィルの母親が彼の右側に、その隣にトリントン卿とシャーロットが座った。ウィルの左側にはレディ・レベッカとレッドミア侯爵、そしてアリステアおじ。メグはウィルと向かいあう端の席に着いた。ここからだとウィルの姿がよく見える。彼が胸の大きなデビュタントと話している姿が。

「乾杯の挨拶をさせていただきたい」ウィルがグラスを掲げながらその場にいる全員に告げた。「湿っぽい話から始めて恐縮ですが、ご存じのとおり、いとこのトーマスを亡くしてぼくの人生は様変わりしてしまいました。けれども最近気がついたんです、ぼくには感謝するべきことや、心待ちにするべきことがあると……」

ウィルの声が次第に小さくなっていった。メグはウィルの目を避けるように、うつむいて目の前の皿を見つめた。彼はわたしと結婚するつもりでいる――メグは確信した。あるいは、わたしがそう願っているだけかもしれないけれど。

レディ・レベッカの顔を見ると、物言いたげに自己満足に浸った笑みが浮かんでいる。彼女も同じことを願っているのだ。

トリントン卿が片手を口元にあてて咳払いをし、茶化すように片方の眉を上げた。「何か知らせでもあるのか、キャッスルトン？　ひょっとして大発表とか？」

レディ・レベッカとその父親が、座ったままじりじりと身を乗り出した。ウィルの母親はぽかんと口を開けて息子を見つめている。メグは息を詰めた。

ウィルはためらいがちに口を開いた。「いや、まだ何もない」

「それはよかった」トリントン卿がいかにもほっとしたように片手で額を拭った。「きみが晩餐会を開くというだけでも意外なんだ。これ以上不意打ちを食らわされたら椅子から転げ落ちるところだよ」

「たしかにそれは困る」ウィルはそっけなく言うと、ふたたびグラスを掲げた。「未来に乾杯」

26

「乾杯」招待客たちはつぶやくような声で言った。ウィルの乾杯の挨拶に困惑しているらしい。誰にどう思われようとかまうものか――メグは別として。ウィルはメグを安心させたかった。そして彼女のおかげで自分が変わりつつあることや、互いの妥協点を懸命に見つけようとしていることを知らせたかった。

ウィルはメグの様子を確かめたくて長いテーブルの先を見つめた。

彼女は有能なミセス・ホップウッドに双子をまかせていることに安心して、この瞬間を楽しんでいるはずだ。おじの到着を喜び、ぼくの深い思いやりを示す行為に感動しているはずだ。

ところがメグは泣き腫らした赤い目に不安げな表情を浮かべていた。何かが間違っているらしい――しかもおそらく、ぼくのせいだ。

左右をシャーロットとおじに挟まれていてさえ、居心地が悪そうに見える。まるでどこでもいいからこの正餐室以外の場所にいたいと思っているかのようだ。

「とても素敵な乾杯のご挨拶でしたわ」レディ・レベッカが甘ったるい声をかけてきた。彼女の胸はいまにもドレスからこぼれそうだが、魅惑的というよりむしろ滑稽な印象を受ける。胴をしぼりあげるほどコルセットをきつく締めていながら、会話どころか食事までできるとは驚くばかりだ。

「それはどうも。あまりうまく伝わりませんでしたがね」

「あら、わたしにはわかりましたわ。愛する人を失うことで、人生で本当に大切なことに気づかされることってありますもの。あらゆるものを広い視点で見るようになって、突然、決めかねていたことの答えが見つかるんです」

ウィルは目をしばたたいてフォークをおろした。「そのとおりです」

「二年前に母を亡くしたとき、同じような気持ちになったものですから」

「それは大変つらかったでしょう」

レディ・レベッカは考えこむようにうなずいた。「でも何カ月かして気がつきましたの。いつまでも悲しんでいてはいけないと。そして、どうしても手に入れたいものがあるなら、それを追い求めなくてはいけないのだと」

ウィルは思いきってレディ・レベッカの左隣にいる彼女の父親をちらりと見た。彼は自分の皿に盛られた魚料理にすっかり気をとられているふりをしているが、こちらの会話の一語一句に聞き耳を立てているのではないだろうか。

「同感です」ウィルはゆっくりと言った。「ただし、自分ではこれが欲しいと思っていても、それが自分にとって最善のものとは限りませんがね」

「まったくですわ、キャッスルトン卿。わたしたちの誰もがそのことを覚えておくべきでしょうね」

やれやれ。ウィルはワインをごくりと飲んでテーブルの反対側を見やった。アレックが娘のアビゲイルの可愛らしい——と彼が思っている——おかしなしぐさについて、べらべら喋っている。一方でウィルの母親は、銀の燭台を持って逃げるつもりねと言わんばかりの目でメグを盗み見ていた。そしてそのメグはといえば、アビゲイルの飼っている白猫をトリントンとシャーロットが吹雪の中探しまわったという話に耳を傾けながら、どんどん青くなっていった。皿の上の料理にもほとんど手をつけていない。

ウィルはメグに大丈夫かと尋ねたかった。けれどもそうするにはテーブルの向こうへ大声で問いかけねばならない。そんなことをすれば不作法の極みであるばかりか、メグに全員の注目を浴びさせることになる。メグは喜ばないだろう。

ぼくは何ひとつまともにできないのか、ちくしょう。

「ちょっと失礼いたします」メグが出し抜けに椅子を後ろにずらして立ちあがった。

シャーロットが息をのんだ。「メグ、大丈夫？」

「ええ、ごめんなさい。お食事の邪魔をしたくないの」

ウィルの母親があきれ顔をした。「すでにしているじゃないの」

メグは申し訳なさそうにナプキンを椅子の上に置いた。「確かめなくてはいけないことがあって。でも、すぐに戻ります」一瞬、鋭い視線をウィルに向けた。口を挟まないでくれということらしい。

「わかった」ウィルはさっと立ちあがりながら言った。母親がうんざりして舌打ちするのが聞こえた。

シャーロットはウィルと同じくらい心配そうにしている。ほかの客たちはただ戸惑い、メグを少し気の毒に思っているだけのようだ。メグはあわてて部屋を出ようとして、出入り口でギブソンにぶつかりかけていた。

一体全体、なぜ彼女はすべてをこれほど難しくしてしまうんだ？　別人になってくれと頼んでいるわけじゃない。約束の時間に晩餐会に出席し、食事が終わるまで席に着いていてくれというのは無理な相談だろうか。そもそも今回の狙いは、ぼくの家族と友人に、メグが壁の花なんかじゃないとわからせることなのだ。

そして、メグ自身にもわかってもらいたい。

それなのにウィルは今夜、誰の考えも変えることができずにいた。

メグが席を立ったのは、良心の呵責《かしやく》にさいなまれたためだった。罪悪感に胃がよじれたままでは、座って礼儀正しく会話などできない。シャーロットが生徒のアビゲイルについて話すたび、メグの脳裏にはダイアナの顔が浮かび、晩餐会の前にひどい仕打ちをしたことが思い出された。自分のことで頭がいっぱいで、六歳の子どもをはねつけてしまった——それも、謝ろうとしていた子を。

メグが正餐室から逃げ出す際、ウィルの瞳には落胆の色が浮かんでいた。あとで彼にも謝らなくては。けれどもまずはダイアナだ。

子ども部屋の前まで来ると、閉じられたドアに耳をあてた。今回ばかりは、まだあの子たちに起きていてほしい。ミセス・ホップウッドが優しく歌を口ずさむ声が部屋の中から聞こえた。メグはほっとし、潜めていた息を吐き出すと静かに中へ入っていった。

ミセス・ホップウッドは少女たちのベッドのあいだで揺り椅子に腰かけていた。かたわらでランプの炎が小さく燃えている。小さな声で歌い、椅子を揺らしながら縫い物をする子守の姿を見て、メグは刺すような嫉妬を覚えた。自分がまかされているときに子ども部屋がこれほど落ち着いていることはめったにない。

メグの姿を見るや、ミセス・ホップウッドはぴたりと動きを止めた。不安がはっきりと顔に表れている。「あらまあ」ささやき声で言った。「一体どうしたんです？　真っ青な顔をして。こちらへお座りなさいな。頭を冷やす布を持ってきましょう。疲れすぎたときはそれがいちばん効きますからね」

メグはかぶりを振った。感情があふれて話すことができない。ミセス・ホップウッドの気づかいと思いやりは嫌でもメグに母親のことを思い出させた。お母様もこんなふうにわたしの気持ちをわかってくれたっけ。そしてなぜだか、すべてうまくいくと信じさせてくれた。

不意にメグは、もう一度母親と抱きあい、声を聞きたくてたまらなくなった。

双子のひとりが眠たげな顔でむっくと起きあがった。「レイシー先生？」

「ええ、ヴァレリー。起こしてしまってごめんなさい」

ダイアナも飛び起きた。「眠ってたわけじゃないわ。ミセス・ホップウッドに歌を歌ってもらってたの」

メグはヴァレリーの額に口づけしたあと、ダイアナのベッドの縁に腰かけた。「まだ起きていてくれてよかったわ。あなたと話したかったの」

「あたしと?」か細く小さな声でダイアナが訊いた。

「ええ。あなたに謝らなくちゃ。さっきチョコレートをこぼされたとき、大きな声であなたに怒ったりするんじゃなかった」

ダイアナは下を向いた。「先生は悪くない。あたしだって同じ目にあったら怒ったはずだもん。あんたはどこへ行っても面倒を起こすってママがいつも言ってた」

メグは自分の脇腹にダイアナを引き寄せ、小さな肩をさすってやった。「そんなことないわ。チョコレートをこぼしたのはわざとじゃなかったし、ああいうことは誰にでも起こるの」

「そうよ」ヴァレリーが考え深げに相槌を打った。「でもダイアナには、ほかの人よりたくさん起こるみたい」

一瞬、誰も口を開かなかった。やがてダイアナがくすくす笑った。それにつられてヴァレリーも急に笑い出し、間もなくミセス・ホップウッドとメグも少女たちに負けないくらい笑いはじめた。

メグは両目から涙を拭うと大きく息を吐いた。「許してってあなたに言われたけど、それはわたしの台詞だわ。どうか許してちょうだい」

ダイアナが下唇を震わせて両腕をメグの首に巻きつけた。ヴァレリーは自分のベッドから飛びおり、ダイアナのベッドへ飛びこんでくると抱きあうふたりにしがみついた。

「ほら、ごらんなさい」ミセス・ホップウッドが落ち着かせるように言った。「すべてはなるようになるんですよ」

メグはしばらく三人と一緒に座っていた。今日初めての安らかな気分。肩にのせられたダイアナの頭が重くなってくると、背中をさすってやった。「眠くなってきた？」

ダイアナは返事の代わりにあくびをした。

「あたしも眠い」ヴァレリーが素直に言った。「今夜はダイアナのベッドにいてもいい？」

メグは少女たちの頭越しに子守を見た。「ミセス・ホップウッドに訊いてみなくちゃ」

「おやおや、今夜だけならかまわないでしょう」ミセス・ホップウッドはそう言ってメグに片目をつむってみせた。「さあ、下へ戻ったほうがいいですよ」

メグは体を離して双子を寝かせ、あごの下まで上掛けをかけてやった。「そのようですね」ためらう気持ちを隠しもせずに言った。

「気分はよくなりましたか？」

「ずいぶんと」

「だったらこれでよかったんですよ。ほかのお客様方がどうお思いになるかなんて気にしすぎちゃいけません。自分らしくいればいいんです」

「ありがとう」メグは肩越しにほほえむと、そっと子ども部屋を出てドアを閉めた。さっきは魔法使いの妖精なんていないと嘆いていたけれど……もしかすると、いま魔法をかけてもらったのかも。

正餐室に戻ると、皆がこちらを見た。それぞれの顔に、心配、安心、嫌悪、哀れみといった、さまざまな表情が浮かんでいる。ミセス・ホップウッドに言われたとおり、メグは気にしなかった。「食事の最中に席をはずして申し訳ありませんでした。お嬢様方とお話しする必要があったので」

ウィルは顔を曇らせた。「あの子たちは大丈夫なんだろう？」

「ええ」メグはウィルを安心させるように答えた。

「すべてお話しいただかなくて結構よ」レディ・キャッスルトンがぼそっと言った。

ウィルは母親を無視してメグに笑みを向けた。「デザートに間にあうよう戻ってきてくれてよかった」

「デザートは大好きです」メグはアリステアおじの手を軽く叩いておじにほほえんだ。「おじもですわ」

「いかにも」アリステアおじが陽気に言った。「だがこのようなすばらしい集まりはおいしい料理にも勝る。キャッスルトン卿、あなたの珍客のひとりに加えていただけて光栄ですぞ」

「〝珍客〟じゃなくて〝賓客〟でしょう」レディ・キャッスルトンが訂正した。

「なんですと？」アリステアおじのふさふさした白い眉が〝V〟の字になった。

メグはウィルの母親をにらみつけると、奥歯を嚙みしめてゆっくり言った。「おじの言わんとしていることは皆様おわかりになったと思いますわ」

アリステアおじが頭をかいた。「〝賓客〟と言わなかったかな？」

「おっしゃったと思います」いかなるときも忠実な友、シャーロットが言った。

「それはともかく」アリステアおじは続けた。「この機会にある発表をさせていただきたいのです、キャッスルトン卿。あなたさえよろしければ」

まずいわ。

レディ・キャッスルトンとレッドミア卿がせせら笑った。しかしウィルはアリステアおじに向かって励ますようにうなずいた。「もちろんかまいません。お話しください」

アリステアおじは戸惑ったように目をぱちくりさせたものの、ひとつ息を吸って気を引きしめた――。

いけない、止めなくては。「おじ様、月の動きを観察なさった最新の結果についてお話しなさったら？　こちらの皆様なら興味津々のはずよ」

「まったく興味ありませんな」レッドミア卿がつぶやいた。

「こらこら、邪魔をせんでくれ、メグ」アリステアおじは椅子を後ろにずらして立ちあがり、咳払いをした。

ああ、テーブルの下に逃げこみたい。

アリステアおじは両腕を大きく広げた。「皆様方には誰よりも早くお知らせしましょう。若くて特別愛らしいわが姪の三姉妹のため、大舞踏会を開催いたします」

「まあ、素敵！」レディ・レベッカが叫んだ。興奮のあまり胸が揺れている。「舞踏会だなんて！」

ああ、どうしよう。「舞踏会ではなく〝夜会〟と言ったほうがよろしいかと」メグは急いで言い添えた。

「それで、その記念すべき催しはいつ開かれますの？」レディ・キャッスルトンが尋ねた。

「二週間後です」アリステアおじがきっぱりと答えた。

二週間？　とても準備が間にあわないわ。一年でも足りそうにないけれど。「詳しくはちゃんとした招待状に書いてお送りしますわ」メグはあわててつけ加えた。「まだ一部の手筈について妹たちと話しあう必要がありますから」

「いやいや」アリステアおじが異議を唱えた。「すべて決定ずみだ。われわれは舞踏会を開く。どうか皆様方にはいんちき《プリテンス》いただきたい」

「喜んで出席《プレゼンス》いたしますわ」親切にもシャーロットが応じた。「楽しみにしております」

「同じく」トリントン卿が言った。熱意に欠ける点については大目に見てもいいだろう。

「ぼくも必ず出席します」ウィルの言葉を皮切りに、ほかの客たちもぼそぼそと同意した。

「すばらしい！」アリステアおじは堂々と言ってのけた。「姪たちを正式に社交界に紹介したいと待ち望んでおりましたが、ようやくその願いがかないます。さまざまな音楽やダンスで夢のような一夜となりましょう」

メグがため息をついたとたん、ギブソンが目の前にデザートの皿を置いた。オレンジとレモンのアイスクリームでさえ、この悲惨な夜を救ってはくれない。

27

ウィルはその夜の終わりを待ちきれずにいた。

食事のあと、男性陣はお決まりのポートワインを飲み、しばらくすると客間で女性陣と合流した。しかしその直後、トリントンとシャーロットがいとまを告げ、メグのおじもそれに続いた。間もなくメグも言い訳を口にして急ぎ足で部屋を出ていってしまった。あたかも冥府から解き放たれたかのように。

ウィルは冥界の王ハデスになった気分だった。

その場に残った哀れな魂は母親とレッドミア卿、そして露出度の高いレディ・レベッカのみ。

ひとりでブランデーを注いでいると、滑るような足どりで母親がやってきて耳元でささやいた。「レディ・レベッカと部屋の中を一周してらっしゃい」

ウィルはブランデーをごくりと飲むと、首を横に振った。「彼女をその気にさせたくありません」

「その気にさせて何が悪いの。あなた、こんなふざけた晩餐会だったのに、悲鳴をあげて逃げ出されなかったのは幸運なのよ」母親は目を細めた。「さあ、紳士の役目を果たしてきなさい。さもないとまたこの屋敷に住むことにしますからね」

それは困る。「行ってまいります」

母親がレッドミア卿と話をして――そして間違いなく何かたくらんで――いるあいだに、ウィルはレディ・レベッカに近づいた。彼女は長椅子に腰をおろし、上品に紅茶を飲んでいる。ウィルは社交辞令を言うことなど考えなかった。なるべくさっさとすませてしまうほうがいい。「部屋を一周しませんか」

「喜んで！」レディ・レベッカは待ってましたとばかり、飛び跳ねるように立ちあがった。

ウィルが片腕を差し出すと、相手はしがみついてきた。ふたりは客間の中をゆっくりと一周しはじめた。「今夜は久々に開いた晩餐会でしてね」ウィルは正直に言った。「予定していたほどすんなりとはいきませんでした」

「ひどくはありませんでしたわ」レディ・レベッカが言った。この状況では目いっぱいの褒め言葉なのだろう。「じつを申しますと、ほかの招待客の方々のことはほとんど気にしておりませんでしたから」控えめにほほえみ、ピンク色に頬を染めた。大きく開いた襟ぐりにはまるで似つかわしくない。

ウィルは会話を別の方向へ持っていこうとした。「母から聞きましたが、たくさんの求婚者がいらっしゃるそうですね」

「そのとおりですわ」レディ・レベッカが否定しないことにウィルは感心した。「父はそのうちのひとりと結婚させたがっております」

「だがあなたのほうはそれほど熱心ではないと？」ふたりは部屋の反対側まで来ると足を止め、月光に照らされた庭園を眺めた。あの人目につかない場所を見るたび、メグと過ごした夜をこの先もずっと思い出すはずだ――彼女が欲望に身をゆだねたひとときを。

「自分の結婚相手ですもの、わたしも意見を言いたいと思いますわ。でも父がふさわしいと考える紳士は、ほとんどどなたもわたしの好みと一致しなくて。じつはひとりだけ、ぴったりの方がいらっしゃいますけれど」

まずい。「そのような重要な決断をなさるときは、あらゆる選択肢を検討したほうがいい――可能な限りということですが。お父上はあなたにとって何が最善かをご存じかもしれませんよ」

「では、あなたのお母様はあなたにとって何が最善かをご存じですの？」レディ・レベッカが訊き返してきた。「というのも、レディ・キャッスルトンはわたしこそあなたにふさわしい相手だと考えていらっしゃるご様子ですから」

ウィルはふたたび歩き出し、礼節が許す限りの速さで、レッドミア卿のほうへレディ・レベッカを連れていった。「たしかに母はそう考えているようです。しかしぼくは自分で決めますよ、レディ・レベッカ。母の希望とは別の方をお慕いしていましてね」

レディ・レベッカはパズルのピースをつなぎあわせているかのごとく、わずかに眉をひそめた。「まあ、そうですの。その幸運なご婦人も同じ気持ちでいらっしゃいまして？」

「すばらしい質問です」ウィルは言った。メグから大切に思われていることはたしかだ。しかし、はたしてそれだけで充分だろうか。「その答えがわかっていればいいのですが」


ウィルは招待客の最後のひとりに別れの挨拶をすませると、書斎でブランデーを一杯飲んで自分をねぎらい、重い足どりで階段をのぼって寝室へ入った。身をくねらせて上着とベストを脱いだところで、ドアを軽く叩く音がした。

メグだろうか。頼む、彼女であってくれ。

ウィルがドアをばんと開けると、メグが廊下にいた。触れてほしいと言わんばかりに、ゆるい巻き毛を両肩に垂らしている。胸や腰まわりのふくよかな曲線がはっきりとわかる、色あせた青いガウン姿だ。「こんばんは、ミス・レイシー」

メグはそわそわした様子で後ろをちらりと振り返った。「お入りしてもよろしいかしら」

「まずいんじゃないか。ずいぶん遅い時間だし、きみは朝の授業があるだろう」

「ウィル、お願い」

断れるわけがない。ウィルはにやりと笑ってドアを大きく開けた。「どうぞ」

メグはウィルを通り越して急いで部屋へ入った。誰かに見つからずにすんでほっとしているにちがいない。ところがいざウィルの寝室にいるとなると、好奇心が頭をもたげてきたようだ。広い部屋を素足で歩きまわり、鏡台の上の、ウィルとトーマスが描かれた小さな肖像画の前でぐずぐずしている。やがてようやく、暖炉の前の一対の椅子へと向かった。「わたしがいなくなってから、どうだった？」

ウィルは腕を組んだ。「あの場に残って自分の目で確かめればよかったのに」

あからさまな非難の言葉にメグは顔をゆがめた。「あなたの言うとおりね。今夜はごめんなさい」

メグを理解してやりたいところだが、くそっ。今夜はメグをぼくの世界へ、ぼくの人生へ招き入れるために開いた晩餐会だった。それなのに、またしても彼女にはねつけられたような気分だ――以前とは違う形でではあるが。「教えてくれ。なぜ晩餐会に出席する程度のことが、きみにとってそれほど難しいことなんだ？」

メグはごくりと唾をのんで椅子に身を沈め、両足を尻に敷いた。「わからないわ。わたしだってまさかこんな夜になるとは思わなかった。うまくいきそうだと思ってたの。でもシャーロットに借りたドレスはチョコレートで汚されてだめにしてしまうし、おじは何度も言い間違いをするし。おまけに、ダイアナにつらくあたった罪悪感で胸がいっぱいだったのよ」

ウィルはどうしたものかと頭をかきむしりながら、メグと向かいあった椅子に腰をおろした。メグの話のすべてを理解したわけではなかったが、言わんとすることはわかった。「大変な一日だったわけだ」

「ものすごくね」

「しかもきみのおじ上を招待したことで、ぼくがその大変さに拍車をかけてしまったわけか」

「認めたくないけれど、おじが来なかったほうが過ごしやすかったでしょうね」メグは両手に顔をうずめた。「わたしたち姉妹を引きとってくれた人にこんなことを言うなんて。わたしは大英帝国一のとんでもない恩知らずよ」

「帝国一ってことはないだろう」ウィルは言った。

「おじに舞踏会の開催を思いとどまらせたかったの。だけどもうみんなの前で発表されてしまった。妹たちとやり遂げるしかないわ」メグは一瞬言葉を止めた。「ちょっと聞いていただける？　いままで声に出して言ったことはないんだけど——妹たちにさえ」

「話してくれ」

「時々、心配になるの……ほかの人たちが言うように、おじは頭がおかしいのかしらって」

メグの瞳には見るからに恐怖の色が浮かんでいる。次の言葉を慎重に選ばなくては。「ひと口に正気を失うと言っても、さまざまな形がある。程度の差こそあれ、誰にでもそういう一面はあるものだ。人に悟られないようにするのがうまい者もいるが、まったく正常なときしかない人間なんていない。ぼくからすれば、きみのおじ上は大らかな心を持った立派な紳士に思えるよ。頭がおかしくなんかないさ」

「そのとおりだと思うわ。ああウィル、わたし、命ある限りおじを守るつもりよ。でも、どれほど善意からの行動でも、おじが物事を……ややこしくしがちなのは否定しようがないの」

ウィルは両肘を膝につき、身を乗り出した。「きみにとっておじ上がどれほど大切かはわかっている。だから今夜おじ上を招待すれば、きみが喜ぶと思ったんだ。ぼくが間違っていたなら悪かった」

メグはゆっくりと首を横に振り、鼻をぐすんといわせた。「間違ってたわけじゃないわ。たしかにおじと会えてうれしかった。でもおじに対する一部の招待客の態度に……」

「腹が立った？」

「そして、悲しくなったわ」

ウィルは手を伸ばしてメグの片足をつかみ、自分の膝の上にのせた。

「何をなさってるの？」あぜんとした様子でメグが訊いた。

「気分をよくしてあげよう」

ウィルが足の土踏まずを揉んでやると、メグは満足げに吐息をもらした。「気持ちいいわ」しばらくするとメグの中から緊張がいくらか溶けていった。ウィルはメグの足のつま先を優しく引っ張った。「ミセス・ホップウッドは気に入った？」

「とてもいい人みたいね——よすぎるくらいかも」

ウィルは片方の眉をつりあげた。「よすぎるだって？」

「もうすぐあの子たちがわたしよりあの人のほうを好きになるんじゃないかって不安なの」

メグは笑みを浮かべているが、本気で心配しているようだ。

ウィルはもう片方の足をつかみ、踵を揉んだ。「心配するような理由はどこにも見当たらないが」

「そう？　そうね、あなたはさっきわたしがダイアナにどれだけきつくあたったか見ていないもの」

「あのおてんば娘にはそれくらいしてかまわないさ」

「今回は違ったのよ」メグが厳しい面持ちで言った。

「いいかい」ウィルはメグのふくらはぎを握りしめ、自分の目を見つめさせた。「ダイアナに怒ったくらいで自分を責めるんじゃない。おじ上にも、ドレスをだめにしたことにも罪悪感を持たなくていい。ぼくたちにはどうにもできないこともあるんだよ」

「それって、怖いと思わない？」

ウィルはその問いについて考えた。「怖いときもある。だが思うに、過ぎたことを悔やんだり、先のことを心配したりしていると多くの時間を無駄にしてしまう。それよりもぼくは〝いま〟を味わいたい――幸せはいまという瞬間にこそあるんだ」

メグは椅子の背に頭をもたせかけた。「わたしもそんなふうになれたらいいのに」

ああ、彼女はなんて美しいんだろう。地味なガウンだが、胸に押されて薄いローン地がぴんと張っている。開いた唇はまるで、向こうもふしだらなことを考えているかのようだ。

「ぼくが力になろう」

28

ウィルの情熱的な茶色の瞳が、燃えるような欲望をたたえている――それだけでなく、これまでに見たこともないような何かがありそうだ。

彼は自分のほうへ伸ばしたメグの足をそっと引っ張って床に着け、彼女の前にひざまづいた。「ガウンの紐をほどくんだ」

断る理由は山ほどあったが、メグはそのすべてを無視してウエストのサッシュを解いた。ウィルの言うとおりだわ。悔やんだり心配したりしてもしかたない。今夜彼と一緒にいるうちに、いましかない幸せをつかまなくちゃ。

ウィルはわがもの顔でメグのガウンを開き、彼女がほかに何も身につけていないとわかるや感嘆の声をもらした。「ああ、メグ」悩ましげに髪をかきあげた。

ウィルはいかにも飢えたようなまなざしをメグに向け、むき出しの胸と腿の合わせ目にじっと視線を注いだ。それだけなのに、触れられたかのようにメグの体が疼く。

「きみには思いも寄らないほど楽しいことをしよう」

あら、でもなんとなくわかるわ。メグは両腕をウィルの首に巻きつけようとして身を乗り出した。すると、両手首をつかまれ、椅子の両肘をしっかり持たされてしまった。「そのままでいるんだ」

メグはウィルに向かって片方の眉をあげてみせたものの、笑みを浮かべた。「かしこまりました」

よろしいとばかりにうなずくと、ウィルはメグの両肩を彼女の背後のベルベットのクッションに押しつけた。「さあ、楽にして」

メグはガウンで体を隠したい衝動に抗いつつ、柔らかな椅子の上で素直に体の力を抜いた。ガウンの両側が大きく開かれているせいで、両腕以外すべてがあらわになっている。メグは甘美なまでの無防備さを感じていた。暖かい室内にいるもかかわらず、胸の頂が硬くつんとがる。メグはウィルに見とれながら、これから何が起こるのだろうと下腹部に興奮を覚えた。

ウィルは晩餐会用の正装ではなくなっていた。まだズボンははいているものの、上半身を覆っているのは薄いローン地のシャツのみ。伸びかけたあごひげが危険な雰囲気を醸し出している。きりりとした黒い眉は伯爵というより海賊のようだ。

今夜は散々なことばかりだったけれど、間もなく大きく好転する——メグははっきりとそう感じた。

ウィルは熱心な面持ちで両膝をついて踵の上に腰をおろし、優しくメグの両膝を開かせた。困ったことに、ほとんどウィルの目の高さにメグの秘めた場所がある……。

ああ、どうしよう。メグは庭で過ごしたあの夜にウィルからささやかれた、ふしだらな言葉を忘れていなかった。時々、夜中にベッドの中で想像しようとしたこともあったが、その内容はあまりにも衝撃的だった。「ウィル、わたし――」

ウィルはメグの腿の内側に顔を寄せてキスをし、胸が締めつけられるほど優しいまなざしで彼女を見あげた。「いいかい？」

メグはゆっくりと息を吐き、うなずいた。この人を喜ばせたい。向こうもわたしを喜ばせたいのだわ。晩餐会ではうまくいかなかったかもしれない。でもここでは、ふたりきりの寝室では、メグはウィルにぴたりと合わせることができていた。

ウィルは完全にメグを虜《とりこ》にした。彼女の両脚、腰、ヒップをなでつつ、内腿に口づけし、つけ根のほうへ舌を這わせていく。メグの肌に向かってみだらな言葉をささやき、彼女の体を熱く燃えあがらせた。

ほどなくメグは椅子の両肘をつかんで身もだえした。ウィルの温かい唇を感じたくてたまらない。ウィルはメグの両脚をさらに押し広げ、片脚を自分の肩にのせるともう一度顔を下げ、言葉にならない声をもらした。メグはいまにも懇願しそうになりながら、ウィルに向けて腰を揺らした。

「メグ」ウィルが言った。メグと同じくらい激しく息をしている。「きみはぼくのものだ」

「ええ」メグは背を弓なりにそらした。お願い、早くこの状態から解放して。

「はっきり言うんだ」ウィルは強い口調で求めた。「きみはぼくのものだと」

メグは欲望で頭がくらくらする中、手を広げてウィルの髪に差し入れた。「ええ、わたしはあなたのものよ」いつだって。

ウィルの唇が秘部に触れたとたん、メグはのぼりつめそうになった。ウィルはメグが最も感じるリズムを見つけ出し、そのまま動きを止めなかった。目の前でウィルがひざまずいている。腿のあいだに黒髪がうずめられている。その光景はどういうわけか、きわめてみだらでありながら、メグの心を奥底まで揺さぶった。ものすごい速さと激しさで解放の瞬間が近づいている。恐ろしくなるほどの力だ。

そして、そのときが来た——地上からはるか上空、星々だけが存在する場所にメグはいた。ウィルの名を呼び、次々と打ち寄せる歓喜の波に身を震わせる。そうして、ようやく、風に舞う羽根のようにふわふわと地上へ戻ってきた。

メグはぐったりとし、満足しきった様子で椅子にくずおれた。ウィルは彼女を抱きあげるとベッドへ連れていき、そっと寝かせてささやいた。「きみの居場所はここ——ぼくの隣だ」

ウィルはメグに敷布をかけ、額に口づけした。その瞬間、メグはまぶたを震わせて閉じ、睡魔に負けて眠りについてしまった。やれやれ、大変な一日だったからな。メグには休息が必要だ。それに彼女はぼくのベッドにいるのだ、文句は言うまい。

自分がいまメグにとってどういう存在なのかは不明だが、徐々に彼女の心の壁を崩しつつある。今夜は秘密や心の内を明かしてくれた——これまで以上に。それればかりか、体のほうもゆだねてくれた。おかげで少なくとも一ダースは、頭の中で思い描いていたことが現実になった。

さっきこの部屋で言ったように、メグはぼくのものだと公表できればどんなにいいか。だがメグには無理やりこちらを受け入れさせるようなことはしないほうがいい。確実に前進している限りはこの調子でやり抜こう。それでもなお、気の短い家庭教師を未来の伯爵夫人として考えられない場合は？　いや、メグは協力してくれる。ぼくたちが一緒になる方法を見つけるために。

ウィルはシャツとズボンを勢いよく脱ぎ、ベッドに入ってメグの隣に横たわった。まだ下半身が痛いほど高まっている――なのに不思議と幸せな気分だ。

その夜のあいだ、メグはこんこんと眠り続けた。彼女の胸がかすかに上下していなければ、目を覚まさないのではないかとウィルは心配になっただろう。

彼は眠らず、時計をじっと見ていた。そして召使いたちが仕事を始める時間が近づくと、しぶしぶメグの肩を揺すった。「メグ」

メグは寝返りを打ってウィルのほうに顔を向けた。乱れた髪に腫れぼったい目。にもかかわらず、ウィルはこれほど美しい光景を見たことがないと思った。

「まあ、大変」敷布を胸まで引っ張りながらメグが飛び起きた。「いま何時かしら」

「まだ朝じゃない。だがきみは自分の寝室に戻らないと」

メグは気が動転した様子で、すでにベッドから飛び出してガウンを拾いあげている。

彼女が行ってしまうと思うとウィルは胸が激しく痛んだ。「ほかの人間にどう思われるかなど心配せずにすめばいいんだが」

「残念ながらそうはいかないわ」不機嫌そうに片腕をガウンの袖に通しながらメグが言った。「社交界の人たちはあなたの気ままな行動には笑って目をつむってくれるでしょうね。でも、わたしのことは大喜びで糾弾するはずよ。そして妹たちはわたしの犯した過ちのせいで苦しむの」

メグに〝過ち〟と言われてウィルはたじろいだ。「誰だろうと、きみを悪く言うやつは許さない」

メグは冷やかに笑ってウエストのサッシュを締めた。「だったら何人もの人と決闘することになるわね。射撃はお得意かしら」

「名人級の腕前だ」ウィルは慎重に寝室のドアを開け、廊下に誰もいないか確かめた。大丈夫だ。「おいで。部屋まで送ろう」

メグは首を横に振った。「ひとりで行くわ。ガウン姿で廊下にいるところを見つかったとしても、ひとりのほうが言い訳しやすいもの」

「見つからないさ」ウィルは真剣な面持ちで言った。「いますぐここを出れば」一瞬だがしっかりとメグにキスをして廊下へとうながした。「またあとで」

「じゃあね」メグが言った。かすかに浮かべた笑みのおかげで、瞳の中の不安がやわらいで見える。誘うように腰を揺らしてメグが廊下を静かに進んでいく様子を見守りながら、ウィルは真剣に考えた——彼女をベッドから出してよかったのだろうか？　くそっ。
とはいえウィルには、ひと晩じゅうベッドに横たわって考えていたことがあった。今日までメグと顔を合わせるまでにできそうなことが、少なくともひとつある。屋根裏へ行こう。あそこには父の古い持ち物がしまいこまれ、そのほとんどが忘れられたままになっている。蝶番《ちょうつがい》の錆《さ》びついたトランクの山のどこかに、たったひとつ、値をつけられないほど貴重なものが隠されているはずだ。ウィルはそれを見つけ出すつもりだった。

ミセス・ランディは腰にぶら下げた大きな鍵束を困り顔でごそごそと探った。「ここにはもう長らく誰も入っていません。旦那様には書斎でお待ちいただいて、従僕にトランクの埃を払わせてから呼びに行かせましょうか」

「その必要はない」ウィルは言った。「ぼくが自分でする」

家政婦長は眉根を寄せて黒い鉄製の鍵を屋根裏部屋のドアの鍵穴へ差しこんだ。「この部屋で探し物をなさるとわかっておりましたら、せめてメイドに埃を払わせるくらいいたしましたのに」

「きみたちにはもっと急を要する仕事があるはずだ。ちょっとくらいの埃で死にはしない」

ミセス・ランディはそのいささか罰当たりな言葉を無視してドアをさっと開き、落胆のため息をついた。

その小部屋は天井が急勾配になっていて、屋根の先端近くに丸窓がついていた。そこから差しこむ外の光が、半ダースほど積みあげられた箱の上で舞う小さな塵《ちり》を照らし出している。

「ありがとう、ミセス・ランディ。下がってくれ」

ミセス・ランディは咳をしながら顔の前で手を振って埃をよけた。「旦那様さえよろしければ。必要なことがおありでしたら、なんなりとお知らせくださいませ」汚れて散らかった部屋を見るのはもうたくさんとばかり、そそくさと立ち去った。

低い天井に頭をぶつけないよう、ウィルは身をかがめて部屋へ入った。比較的頑丈そうなトランクをひとつ引っ張り出し、その上に腰をおろす。上着を脱ぎ、シャツの両袖をまくると、目の前の積み重なった箱の山を見つめた。

父の人生のすべてがこの嘆かわしい大量の荷物となり、屋敷の片隅に打ち捨てられているのだ。父親の死後、持ち物をまとめたのは召使いたちだった。ウィルも母親も、自らその作業を引き受けることはなかった。形見も記念品もいらないからだ。そんなものは欲しくない。それより、あの男のことや、彼がしたことを早く忘れてしまいたかった。

ウィルは大きなトランクの掛け金をはずして縁をつかみ、開けようとしたところでためらった。部屋の中は息が詰まるほど暑いのに、悪寒が走る。墓の中の父に傷つけられることはないだろう。しかし父の個人的な所有物を引っかきまわせば、埋もれさせておくべき記憶が呼び覚まされるにちがいない。怠け者め、愚か者めと息子をなじる酔っ払いの暴言。顔に食らわされる強烈な平手打ち。会話のない食事の席で向けられる嫌悪のまなざし。

ウィルは不安を振り払った。ぼくは父ではない。父と同じ過ちを繰り返すことは絶対にない。もちろん、よき夫やよき父親のふるまい方については皆目見当がつかないうえ、そのことを心底恐れてはいるが。ぼくは正しいことをしたい……問題は、何が正しいことなのかということだ。

先代のキャッスルトン伯爵はみじめなろくでなしだった。けれども父親が死んで五年が経ったいま、ウィルはもはや悪魔のような蜘蛛の巣にとらえられた非力な虫ではなかった。たしかに、もっと若い頃は心にいくつかの傷を負っていたように思う。だが最近は、あるかすかな兆しを感じている。予想だにしていなかった、まったく未知なるもの――希望だ。

ウィルはトランクの蓋を開け、中身を調べはじめた。父の哀れな遺物の中から何かいいものを見つけ出してやる――メグのため、そしてぼく自身のために。

二時間後、ウィルは額から汗をしたたらせていた。シャツまで湿っている。彼は最後から二番目のトランクに入っていた手紙の束にざっと目を通した。そのほとんどは、領地に住む勤勉な小作人か貧しい親類が、ウィルの父親に援助を求める内容だ。父はどの嘆願にも返事をしてやらなかったにちがいない。

その下には父親が大切にしていた古い衣類が入っていた。色あせた小さな青い上着は、肖像画に描かれた子ども時代の父が着ているものだ。何十年も目にしたことのないような髪粉をつけたかつらもある。

そうして、帽子や靴やブーツをとり出していくと、探していたもの――染みのついたサテンの小物袋――が見つかった。

胸の鼓動が高まる。袋の紐をゆるめ、中身を埃っぽい床の上に空けた。転がり落ちたのはいくつものかぎ煙草《たばこ》入れ。だがその真ん中に、蝶番つきの小さな箱があった。真珠がはめこまれた年代物だ。

ウィルは両手を震わせながらその箱を開けた。

内側に敷かれたベルベットの上で、祖母のダイヤモンドの指輪が光を受けてきらめいている。大きくはないが上質の石だ。父が質屋に持ちこんでいたなら、どこでも公正な価格で買いとられただろう。

だが先代キャッスルトン伯爵はこれを手放さなかった。屋敷じゅうのものを売ってでも金が必要なときでさえ、祖母の結婚指輪を大切に持ち続けていたのだ。祖母は身内の中で最もすばらしい人だった。ウィルは父に示してもらえなかった愛と思いやりを、祖母から教わった。

メグはさまざまな点で祖母と似ている。誠実で、心が広くて、頑固。誰に対しても自分の信条を曲げようとしないが、大切な人のためならどんなことでも犠牲にする。

祖母の指輪をメグにはめてもらいたい。社交界の連中のことなど知ったことか。とにかくメグを説得しなくては。今回は、修道院へ行くよりぼくと一緒にいるほうが幸せになれるとということをわからせるのだ。すんなり同意してもらえそうにはないが。

さて、探し物は見つかった。さっさとこの息苦しい部屋から出よう。そして子ども部屋を訪れて、メグと双子の顔でも見ようじゃないか。

首尾よく事が運んだことでウィルは元気づいた。指輪の入った箱をポケットに突っこむと、かぎ煙草入れや衣類をトランクに戻し、いちばん上に手紙の束を投げこんだ。ところがそのとたん、束ねていた紐が切れ、手紙があちこちに散らばってしまった。このまま床に放っておこうか。しかしミセス・ランディが気の毒だ。彼女はさきほど、この部屋がいまより片づいていたときでさえ、落ち着かない様子だった。ウィルはひとり毒づきながら、両手いっぱいに書類を拾いあげてトランクの中へ放りこんだ。

しかし、そこでふと、ある一枚の紙が目に留まった。

九年前の日付だ。賭博の借用証書らしい。別になんの不思議もなかった。ウィルの父親は何枚もの借用書を書いては、借金を返済次第、回収するということをしょっちゅうしていた。だがこれはほかの借用書とは違う。受取人の名はミスター・グレゴリー・レイシー――メグの父親だ。おまけに借金の額は一〇〇〇〇ポンド。信じられん。

紙を持つ手から、感覚が失われていった。一体全体、なんだって父は地元の牧師相手にこれほど賭博にのめりこみ――負けたんだ？

ウィルはその借用証書をじっくり調べた。父親が筆記体で記した下に、見慣れない筆跡で何行かの走り書きがある。

借主であるキャッスルトン卿は、借主の息子と、当方の財産相続人であるミス・マーガレット・レイシーとの婚姻をとり結ぶことで、上記の金額の支払いに代えることができる。婚

G・L・

姻が成立した場合には、借用金は支払われたものと見なす。

なんてことだ。あのとき父がぼくを無理やりメグと結婚させようとしたのはこういうわけだったのか。メグの両親が恐ろしい馬車の事故で亡くなったとき、父は約束どおり借金を返すどころか、そのことを話す必要さえないと考えたのだろう。メグたち姉妹が自分たちの生家を手放すことになっても平然と眺めていたのだ。父はだんまりを決めこみ、メグたちは家を追い出され、自分の生活もままならないおじと暮らすはめになったわけだ。

この借用証書が見つかったことで、ウィルの心の中で長らく抱いていた疑問の多くが解けた。その一方で、いくつかの新たな疑問がわきあがってきた。母はこの借金のことを知っていたのか？　メグの両親の命を奪った馬車の事故は、本当に〝事故〟だったのか？　そうした疑問への答えを知りたいのかどうか、自分でもよくわからず、ウィルは両手で顔を覆った。

これまで何年もかけて、父の犯した過ちを償おうとしてきた。しかし、一体どうやってメグたち姉妹に父の借金を返しはじめればいいのだろう？

ウィルは借用証書をそっと折りたたみ、指輪の入ったポケットに突っこんだ。

もっと頻繁に顔を見せに来いと母は絶えずうるさく言ってくる。

その願いは間もなくかなえられるだろう。

29

どういうわけか、午後の公園行きが大掛かりなものになってしまった。メグ、双子、子守、従僕の五人という人数の多さのせいでもあるし、ミセス・ホップウッドの提案で、料理長に頼んで贅沢《ぜいたく》にも軽食をバスケットに詰めてもらったせいでもある。ミセス・ホップウッドが言うには、みんなでスコーンでも食べたほうが、ドレスをだめにしたことをメグからシャーロットに話しやすくなるということだった。たしかに、やってみて損はなさそうだ。

メグは大判のキルトを二枚広げた。「ミス・ウィンターズとアビゲイルももうすぐ来るわ」双子に言った。「それまで本でも読みましょうか？」

ヴァレリーがため息をついた。「どうしてもって言うなら。でも、ハリーとボール遊びするほうがいいな」

「ぼくはかまいませんよ、ミス・レイシー」従僕がボールを高く放りあげ、やすやすと自分の背後で受け止めた。少女たちが大喝采を送る。

「とてもじゃないけど、かなわないわね」メグはおどけたように少女たちを追い払うしぐさをしてみせた。「いいわ、楽しんでらっしゃい」

「やったあ！」双子はおてんば娘らしくハリーとボールのあとについて走っていった。

メグはキルトの上に腰をおろし、シャーロットに話す内容を心の中で練習した。ミセス・ホップウッドはすぐそばのベンチでせっせと針仕事をしている。

「来たわ」散歩道の向こうから友と幼い生徒がゆっくり歩いてくるのを見ながら、メグがつぶやいた。

「いいですか」ミセス・ホップウッドが物知り顔で言った。「ドレスは持ち物にすぎません。単なる物なんです。どんなに美しいとしても――」

「〝美しかった〟よ」メグは訂正した。

「どんなに美しかったとしても、真の友情を壊すことはできないんですよ」

数メートル向こうでシャーロットがこちらに向かって明るく手を振り、ハリーと双子のいる方向をアビゲイルに指し示した。それから、ひとりでメグとミセス・ホップウッドのそばへやってきた。

メグがミセス・ホップウッドを紹介すると、シャーロットは両方の眉を上げた。「キャッスルトン卿が子守の面接をなさっていたことすら知らなかったわ――すばらしいことね！」

「旦那様は決断力のある紳士でいらっしゃいます」ミセス・ホップウッドは言葉を選びながら言った。「こうしようと思われたら、さっと行動にお移しになる。人の上に立つ方はそうでなきゃいけないと思いますよ、わたしは」ゆっくりと立ちあがって体を伸ばし、糸や針を裁縫箱にしまった。「ちょっとお散歩でもしてこようかしら。若いご婦人方がお喋りできるようにね。ゆうべの晩餐会のあとですから話すことがたんとあるでしょう。すぐに戻ります」メグを励ますように片目をつむってみせると、ぶらぶらと歩き去った。

「今日は誘ってくれてとてもうれしかったわ」シャーロットはしきりに手をこすりあわせ、キルトの上に勢いよく座った。「ゆうべのことをあなたと話したくてたまらないかったの」

メグは大きく唾をのんだ。「シャーロット、あなたに謝らなきゃいけないことがあるの。貸してもらった美しいドレス……ああもうっ、口にするのがつらいけど、だ……だめにしてしまったのよ。本当にごめんなさい。どうにかして弁償するわ、約束す――」

「メグ、そんなの大した――」

「時間はかかるかもしれないけど――」

「お願いだから、気にしないで。ただのドレスじゃないの」シャーロットはメグの片手を握って力を込めた。

「世界で一枚のドレスよ。わたしを信用して貸してくれたのに、めちゃくちゃになってしまって」メグは流れかけた涙を拭った。

「めちゃくちゃ？」シャーロットがいぶかしげにメグの言葉を繰り返した。「一体どうしてそんなことに？」

「晩餐用の大皿並みに大きな染みが前身ごろについたの」メグは声を詰まらせた。「チョコレートのせいで」

「まあ、ドレスをだめにするならチョコレートはうってつけよね」シャーロットは真面目くさった顔で首を横に振り、それからくすくす笑った。「ついてないわね、わたしたち」

メグはたいそう気分がよくなり、大きく息を吐いてからほほえんだ。「まったくわたしったら、あなたみたいなすばらしいお友達になんてことしたのかしら」

「すばらしい？　わたしなんてひどい人間よ。いまだって、ゆうべのことで意地悪な噂話をしてやろうと思っていたところだったんですもの」

メグは自分のことだろうかと身を硬くして訊いた。「あなたが？」

「じつはね、わたし、レディ・レベッカもあの人のお父様も、ちっとも好きになれなかった。こんなことを言ってはなんだけど、本当のことですもの」

「まあ、シャーロット。わたしもこんなこと言うべきじゃないけど、まったく同じ意見よ」

「よかった。レディ・レベッカのばかげたドレスの話をしたかったの。はっきり言って、いままであれほどぞっとするものを見たことあって？」

公園から戻ると、ミセス・ホップウッドとメグは少女たちにベッドで昼寝をさせた。揺り椅子に座ったミセス・ホップウッドは針仕事で疲れた目を休ませるつもりだと言い、メグにも休憩するよう勧めた。

すやすやと気持ちよさそうな寝息が聞こえてくると、メグは少女たちにキスをして自分の寝室へと向かった。けれども廊下でミセス・ランディに呼び止められた。

「あら、ここにいたのね」家政婦長が言った。「書斎に来てほしいと旦那様がおっしゃっていましたよ。あなたが戻り次第伝えるようにと」

メグは心臓が跳ねあがったものの、大して興味のないふりをした。「まあ、何かしら。すぐにまいります」

書斎に行くと、ウィルの姿があった。メグの予想に反し、机の向こうに座ってはいない。窓辺に立って、昨夜よりはるかに真剣な様子だ。メグの頭の中で警鐘が鳴った。彼女はちらりと後ろを振り返り、周囲に誰もいないことを確認した。「ウィル、何かあったの？　ミセス・ランディから、あなたが呼んでいると聞いたけれど」

ウィルは椅子に座るよう手でうながすとドアを半分閉め、ある程度ふたりきりに感じられるようにした。これなら世間のしきたりに真っ向から逆らっているわけではない。彼は机の角にもたれかかるや、表情をやわらげた。「きみにはいつだって会いたい。ゆうべのことが頭を離れないんだ」

メグは顔をほてらせた。「わたしもよ」

「ぼくたちには話しあうことがたくさんある——いまここではなく、本当の意味でふたりきりのときに」

メグはうなずいた。自分たちはふたつの異なる関係を持つ運命にあるらしい。ひとつは親密な内緒の関係、もうひとつは距離を置いた公の関係。理想的とは言えないが、ウィルとふたりで過ごす時間がまったくないよりは、こうして少しでも密やかなひとときを過ごせるほうがいい。

「ぼくたちが話さないといけない理由がもうひとつあってね。今日これが届いたんだ」ウィルは上着のポケットから、折りたたまれた紙をとり出し、手のひらにのせて軽く叩いた。「ライラからの手紙だ。あの子たちに会いに来ると言っている……明日」

「それはいい知らせだわ」そう言いつつも、双子の母親と聞いてメグは胃がよじれた。「あの子たちがどんなに喜ぶか」

「そう思うかい？」

「ええ。母親を恋しがっているんですもの、一緒に過ごしたほうがいいわ。三人を再会させるのは正しいことよ」

ウィルが額にしわを寄せた。ドアが半分開いているのでなければ、彼の腰に両腕をまわし、胸元に顔を押しあてて言うのに——心配いらないわ、って。

「あの子たちが母親と会ってどんな反応をするかも、ライラがあの子たちに何を言うかも全然わからない。まったく、ライラが約束の時間に現れるかどうかすらわかったもんじゃないぞ。ダイアナとヴァレリーには言いたくないな。母親が来なかった場合、期待が打ち砕かれるだけだ」

メグは下唇に人差し指をあててウィルの言ったことを考えた。「あの子たちには黙っておきましょう。お客様が来ると言ってミセス・ホップウッドとわたしで支度をさせておくわ。ライラさんが到着したら、あの子たちに知らせるの。それなら、驚きながら喜ぶはずよ」

ウィルはうなずいて賛成した。「きみかミセス・ホップウッドが、母親との面会に付き添ってやってほしい――あるいは、少なくとも声が聞こえる場所にいてやるとか。ライラが双子の母親なのはわかっているが、ぼくには信用できないんだ」

少女たちを気づかうウィルの気持ちを知り、メグは心が温かくなった。数週間前にこの部屋でメグを面接した冷血漢とは別人だ。

「目を離さないわ」メグはウィルを安心させるように言った。

「頼む」ウィルはドアのほうに一瞬目をやってからメグに向き直った。「残念ながら今夜は会えない」

「あら」メグは落胆を見せないようにした。

「母を訪ねないといけないんだ。そしてほかにも用がある」

苛々するほど曖昧な言い方だ。「わかったわ」

「本当に？」ややかすれた声でウィルが訊いた。メグの首に顔を寄せ、ドレスの襟のすぐ上の肌を唇でかすめた。「ぼくがどこよりもいたいのはきみの隣だ。今夜はできるだけたっぷり眠っておくといい。明日の夜はものすごく忙しくなるはずだからね」

甘くしびれるような感覚がじわじわとメグの全身に広がった。ウィルにふしだらな言葉をささやかれ、これ以上ないほどそっと触れられると、メグは自分が特別な存在に思えた。

愛人だった人のことも同じ方法でうっとりさせたのかしら。その人より前にいたにちがいない、無数の婦人たちのことも？

たしかなことがひとつある。ウィルのことは大切に思っているけれど、この関係を続けていくことはできない。毎晩彼とひとつ屋根の下で過ごすなんて、命知らずというものだ。誰かに見つかってしまうかも。

妊娠してしまうかも。

あるいは、愛してはいけない人にすっかり心を奪われてしまうかも。そうなれば、亡くなった両親に対する究極の裏切りになる。

ウィルはメグが何を考えているのかといぶかるように彼女の顔をまじまじと見た。「信じてくれ、メグ」求めるようでもあり、頼みこむような口調だった。

メグは弱々しくほほえんだ。「信じるわ」嘘ではない。メグが信じていない人物――それは、自分自身だった。

30

「そんなの、遠い昔のことよ」ウィルの母親は息子が見せた借用証書に向けて、宝石で飾られた片手を振った。「蒸し返さないでちょうだい」

ウィルがにらみつけると、母親は紅茶に口をつけた。ここはウィルのおばの屋敷の客間だ。優美ではあるものの、物であふれている。この家では一歩踏み出せば、べらぼうに高価だが使い道のないがらくたにぶつかってしまう。

「ぼくにとっては大事なことなんです」ウィルは奥歯を嚙みしめて言った。「本当のことを教えてください。ミス・レイシーとの縁談は賭博の借金返済のためだったと母上はご存じでしたか？」

「あの人の父親は牧師じゃなかった？」訊かずとも母は答えをよく知っているはずだ。「聖職者ともあろう人が、カード賭博にふけるなんてもってのほかだと思うわ」

「話をはぐらかさないでください。父上がミス・レイシーの父親に一〇〇〇〇ポンドの借金をしていたことをご存じだったんですか？」

母親は紅茶をひと口飲んでむせ、片手で胸を押さえた。「一〇〇〇〇ポンドですって？」

「そうです」

「あなたのお父様があの牧師にかなりの額の借金をしていることは知っていたわ……でもまさかそんな……」

ウィルは前かがみに座って両肘を膝につけた。「では、ぼくがレイシー牧師の娘のマーガレットと結婚すれば債務を免除するという提案について、父上はどうお考えでしたか？」

先代伯爵夫人は大きくため息をついた。「きっと向こうの言うことを聞くふりをして、あなたを結婚させずにすむ方法を考えようと思っていらしたはずよ。ありがたいことに、結局その必要はなかったわけだけれど」

なんてことを。ウィルは髪をかきあげ、部屋の反対側へ大股で歩いていった。母が父をかばうのを聞きながら、落ち着いて座ってなどいられない。「自分が何を言ってるかおわかりですか、母上？　レイシー夫妻が事故にあったことを、こちらに運が味方したかのように話しているんですよ。吐き気がする」

「運が味方したなんて言っていないわ。でもそのおかげであなたは、思いあがった強情な小娘と結婚しなくてすんだのよ」

「やめてください」ウィルは警告するように言った。

母親が青い目を細めた。「何をやめるの？　あなたの下で働いている家庭教師を悪く言うこと？　わたしが見たところ、あの人はまったくの役立たずよ。あなたがどうして雇っているのかわからないわ」

「そもそもなぜミス・レイシーがあの仕事に就くことになったのかを、母上はご自分の心に訊くべきでしょう」

「そんなことどうだっていいわ」母親は鼻先であしらうように言った。

「大事なことです。もし母上の夫——ぼくの父——が借金を返していたら、レイシー家の姉妹は家を追われずにすんだかもしれない。自身も困窮している高齢のおじと暮らすという、いまの不安定な立場に身を置くこともなかったはずです」

母親は肩をすくめ、ウィルをますます憤慨させた。「あなたのお父様は聖人だったわけじゃないわ。ついでに言えば、あなたもね。正義の味方のふりなんてしたって無駄よ」

「ぼくは聖人じゃない、そのとおりです。でも自分の借金は自分で返す人間です。それに、父の借金も返そうとしてきました」

母親のおしろいをはたいた顔が青くなった。「まさか、本気で一〇〇〇〇ポンドなんて払う気じゃないでしょうね」

ウィルは鼻先で笑った。「別の手段もありますよ」

「ウィリアム、だめよ」母親は手を喉元で落ち着きなく動かした。「早く結婚するようにとは言ったけど、本当は全然急ぐことないわ。まだ若いんですもの。あなたのお父様の過ちを償う必要なんてないのよ。そんなふうにはね」

「ぼくがミス・レイシーと結婚したいのは義務感からではありません。自分の意志です」

「自分が何を言ってるかわかってるの、ウィリアム？」母親はさきほどのウィルの問いかけをそのまま返した。「青くさい男の子じゃあるまいし。マーガレット・レイシーは次のキャッスルトン伯爵夫人にふさわしくないわ。あなただってわかっているでしょう。ささやかな晩餐会でまともにふるまうことすらできなかったじゃないの。伯爵夫人になってくれなんてとても言えない。野良犬に向かって、あなたの飼っているすばらしい猟犬みたいになれと言うようなものですもの」

「そのたとえはいただけませんね、母上」強い怒りを含んだ低い声でウィルは言った。「言葉に気をつけてください」

「悪かったわ」母親があごを震わせた。「あなたにとって最善のことを望んでいるだけなの。あなたの気持ちや行動は、罪悪感に駆られているせいじゃないかしら」

ウィルは首を横に振った。「いいえ、ぼくはずっとミス・レイシーをすばらしい人だと思っていたんです」

「あの人が好きなら」母親が恐る恐る言った。「結婚以外の方法もあるわ。ミス・レイシーを愛人にして、ちゃんとした人と結婚することもできるのよ――レディ・レベッカのような人と。あなたのお父様が生きていらしたら、そうするようおっしゃるはずだわ」

「もしぼくの決心がすでに固まっていなければ、父上がそう望まれるというだけで、いまおっしゃった選択肢は消えるでしょうね」

ウィルはふたたび母親の真向かいに腰をおろし、長椅子に座っている相手をにらみつけた。「もうひとつお尋ねします。一度しか訊きませんから真実を話してください」

母親はあごをつんと上げた。「真実なんて本当に知りたいの、ウィリアム？」

くそっ、本当に知りたいのかどうか、自分でもよくわからない。「レイシー夫妻の命を奪った馬車の事故には――父上かその代理人が関わっていたんですか？」

母親はウィルに叩かれたかのように身を後ろへ引いた。「何が言いたいの？」

「事故を引き起こすような細工を父上がしたのかどうか尋ねているんです。誰かが車輪のボルトをゆるめたとか、無理な速度で馬車の向きを変えるよう御者を説き伏せたとか」

「橋が凍結していたのよ」母親が歯嚙みして言った。「天候をあなたのお父様のせいにはできないはずよ」

ちくしょう、これ以上どう考えればいい？「天候以外にも事故につながる要因があったのかもしれません」

母親は長椅子の背にもたれかかった。腹立ちのあまり、背筋をまっすぐ伸ばしていることもできないようだ。何かをごまかしているようにはとても見えない。「どんな罪を犯したとしても、あなたのお父様は人を殺すような方ではなくてよ」

ウィルは安堵の息をついた。少なくとも母は関わっていないようだ。自分の母親が嘘をついているかどうかくらいはわかる。「それが聞けてよかった」

「レイシー夫妻の事故について責める相手を探しているなら、娘以外いないじゃないの。あなたの大切なマーガレットのことよ。あの人があなたを手ひどく拒んだせいで、両親は悪天候の中、わたしたちに謝りに来ることになったんだから。あの人が悲惨な状況にいるのは自業自得――ほかでもない、自分のせいなのよ」

ウィルは立ちあがって両手をこぶしに握りしめ、頭の中で十数えた。「ぼくのいるところでミス・レイシーをおとしめるのはやめてください。彼女には思いやりを持ってください。さもないと、あなたを母親だと思うのをやめます。親でも子でもありません」

そう言ってウィルは客間を飛び出した。彼が通り過ぎると、おばの集めたいくつもの花瓶や彫刻、装飾品が次々に激しく揺れた。

メグは朝のあいだ、ずっと神経をとがらせていた。ミセス・ホップウッドでさえ少し緊張しているらしく、ヴァレリーが積み木の塔を崩したとたん、揺り椅子から飛びあがりそうになった。けれども当のダイアナとヴァレリーは、きれいな新しいドレスに着替えて髪をきれいに編みましょうねとメグが言っても、平然としていた。

さらに、メグが心配しているのはライラと双子の面会だけではなかった。自分とウィルとの関係についても決断を下さなければならない。それも、すぐに。ウィルとは一昨日以来、顔を合わせていなかった。長く離れていればいるほど、彼から本当に愛されているのだろうか――そして、自分は正しい判断をしているのだろうか――と疑念がわいてくる。幸い、明日は午後から休みをもらっていた。ベスとジュリーとともに夜を過ごせば、自信が回復して、いまとは違う広い視野でこのことを考えられるはずだ。

双子に書きとりの練習をさせていると、ミセス・ランディが子ども部屋にひょいと入ってきた。「ミス・レイシー」息を切らしてメグを呼んだ。「ちょっといいかしら」

メグは急いで廊下に出ると、しっかりドアを閉めた。「いらしたんですか？」

家政婦長はうなずいた。「客間でお嬢様方を待っています。おふたりがいらっしゃるまで少しかかるだろうと言っておきました。そちらのほうで準備が必要かもしれないと思って」

「助かります。伯爵はご存じですの？」

「ええ、いまあの婦人とお話しになっています。面会には同席なさらないと思いますけど。お出かけになるようなことをおっしゃっていましたから」

「わかりました。ありがとうございます、ミセス・ランディ」

メグはひとつ息をついてから子ども部屋に戻った。双子のために、落ち着いて行動することが大切だ。メグは窓際の椅子のそばまで行き、双子を呼んだ。ふたりともペンを置くと競うように駆け寄ってきた。

「先に着いたのはあたしよ」ダイアナが言った。

「でも、そこはあたしの席なのに」ヴァレリーが抗議した。

「一回や二回ここに座ったからって、ずうっとあんたの席ってことにはならないわ」

やれやれ。メグは急いで長椅子の中央に座り、左右のクッションを軽く叩いた。「ふたりとも、座って」

双子は勢いよく腰をおろした。互いに相手が間違っていると思い、かんかんになっている。

「あなたたちにうれしいお知らせがあるの」メグがそう切り出すと、双子はにわかに活気づいた。

「また公園へ行くの？」ヴァレリーが興奮して座ったまま跳ねた。

「いいえ」

「ガンターの店？」ダイアナが祈るようにあごの下で両手を握りあわせながら訊いた。

「いいえ、今回はそういうことじゃないの」メグはふたりに両腕をまわし、意を決して息を吸った。「あなたたちのお母様が会いに来ているのよ」

「ママがここに？」ダイアナの顔が青ざめた。

「ええ、客間で待っているわ」

ヴァレリーが眉をひそめた。「どうして？」

「どうして会いに来ているのかってこと？」メグは質問を確認した。「そうね、その、あなたたちに会えなくて寂しいのよ、きっと」

「じゃあ、会うだけ？　ママと一緒に家に帰るわけじゃないのね？」ダイアナの訊き方からは、帰りたがっているのかどうか、メグにはよくわからなかった。

「いまはお母様と楽しく話すことだけ考えない？　あとのことは成り行きにまかせましょう」

「ママになんて言えばいいの？」ダイアナが尋ねた。

メグは唾をのみ、困ったようにミセス・ホップウッドを見た。

ミセス・ホップウッドは針仕事を膝に置いた。「公園へピクニックに行ったお話をなさってはどうです？　それから、新しいお友達のアビゲイル様のことも、お母様は喜んで聞いてくれますよ」

「あたしの新しいドレスも見てもらえるかも」ヴァレリーが真剣な表情で言った。

「とてもいい考えですね」ミセス・ホップウッドが言った。

ダイアナが顔を輝かせた。「あたしが計算ができることも知ってもらえそう」

「ずいぶん驚くはずよ」メグが言った。

「先生も来てくれる？」ヴァレリーが訊いた。

「ええ」メグはヴァレリーを安心させるように言った。「ずっと付き添っているつもりよ。ふたりとも準備はいい？」

「うん！」双子が答えた。どうやら乗り気になったらしい。

メグは明るい表情をとりつくろった。「それじゃあ行きましょう」

31

「ダイアナ！　ヴァレリー！」

両腕を広げたライラのもとへ双子が駆け寄り、笑ったり泣いたりキスしたりして騒々しく抱きあった。

どういうわけか、メグは胃がよじれた。ダイアナとヴァレリーを母親と再会させたいという、わたしの望みがかなった。それなのになぜ、心から喜んでいるふたりを見て胸が痛むの？

「数週間しか経ってないのはわかってるけど、あんたたち絶対、背が伸びたわ」ライラの髪は娘たちより少し暗めの金色だったが、美しかった。「あんたたちの姿をよく見せて。まあ、なんてきれいだこと、新しいドレスまで着て！」

ウィルは客間の向こう側で浮かない顔をして立っていた。彼もわたしと同じ複雑な気持ちでいるのかしら。ライラと双子が楽しそうに喋っているあいだに、メグはウィルのそばへ行って話しかけた。

「うれしそうでいらっしゃいませんのね」

「二週間前にあの子たちを捨てておきながら、いまは献身的で愛情深い母親みたいにふるまっているんだ。ぼくには納得いかない」

「たしかに理解しがたいことですわ」メグは言った。「けれど、わたしたちの知らない、やむにやまれぬ事情があったのでしょう。病気や、何か大変なことのせいで、娘の面倒が見られなかったのかもしれません」

ウィルは不満げな顔をした。「きみなら、赤の他人同然の人間にあの子たちを預けたりしなかっただろう」

「ええ、でもわたしはどうこう言える立場ではありません。子どもと接した経験はほとんどありませんし、母親になるというのがどういうものかもわかりませんから」

「そうかもしれない」ウィルが言った。「それでも、ぼくにはきみがすばらしい母親になることくらいわかる。きみとライラはまったく違う」

ウィルの何気ないひと言にメグは目をぱちくりさせた。いい母親になると思われているからではない。そもそも母親になると思われていることが驚きだった。それは必然的に、メグが結婚することをほのめかしている。ゆくゆくは老嬢として、気前よく受け入れてくれる遠い親戚のもとに身を寄せるのではなく。このところあまりにも多くの変化があったため、自分の将来について考え直す時間がなかった。でも、ひょっとすると結婚する可能性もあるかもしれない……ウィルとではないけれど。

メグとウィルが見守っていると、ライラは自分のレティキュールの中から棒状の薄荷飴《はっかあめ》をとり出して娘たちに手渡した。「はい、おやつよ」

「ありがとう！」ヴァレリーが母親の膝の上にのり、胸元にすり寄って甘えた。

ダイアナは目を見開いて飴を見つめた。「でも……でも、誕生日でもないのに」

「そうだわね、ダイアナ」ライラが笑いながら言った。「あんたたちに会えなくてあんまり寂しかったから」

ダイアナは大喜びで声をあげ、くるくるまわった。メグがいままで見たことがないほど幸せそうだ。

ウィルは窓のほうを向いて小声で毒づいた。

「どうなさいましたの？」

ウィルは数回息をするあいだ、口を開くのをためらった。「ライラはあの子たちを連れて帰りたいそうだ」

メグの心は沈んだ。「永遠に？」

「ああ。じっくり考えたところ、娘たちなしでは生きていけないことに気づいたと言っていてね。あの子たちを返してほしがっている」

メグは喉が苦しくなった。「いつ？」

「今日」

メグは胃のあたりに片手をあてた。「今日？　でも、ずいぶん急じゃありませんか。あの子たちは――」

ウィルはこっそりメグの片手を握りしめた。「ライラには今晩ダイアナとヴァレリーと一緒に話しあいたいと言ってある。だがあの子たちがライラのもとに帰りたいなら、そうさせるつもりだ。ぼくから予定変更の連絡がない限り、ライラは明日ふたりを連れ戻しに来る」

明日だなんて。メグはよろめいたものの、ウィルが片手で背中を支えてくれた。「おいで、座るんだ」

「いいえ、大丈夫です」メグは言い張った。

ウィルは顔を曇らせた。「ライラには、ぼくからあの子たちに話させてくれと頼んである。手伝ってくれるかい？」

「もちろんですわ」いま聞いた知らせを理解しようとして、メグの頭はまだぐるぐるとまわっていた。計算問題を解くのも、歴史を教えるのも、もうおしまい。寝る前にお話を聞かせる時間も、もう来ない。汚れた手や服でいきなり抱きつかれることも、二度とない。

「ぼくはこれからしばらく出かけるが、今夜はぼくたち四人で食事をして、あの子たちにはそのときに伝えよう。うまくいけば、これがふたりにとって最善の道かどうか、あの子たちの反応から見極めることができるはずだ。なんらかの懸念があるようなら、ふたりが出ていくのを遅らせればいい」

出ていく。その言葉はメグの耳に、たいそう悲しく、なんとも決定的に響いた。「ええ、それはいいお考えですわね。ダイアナ様もヴァレリー様も、旦那様と一緒に食事できることを楽しみになさるはずです」

「それに、きみも一緒だ」ウィルはメグに念押しするように言った。「ライラから目を離さないでくれ。双子を動揺させるような言動をとるといけないから」

「ええ」

メグはうなずいた。

「ではまた、晩餐で」ウィルが優しい口調になった。「それからあの子たちが寝たあと、もう一度会おうか。話しあうことがたくさんある」

「ではまた、晩餐で」メグはウィルの言葉を繰り返した。「あとのことは、食事が終わってから考えましょう」今夜はウィルと過ごしたくてたまらないが、ある程度けじめをつけはじめなくてはならない。しかしその一方で、双子が明日屋敷を去れば、もう家庭教師は必要なくなってしまう。

今夜がキャッスルトン邸で過ごす最後の夜になるかもしれないのだ。

ウィルはメグの曖昧な返事を聞いて渋い顔をし、身をかがめて彼女の耳元に顔を寄せた。「すばらしい一夜を約束するよ、小悪魔さん」そのささやきでメグの膝から力が抜けたとたん、ウィルは客間を足早に出ていった。


ウィルが最初に立ち寄ったのは、女性たちであふれ返る仕立て屋だった。皆、服の生地や、デザインの載った本に夢中になっている。ウィルがつかつかとカウンターへ歩いていくと、店内の女性客たちはモーゼの前でふたつに分かれた紅海さながらに次々と道を空けた。驚いている女店主にウィルは話しかけた。「婦人用の寝室着を用意してくれないか」

「もちろんですとも」ウィルの予想どおり、女店主はフランス語訛りで応じた。「どのようなものをお求めでしょう？　麻でしょうか、絹でしょうか。慎み深いデザインでしょうか、肌を見せるものでしょうか」

考えるまでもない。「絹だ。肌を見せるデザインで」

女店主はわけ知り顔の笑みをウィルに向け、眼鏡をかけ直してペンをとりあげた。「喜んでお作りしますわ」

「今夜までに必要なんだ」ウィルは言った。

女店主は手に持ったペンをぎこちなく動かしてカウンターの上に置いた。「あらまあ《モン・デュー》。どういったものがご用意できるか、ちょっと確認させてくださいませね」つぶやくようにそう言うと、店の奥へと消えていった。ウィルには女店主が戻るまでの五分が永遠にも感じられた。

「お待たせしました」女店主はそう言って、きらきらと光る淡い青色の生地見本をウィルの前に置いた。「繊細なフランス製レースで縁どられたサテンでございます。中くらいの身長のご婦人にぴったりですわ。その方も必ずやお気に召されるでしょう」そこで身をかがめ、声を低くした。「お客様と同じく」

「この住所のミス・マーガレット・レイシー宛に送ってくれるよう頼む」ウィルはそう言って自分の名刺を差し出した。

「品物に手紙をお添えしましょうか？」女店主が訊いた。

ウィルは首を横に振った。「誰からかはわかるはずだ」

半時間後、ウィルの馬車はマリーナの部屋がある建物の前で止まった。ウィルが玄関扉に辿り着きもしないうちに、マリーナが現れた。またしても黒いレースのヴェールをかぶっている。彼女は急ぎ足でウィルを通り越し、彼の馬車に乗りこんだ。人目を避けているようだ。

マリーナがここまで用心するのは、新しい恋人を尊重しているからであってほしいとウィルは思った。先日双子についてマリーナを問いつめた、怪しい男を恐れているからではなく。しかし受けとったばかりの、面会を求めるマリーナからの手紙には、ほとんど何も書かれていなかった——ちょっと知らせたいことがあるという以外には。

ウィルは公園を通り抜けて街を周回するよう御者に指示を出すと、馬車の中に入ってマリーナの向かいの席に座った。

「新たな進展があったのか？」ウィルは尋ねた。

マリーナはわざとらしくゆっくりとヴェールを持ちあげ、頭の上にのせた。「わたしも会えてうれしいわ、ウィル」

やれやれ。「すまない。元気そうだな、マリーナ。どういうわけだか、きみをこの件に巻きこんでしまって申し訳ない。だがこうしてまた知らせてくれて感謝するよ。あの怪しい紳士がまた近づいてきたのか？」

「あらあら」マリーナは舌打ちした。「いまの挨拶もいまいちだったわ。でも、あなたにはほかにいろいろな魅力があるものね」マリーナの色っぽい視線がウィルの胸元から腰へとおりていった。

ウィルにはマリーナと戯れる気などさらさらなかった。「新しい恋人とはうまくいってるんだろう？」

「まあそうね」マリーナが猫を思わせる笑みを浮かべた。「あまりにも気持ちよすぎて、天国に来たかと思うほどなんですって。本当にね、若い男の人にこちらの努力をあれほど高く評価してもらえると自信がつくわ」

おそらく恋人からの贈り物もついてくるのだろう。ウィルは小さく笑って言った。「それを聞いてぼくもうれしいよ、マリーナ」

「ところで」事務的な口調になってマリーナが言った。「あなたに知らせたほうがいいと思って。ヴォクソール・ガーデンズで会った紳士に、ゆうべオペラで問いただされたの。ボックス席にいるときに」

くそっ、なんて厚かましいやつだ。「どんな外見だった？」

「残念ながら姿を見てはいないのよ」苛立った面持ちでマリーナが言った。「でも間違いなくあの男だった。あのときと同じ、しゃがれた声をしていたもの。幕間《まくあい》が終わってすぐのことだったわ。フィリップは飲み物をとりに席をはずしていたの。第二幕が始まる直前に照明が暗くなったとたん、知らない人がわたしたちのボックス席へ忍びこんできたのよ。背後に男の気配を感じたと思ったら、相手が話しはじめたわ。ひんやりするナイフの刃をわたしの首の横に押しつけて、振り向くなって命令してきたの」

ナイフだと？　ウィルは両手をこぶしにして握りしめた。「卑劣漢め」

「まったくよね」冷静な口調だった。「わたしの同伴者がすぐに戻ってくるわよって言ったけど、おかまいなしだったわ」

「おそらくロビーで引き留める手配をしてあったんだろう」

「絶対そうよ」軽蔑の意を込めてマリーナが言った。「新たにわかったことはあるかと訊かれたから、なんの話だかわからないって言ってやったの。そうしたら刃物を押しつける力を少し強めて、双子のことを教えろって……それから、あなたとマーガレット・レイシーの関係についても」

そんなばかな。「メグのことまで？」

マリーナは片方の眉をつりあげた。「わたしの知る限りでは、その人は双子の家庭教師――それだけよって言っておいたわ」

「それに対して向こうは？」

「そう信じているなら、社交界のほかの連中同様、何も見えていないようだ、ですって。といっても、もうちょっと下品な言葉を使っていたけど」

女性を脅して侮辱するとは、なんたる悪漢だ。「ぼくがその卑怯者《ひきょう》を見つけ出したら、ただじゃすまさない。約束する。そいつの身元がわかるような手掛かりは何もないのか？」

マリーナはかぶりを振ると、窓の外を流れる木々を見つめた。「ほかにわかったことがあれば連絡するからって住所を尋ねたの。でも相手は冷たく笑って、その必要はないと言ったわ。そしてあっという間にいなくなった」

ウィルは苛々してあごをさすった。何かを見落としている。「フィリップは戻ってきて、なんて言った？」

「何も。どうしてこんなに長くかかったのって訊いたら、上品な紳士に葉巻を勧められたんですって」マリーナは優雅に肩をすくめた。「フィリップにはその出来事の話はせずに、頭痛がするから家に帰りたいと頼んだわ」

「当局に連絡したほうがいいんじゃないか、マリーナ。きみの身の安全が心配だ」

マリーナはややかすれた声で笑った。「勘弁してちょうだい、ウィル。ナイフを突きつけられるのはこれが初めてじゃないし、たぶん最後でもないわ。危険な世界で生きることには慣れてるし、自分の面倒は自分で見られる。当局が関わったりしたら、余計に厄介なことになるでしょうよ」

ウィルは片手で髪をかきあげた。「いいだろう、きみが望むなら当局には連絡しない。だがこれだけはわかっておいてくれ。ぼくはその悪党を見つけ出す……そしてそいつをこらしめてやる。もう二度ときみに手出しなどさせるものか。双子にも、メグにも」

32

双子はウィルの両側に座り、肩から上だけを大きなダイニングテーブルからのぞかせていた。メグは晩餐の前に子ども部屋で、食事の席での正しい行儀作法をふたりに復習させておいた。いま、ダイアナとヴァレリーは目の前のスープ皿を見つめたまま、ほとんど動けずにいる。ひとつでも間違ったことをすれば、正餐室から永久追放されるのではないかと恐れているかのように。

そんなこととは知らず、ウィルはいかにもおいしそうにスープを飲みはじめた。メグは咳払いをすると大げさなしぐさでスプーンを持ちあげ、スープに口をつけた。さあ、同じようにするのよ。ヴァレリーが意を決したようにうなずき、スプーンを持って上品にひと口飲んだ。それでいいわ——メグはほほえんだ。

ダイアナは肩をすくめ、あとに続こうとした。が、上品さのかけらもない音が——スープをずるずるとすする音が——正餐室に響いた。

メグは身をすくめた。ヴァレリーは息をのんだ。

サイドボードのそばで控えているギブソンはぎょっとして目を閉じた。

ウィルは黒い眉を上げ、ダイアナをじろりと見た。「もっとうまくできるだろう?」

「え?」ダイアナの震える手からスプーンが離れ、スープ皿の中へ落ちた。

「いいかい」ウィルが言った。自分のスプーンを口元まで持っていくと、ダイアナの二倍大きな音をたててスープをすすった。「きみのはこんな感じだ」

ダイアナは驚いて、座ったまま飛びあがった。「もう一回やっていいですか」

「どうぞ」ウィルが答えた。「今度は上品にやってみなさい」

ダイアナは青い瞳をきらめかせると、魚のように口を結んだまま、なんとも器用にスープをすすった。

「まあまあだな、ダイアナ」ウィルが言った。

「まあまあ? すごく上手にできたのに」

「練習すればよくなるさ」からかうような口調だった。

「わあ、あたしもしていいですか?」ヴァレリーが訊いた。

ウィルはうなずいた。「できると思うなら、やってごらん」

ヴァレリーはスープをすすりはじめた。ダイアナに負けないくらい大きな音をたてて。哀れなギブソンはたまりかねて鼻息も荒く部屋を出ていった。

そのあと、少女たちは食事を終えるまで肩の力を抜き、ウィルの問いかけに礼儀正しく答えて過ごした。ウィルは勉強や遊びについて尋ねたが、ライラとの面会については何ひとつ口にしなかった。昼間に母親に別れを告げた際、少女たちは涙ぐんでいたものの、その後は元気そうに見えた。ひょっとすると、普段よりは少しだけ静かだったかもしれない。ふたりの心の内を知るのは難しかったが、母親と再会して家が恋しくなったのだろうとメグは察した。

伯爵の豪華なタウンハウスで王族のように暮らしていてさえ、生まれ育った家の心地よさには代えられない――メグは誰よりもそのことをわかっていた。

深皿にかぶせられた銀色の蓋に映る自分の姿をちらりと見て、ダイアナが澄まし顔をした。

「あたしたちの新しいドレス、気に入ってくれました？」

ウィルはメグににやりと笑いかけてから返事をした。「気に入ったよ。きみもヴァレリーもとても大人っぽく見える」

「ほんと？」ヴァレリーは棒のように背筋を伸ばして姿勢を正した。「いくつに見えますか」

ウィルはその質問をよくよく考えているかのようにあごをなでた。「九歳には見えるな」

はじめのうち、少女たちは手を叩いて大喜びしていたが、やがてダイアナの顔が悲しみに覆われた。「レイシー先生もすごくきれいなドレスを持ってたのに」

ウィルはフォークを持ちあげたまま手を止めた。「ミス・レイシーが？」

ヴァレリーがうなずいた。「そのドレスを着た先生、王妃様みたいでした。晩餐会に着ていくところだったのに――」

「なのに、あたしが台なしにしちゃった」ダイアナが正直に言った。

「わざとじゃなかったんです」メグはあわててつけ加えた。「ああいうことってあるものよ」

「悲劇だったわ」ダイアナが重々しく言った。

「レイシー先生はもとに戻そうとしたんだけど、どうにもできなかったんです」ヴァレリーが首を横に振った。「そのドレスがレイシー先生の部屋に吊《つ》るされてるのを見たとき、すっかり茶色くなって形も崩れてて、すごく悲しくなっちゃった」

ウィルは同情するようにうなずいた。「気持ちはわかる」

メグはウィルが少女たちと難なく会話しているのを見て、急に熱い思いが胸に込みあげてきた。ふたりに対するウィルの態度の何かが、メグを深く感動させていた。ウィルは少女たちを見下すことなく、しっかり話に耳を傾けている。子どもだからと甘やかすことなく、誠実に接しているのだ。しかも、ふたりとの会話を心から楽しんでいる――ふたりがウィルとの会話を楽しんでいるのとほとんど同じくらいに。

ああ、この人ならすばらしい父親になるわ。

「ぼくの意見を聞きたいかい？」ウィルが目をきらりと光らせながら訊いた。

少女たちはこくりとうなずいた。メグはほてった顔をナプキンであおいだ。

ウィルは座ったまま身を乗り出し、あごの下で両手の指先を合わせた。「そういう特別なドレスは部屋に吊るして見る人を悲しませるべきじゃない。見送りをしてやらないと。つまり、ちゃんとしたお別れをするんだ」

メグはきょとんとしてまばたきした。「どういうことですの？」

「葬儀の準備をしよう」

一時間後、四人は子ども部屋に集まっていた。双子はレースのハンカチをヴェールに見立ててかぶっている。メグが金色の巻き毛にピンで留めてやったのだ。シャーロットの哀れなドレスは折りたたまれ、悲惨な染みに覆われた茶色い塊と化し、かつてはサッシュだった美しい白のリボンで縛られていた。部屋の中央の机に置いたベルベットのクッションの上にウィルがそれをのせると、四人全員で輪になって手をつなぎ、とり囲んだ。

「皆さん」ウィルが前口上を述べた。「われわれがここに集まったのは、特別なドレスの葬儀を執り行うためです」

気まずい沈黙。

ウィルは困ったようにメグを見た。「ええと、どなたか……追悼の言葉を述べたい方は？」

メグはウィルをひとりでまごつかせたい気もしたが、気の毒になって口を開いた。「では、わたしが」咳払いをしてクッションの上のドレスに近寄った。「あなたはミス・シャーロットの友でした。きっと、わたしの友にもなっていたことでしょう、もしあなたが……」もう。こんなことして、ばかみたい。「一杯のチョコレートの犠牲とならなかったなら。わたしたちはあなたの尽力に感謝します。悲しいことに、不運で早すぎる終わりが訪れてしまいました」

「アーメン」ウィルが唱えた。「ほかにどなたかいますか？」

「あたしにも言わせてください」ダイアナが申し出た。

全員が頭を垂れた。

「あなたは青いドレスでした。ほんとに、ほんとに……青かった。それに、きれいでした」

「アーメン」

「ほかには？」ウィルが尋ねると、一斉にヴァレリーに視線が向けられた。彼女はかぶりを振ってあきれ顔をした。みんなどうかしちゃったんじゃないの、と思っているようだ。

「音楽があってもよさそうだけど」ダイアナが言った。

「すばらしい提案だ」ウィルはメグに顔を向けた。「ミス・レイシー、われわれのために葬儀にふさわしい歌を歌っていただけますか？」

急に言われても困るわ。「残念ながらそういう歌はわかりません」メグは歯嚙みして言った。

「なんでもいいんだ。ゆっくり歌ってくれるならどんな歌でもかまわない」

「旦那様がゆっくりお歌いになるほうがよろしいかもしれませんわ」

「あいにく、若くて敏感な耳を持つ人たちに聞かせる曲は知らなくてね。ミス・レイシー、どんな歌でもいいから歌ってくれ」

メグは口を開いて異を唱えようとした。が、ダイアナが訴えかけるような目でこちらを見あげていることに気がついた。

「承知しました」不機嫌な口調で言い、ほかに思いつかなかったので国歌を歌った。ほかの三人も歌の二番から加わった。

「なんとも感動的な歌声だ」ウィルが真面目くさって言った。まったく、歌まで歌わせるなんて。

「さあ、ようやくこのドレスを葬るときが来た」

「これを埋めるの？」ダイアナが興奮した様子で訊いた。

「そういうわけじゃない。ヴァイキングの伝統に従ってはどうかと思ってね」ウィルが言った。

ヴァレリーが目を見開いた。「何、それ？」

「ミス・レイシーから北欧の習慣について教わっただろう？」

「いいえ、旦那様」メグは冷やかに言った。「これまで英国の歴史のみを集中して学んでまいりました。それに残念ながら、赴任して二週間では八つの世紀しか教えられませんでしたの。北欧の歴史について、旦那様からこの子たちに少し教えてやってくださいませんこと？」

ウィルはうなずいてメグの言い分を認めた。「火葬に使う薪や、船葬や、ヴァルハラ（北欧神話で英霊が迎えられる宮殿）について詳しく話している暇はない。われわれはこのドレスを燃やすんだと言えば充分だろう。ぼくのあとについてくるんだ」

ウィルが両腕を伸ばしてクッションを抱え、うやうやしく持ちあげると、少女たちとメグはその後ろに小さな列をなした。ウィルは三人を連れて階段をおり、客間へ入って暖炉の前まで来た。暖かくなったので火はおこされていない。彼は火格子の上にそろそろとドレスを置き、何本かの薪とたきつけを加えて炉棚の上の火口箱に手を伸ばした。「準備はいいか？」

ウィルが訊いた。

少女たちはうなずき、ウィルが膝をついて火をつける様子を見守った。双子がうっとりと見つめる中、火口に火がつき、たきつけへと移り、やがてドレスと薪も燃えはじめた。しばらくのあいだ、誰も口をきかなかった。双子は絨毯の上に腰をおろし、炎がドレスを舐めながらゆっくりと灰と煙に変えていく様子に魅了されていた。

ドレスがすっかり形を失った頃、ようやくダイアナがため息をついた。「なんだかよくわからないけど、気分がよくなったわ」

メグも同じ気持ちだった。何かを手放すと気分が晴れることがあるものだ。けれどもそうすることは大抵、とても、とても難しい。両親と家を手放したとき、メグの心は壊れそうになった。八年という歳月が流れたあとでさえ、ちょっとした音やにおいで記憶が一気によみがえり、あのときの悲しみを思い出してしまう。

そしていま、メグにはまたしても手放さなくてはいけない存在があった。今回は、双子とウィルだ。まさか両親を失うほどつらくはないだろうが、激しい喪失感に襲われるのではないかとメグは考えていた。

メグの気持ちを読みとったかのように、床に座っているダイアナとヴァレリーのあいだにウィルが腰をおろした。メグは足のせ台を引き寄せ、端に腰かけた。「気分がよくなってよかったな」ウィルがダイアナに話しかけた。「この二週間、きみもヴァレリーもじつに多くの勇気を見せてくれた。お互い、出だしはうまくいかなかったかもしれないが――」

「なんのこと?」ダイアナが訊いた。

「最初、あたしたちにしょっちゅう怒鳴ってたことを言ってるのよ」ヴァレリーが説明した。

「ミス・レイシーもぼくも、きみたちのがんばりと姉妹の絆《きずな》に感心している。仲違《なかたが》いしているときは別だが」

「どうしてそんな話をするの?」いつも察しのいいヴァレリーが尋ねた。

「鋭い質問だ。今日、きみたちの母上が来たときに話したんだが、きみたちを家に連れ戻したいそうだ——明日」

少女たちは顔を見あわせ、口をぽかんと開けた。信じられないという表情で。

「母上には、きみたちに決めさせると話した。もとの家に帰りたいかい?」

「家」ヴァレリーがウィルの言葉を繰り返した。「帰りたい」

ダイアナは唇を嚙み、それから突然、泣き出した。

「まあ」メグはダイアナのそばに駆けつけ、背中をさすってやった。「何か嫌なことがあるの?」

ダイアナはかぶりを振って早口で喋り出した。「なんにも。ママがほんとに、ほんとにあたしたちといてくれるなんて」

「もちろんいてくれるのよ、ダイアナ」メグは念を押した。「嘘じゃないわ」

「どうやら気持ちは決まっているみたいだな」ウィルが言った。「だが忘れないでほしい。きみたちは好きなほうを選べるんだ。この屋敷ではきみたちを歓迎する——いつでも帰っておいで」

心臓が数回鼓動を刻むあいだ、誰も何も言わなかった。

「あたしたち、ほんとに明日家に帰るの?」ヴァレリーが小さな声で訊いた。

ウィルはヴァレリーの肩を強くつかんでほほえんだ。「きみたちの母上は正午にここに来る」

ウィルとメグは双子の頭上で顔を見あわせた。お互い、思いのほかつらそうな表情だ。ということは、これで本当にお別れなのね。四人はもうすぐ離れ離れになる。

優美な客間の床に四人で座って、黒焦げになったドレスの残骸が火格子の中でしゅーしゅーと音をたてる様子を見つめながら、メグは自分に言い聞かせていた。こうなることをわたしは望んでいた――ここにいる誰もが望んでいたのよ。わたしたち、前へ進むときが来たんだわ。

33

メグの部屋を訪ねるのは真夜中まで待とう――ウィルはそう固く決心していたにもかかわらず、ドアを軽く叩いたときはまだ一一時半にしかなっていなかった。メグはすぐに返事をし、薄暗い寝室の中へ招き入れてくれた。昼間に彼が注文した青い絹のネグリジェを身にまとっている。レースで覆われた前身ごろと薄いサテンが体の曲線にぴたりと張りついていて、生地の下に想像の余地はほとんどない。ウィルは全身が熱くなった。

「贈り物を受けとったようだね」ドアにもたれかかり、目の前の輝く肌としなやかな手足をうっとりと見つめた。「気に入った？」

メグはにんまりと笑って自分の腰をウィルの腰にもたせかけ、彼のウエストバンドの上からシャツの開いた襟元まで手を這わせていった。「贈り物とおっしゃるけど」茶化すような口調だった。「わたしよりあなたのためのものじゃなくて？」

「たしかに、これほど自分勝手な贈り物をしたのは初めてだ」ウィルは認めた。「でも後悔はしていない」明日もう一度あの店へ行って、ありとあらゆる色でいくつも注文してやろう。

「気に入ったわ」メグが素直に言った。「ただ、体がほとんど隠れてないけど」

明るく話してはいても、メグの瞳に浮かぶ悲しみの色をウィルは無視できなかった。メグをベッドへ引っ張っていって魅惑的な寝室着をはぎとりたいのは山々だが、ふたりで話をしなくては。「おいで」手をとって指をからませ、椅子や小さな机が置かれているあたりへメグを連れていった。メグが素足のまま椅子の上で正座をすると、ウィルはその向かいの足のせ台に腰かけた。

「憂うつそうだな。あの子たちを家に帰らせるのが不安なのか？」なぜか心のどこかで、そうだと言ってほしいと思っていた。そうなれば、双子がここから出るのを遅らせる口実ができる。

「これといった不安があるわけじゃないの。ただ、あまりにも突然な気がして。寂しくなるわ」

ウィルは低い声をもらした。

「あなただってそうじゃないかしら」

「ああ。喧嘩も、かんしゃくも、騒ぎもなくなるんじゃ、暇を持て余すことになるな」皮肉を言ってごまかそうとしたが、メグに本心を見抜かれているのはわかっていた。

メグはあきれ顔をした。「そうおっしゃるあなたは非の打ちどころのない子どもだったんでしょうね。本物の天使みたいに」

ウィルはいたずらっぽく笑った。「そんなわけないだろ」そう言って身を乗り出した。「さっきミセス・ホップウッドと話したんだ。あの子たちについていってライラのところで世話をすることに同意してくれた」

「それはよかったわ」メグの顔に安堵の色が広がった。「ふたりともすでにミセス・ホップウッドになついているし、わたしもあの人が好きだもの。新しい環境にもなじみやすくなるかもしれない」

「ああ」そうすればこちらも心おだやかにいられるはずだ。ウィルはミセス・ホップウッドに給金を払い続けるつもりだった。そして当然、ヴァレリーとダイアナが幸せに暮らしているかどうか、定期的に知らせてもらう。

「明日の朝、あの子たちが荷物をまとめる手伝いをするわ」そう言ったとたん、メグは額にしわを寄せて片手を押しあてた。「あの子たちに外套を注文しておけばよかった。寒い季節が来てからでいいと思っていたの」

「あの子たちに必要だと思うものなら、なんでも書き出してくれ。ライラのところへ届けさせる」

メグはうなずいて両目に涙をためた。「ありがとう。明日あの子たちにお別れを言うなんて……せつないわ。また会えることはあるのかしら」

「もちろん会えるさ」自分の言葉を疑いつつも、ウィルは言った。「ぼくもきみも」

「どうかしら。母親と離れてここで過ごした時期のことなんて、つらくて思い出したくないかもしれない。もしそうだとしたら、忘れさせてあげるべきでしょうし」

「ぼくには友人との――あの子たちの父親との――約束がある。生きている限り、ぼくにはあのふたりに責任があるんだ」もっとも実際には、単なる責任を感じる存在ではなくなっているが。もうただのお荷物じゃない。あの子たちは……わたしには……家族だ。

「あなたにはそういうつながりがあるけれど、わたしには……わたしにはないわ」

「いや、きみにもある」〝ぼくを通じて〟ウィルはそう言いたかった。〝ぼくたちはひとつなんだ〟だが、いまそう口にするのは間違っている。まずはメグに対して正直にならなくてはいけない。すべて――父の借金、メグの両親の死に自分が関わっていた可能性、そうしたことを母が知っていること――を話さなくては。

何より、メグに対する自分の気持ちに正直にならなくてはいけない。ぼくはメグを愛している。その理由は、メグと言葉の応酬をしたり、キスをしたり、ぼくの腕の中で恍惚とする彼女を眺めるのが好きだからではない――どれもとても気に入ってはいるが。

本当の理由は、ただメグがメグだからだ。誠実で、思いやりがあって、楽しくて、親切なメグを、ぼくは愛している。

メグにはそのことを知らせるべきだ。

ウィルはメグの片手をとると自分の口元へ引き寄せ、彼女の目を見た。「メグ、話があるんだ」

メグにとって、今日はいくつもの感情があふれる一日だった。これがウィルの屋敷で過ごす最後の夜なのだとしたら、〝話〟などして過ごしたくない。ふたりに必要なのは、言葉や会話を超えた、親密さと喜びだ。

アリステアおじと妹たちを救貧院に入れずにすめば、いまから数カ月後のある日、ウィルとばったり出会うことがあるかもしれない。公園で、あるいは夜会で、あるいは道端で。話をするならそのときでいいはずだ。互いに礼儀正しく笑みを交わし、ウィルはメグの家族について尋ね、彼女は双子について尋ねる。そしてふたりは言葉を濁しながらも、感じよく返事をしあう。かつてふたりで肌を重ねあったり、ウィルが耳元で信じられないほどみだらな言葉をささやいたり、絶頂に導かれたメグが声をあげたりしたことなど、なかったことのように思えるだろう。

メグは心を決めて立ちあがると、足のせ台に座っているウィルの背後へ歩いていった。ウィルの体にするりと両腕をまわし、自分の胸を彼の背中に押しつけた。

「メグ――」

「お願い」メグは両手をウィルの肩にのせ、硬い筋肉質の体に這わせていった。「話はあとにして。いまは、わたし……わたし、あなたが欲しいの」

ウィルの背中の筋肉がこわばった。メグにはわかっていた――この人は欲望に抗って……負けようとしている。メグは両手をウィルの両腕へと滑らせ、襟元からのぞく温かい肌を唇でかすめた。「寂しかったわ」小さな声で言った。

ウィルは両手で足のせ台の端をつかんだ。「ああ、メグ。ぼくだって寂しかった。毎晩きみの夢を見る。一日じゅう何度もきみを思っている」

メグはウィルの前にまわりこんで膝をついた。「いまやっと、あなたがここにいる」メグは両手をウィルの股間へ滑りこませ、硬くて長いものをなでた。「わたしと一緒に」ウィルが毒づくのを聞いて、メグはぞくぞくした。「きみのせいで、我慢できそうにない」

「はじめからそのつもりよ」メグは正直に告げ、ズボンのボタンをはずした。

ウィルのものに触れると、恍惚とした切望の色が彼の瞳に浮かんだ。けれど、ここから先へ進む方法がさっぱりわからない。「どうすればいいか教えて」メグは言った。「あなたを喜ばせたいの」

ウィルは唾をのみこみ、メグの手をとって動かした。

「こう?」メグはウィルの感触を、硬さ、大きさ、温かさを楽しむように愛撫した。

「ああ、そうだ」ウィルは喉を詰まらせた。

その言葉に勇気を得て、メグは身をかがめ、高まりの先端ににじむしずくを舐めとった。

「メグ」ウィルは両手でメグの頬を包んだ。「きみのおかげでどうかしてしまいそうだ――これ以上ないほど幸せな形で」

「うれしいわ」メグは最高の気分だった。目の前でウィルが情欲に酔いしれ、メグを熱く求めている。メグはふたたび彼のものを味わった。誘いかけるように始め、それから、さきほど手を使ってした動きを真似た。メグがより深く口に含むごとに、ウィルは喉の奥からうめくような声をもらし、必死にこらえている様子で息をのんだ。

「もういい」とうとうウィルはそう言って身を引き、目を閉じた。自制心をとり戻す時間を必要としているようだ。メグは両膝をついたまま踵の上に腰をおろし、満足感に浸った。

「きみはぼくを虜にした」ウィルは飢えたようにメグを見つめた。「これからその償いをしてもらおう」

メグは笑い声をあげ、あわてて逃げ出した。ところがたった二歩進んだところでウィルの両腕に抱きかかえられ、たちまちベッドへ連れていかれてマットレスの上に荒々しく投げ出された。

「家庭教師として忠告します。ベッドの上では静かに。飛び跳ねたり暴れたりすると、物や人を傷つける恐れがありますからね」

ウィルは小さく笑ってシャツを脱いだ。筋肉の盛りあがった上半身を見て、メグの口から水分が奪われていった。「きみは小悪魔でもあり、家庭教師でもある。ぼくはどちらのきみもたまらなく好きだが、いまは小悪魔のきみのほうが見たいな」ウィルはメグに覆いかぶさり、彼女の頭の上で両手首を押さえつけて唇を奪った。メグはやがて、まともな台詞ひとつさえ思いつかなくなった。

「きみが欲しい」メグはウィルのほうへ体を弓なりにした。彼が欲しくてたまらない。

けれどもウィルはゆっくりと時間をかけた。メグは絹のレース越しに胸の先端を吸われ、なめらかな入り口をなでられるうち、ウィルを求めるあまりめまいがしてきた。

「きみがいるからぼくがいるんだ、メグ」ウィルは誘惑するようにささやいた。「ぼくたちはこれ以上ないほどぴったりだ。ぼくをこんな気持ちにさせるのはきみしかいない。きみがどうしてほしいのかもぼくにはわかる」ウィルはその言葉の意味を行動で示した。メグが最も感じる場所をみだらな手つきで愛撫し、彼女を完全な至福へと徐々に導いていく。メグは気がつくとウィルの両肩に指を食いこませながら懇願していた。「お願い、ウィル。あなたが欲しいの。もうだめ……ああ……」

ウィルは低い声をひとつもらすとメグの中へ入り、根元までうずめた。メグの髪に両手を差し入れ、腰を動かしてリズムを刻んだ。メグは頭が変になりそうだった。心の奥には疑念や不安が隠れているのだろうが、いまは出る幕ではない。ウィルのがっしりした体の重み、彼の髪に首をくすぐられる快い感触を味わっているのだから。メグの体はいつものようにウィルに応え、ものすごい速さで快楽の極みへ向かっていった。メグが大きく声をあげたとき、ふたりはともに、永遠に忘れられない強烈な解放感に包まれた。

その後、メグとウィルは知らないあいだに眠りに落ちていた。互いの脚をからみあわせ、ウィルがメグを背後から抱いたままで。メグがこれほど安心し、これほど満たされ、これほど……愛されていると感じたのは、初めてのことだった。

だが二時間ほど経って目を覚ましたとき、背筋に寒気を感じた。背後に手を伸ばすと、冷たいマットレスしかない。「ウィル?」

「大丈夫だ」ウィルはズボンをはいただけの姿で窓辺に立ち、庭をじっと見おろしていた。

「ぼくはここにいる」

メグは体を起こして両目をこすった。「どうしてベッドから出ているの?」

ウィルはうつろな笑い声をあげた。「きみの隣にいたら、また求めてしまっただろうから」

メグは鼓動が速まるのを感じながら片手をウィルのほうへ伸ばした。「戻ってきて」

ウィルは残念そうな表情を浮かべて首を横に振った。「ぼくたちは話をしなくてはいけないんだ、メグ」

メグはまた身震いした。しかし今度は寒さのせいではない。彼女はこのときが来るのを知っていた。厳しい現実と向きあわざるをえないときが来るのを。もはやそれを遅らせるわけにはいかないのだ。「ええ、そうね」メグは上掛けで胸から下を覆い、すぐそばのテーブルの上のランプを明るくした。そして、何を聞かされてもいいように覚悟した。

メグに近づきすぎるなと自分に言い聞かせているかのように、ウィルは胸の前で腕を組んでベッドの足側の支柱にもたれかかった。「昨日、きみの過去――というか、ぼくたちの過去――に関して、あることがわかった。きみはぜひ知っておくべきだと思うんだ」

34

「わたしの過去？」メグは唾をのんだ。過去が悲しみや罪悪感、喪失感に満たされている場合、人は一生懸命、そのことについて考えないようにする。

ウィルはうなずいた。「ある秘密を見つけたんだ。起こったことは変えられないが、過去を解明する手掛かりにはなるかもしれない」

メグの胸の中で心臓が激しく脈打った。知らないままでいるほうが幸せだとしたら？　秘密というのはわたしの両親に関することではないかしら。新たな情報を得ることで、両親を亡くしたときの傷口をまた開くようなことになったらどうしよう。「本当に解明する必要があると思う？」メグは尋ねた。「秘密のままにしておくのがいちばんということもあるわ」

「そうかもしれない。だが、きみは真実を知りたがると思ったんだ——特に、きみの現在の状況と関係があるから」

「謎めいた言い方をなさるのね」メグは苛々しながら息を吐いた。でも、ウィルの言うとおりだわ。心の底では、真実を知りたがっている。「いいわ。教えて」

「父の遺品を調べていたら、ある借用証書が見つかった。父は賭博で多額の借金を負っていたらしい――きみの父上に」

メグは顔を曇らせた。「父に？　本気で言ってるの？　父がカードをしていたなんて聞いたことないわ」

「賭けの手段がカードだったかどうかは断言できないが、賭け金は高額だった。父はきみの父上に――一〇〇〇〇ポンドの借金をしていた」

メグは開いた口がふさがらなかった。「そんなわけないわ。父の収入はごくささやかなものだったもの」

ウィルはベッドの端に腰をかけた。乱れた髪が月光に照らされて輝いている。「だったら、相当やり手の賭博師だったんだろう」

だがそんな人物はメグの記憶にある父親の姿と一致しなかった。日中は病気の人々を見舞い、夜は聖書を読んで過ごしていた父。隠れて不道徳なことをしていた可能性はあっても、一〇〇〇〇ポンドは、気まぐれにやったカードの勝負で賭けるような金額ではない。

「ぼくは父の領地を受け継いだ。そして、借金も」ウィルが重々しい口調で言った。「きみたち姉妹に一〇〇〇〇ポンドを支払う義務があるんだ」

なんてこと。計り知れない額だわ。そのことを知っていたら、わたしも妹たちも違う人生を送っていたはず。「ごめんなさい、ちょっと信じられないわ。たしかにとても気になる話だけど、お互い父親が亡くなっているのだから、真実はこの先も闇の中でしょう」

「ぼくは借用証書を持っているんだ、メグ。母にも確認してみた。事実だと認めたよ」

メグは裏切られた気がして胸がちくりと痛んだ。「お母様には話したのに、わたしには黙っていらしたの？」

「いま話しているじゃないか」ウィルは優しく言った。「話はまだ続きがある。借金の支払いには代替案があって、ふたりはそのことに同意していたんだ」

「ちょっと待って」メグは突然寒気を感じて震え出した。「代替案って、どういうこと？」

「きみの父上は債務を免除する代わり――」

「やめて」メグは震える手で両耳をふさいだが、手遅れだった。ウィルが言おうとしたことがわかってしまった――そして、胸が引き裂かれた。

ウィルは瞬時にメグのそばに駆け寄り、安心させようとした。ところがメグはウィルの腕からすり抜けた。「お願い、触れないで」頼みこむように言った。

「すまない。きみがこの話にそれほど動揺するとは思わなかった」

メグはがくぜんとして目をしばたたいた。「お隣の青年に一〇〇〇ポンドも支払わないと嫁がせることができないと父に思われていたのよ。傷つくに決まってるでしょう」

「誤解しないでくれ」ウィルは言った。「きみの父上はぼくに金を払うつもりだったわけじゃない。ぼくの父の借金返済を免除すると提案しただけだ」

「同じことよ」メグははねつけるような口調になった。「あの縁談に関わっていた誰もがわたしを見下していたみたいね」

「メグ」ウィルは静かに言った。「それは全然違う。きみの父上は、きみのために可能な限り最善の将来を望んでいただけだ」

「そしてわたしにとって最善の将来が、あなたとの結婚だったわけ？」メグは鼻先で笑い、ベッドから飛び出すと、椅子にかけてあったガウンをさっとつかんで両腕を袖に通した。「もっとひどいことになっていたかもな」

ウィルはメグの神経を逆なでするように、信じられないほど広い肩をすくめた。

「旦那様の傲慢さには本当に驚かされますこと」

「〝旦那様〟に逆戻りか？」ウィルは首を横に振ってうつろな笑い声をあげた。「どうしてお互いの父親が交わした取引のことで、ぼくを責めるんだ？」

「だってその話をわたしにしてきたのはあなただもの……それに、どれほど不快な話かもわかっていないようだし」メグはガウンをしっかりと体に巻きつけ、ウィルから最も離れた部屋の反対側までゆっくり歩いていった。

「ぼくだってきみと同じように、このくだらない遊戯の駒にすぎなかったんだぞ」

「男はけっして女ほど駒にされることはないわ。あなたは伯爵位の継承者だった。たとえわたしとの結婚を強要されたとしても――わたしのおかげでその運命から逃れられたわけだけど――あなたには自分の好きなように生き、好きなように楽しむ自由があったはずよ。きっといまごろ愛人のひとりやふたりはいたでしょうね」

ウィルは苛立った表情で髪をかきあげた。「今度は存在もしない愛人のことでぼくを責めるのか？」

たしかに、話を飛躍させすぎたかもしれない。「わたしはただ、お互いの状況が全然違うわけを説明しようとしているだけ。こちらの将来はカード一枚で決められたようなものよ。わたしの希望や気持ちなんてまったく考えてもらえずに。愛のない偽りの結婚生活を死ぬまで強いられていたはずだわ」

ウィルの顔に傷ついた表情がよぎるのを見て、メグはすぐに自分の言ったことを後悔した。

「本当に、ぼくたちの結婚が愛のないものになっていたと思うのか？」

メグはお手あげのしぐさをした。「わたしたち、若くて愚かだったわ、ウィル。お互い、愛のなんたるかなんて知らなかった」

「では、いまは？」ウィルの茶色い瞳がこれまでになく無防備に見えた。けれど、このままではわたしはすべてを失ってしまう――自らの心も含めて。

自分のウエストに両腕をまわして言った。「その答えはまだわからないわ」

「もうわかっているとしたら？」ウィルは鹿を追う猟師のごとく慎重にメグに近づいてきた。

「何を言いたいの？」ふざけてつかまえられたい気分じゃない。メグはあとずさりした。ふたりのあいだに距離を保っておかなくては。

「この二週間ほどで、きみを心から大切に思うようになった」ウィルが話しはじめた。

ああ、どうしよう。この人が何を言おうとしているのかがわかる。その言葉を唇の上で凍りつかせたい。「わたしもあなたを大切に思ってる」メグは言った。「でもお互いにわかっていたはずよ、この関係はいずれ終わらせないといけないって」

「ぼくはそう思わないんだ、メグ」ウィルはメグの両手をとり、自分の両手に挟んでそっと握りしめた。「きみが自分の将来を自分で決め、自分で選択したいことはわかった……だからいま、きみに選んでもらう」

メグはごくりと唾をのみ、目を閉じた。こんなはずじゃなかった。まさかこんなことになるなんて。「無理しなくていいのよ――」

「ぼくが無理に何かをするわけないだろう！」ウィルはふたりの手を見おろしたのち、ふたたびメグと目を合わせた。

「最後まで言わせてくれ。きみと結婚したいんだ。義務感からじゃない。父の借金のことを知る前から考えていた」

この人はわたしと結婚したいの？　それとも、父親が交わした約束を守るのが筋だと自分に言い聞かせているだけ？　どちらにせよ、いまのは結婚の申しこみだった。誰もが夢見るような類のものではなかったが、それにもかかわらずメグは胸がきゅんとなった。結局のところ、壁の花には花束や詩とともに結婚を申しこまれることなど、望むべくもないのだ。

まして愛の告白なんて、とんでもない。

そのことはかえって好都合だった。なぜならメグにはウィルの申しこみを受け入れることなど到底できないからだ。

「ウィル、わたし――」

「頼むから待ってくれ。きみに選んでもらうと言っただろう。もしきみがぼくと結婚したくないなら――」ウィルの声が苦しげになっていった。「ぼくはもちろん、父の借金を払う。きみがどういう決断をしようと、きみも、きみの妹さんたちとおじ上も、生活に困ることはないとわかっておいてほしい」ウィルはゆっくりとメグの両手を自分の口元へ持ちあげ、口づけをした。「ぼくの妻になってほしい。だがぼくがそう望むからといって、きみの将来が決まることはない。きみの両親が望んでいたからとか、経済的に苦しい状態にいるからといって決まることもない。きみの将来を決めるのはきみだけだ」

部屋が傾き、メグの両手から感覚が失われていった。たしかにわたしは運命を自分で選びたかった。でも、ウィルの示した道はどちらも正しい選択ではないような気がする。

ウィルが夫では嫌だというわけではない。困ったことに、ウィルに夫になってほしいと心の底から思っている。けれども最初にウィルを拒んでおきながら――そのせいで両親は亡くなったのに――彼と結婚するというのは、究極の裏切りではないだろうか。八年前に父と母の勧めに素直に従っていれば、ウィルと幸せな結婚をして、両親にも健在でいてもらえただろうに――そんなことを思いながら、どうやって平気な顔で生きられよう？

そしてまた、一〇〇〇〇ポンドもあれば家族が抱える多くの問題が解決するはずではあるものの、なんだか遺族への慰謝料のように思えて――両親の死がなければけっして手に入ることのなかった、降ってわいた大金という気がして――気分よく受けとれそうにない。

メグはこうも考えずにはいられなかった。もしわたしとウィルが……もしわたしたちがベッドをともにしていなくても、彼は借金を支払うと言ってくれたかしら。ウィルが支払うお金はふたりが親密な関係を持ったことへの償いかもしれないと考えただけで……ああ、ひどく気分が悪い。

メグは片手を引き離して額にあてた。

ウィルは眉根を寄せた。「大丈夫か？」

いいえ。「ええ、ちょっと呆然としてしまっただけ」

「ぼくは……ぼくは、きみが喜ぶと思っていた」ウィルが言った。「ふたりで婚約を祝いたかったんだが」

「わたしにはこんな生活、ふさわしくないわ」メグは片手をさっと振って優美な寝室を示した。

「ぼくとの生活のことか？　ふさわしいに決まってるだろう」

「あなたのお母様はけっしてわたしをお認めにならないわ。上流社会の人たちの半数もね」

ウィルは肩をすくめた。「だったら、そうした人々の考えをぼくたちが変えるほかないな」

そんなの無理よ。メグの胃がきりきりと痛んだ。「申し訳ないけれど、いますぐにはお返事できないわ。考える時間をちょうだい」

ウィルはがっかりした顔をした。「わかった。必要なだけ時間をかけてくれていい。だがぼくを追い払わないでほしい」親指で背後を指し示した。「一時間前はあのベッドの中でぴったりくっついて一緒にいたんだ。あれから何も変わっていない」

変わったわ。実の父がわたしを繁殖用の雌馬みたいに賭けの道具にしていたことがわかったばかり。そしてウィルから求婚されたことで、これまでの甘い恋の夢から覚めた。ふたりがしてきたことを見つめ直し、どうにかして、過去の出来事と結びつけても納得のいく形で、受け入れなくてはならなくなった。「あの子たちが明日もとの家に帰るのだから、わたしも帰るわ」

「帰らないでほしいんだ、メグ。せめて数日はいてくれ――そうすればぼくたちはこの話をきちんと整理できる」ウィルは物憂げな瞳を懇願するようにメグに向け、そっと近づいた。「きみの居場所はここ、ぼくのそばだ」

「自分の居場所がどこだか、よくわからないわ」メグはかすれた声で言った。「あなたの話は全部よく考えてみる。約束するわ。でも、いまはしばらくひとりになりたい気分なの」

ウィルは真一文字に口を結んだ。彼が黙ってブーツをはき、急いでシャツを着ているあいだ、メグは膝が震えないようこらえていた。

「じゃあ行くよ」ウィルが言った。「だがよく考えてくれ。きみが機会をくれれば、ぼくたちは最高の夫婦になるはずだ」

ウィルはつかつかとドアまで歩き、取っ手をつかんだ。満たされない思いがありありと顔に浮かんでいた。「なぜきみが動揺しているのかはわからないが、このことはわかっている――きみがぼくを信じてくれたら、ぼくたちはどんなことでも一緒に立ち向かえる。メグ、誓って言うよ。きみが承諾してくれれば、ぼくはきみを幸せにする――なんとしても」ウィルが静かに部屋を出ていくと、その言葉はメグの頭の中でこだました。

幸せにしたいと思ってくれていることは、信じている。

一緒にいれば幸せになれることだって、信じている。

けれど、わたしはウィルを一度拒絶した。そのせいで両親を馬車の事故にあわせ、突然の無意味で悲惨な死に追いやってしまった。そんなことをした娘には、幸せになる価値なんてないのでは？

35

「失礼いたします、旦那様。ミス・レイシーが、お嬢様方の持ち物を詰めるトランクを探しているようです。お嬢様方はおふたり分の衣類が入った小さな鞄ひとつを除けば、着の身着のままでこちらにいらっしゃいましたのに、それがいまでは、たんすいっぱいのドレスをお持ちですからね——旦那様のおかげで」ミセス・ランディが笑顔でうなずいた。

「そうだったな、トランクなら屋根裏にいくらでもある。ミス・レイシーとあの子たちになんでも必要なものをやってくれ」

「ありがとうございます」家政婦長はひょいと頭を下げ、ウィルの書斎からすばやく立ち去ろうとした。ところが、出入り口まで来たところで足を止めた。「おかしなことでございますねえ、知らず知らずのうちにあのおふた方のことばかり考えるようになっていたんですから。もう小さなお嬢様たちとお会いできないなんて、寂しくなります」

ウィルも同感だったものの、あえて鼻先で笑って冗談で応じた。「ああ、平穏無事な日々なんて耐えられそうにないな」

ミセス・ランディは小さく笑い、ふたたび階段のほうへ急いで向かっていった。

ウィルは時間を確認した。間もなく正午。今朝はまだ一度もメグと会っていない。避けられているのだ。非常によくない兆しだった。

ギブソンが足を引きずりながら部屋に入ってきて封筒の小さな束を差し出した。「お手紙でございます、旦那様」

「ありがとう、ギブソン。そこに置いてくれ」ウィルは頭を少し傾けて机の隅を示した。

「いつもと同じように」

「承知しました、旦那様」執事は亀にも劣るのろさで机に向かった。

「何か問題でもあるのか、ギブソン?」

執事は口を結んだ。「ダイアナ様とヴァレリー様が毎朝手紙の仕分けを手伝ってくださったことを、思い出していただけでございます」

「あの子たちを働かせていたわけだな? すごいじゃないか。おまけに厚かましい。さすがだ」

執事はあごの下のたるんだ肉を揺らしながら熱心にうなずいた。「勤勉であることはそれ自体が報いでございます。さらに、お嬢様方は毎日このお屋敷の住所をわたくしの前で暗唱なさいました。わたくしはおひと方ずつ、試験をしてさしあげていたのです」

「なんて心温まる話だ」ウィルはあきれ顔をしてみせたが、ギブソンは皮肉に気づかず、話を続けた。

「お嬢様方は合格なさったことをずいぶん誇りになさっておいででした。ダイアナ様がいなくなられた夜のあと、ミス・レイシーが、こちらの住所を暗記するよう強く言って聞かせたのです」執事はあごをなでた。「おふたりの練習になるよう、時々、お手紙を書いてお送りしようかと思います。せっかく覚えたものをお忘れになってはいけませんから」

「そうなっては悲しすぎるな」ウィルは笑みを浮かべているところをギブソンに見られないよう、机の上の台帳に目をやった。「二週間に一度くらいは手紙を送ったほうがいいんじゃないか」

執事は考えこむように首をかしげた。「週に一度と考えておりましたが」

「そのほうがよさそうだ」

「旦那様がそこまでおっしゃるのでしたら」

「よろしく頼む。下がっていいぞ、ギブソン」

たしかにあの子たちがいなくなるのはぼくも寂しい。だが双子がやってくる前の生活にだってかなり満足していた。またもとの生活に戻るだけだ。ひとりの人間が数週間でがらりと変わってしまうことなどありえない……いや、ありうるのか？

その疑問をじっくり考えることなく、ウィルはギブソンが持ってきた手紙をより分け、とりわけ一通の封書に目を引かれて開けた。

ウィルトモア卿の舞踏会の招待状だ。

ウィルはすぐさまペンをとり、ぜひとも喜んで出席いたしますと返事をしたためた。メグはこの舞踏会をひどく恐れているが、ぼくが友人や知人に声をかければ、皆出席するはずだ。

そして舞踏会は確実に成功をおさめ、メグはこれ以上恥ずかしい思いをしなくてすむ。

その返信のインクもほとんど乾かないうちにライラがやってきて、屋敷で働く全員が、双子に別れを言おうと客間に集まった。ダイアナとヴァレリーは自分たちを見つめる面々ににこにこ笑いかけ、ライラを引っ張りながら興奮した様子で部屋の中を跳ねまわっていた。

使用人の誰もが、お元気でと少女たちに声をかけ、菓子やちょっとした贈り物を渡す者もいた。ミセス・ホップウッドは従僕に指示を出し、屋敷の玄関前で待っている貸し馬車にトランクと鞄をふたつずつ積みこませた。メグは後ろのほうで控えめにしていた。少女たちを徐々に自分の手から母親の手へと引き渡しているのだろう。平静を装ってはいるが、瞳はうっすらと赤くなっている。

ようやく召使いたちが仕事に戻ると、ライラは双子の手をつかんだ。「さあ、あんたたち、家に帰る準備はいい？」

「うん！」ふたりは大きな声で返事をした。

「じゃ、行きましょ。ミス・レイシーとキャッスルトン卿にお別れを言って」

その瞬間、ダイアナとヴァレリーが驚愕《きょうがく》の表情で顔を見あわせた。もとの家に帰るには伯爵の屋敷を去らねばならないということに、いま初めて気がついたようだ。ふたりはメグのそばへ駆け寄り、勢いよく抱きついた。「会いに来てくれるでしょ？」

メグは少女たちの頭上でライラをちらりと見た。ライラは感情の読めないまなざしでメグを見据えた。「努力してみるわね。お手紙は必ず書くから。お母様とミセス・ホップウッドの言うことをよく聞いて、ふたりで仲よくするのよ。姉妹は一生のお友達なんですからね」

「レイシー先生がいないと寂しい」ヴァレリーが言った。

ダイアナが一生懸命うなずいた。「先生は最高の家庭教師だったわ」

メグは両目に涙をためてほほえみ、少女たちの頰にキスをした。そして、言葉が出ないのか、ウィルのほうへ行くよう手ぶりでふたりに示した。

「お嬢さんたち」ウィルは礼儀正しく声をかけた。「ちょっと三人だけで話せるかな？」

少女たちは戸惑いながらウィルを見つめた。

「廊下で話そう」ウィルは言った。

ふたりが先を争ってつまずきかけながらも廊下に出ると、ウィルは六歳の子どもとほぼ同じ目線になるようしゃがみこんだ。「大切な話がふたつある」彼は切り出した。

ふた組の真っ青な瞳が大きく開かれた。「どんなことですか」ダイアナが訊いた。

「まず、ミス・レイシーへの感謝を込めた贈り物を選ぶ手伝いをしてほしい。ぼくたち三人から何か贈りたいと思ってね」

ヴァレリーがぽっちゃりした両手を、祈るようにあごの下で握りあわせた。「うわあ、贈り物なんて、先生、喜ぶわ。何がいいかな？」

「ぼくが考えていたのはドレスだ。その、あれの代わりになるような……」

「チョコレートの染みのせいで、燃やして灰にしちゃったドレスのこと？」ダイアナがはっきり口にした。

「そのとおり」ウィルはほほえんだ。「だがミス・レイシーの好みをきみたちがぼくに教えてくれないといけないよ」

「妖精のお姫様が着るみたいなドレスよ」ヴァレリーが言った。

「よし、わかった」ウィルはダイアナのほうを見た。「色は?」

「薔薇色――あたしたちが初めてドレスを買いに行った日に見た、生地の見本みたいな。レイシー先生、あれを見てうっとりしてたもん」

「完璧だ」ウィルは言った。「きみたちに教えてもらって本当に助かったよ」少女たちは誇らしげにあごを上げた。

「二番目の話は?」ヴァレリーが訊いた。

「ある秘密をきみたちに教えたいんだ――大事な秘密を」

ダイアナが期待に身を震わせた。「わあ、あたし、秘密って大好き」

ウィルはそれぞれの肩に手を置いてふたりを引き寄せると、声を低くした。

「いつかきみたちがもっと大きくなったら、もっと教えよう。だがいまはこのことだけ知っておいてほしい。きみたちの父上は、ぼくの大切な友達だった」

「あたしたちのお父さんを知ってるの?」

「そうだ。それから、きみたちの父上はきみたちのことを愛していた……とても深く」

「あたしはてっきり……」ヴァレリーが顔を赤くした。「てっきり、キャッスルトン卿がお父さんかと思ってました」

「ぼくじゃない」ウィルは慎重に言った。「でも、間違いなく――きみたちふたりを娘にできる男は幸せ者だ」

か弱い少女とは思えないほど強い力で、ふたりはウィルに抱きついた。ウィルもまた、抱きしめ返してやった。不思議なことに、ふたりを行かせたくなかった。

三人が客間に戻ってくると、ライラが苛々とつま先を踏み鳴らしていた。「悪いけど、もう行かなきゃ」ライラが言った。「昼寝の時間までにこの子たちを静かにさせたいからね」

「家でも昼寝しなくちゃいけないの?」ダイアナがこぼした。

双子、ライラ、ミセス・ホップウッドがせかせかと玄関扉を出ていったところで、ウィルは広間にトランクがひとつ置かれていることに気がついた。「待て、積みこんでいないトランクがもうひとつあるようだ。ぼくが持っていこう」身をかがめ、トランクを肩に担ごうとした。

「それはあの子たちのではありません」メグが止めた。「わたしのものです。ハリーにわたしを家まで送ってもらえないかと思いまして」

「何を言うんだ、メグ」ウィルは声を潜めて言った。「きみを家へ送り届けるのはこのぼくだ。とにかく、まずはあの子たちを見送ろう」

ウィルとメグが玄関前の階段まで行くと、ダイアナとヴァレリーはぺちゃくちゃ喋りながら馬車に乗りこんでいた。席に着いた双子は青い瞳を輝かせ、窓に小さな鼻を押しつけながら、こちらへ懸命に手を振った。

ウィルは馬車が見えなくなるまで手を振り返した。メグのためにも、自分の名誉のためにも、平然とした態度を保っていた。

小さなおてんば娘ふたりのせいで心に穴が開いてしまった。とはいえ、すぐにふさがるさ――ウィルは自分に言い聞かせた。

どうかそうであってくれ。

36

「いまからでも引き返せる」音をたててロンドンの通りを行く美しい馬車の中で、ウィルとメグはフラシ天が張られた座席に向かいあって座っていた。ウィルの瞳に浮かぶ打ちのめされた表情を見て、メグは胸が張り裂けそうになった。「屋敷に戻って、きみが不安に思っていることについて晩餐をとりながら話しあおう」

「だめよ」メグは優しく言った。「わたしたち、ふたりきりになると、つい話す以外のことをしてしまうでしょ」

「それは悪いことじゃないだろ」

メグは深く息を吸った。「もう一緒にはいられないの、ウィル。わたしたちの関係の始まりは間違ってる。父親同士の秘密の賭け、言葉の応酬、それから……」

ウィルが黒い眉を上げた。「すばらしい愛の営み？」

「そのとおりよ」メグは息を詰まらせた。

「そんなこと言うのはずるいな。きみもわかっているだろ」

わかっている。でも自分が抱いている罪悪感や恐れを、ウィルにうまく伝えられない。ウイルと結婚したら、毎朝目覚めるたびに思い知らされるはず――両親が娘に望んだ人生を生きているのに、自分がかたくなだったせいでふたりにその姿を見せることができないのだと。わたしが身勝手だったために、妹たちはみなしごになってしまった。両親を死に追いやった決断をいまになってひるがえす気になったなんて、どうしてあの子たちに言えるかしら。

「またいずれ機会があれば……」そう言いながらも、メグはすでにわかっていた――この先、わたしとウィルが会うことはない。この馬車から、そしてウィルの人生から優雅に出ていくために、希望があるかのようにふるまっているだけなのだ。

馬車がアリステアおじの家の前にゆっくり止まると、メグは床から鞄をとりあげた。「家までお送りくださってありがとう」

ウィルは当惑した様子で首を横に振った。「言うことはそれだけか？　ぼくはきみに結婚を申しこんだんだぞ、メグ。ぼくたちは何もかも分かちあった。それなのに、公園で偶然出会ってきみを家に送り届けた赤の他人みたいにあしらうのか」

ああ、だめだわ、もう行かなきゃ。早くしないと決心が揺らいで冷静でいられなくなる。

「一週間ほどしたら手紙を書くわ」

「一週間？」疑わしげにウィルが訊いた。

メグは口がきけないかのようにうなずいた。

ウィルは上着のポケットから紙幣の束をとり出し、メグに差し出した。「これをきみに。最後の一週間分と、退職金として三カ月分の給与だ」

一度にそれほどの大金を目にするのは初めてだったものの、メグはウィルの言葉に強い反感を覚えた。膝の上で両手を固く握りしめ、低くて落ち着いた声を保って言った。「欲しくありません」

「なぜ？」ウィルは厳しい声で訊いた。「きみが稼いだ金だ」

その言葉はメグの胸にぐさりと刺さった。「ウィル。お願い、やめて」

「受けとってくれ。こちら側の都合で退職してもらう場合、ぼくは全員にこうしている」

メグはおずおずと札束を見つめた。次の仕事がいつ見つかるかはわからない。これだけのお金があれば、家族はあと一年やっていける。受けとるべきだ。

けれども父親の賭けのことが頭に浮かんだ。そのことを考えるたびに気分が悪くなる。自分は父のことをどれほど知っていたのだろう？

「あなたからのお金は欲しくないの」メグは馬車の扉のほうへさっと身を寄せた。

ウィルは毒づいて札束をポケットへ押しこんだ。「トランクを中へ運ぶよ」

「その必要はないわ」メグはあわてて言った。「御者に頼むから」

メグが扉の取っ手に手を伸ばすと、ウィルが手を重ねてきた。「きみが行ってしまう前にもうひとつだけ」

メグは疑念と期待を抱きながら唾をのんだ。たぶんキスをしたいのだろう――さよなら代わりの、最後のキス。それで何が変わるわけでもなく、永遠に頭から離れなくなるだろうが、それでもやはりしてほしい。どうしても。メグは身を乗り出して口を軽く開き、そして――。

「ぼくは二日ほどロンドンを離れる」ウィルが言った。「だが、どんな理由であれ、ぼくに連絡をとる必要があればギブソンに言ってくれ。連絡先を知らせておくから」

メグはぴしゃりと叩かれたような気分でぼんやりうなずいた。「さようなら、ウィル」

ウィルは返事をせず、メグは振り返らなかった。

驚いたことに、馬車からおり、御者に話しかけ、玄関扉までの歩道をしっかりした足どりで歩いていくことができた。御者が玄関にトランクを運び入れ、帽子を脱ぎ、お辞儀をするあいだ、ほほえみをたたえてさえいられた。

玄関広間を出た御者の背後で扉を閉めたとたん、メグはその場で床にくずおれて泣き出した——双子、ウィル、妹たち、そして自分自身のことを思って。これほど激しく、これほど長く泣いたのは、両親を埋葬した日以来のことだ。いったん涙が出はじめると、止めることはできなかった。

心がぼろぼろで、お金がなくて、仕事もない。

でも、少なくとも自分の家に帰ってきた。


ウィルがキャッスルトン・パークに来るのは数カ月ぶりのことだった。ここは子ども時代の大半を過ごした場所で、かつてのレイシー家の住まいから歩いて行ける距離にある。ロンドンを離れれば気が紛れるだろうとウィルは思っていた。タウンハウスにいると、廊下の角を曲がるたびメグや双子を見かけないかとまだ期待してしまう。しかし国じゅうどこへ行こうとも、メグに会えないなら同じことだった。

荘園《しょうえん》屋敷を出て、花々が咲く緑の野原を馬で駆けると、メグの髪の香りを思い出した。道沿いの並木の根元に生えている苔はメグの瞳と同じ色だった。例の湖に差しかかったときには、澄みきった水の中を人魚のように身をくねらせてメグが泳いでいた日の記憶がよみがえった。

たとえ二日間でもメグを忘れられると思うなんて、ぼくはばかだ。

ひょっとすると、探し求めている答えを見つけられると思うのはさらにばかげているのかもしれない。八年以上も前の疑問に対する答えなんて。

けれどもウィルは、考えられる中で最も手掛かりが見つかりそうな場所、〈レッド・グリフィン〉へまずは向かった。

宿屋の酒場は村人たちで混みあっていた。皆、ウィルの背中を叩き、すきっ歯を見せて笑いながら彼に挨拶した。ウィルは何人かに相手の家族や農園について尋ねて世間話をし、ロンドンの舞踏室で交わされる会話との違いに思い至った。

ここでは、触れてはいけない話題も、言葉の裏に隠された意図もなく、本当の自分とかけ離れた人物を装う者もいない。畑で一日働いたあとは一杯のビールがあればいいという、勤勉で素朴な人々がいるだけだ。

ウィルは酒場へ向かっていった。「やあ、ジャック」

宿屋の主人はウィルに会釈してビールを出した。赤毛の快活な男で、シャツの袖をまくりあげている。「ようこそおいでなすった、伯爵。お屋敷では皆さんお元気で？」

「料理長の娘に男の子が生まれた。みんな元気そうだ。ホッブズがしっかり屋敷を管理してくれているからね」キャッスルトン・パークの使用人たちは主人がロンドンにいるあいだも屋敷を完璧に維持してくれていた。ウィルは家令のホッブズに高額の給与を支払っていたが、昇給してやろうと密かに考えた。

宿屋の主人はすり減ってくぼんだ木製カウンターをタオルで磨いた。これほど古いカウンターでなら、数多くの会話や喧嘩が繰り広げられてきたにちがいない。「今回は長くこちらにいらっしゃるんですかい？」ジャックが訊いた。

「いいや」できればの話だが。父がどこまでレイシー夫妻の死に関与していたかがわかれば、すぐにメグのところへ戻りたい。なんとしてもメグを説得して結婚しなくては。勝算は日が経つごとに低くなると直感が告げている。ウィルは声を低くした。「何年も前に起こった馬車の事故について調べたくてね」

ジャックはうなずいた。「牧師のご夫婦ですね」ウィルが眉をつりあげると、ジャックは言葉を継いだ。「ここ一〇年じゃ、このあたりで起こった唯一の惨事でしょうな。誰をお探しで？」

「ただひとり事故を目撃している、レイシー家の御者から話を聞こうかと思ったんだが、名前も知らないんだ」

宿屋の主人はビールを一杯注いで給仕の娘の持つトレーに置いた。「それならダン・オストレイでしょう。気の毒なことになっちまって。あの事故以来変わっちまいましてね」

「怪我のせいで？」

「重傷だったわけじゃねえんですよ。だが最近はめったに家から出ませんね。嫁さんは近所からの施しに頼って暮らしてまさあ」

「話を聞きに行こう」ウィルは残っていたビールを飲み干し、もう一杯もらおうとグラスを前方に滑らせた。「シェパードパイふたつとパン一斤を包んでもらえるかな？　それを手土産にしよう」


「招待状はすべて送ったわ」ベスがメグに知らせた。愛するペットの死を語るにも等しい深刻さだ。「あとはこの家を舞踏会が開けるようにするだけよ」

メグは左右のこめかみを指先で押さえた。「大変だわ。たった一週間で準備しなきゃ。もしかして、全員欠席だったりしない？」メグは期待を込めて尋ねた。

ジュリーが招待状の返信をひとつかみして振った。「全員出席ですって。レディ・タトリーだけは温泉に入りにバースへ行くので欠席なさるみたい。まだお返事のない方々が数名いらっしゃるけど、お客様であふれ返りそうよ」

メグは顔をゆがめて尋ねた。「何人くらいいらっしゃるの？」

「わたしたちとアリステアおじ様も入れて？」ベスが訊いた。

「ええ」最悪の事態を考慮しておいたほうがいい。

「ざっと見たところ……六〇人ね」

三姉妹はそろって腰をおろし、物であふれた居間を眺めた。一体どうやったら、ここに六〇人も迎え入れることができるの？

「アリステアおじ様の書斎を片づけて、家具を壁際に寄せなくちゃ」ジュリーが言った。

「テーブルを移動させれば、食堂を舞踏場に使えるかも」自信のなさそうな口調でベスが言った。メグとベスはその光景を想像しようと目を細めた。

「演奏者の人たちにはどこにいてもらう？」メグは訊いた――まるで演奏者を呼べるだけの余裕があるかのように。

「もし晴れた夜だったら」ジュリーが思いきって言った。「両開き扉を開け放って、庭に出てすぐのところにいてもらえるかも」

メグとベスは顔を見あわせた。悪くない考えだ――〝庭〟とは雑草の生えた空き地にすぎないことを別にすれば。

「やることが山積みね」メグが言った。「必要な作業をすべて書き出して分担しましょう」

「わたしは庭をきれいにするわ」ベスが申し出た。「舞踏会に関係なく、そうしようと思っていたから。それからパトリックに、お友達と一緒に音楽を演奏してもらえないか訊いてみる」パトリックはパン屋の主人で、趣味でチェロを弾《ひ》いている。おそらく観客を前に演奏したことはこれまで一度もないだろうが、ただで引き受けてもらえるだけでありがたい。

「わたしは書斎を見苦しくない程度に片づけてみるわ」ジュリーが言った。

ベスとメグは息をのんだ。まるでたったいま妹から、志願兵になると告げられたかのように。書斎の片づけは何よりも手強い作業だ。なんといっても、おじがいないときを見計らって進める必要がある。おじは神聖なるその部屋に、愛する姪であろうとも、人が入ることを嫌うのだ。

ジュリーは華奢な肩をすくめた。「毎日少しずつ、おじ様がうたた寝なさっているあいだに片づければ、気づかれないかも」だが三人にはわかっていた——おじは気づくはず。そしていい顔はしない。

メグは居間と玄関広間の準備、それから舞踏会で出す食事の献立について、過労気味の家政婦と話す役目を買って出た。やることが多すぎてあぜんとしてしまうが、少なくとも計画はある。それに、自分たちに楽しめることがひとつあるとするなら、それは挑戦することの醍醐味《だいごみ》だ。

たぶん、舞踏会の準備で忙しくしていればウィルのことを考えなくてすむだろう。でも……まさか……。「出席者の名簿を見せてもらえるかしら」

ジュリーが長椅子の向こうから身を乗り出し、メグに名簿を手渡した。あった。上から九列目に、あの人の名前が——〝キャッスルトン卿ウィリアム・ライダー〟

「もうっ」メグはぼそっと言った。

「どうしたの？」ベスが訊いた。

「キャッスルトン卿には来ていただきたくなかったのに」結婚の申しこみについて考える時

間が欲しいと頼んだのだから、遠慮してもらえるものとばかり思いこんでいた。もしかすると向こうは、本当はこちらには考えるつもりなどないことを知っているのかもしれない。一体、どんな顔であの人と会えばいいの？

「そうだわ、忘れるところだった」ジュリーが言った。「今朝、お姉様宛に小包が届いたの。招待状の返信の山に埋もれてしまったんじゃないかしら」机の上に積まれた手紙をかきまわして小包をとり出し、メグに手渡した。宛名にはこう書かれていた――〝マーガレット・レイシー様〟

その走り書きのような力強い筆跡は、見間違えようがない。ウィルだ。

封を開けると、一昨日ウィルに差し出された紙幣の束が入っていた。きれいに折りたたんだ便箋で丁寧にくるまれている。

メグへ

きみにはこのお金を受けとる権利がある。きみが稼いだものだし、おそらく必要としていることと思う。あのとき気を悪くさせたのなら申し訳ない。だが、けっしてそんなつもりではなかった。

先日の夜にした申しこみの意向はいまも変わっていない。明日も、来週も、来年も変わらない。念のために言っておくと、永遠に変わることはない。だから、必要なだけ時間をかけてくれ。

選ぶのはきみだ、メグ。ぼくを選んでくれるよう祈っている。

ウィル

暴走する胸の鼓動を静めようとするかのように、メグは片手を胸に押しあてた。

ベスが息をのんだ。「それって……」

「お金だわ」ジュリーがベスの言葉を引きとった。

「最後の一週間分の給金と……退職金として三カ月分くださったの」実際には、それよりはるかに価値のあるものだった。この給金と退職金があれば安心して暮らせるが、ウィルからの手紙はさらに貴重だ。なぜならここには、メグには時間も、自分で人生を決める権利も、そのうえ希望まであると書かれている。メグがあんな言動をとったにもかかわらず、ウィルは彼女に愛想を尽かしていなかったのだ。

「真っ青な顔をしているわ、お姉様」ベスが心配そうに言った。「気つけ薬をとってきましようか？」

「大丈夫よ。それより、必要な準備がもうひとつあるわ」

「なんでも言って！」ジュリーが甲高い声をあげてペンを構えた。

「あなたたちは舞踏会用のドレスを買わなくちゃ」

ジュリーとベスはあぜんとして黙りこんだ。

やがて、ジュリーが口を開いた。「でも、それはあまりにも……現実的じゃないわ」

ベスがうなずいた。「それに、軽率よ」

「だけど、絶対に必要でしょ」メグは鋭く言い返した。「ぼろを着て舞踏会でお客様を迎えるわけにはいかないわ。あなたたちが良縁を結ぶには、豊かで幸せに暮らしているように見せかけないと。それにはまず、見た目からよ」

ベスがいぶかるように片方の眉を上げた。「だったら、お姉様もご自分のドレスを買うの？」

ジュリーが両手を握りあわせた。「ドレスを買うのにふさわしい人がいるとすれば、メグお姉様よ」

「わたしも買うわ」メグは言った。ただし、舞踏会にふさわしいドレスを買うわけではないことは黙っていた。家族のうち、妹たちが美しく輝いていればそれで充分。自分が買うのは、素敵だけれど実用的なものにしよう――次の仕事の面接に着ていけるものに。メグはすでに、また家庭教師の仕事に就こうと決めていた。

「わたしたちが本当に舞踏会を開くなんて」ベスが小声で言った。

「あとたった七日しかないなんて」ジュリーが唇を噛んだ。おそらくアリステアおじの書斎の散らかり具合について考えているのだろう。

「そう思うなら、なおさら今日ドレスを買いにいくべきね」メグが言った。「ボンネットと手袋をとってきて、お嬢さんたち。ボンド・ストリートに行きましょう」

37

ウィルはオストレイ夫妻が暮らすコテージのドアをくぐった。中は外から見るより狭いようだ。むっとする暖かい空気が漂っている。ウィルが妻のヘイゼルにシェパードパイを手渡すと、相手は感謝の笑みを浮かべた。

夫のダンのほうは、火のおこされていない暖炉の前で揺り椅子に座っていた。こけた頬と丸めた体のせいで、実際より一〇歳は老けて見える。妻から来客を告げられても、ほとんど目を上げなかった。

「伯爵がお越しになったよ、ダン。キャッスルトン卿だよ。あんたとお話しなさりたいって」

「言われなくてもわかってんだよ、ヘイゼル」

ヘイゼルはお手あげのしぐさをしてウィルを見た。その顔には〝しばらくこの人の相手をしてみてごらん〟と書かれている。エプロンをつけると、中断していたじゃがいもの皮むきを再開した。

「話があるんだ」ウィルは切り出した。

ダンは顔をしかめた。「仕事なら必要ありませんよ」

背後の台所からの不満げな鼻息が聞こえてきた。「いいや、必要だよ」

「そういう用件で来たわけじゃない」ウィルは言った。薄汚れた小さな窓ガラスの向こうで、木の枝が風にそよいでいるのを見て、うらやましく感じた。「今日はいい天気だ。散歩にでも行かないか、ミスター・オストレイ？」

これを聞いてヘイゼルはげらげらと笑った。夫が家の外に足を踏み出したのはずいぶん昔のことのようだ。

「そうですねえ、キャッスルトン卿」ダンは妻に意地の悪い表情をしてみせた。「行きましょうか」

ダンはよろめきながらゆっくりと立ちあがった。暖炉のそばに立てかけられていた杖《つえ》をウィルが持たせてやると、後ろからよたよたとついてきた。ようやくふたりでコテージの外に出たとたん、歩けるようになったばかりの生まれたての仔馬《こうま》のように、老人は日差しの中へふらふらと進んだ。

細い並木道まで来たところで、ダンが訊いた。「話ってのはあの事故のことでしょうね？」

「なぜ知ってる？」

「おれの人生で起こった重要な出来事といやあ、それしかねえもんですからね」ダンは苦々しく言った。「おっそろしい、悲惨な事故だった。思い出さねえ日はねえくらいです」

「では、あの日の午後、馬車を走らせていたんだね？」

「ええ《アイ》。馬車を走らせるような天気じゃなかったが、レイシー家のご夫婦がどうしてもキャッスルトン・パークへ行くと言って譲らなかった。あなたの親父様《おやじ》にすぐ会わねえといけねえって話でしたよ。それで馬車をまわして、おふたりを乗せたんです」

少し歩いただけなのにダンがすでに息を切らしていたため、ウィルは彼を木陰の切り株へ連れていった。「ここに座るといい」

年老いた御者は切り株の上にありがたそうに腰をおろして話を続けた。「走りはじめたときゃ、どのみち目的地まで辿り着けるだろうと思ってた。雪で路面が凍ってたにもかかわらず、馬たちはうまく走ってくれましてね。だがそのあと、橋を渡ってる最中に車輪が滑り出しちまって。馬車ごと横滑りして橋の縁の低い石壁にぶつかったと思ったら、そこでぐらぐら揺れて、おれは御者台から放り出されて凍った地面に叩きつけられた。車体ん中から、牧師のご夫婦の悲鳴が聞こえてました」そう語る声は震えていた。「おれはよろめきながら立ちあがった――当時はいまよりずっと機敏でしたがね――でも駆けつけたとたん、馬車が凍った川ん中へ落ちていって、二頭の馬と一緒に引きずりこまれちまった。おれは川へ飛びこんで、溺れそうになりながらレイシー家のご夫婦を助けようとした。扉は閉まったまま開かねえし、車体ん中は水でいっぱいで……。川岸におふたりを引きあげたときには手遅れでしたよ――すでに顔が青かった」ダンの声には激しい苦痛がはっきりとにじんでいた。

「気の毒に」ウィルは言った。「あなたは自分にできることをすべてやった。レイシー夫妻が事故で亡くなったからといって、誰もあなたを責めはしない」

んです」

「誰もってこたありませんよ、伯爵。おれはあの日手綱を引いてた。自分で自分を責めてる
「ミスター・オストレイ、おかしなことを訊くようだが、事故の前に誰かが馬車か馬に近づくことはできただろうか。事故を引き起こすような細工をされた可能性は？」

「ありません。ひでえ天気でしたから、あの日は御者台に乗りこむ前に、どこもかしこも二度点検しました。車軸、ブレイス、連結棒、車輪、転向輪、全部正常でしたよ。馬具だって調べましたとも――革紐も、ベルトも、留め金具もひとつずつ」

ウィルはダンの話をよく考えた。「その日、特別に用心した理由は天候のためだけだったのか？」

ダンは深く息を吐いてから答えた。「奇妙なことを言うとお思いでしょうがね、予感がしたんですよ――何か恐ろしいことが起こるぞって予感が。どういうわけだか、わかったんです。しかしおれにゃ止めようがなかった。あれほど強い胸騒ぎがしたのは、あんときが最初で最後だった」

外の暑さにもかかわらず、ウィルは背筋に悪寒が走った。「橋そのものについては？　滑りやすいものだとか、道路に変なものはなかったかい？」

「氷以外にですかい？」ダンは悲しげに首を横に振った。「いいや、凍ってるってだけで充分危険でした」

ウィルは胸の重しがとれたような気がした。この男の主張には真実味があり、疑う余地が

ない。つまり父には、少なくともこの件の責任はなかったのだ。そして、オストレイについてもそれは同じだ。

老人が腰かけている切り株の前へゆっくり歩み寄り、ウィルは言った。「ぼくもあの日のことは覚えている。あなたの言うとおりだ——馬車を走らせるような天候ではなかった。しかしあなたはそうせざるをえなかった。あなたがレイシー夫妻を乗せなければ、ふたりは別の人間に頼んでいただろう。あの事故はただ——恐ろしい、悲惨な事故にすぎなかったんだ。レイシー夫妻が亡くなったのはあなたのせいではない。むしろ、ふたりを救おうとした勇敢さを褒められるべきだ」

ダンは骨ばった手で顔の片側をなでおろした。「罪悪感てのはたちの悪いもんですよ、キャッスルトン卿。起こったことはどうしようもないと頭ん中じゃわかっていても——」こめかみを軽く叩いた。「ああすりゃよかった、こうすりゃよかったって、自分を責めちまう」今度は胸を軽く叩いた。「心ん中でね。罪悪感ちゅうのは人を苦しめ、身動きとれなくするもんだ。おれだって残りの人生をこんなふうに、囚人みたいに家にいながら、かみさんのお荷物として無駄に過ごしたいわけじゃないんですよ」

「キャッスルトン・パークへ来て働くといい。知識が豊富で安全意識の高い働き手を厩舎《きゅうしゃ》で探していたんだ」嘘だった。だが、厩舎にひとり増えたところで困りはしないはずだ。

「どうでしょうかね」ダンは決めかねていた。「おれは弱っちまったもんで」

「一日一、二時間働くことから始めるんだ。体力が戻ってきたら、時間を延ばせばいい。どうだい？」

老人は考えこむようにウィルをしげしげと見つめた。「やってみましょう、ヘイゼルのために。あいつはおれを追い出したくてたまらんのですよ。家に火をつけないのが不思議なくれえだ」

ウィルはほほえみ、片手を差し出した。「では決まりだ、ミスター・オストレイ。あなたが明日から働くことを家令に伝えておこう」ふたりで握手を交わし、ウィルは立ち去った。だが、馬にまたがってキャッスルトン・パークまで引き返すあいだ、ウィルは老人の発言について考え続けていた――人は罪悪感のせいで身動きがとれなくなるという話について。メグは罪悪感に縛られている。両親の死、妹たちをみなしごにしたこと、そしていまは、ウィルとの関係にまつわる罪悪感に。どうにかしてメグの心を解き放ってやらなくては。たとえメグがぼくと結婚しないことに決めようと、これ以上自分を責めて人を避け続けさせるわけにはいかない。きみには幸せになる価値があるのだと、なんとしてもメグにわからせるのだ。

誰かと幸せになる価値があるのだと。

たとえその誰かが、ぼくではないとしても。

メグは朝からほぼずっと、雑巾を片手に居間を掃除していた。室内はかろうじてましな状態になってきてはいるが、棚やテーブルなどを拭くたびに、今度は自分のほうが埃まみれになっているような気がする。窓を開けて雑巾を払い、身につけているエプロンも払った。

いくつかの戸棚の中身を整理しようとしたところで、玄関扉を叩く音がした。

メグの胸の中で心臓が跳ねあがった。シャーロットは勤務中だ。ほかの訪問者はめったにない。届け物かもしれないが、昨日注文したドレスや品物が届くには早すぎる。

ウィルはしばらくどこかへ行くと言っていたけれど、もう戻ってきているなんてことはあるのかしら。

忙しくして考えないようにするつもりだったのに、頭の中はウィルのことばかり。離れ離れになって数日しか経っていないというのに……どうしよう、あの人が恋しくてしかたない。こちらの呼吸を苦しくさせる、いたずらっぽい笑い方。ダイアナとヴァレリーへの無関心を装う、照れ隠しの態度。気づいていないと思ってこちらを見つめる、心臓が止まりそうなほど熱い視線。

メグは唾をのみこみ、玄関へ歩いていって扉を開けた。

そこにいたのはミセス・ホップウッドだった。服や髪が乱れ、疲れきっているように見える。「ミセス・ホップウッド」メグは落胆を見せないようにして言った。「まあ、なんてうれしい驚きかしら！　どうぞ入って、散らかっているけれど――」

「大変です！」子守は苦しげな表情でメグの言葉をさえぎった。「キャッスルトン卿がロンドンにいらっしゃらないので、ほかにどこへ行けばいいかわからなくて」

メグの首筋に戦慄が走った。「双子はどこ？　お願い、あの子たちは無事だと言って」

「わからないんです」ミセス・ホップウッドが叫んだ。いつもどっしり構えているミセス・ホップウッドが、途方に暮れている――メグは何にも増して恐怖を感じた。「ゆうべはお嬢様方をベッドに寝かせてから、簡易ベッドに入って眠りました。同じ部屋でですよ。それなのに目が覚めたら、おふたりともいなくなってたんです。母親ともども」

「ここに来てくれたのは正しい判断でした」メグはミセス・ホップウッドを家の中に入れ、居間の長椅子へ連れていった。「もしかして、三人は公園か、ちょっと買い物に出かけているだけなんてことはありませんか？」メグは希望を込めて尋ねた。

ミセス・ホップッドは首を横に振った。「家の中の物が全部なくなってたんです。これを残して」鞄からとり出されたのは、ヴァレリーのお気に入りのくたびれた人形だった。

「変だわ。ヴァレリーがモリーを置いていくなんて」

「わたしのベッドの足元にあったんです。まるでヴァレリー様がわざと置いていったみたいじゃありませんか……手掛かりにと」

メグは身震いしそうになるのをこらえた。「ライラさんは出かけるようなことを話していませんでした？　怪しい行動をとっていたことは？」

「ありませんね。ただ、今日はわたし、正午まで眠っていたんです。それで何かおかしいと思いました。普段なら鳥が鳴き出す頃には起きるのに、今朝目が覚めたときはほとんど脚も動かせなかったんですから。ゆうべ寝る前に飲んだお茶に、誰かが何か入れたんじゃないでしょうかしらね」

「薬で昏睡《こんすい》させられたというわけ？」嫌だわ、不吉な予感がする。

メグは身を乗り出してミセス・ホップウッドの手を軽く叩いた。「いま、気分は？　何か食べ物か飲み物はいかがですか」

「ありがとうございます。でも、結構です」ミセス・ホップウッドは両目に涙をためていた。「お嬢様方を見つけて、無事を確認したいだけですから」

「わたしもです」メグは立ちあがって、行ったり来たりしはじめた。「ここに来る前にキャッスルトン邸には寄りましたか？」

ミセス・ホップウッドはうなずいた。「ミスター・ギブソンもわたしと同じようにお嬢様方を心配していましたよ。伯爵はあと一日二日はお戻りにならないそうです。でも使用人の皆さんはなんでもするから、必要なことがあれば言うようにとのことでした」

ウィルがここにいてくれたらどんなにいいか。でも、あの人はいない……それに、ダイアナとヴァレリーが危険にさらされているとしたら、一刻の猶予も許されない。

「まずはライラさんの家へ戻って、三人の行き先がわかりそうな痕跡が残されていないか探しましょう」

「なんて悲しいことでしょう」ミセス・ホップウッドが言った。「子どもにとって世界でいちばん安全な場所は母親のそばなのに。でもあの婦人はどうも信用できない気がするんです。お嬢様方がどうなってるのかと思うと、怖くてたまりませんよ」

「わたしもです」メグは目を閉じて短い祈りを唱えた。双子を母親と会わせるようウィルに迫ったのは、このわたし。そしてあの子たちは家に帰ることになった。

わたしが勝手なことをしたせいでダイアナとヴァレリーが危険な目にあったら、この先一生自分を許せなくなる。

38

ウィルがロンドンのキャッスルトン邸に戻るやいなや、ミセス・ランディとギブソンが伝《でん》書鳩《しょばと》のつがいのように駆け寄ってきた。

「双子のおふたりが大変です、旦那様」ウィルの帽子と鞄を受けとりながらギブソンが言った。「ご連絡をと思ったのですが、すでに帰路につかれているのではと考えまして」

「一体なんの話をしているんだ?」

ミセス・ランディが両手を揉みあわせた。「ミセス・ホップウッドが階上でとり乱しています。お嬢様方の母親があの人に薬をのませたあと、子どもたちを連れてロンドンを出たらしくて」

ウィルは首を横に振った。聞き間違えたにちがいない。「なぜライラがミセス・ホップウッドに薬をのませるというんだ?」

「よからぬことをたくらんでいたからでございます」ギブソンが断言した。「邪魔をされたくなかったのでしょう」

「ライラとあの子たちの行方を知ってるのか?」

家政婦長がかぶりを振った。「いいえ。ですが、ミス・レイシーが探しているところです」

なんだって？　「ミス・レイシーが？」どうしてメグがこんな面倒に巻きこまれているんだ？

「はい、旦那様。ミセス・ホップウッドがミス・レイシーに助けを求めたのでございます」執事は得意げに胸を張った。「ミス・レイシーは今朝ロンドンを発ちましたが、わたくしがハリーを付き添わせました。若い淑女にはエスコートが必要だと旦那様がおっしゃるだろうと思いまして」

「そのとおりだ、ギブソン。ふたりはどこへ向かった？」

「エセックス州のブリンへイブンという村です」ミセス・ランディが甲高い声で話しはじめた。「どうやらお嬢様方の母親には姉か妹がいて、そこに住んでいるらしいんです。ミセス・ホップウッドがもっと詳しいことを知っているかもしれません」

「いまから話してこよう」ウィルは階段のほうへ大股で歩き、肩越しにギブソンに声をかけた。「いますぐぼくの馬に鞍をつけておいてくれ。一五分以内にブリンへイブンへ向かう」

「今夜のうちにロンドンに戻れるといいんだけど」メグは言った。胃が締めつけられている。

ハリーは馬車からおりるメグに手を差しのべながら同情の笑みを向けた。「馬を休ませなくてはなりません。あなたもです。夜明けとともに出発しましょう――約束します」

メグは村はずれのこぎれいなコテージにライラの姉妹がいるのを見つけ、少し話をしたものの、母娘の居所については何もわからなかった。それどころか、ますます疑問が増えたくらいだ。

そのうえ、メグとハリーはロンドンから何時間も離れた場所にいた。

ハリーは村の中心に位置する、趣があってにぎやかな宿屋の正面玄関へメグを連れていった。「あなたの部屋を確保して、何か夕食を運ばせます」

「ありがとう。でも、おなかはすいてないわ」

「食べないといけません」従僕が言った。「旦那様なら、そう望まれるはずです」

「キャッスルトン卿のお望みにはめったに従わないの」メグははねつけるように言い、すぐさま後悔した。「まあ、ごめんなさい、ハリー。わたしを気づかってくれているだけなのよね。わたしったらあの子たちが心配で、つい」

「気にしないでください、ミス・レイシー。ぼくもお嬢様たちのことが心配ですから。ここで待っていてください」ハリーは宿屋のカウンターに近づいて主人に話しかけ、鍵を手にして戻ってきた。「こちらへ。部屋まで無事にお送りします」

間もなくして、メグは清潔で居心地のいい部屋で夕食ののったトレーを受けとり……完全にひとりになった。ハリーと御者は階下の酒場で食事をとっていた。今夜ふたりはメグが何かを必要とした場合にそなえ、彼女の部屋から廊下を行った先の部屋に泊まることになっている。

けれどメグが本当に必要としているのは情報だ。ヴァレリーとダイアナの居場所に関するなんらかの手掛かりが欲しい。あるいは、できればふたりの無事を知る方法が。

メグはベッド脇のランプをつけ、申し訳程度にシチューとパンを口にするとトレーを押しやった。

疲れは少しも感じなかったが、マットレスの上に寝そべった。よかった、小さな鞄の中にネグリジェと本を入れてきて。ヴァレリーの人形も持参していたのでとり出し、胸にぎゅっと抱いた。まるで、こうすれば双子が早く見つかるかのように。

ベッドで横になっていると、階下の酒場から騒々しい叫び声や笑い声が聞こえてきた。今回のことはすべて思い違いよ――メグは自分に言い聞かせようとした。あの子たちは急に思い立って、母親と田舎へ遊びに出かけているだけ。ひょっとすると、すでに帰宅して何事もなくベッドに入っているのかも。

ドアを叩く音がして、メグははっと飛び起きた。ハリーが様子を確かめに来たのだろう。それとも、宿屋の者が夕食のトレーをとりに来たのかもしれない。ドアを開けると、目の前に幅広の肩があった。ウィル。

ウィルの姿を目にした瞬間、メグは胸が激しく高鳴った。これほど大きな体で、背が高くて、息をのむほど美しい人だったかしら。この数日間忘れていたなんて、信じられない。

「一体どういうつもりだ」ウィルが厳しい口調で言った。「相手を確かめもせず、いきなりドアを開けるなんて」

「すでに後悔しているところよ」メグはそう答えたが、胸には期待が芽生えていた。

ウィルはすばやく中に入ってドアを閉め、メグを胸に引き寄せた。ウィルの鉄壁のような胸に頬が押しつけられたとたん、メグはほっとして泣きそうになった。

もうひとりじゃないんだわ。

ウィルはメグの髪に手を差し入れ、頭のてっぺんにキスをした。「心配するな、メグ。ぼくがあの子たちを見つける。それまでは休まない」

「ライラさんがどうしてこんなことしたのかわからない」メグはウィルを見あげた。「どうしてあの優しいミセス・ホップウッドに薬なんてのませて、夜中にあの子たちを連れ去ったりしたのかしら？」

「おいで、座るんだ」ウィルはメグを椅子のほうへ引っ張っていき、まだ彼女の手の中にあった人形を見て片方の眉を上げた。「モリーを持ってきたのか」

メグはひとりほほえんだ。ウィルが人形の名前を覚えていたなんて。少し面白く思うと同時に、深く感動した。「ヴァレリーに渡してあげたいの。もしあの子と会えたら……」

「〝もし〟なんて言うんじゃない。ぼくたちで見つけるんだ」ウィルはベッドの端に腰かけて両肘を膝につき、メグと向かいあった。「ライラの姉妹とは話したのか？」

メグはうなずいた。「ライラさんとあの子たちの行方は知らないって。嘘じゃないと思うわ。ダイアナとヴァレリーのことを心から心配しているようだったし、体が弱くなければ自分があの子たちを育てたのにとまで話していたから」

「ライラの家族がほかにもいるとは言ってなかったか？　ライラが身を寄せそうな友人は？」

「ライラさんの手紙の中に、知りあったばかりの謎めいた紳士の友人のことが二度ほど書かれていたらしいの。その人と一緒にいるんじゃないかって話だったわ。でもその人のことは何もわからないんですって」

「くそっ」

メグはウィルの顔に浮かぶ心配そうな表情を見て、自分と同じ考えを抱いているのを悟った――本当にライラが交際相手といるとすれば、その男は双子を邪魔者扱いするだろう。

「愛人と駆け落ちしたかったなら、どうしてダイアナとヴァレリーをぼくたちのところに置いていかなかったんだろうな」ウィルは不満げに言った。「ライラは常に私利私欲で行動するような女だ……とすると、あの子たちをとり戻すことで、何を手に入れたかったんだ？」

メグも同じ疑問を自分に問いかけていた。「たぶん、献身的で愛情深い母親に見せかけたかったんじゃないかしら」

ウィルが顔をしかめた。「正直に言って、たしかにぼくはだまされた」

「これからどこへ行きましょうか」

「ロンドンへ戻ろう。ライラの交際相手とやらを見つけ出す必要がある」

メグはもどかしげな声をもらした。「いまから行かない？　あの子たちが危険にさらされているかもしれないときに、一分でも無駄にしたくないの」

「だめだ。明日の朝まで待ったほうが早く安全にロンドンに着く。きみは体を休めて何か食べないといけない」ウィルはほとんど手つかずの夕食がのったトレーをちらりと見やった。

「そんなにまずかったのか？」

「食欲がないの。よかったら召しあがって」

ウィルは眉根を寄せた。「ワインはどうだ？　飲めば眠れるかもしれない」

「いいえ、そうは思わないわ」

メグは胸の下で人形を抱きしめた。

「モリーが口をきけたらいいのにな」

ウィルは悲しそうにほほえんだ。「おそらくすべてを知ってるぞ」

メグの背筋に悪寒が走った。「あの子たち、怯えていると思う？」

「たぶんね。でも勇敢な女の子たちだし、ひとりじゃない。その点はありがたいよ」

「ええ」メグはその考えを頼みの綱とした。

「明日ロンドンに戻ったら、ライラの隣人たちに訊いて交際相手を探り出してみるよ。名前がわかれば身元を突き止めることができる」

「わたしも手伝いたいわ」

「もちろん、そうしてくれ」ウィルはメグの両手をつかみ、甲にキスした。「だが、今夜は何もすることがない。きみさえよければ、しばらく酒場でハリーと一緒に飲もう。それとも、ひとりでいるほうがいいなら、きみをこの部屋に残していく――ドアに鍵をかけたうえでね――そして朝いちばんに迎えに来る」

メグは唾をのんだ。「あるいは？」

「メグ」ウィルは優しく言った。「ぼくはきみのためならどんなことでもする。去ってもいいし、いてもいい。ベッドのかたわらに座ってきみの寝顔を見守ってもいい。ひと晩じゅう愛を交わしたっていい。きみの心が少しでも落ち着くなら、なんだってするよ。どうしてほしいか言ってくれ」

「ひとりでいたくないの」メグは立ちあがって人形を椅子に置くと、ウィルの首に両腕をまわした。

「偶然だな。ぼくもきみをひとりにしたくない」ウィルが小さく笑うと、メグのすり減った神経がなだめられた。

メグはウィルの額に自分の額を押しあて、なじみのある男らしい香りを吸いこんだ。ウィルに出ていってほしくない。けれど、自分が心乱れているからというだけで彼とベッドに入るわけにはいかない。メグがキャッスルトン邸を去ったあとも、ふたりの状況は変わっていないのだから。うまくいけば、自分たちは双子を見つけるはず……だが、そのあとは別々の道を行くのだ。

「ふたりでただ並んで横になっていることはできない？」メグは顔が紅潮していくのを感じた。「無理なお願いかしら……」

「じつに難しいことだ」ウィルがつぶやくように言った。「でも、きみと一緒にいられるならなんでもしよう。いまも、これからもね」

「ありがとう。あなたが来てくれて、やっと眠れそうな気がするわ」

「きみが着替えるあいだ、部屋を出ていようか？」

メグの顔がさらに熱を帯びた。けれど、ふたりは何もかも分かちあった仲。いまさら恥ずかしがるなんて、ばかげている。「いいえ、でも、壁のほうを向いていてくださらない？」

ウィルはメグの言うとおりにし、彼女を思いやってランプの明かりも小さくした。メグはこれまでにないほどの速さでネグリジェを身につけ、脱いだドレスを椅子の背の上に放り投げると、狭いベッドの上掛けの下に入った。「もういいわ」わずかに息が上がっていた。

「ぼくを信用してくれていいんだよ」ウィルは面白がっている様子で椅子に腰かけ、メグの残したシチューに少し口をつけたあと、上着とブーツを脱いだ。メグと言葉を交わし、顔を洗ってから上掛けの下に滑りこんできたが、シャツとズボンは身につけたままだった。

「シャツを脱いだほうがくつろげるなら……」

「きみが裸でいてくれるほうがくつろげるよ」ウィルは茶化して言うと、片肘をついて体を支えた。

「そこまでくつろいでいただきたくないわ」メグはそっけなく言った。「でも、シャツを脱ぐぐらいはかまわないわ」ウィルの裸の胸のそばにいれば、慰めになって、あれこれ悩まずにいられる。誘惑も感じるだろうけれど――逆らってみせるわ。

ウィルは肩をすぼめてシャツを頭から脱ぎ、メグのドレスの上に投げた。「眠ろうとしてごらん」そう言って、ランプの明かりを完全に消した。「ぼくはここにいる。必要なことがあれば言ってくれ。どんなことでも」最後の言葉は思わせぶりにつけ足した。

暗闇をいいことに、メグはウィルに寄り添い、彼のウエストに片腕を滑らせた。ウィルに腕をそっとなでられると心が静まり、満ち足りた気分になってうとうとしてきた。

「何もかもうまくいくよ」メグの髪に顔をうずめながらウィルがささやいた。「いまにわかるから」

その言葉を信じられたらどんなにいいかしら。「もしあの子たちに何かあったら、この先ずっと自分を許せないわ」

心臓が数拍打つあいだ、ウィルは何も言わなかった。やがて、口を開いた。「あの子たちの幸せを望んだのに？あの子たちに最善のことを望んだのにかい？」

この人はわたしが自責の念に駆られるのを止めようとしてくれている――メグは感謝した。だからといって、自分を許す気にはなれない。「あの子たちをライラさんと再会させることに、もっと慎重になるべきだったわ」

「ライラにどんな意図があったかなんて、きみにはわかりっこなかった」

「もっといろんなことを尋ねて、人となりがわかるまではあの子たちを託さなければよかったのよ」

「ぼくだって双子を母親に返すと決めたんだ。もし妹さんが今回のきみと同じことをした場合、きみは責めるかい？」

「あの子たちは子どもをわざと危険な目にあわせたりしないわ」

「もちろんだとも。きみだってそうだ。でも、いまのはぼくの質問の答えになっていない」

メグはウィルの意見に反論できないものかとしばらく考えた。「もしわたしと同じことをジュリーかベスがしたとしても、責めないわ。けれど、いまの状況は話が別よ。わ、わ、わたしはもっと分別があってしかるべきだった」

「なぜきみには妹さんたちと違う基準が適用されるんだ？　きみのほうが知識豊かで、強くて、責任が重いっていうのか？」

メグは唾をのみこんだ。よかった、真っ暗なおかげで、涙ぐんでいるのをウィルに見られなくてすむ。「いいえ」

「だったら、なぜ周りの人間全員の安全と幸せの責任を、自分ひとりに背負わせる？」

「たぶん、自分を責めていれば、恐れていることを考えなくてすむから」

ウィルはメグの体をたくましい両腕で包みこみ、彼女のこめかみにキスをした。「恐れていることって？」

「愛する人たちを守れないということ」メグはかすれた声で言った。「愛する人を奪われる可能性が常にあるということ。わたしたちの幸せは、つまりわたしたちが生きるか死ぬかは、運命の女神の気まぐれで決まってしまうということ」

「残念ながら、それはいつだって真実だね、メグ。だからこそぼくたちは、できるうちに惜しまず全力で愛さなくてはいけない」ウィルに髪をなでられ、メグは頭皮に心地よい疼きを感じた。「たしかに、ぼくたちは人生の中で選択をする。けれど、何が起こるかを直接決めるのは……そう、運命の女神なんだよ」

「そのとおりよ。それって怖いことだわ」

「ときにはね。でも気持ちを楽にしてくれることでもある。人生で起こる出来事の多くは思いどおりにならないということを受け入れたとたん、罪悪感を手放して……幸せになっていいんだと気づけるかもしれない」

メグはウィルの首に鼻をすり寄せ、彼の言葉の真意を嚙みしめた。「あの子たちのことだけを話しているわけじゃないんでしょう?」

「ああ」

ウィルの言うとおりかもしれない。しかし両親を亡くして以来、メグは重い石のような罪悪感を抱えてきた。あまりにも長いこと持ち続けたので、自分の一部に思えるほどだ。きみは幸せに値するとウィルに言われたくらいで、捨て去ることはできない。

「いまの話をよく考えてみるわ」

「それはよかった」

「そのあいだ、わたしに愛想を尽かさないって約束してくれる?」

ウィルは静かに笑った。「そんなこと、思ってもみなかったよ」

39

ウィルはメグと馬車に乗ってロンドンへの帰途についていた。普段なら馬を駆って顔にあたる風を感じるほうが好きだが、メグと一緒にいられるなら、狭苦しい馬車の中でもちっとも苦にならない。

それほどこの恋に夢中になっているというわけだ。

ロンドンに近づくと、ウィルはメグに身を寄せて彼女の手を握りしめた。「きみを家へ送ろうか？」

「だめよ！」メグは言った。「ライラさんの家へ行って、愛人の身元を知る手掛かりを一緒に探す約束でしょ」

ウィルは片手を上げ、自分を守るしぐさをした。「着替えたり、妹さんたちに無事を知らせたりしたいかと思っただけさ」

メグは申し訳なさそうな笑みをウィルに向けた。「何もする必要ないわ。妹たちも大丈夫。昼になったら連絡するつもりだから」

「それなら結構。御者には屋敷に寄るよう伝えてある。双子に関する情報が届いていないか確認したいからね」

ウィルはマリーナのことを考えていた。謎の男はまたマリーナに接触したのだろうか。あの男がこの件に関係しているのではないだろうか。ウィルはメグに話そうかと思ったが、やめておいた。これ以上心配させるわけにはいかない。

「いい考えだわ」メグは額にしわを寄せて窓の外を見つめた。

「あの子たちは通りをうろついてやしないよ」ウィルは言った。

メグはウィルに向かって眉をひそめた。「そうでないことを願うわ……でも念のためよ」

半時間後、ふたりはようやくウィルの屋敷に到着した。馬車が止まるより先に、ギブソンが階段を駆けおりてきた。ウィルがこれまで見たこともないような速さだ。

ウィルは馬車の扉を勢いよく開け、地面に飛びおりた。「どうした、ギブソン？」

「旦那様、双子のおふたりが」ギブソンが息も絶え絶えに言った。

まさか。ウィルは血も凍る恐怖を覚えた。「何があったんだ？」

「ここにいらっしゃいます」執事は言った。「ご無事です」

「なんですって？　ああ、よかった！」メグはモリーをさっとつかみあげ、馬車を出てウィルの腕の中へ飛びこんだ。ウィルはメグを地面におろして彼女の手を握るや、ふたりで玄関扉に向かって駆け出した。

「おふたりは子ども部屋です」ウィルのブーツが玄関広間のタイルをつかつかと横切る中、ミセス・ランディが叫んだ。「ミセス・ホップウッドと一緒に！」

ふたりは廊下を走り、階段を駆けあがった。ウィルは一段ずつのぼりたくなったが、メグには速すぎたようだ。「大丈夫かい？」ウィルはちらりとメグを振り返って訊いた。

「ふたりの姿をこの目で確かめないと」メグは震える声で言った。「それまでは信じられませんもの」

「レイシー先生？　キャッスルトン卿？」

ウィルにはそのわずかにかすれた声の主が誰かわかった。「ここだよ、ダイアナ！」

少女たちはそろって子ども部屋から飛び出してきて階段の踊り場に姿を見せ、ウィルが床に膝をついた瞬間、ぎゅっと抱きついた。ウィルは左右の腕にひとりずつ抱きあげ、メグのほうを向かせた。メグは三人一緒に抱きしめた。

「伯爵もわたしも、あなたたちのことが本当に心配だったのよ」メグが涙を流して言った。

「どうして泣いてるの？」ヴァレリーが訊いた。

「きみたちと会えてあまりにもうれしいからだよ」ウィルが言った。「ぼくたちふたりともね」

ミセス・ホップウッドも子ども部屋から姿を現し、四人の再会を見てほほえんだ。ウィルにはミセス・ホップウッドにも双子にも訊きたいことが山ほどあった。でも、あれこれ問いただすのはやめておこう。少なくとも、いまは。

「ほら、モリーよ」メグはヴァレリーに人形を手渡した。「この子がいなくて寂しかったでしょ」

「とっても」ヴァレリーは両目をぎゅっと閉じて人形を胸に抱きしめた。「でも、先生と会えないことのほうが寂しかった」

「まあ、ヴァレリー」メグが涙をどっとあふれさせたのでウィルは笑った。

「キャッスルトン卿と会えないのも寂しかった」ダイアナにそう言われ、ウィルは少し心がとろけそうになった。

自分でも何を言っているのかわからないうちに口走っていた。「ほかの呼び方のほうがいいかもしれないな——ウィルおじさんとか」

「ほんと？」ダイアナが甲高い声で訊いた。

ヴァレリーはさらに強くウィルに抱きついた。「あたしたちのこと、怒ってないの？」

「そんなわけないでしょ、ヴァレリー」メグがきっぱりと言った。「伯爵もわたしも、どうして怒ったりすると思うの？」

「あたしたちが孤児院から逃げ出したから」ウィルはダイアナの声にかすかな反抗心を読みとり、誰かさんみたいだと思いつつ、メグと顔を見あわせた。

「どういうわけできみたちは孤児院にいたんだ？」ウィルは尋ねたが、答えを知るのが怖かった。

「ママに連れていかれたんです」ヴァレリーが静かに言った。「しばらくしたら迎えに来るって言ってた……」

「でも、あたしは信じなかったわ」ダイアナが言った。「あんなひどい場所でふた晩も過ごしたら、もう我慢できなくって。だから朝ごはんの前にこっそり食堂を抜け出して、通りへ出たんです。走って角を曲がったところで、馬車を呼び止めました」

「あなたたちだけで辻《つじ》馬車を呼び止めたの？」メグは信じられない思いで訊いた。

「キャッスルトン卿に会いに行くって言って、御者にここの住所を伝えたの」ダイアナが誇らしげに言った。「空で言えるんだから」

「よくやった」ウィルは褒めた。「お金はどうやって支払ったんだい？」

ダイアナが少し赤くなった。「伯爵が払ってくれるって話しました。チップもはずんでくれるって」

それを聞いてウィルは笑った。「ぼくならたしかにそうしただろう。ギブソンが払ってくれたんだろうな？」

「はい、ミスター・ギブソンが自分のお金で払ってくれました。喜んで払うって言ってた」

ダイアナがにこにこして答えた。

「それでよかったのよ」メグが双子に言った。「どこも怪我してないわね？」

「うん」ヴァレリーがうなずいた。「でも、新しいきれいなドレスも何もかも、置いてこなくちゃいけなかったの。持っていこうとしたら、逃げようとしてるのがばれると思って」

「心配しなくていい」ウィルは言った。「ぼくがとり戻す。なくなったものがあれば、新しいものを買えばいい。きみたちふたりが無事なら、ほかのことは大したことじゃない」

「わたしも同じことを申しあげました」ミセス・ホップウッドが言った。

「きみたちはこれから、ぼくと一緒に暮らすことになる」ウィルは少女たちを混乱させないために話した。「ぼくはとてもうれしいよ」

母親のしたことをふたりが理解するようになるには、時間がかかるだろう。だが、この子たちはまだ幼い。月日が経つにつれ、つらい記憶は徐々に薄れ……もっと幸せな思い出に置き換えられるはずだ。

ウィルの考えに同調するかのように、ヴァレリーが急に甲高い声で訊いた。「レイシー先生もあたしたちと一緒にいてくれるの?」

メグは唾をのんだ。「わ……わたしはここには住まないのよ、前と違って。でも、しょっちゅう会いに来るって約束するわ。あなたたちも、いつでも好きなときにいらっしゃい」

双子はがっかりした顔をした。ウィルも暗い気分になったが、少女たちのために無理やり笑みを浮かべた。「好きなだけ何度でもミス・レイシーのところへ連れていってあげよう。だが、いまは――皆で再会できたことを祝おうじゃないか」

「どうやって?」少女たちが叫んだ。

「厨房へ行って、料理長にうまいものでも作ってもらおう」

「やったあ!」

「わたしがこの子たちを連れていきます」メグがさりげなく申し出た。「そのあいだ、旦那様はミセス・ホップウッドとお話しなさってください。長くはかからないでしょうから」

ウィルは慎重に双子を床におろした。奇妙なことに、ふたりを放したくなかった。「そうだな、ミス・レイシーについていきなさい」

三人が声の届かないところまで離れると、ウィルはミセス・ホップウッドに向き直った。

「あの子たちから何か訊けたかな?」

老婦人の顔が曇った。「母親はお嬢様方を孤児院に置いていく際、行き先についてはまったく言わなかったそうです。悪いとは思うけれど、断れない話を受けたからと話していたんだとか」

なんとも気になる話だ。「その孤児院の場所は?」ロンドンには複数の孤児院があるだろうが、はっきり把握はしていない。どういうわけか、ウィルはそのことを恥ずかしく感じた。

「ミスター・ギブソンのお話では、辻馬車の御者はホワイトチャペルから来ていたそうです。あそこには女子孤児院があります」ミセス・ホップウッドは身震いした。「恐ろしいところですよ、孤児院というのは」

「ダイアナとヴァレリーが孤児院に入ることは二度とない。約束する」

「ありがたいことです」子守は片手で胸を押さえた。

「今回の件に巻きこんでしまって申し訳ない。あなたもあの子たちも無事で本当によかった。これからもここで働いてくれないだろうか」

「もちろんそうさせていただきます。小さな方々のお世話をすることがわたしの若さの秘訣《ひけつ》でございますから」ミセス・ホップウッドはほかにも何か言いたそうにしながらも、きゅっと口を結んだ。

「どうしたんだ、ミセス・ホップウッド？　思っていることがあるならどうか自由に話してほしい」

「差し出がましいことですが」子守は話しはじめた。「このお屋敷にとどまるよう、ミス・レイシーを説得していただきたいんです。責任を分かちあう相手が欲しいからではありません。ダイアナ様とヴァレリー様にはあの人が必要だと思うからです。ミス・レイシーもお嬢様方を必要としているんじゃないでしょうか」

「心配しなくていい」ウィルは自分でも意外なほど自信ありげに言った。「いま作戦を練っているところだ」

「まあ、ジュリー、素敵よ！」メグとベスは仕立て屋の試着室の中で、新しいドレスを着た妹をあらゆる角度から見て褒めたたえた。花びらのような袖で、きらめく銀色のサッシュを巻いた薄くて白いドレスが、彫像のようなジュリーの体型を引き立てている。

「女神アテナのようだわ」ベスがうっとりして言った。

「気をつけてね」ジュリーがからかうように言った。「アテナは不敬を働いた人間を蜘蛛に変えたのよ」

メグは安堵の息をついた。ジュリーの舞踏会用のドレスには少し寸法直しが必要だったけれど、時間もお金もかけたかいがあった。目の前のジュリーは美しい――それに、これほど幸せそうな姿を見せるのは久しぶりだわ。明日の……ええと、夜会では、いちばんの美女になるはず。

針子がジュリーのドレスを慎重に脱がせた。「奥で包んでまいります、お客様」そう言って、長くて白いふわふわした絹のドレスを試着室からさっと運び去っていった。

「急いで帰らないと」ベスが言った。「庭の準備を終わらせてしまいたいわ」

「帰ってもまだアリステアおじ様がお昼寝中だといいんだけど」ジュリーが後ろを向いたので、メグは古びた紺色のドレスの背中を閉じてやった。さきほどの白のドレスが空気のように軽かっただけに、ことのほか重くくすんでいるように思える。「書斎の本棚をあともうひとつ整理しなきゃいけないの」

三姉妹は楽しく喋りながらレティキュールとショールを持ち、試着室を出て店の前方へ歩いていった。包装されたドレスをメグがカウンターで受けとると、店主が大きな笑みを浮かべた。「ありがとうございます、ミス・レイシー。舞踏会が大成功をおさめますことを願っております」

メグは恥ずかしそうな顔をした。「どちらかといえば、夜会だけど——」

「ミス・レイシーですって？」はっとするような黒髪の美女が、アーモンド形の瞳をメグのほうへ向けた。「ミス・マーガレット・レイシー？」

「ええ」どこでこの婦人と会っただろうかとメグは記憶を呼び起こそうとしたが、さっぱりわからなかった。「失礼ですが、どこかでお会いしましたかしら」

「お会いするのは初めてですが、わたしはあなたを存じています。どうかぶしつけをお許しくださいね。わたしはキャッスルトン卿の古い友人ですの」メグは相手から差し出された手を握った。「マリーナと申します」

　突然、吐き気が押し寄せた。ウィルはメグのものではないとはいえ、彼の元愛人を目にしたとたん、激しい嫉妬が心の底から込みあげてきた。

　マリーナはどこから見てもなめらかで非の打ちどころのない顔にしわを寄せ、声を低くして言った。「キャッスルトン卿が双子の幼い被後見人の行方をお探しだとか。見つかったかどうか、ご存じでいらっしゃる？」

　メグは罪悪感に襲われた。嫉妬で頭がいっぱいになってしまったけれど、この人はダイアナとヴァレリーの身を案じているみたい。「ええ」メグはマリーナを安心させるように言った。「ふたりとも無事でキャッスルトン邸にいらっしゃいます」

「それが聞けてよかったわ」明らかにほっとした様子でマリーナが言った。「なんといっても、おかしなことがあったあとですもの。おそらくウィル、いえ、キャッスルトン卿から、怪しい男の話はお聞きになったでしょう？　双子のおふたりのことを聞き出そうとしていた男のこと」

「お聞きしましたわ」メグは嘘をついた。じゃあ、ウィルがこの人と会っていたのはそういう理由だったのね。メグは考えこむように首をかしげた。双子があんな目にあったのは、単にライラが親としての責任を放棄した結果なのだと思っていた。でも、ほかの人間も関わっている可能性があるのでは？　それも、ひょっとするともっと悪質な理由から。「そのおかしな出来事が双子の失踪と関係しているとお思いですか？」

「さあ、わたしにはよくわかりませんわ」マリーナは正直にそう言うと、疑《うたぐ》り深いまなざしで仕立て屋の中を見まわした。「でも、わたしの予感はいつもあたりますの。何か悪いことが起こりそうだわ。あなたも妹さんたちも、外出なさるときはお気をつけになって——万が一のために」

「ありがとうございます」メグは真剣な面持ちで言った。「気をつけますわ。妹たちをご紹介させてください。エリザベスとジュリエットです」

「どうかベスとお呼びになって」

「わたしのことはジュリーと」

「皆さんとお会いできて光栄ですわ」マリーナは心からの笑みを浮かべた。「お出かけ中にお邪魔してごめんなさいね。わたしには姉も妹もおりませんけど、もしいたら、皆さんのように少なくとも週に一度は一緒に過ごすはずだわ。ドレスや帽子や靴を買って」

「あら、わたしたちはめったにこんなことしないんです」ベスが笑いながら言った。「買い物はめったにしないという意味です」ジュリーが説明した。「わたしたちはいつも一緒。それが三人の合言葉なんです」

メグはマリーナの黒い瞳に浮かぶうらやましげな表情に気づいた。この人も嫉妬で胸が疼いているんだわ。

「明日の夜、おじの家でささやかな夜会を開きますの」言葉が口をついて出た。どうやら正気を失ったらしい。「もしご予定がなければ、どうぞいらしてください」

「夜会ですって？　まあ、すばらしい！」

ベスがあきれ顔をした。「どちらかといえば、〝舞踏会〟ですけど」

40

準備はすべて整った。

上流階級の人々が集う大舞踏室とは似ても似つかないが、アリステアおじの質素なタウンハウスには独特の魅力がある。メグは高い天井より、書籍の詰まった本棚のほうが好きだった。光り輝くシャンデリアより、蠟燭の炎が揺らめく雰囲気のほうが好きだった。

メグとベスとジュリーは家具のほとんどを部屋の端に寄せ、客たちが交流……もしくはダンスさえできるよう、中央を空けた。摘んだばかりの花を窓辺や炉棚の上に飾ったおかげで、家じゅうが色彩と香りに満ちている。

午前中に雨が降っていたものの、やがて晴れ間がのぞき、ベスが新たによみがえらせた庭は、湿ってはいたがさわやかな涼しさが漂っていた。

メグは落ち着いた金色のボンバジンで作った新しいドレスをなでつけた。よかった、舞踏会用のドレスよりも実用的なものを買うことにして。メグのドレスはジュリーのものと違い、歩いてもふわりと浮くことはない。ベスのドレスのように、蠟燭の明かりのもとできらめくこともない。しかし、たとえ〝丈夫で長持ち〟という表現がぴったりだとしても、新しく、メグによく似あい、手持ちのどのドレスよりもはるかに素敵だ。

あと一時間もしないうちに最初の招待客が到着する。胸を張って挨拶しよう。メグは急いで寝室から出て、淑女らしくないとは思いつつ、階段の下に向かって叫んだ。「ジュリー？ベス？　髪を結うのを手伝いましょうか？」

「大丈夫、もうすんだわ」居間のあたりからベスの声が返ってきた。

「でも、たったいまお姉様に荷物が届いたわ」ジュリーが言い添えた。

「いま行くわ！」本当は各部屋を最後にひとまわりしてから、軽食の準備が整っていることを使用人に確認したかったのだが。

しずしずと階段をおりると、たいそう美しく優雅な妹たちの姿が目に飛びこんできて息をのんだ。短いあいだとはいえ、ウィルの下で家庭教師として働いたことで、胸が張り裂けそうなつらさを味わうことになった。けれどもまた、こうして妹たちに新たな一歩を踏み出させることもできたのだ。そのことには永遠に感謝しよう。

「まあ、お姉様」ベスが叫んだ。「素敵だわ！」

「まぶしいくらいよ」ジュリーが茶色い紙に包まれたきれいな小包をメグに手渡した。小包を縛っている紐の下に、小さな手紙が挟みこまれている。「配達人が届けてくれたの」

「何かしら。見当もつかないわ」メグは舞踏会のために大きな窓の下に寄せた長椅子まで歩き、手紙を開いた。筆跡を目にしたとたん、送り主がわかった。

レイシー先生へ

新しいドレス、気に入ってくれますように。ふたりでこの色に決めました。妖精のお姫様みたいに見えると思います。ウィルおじ様も同じ意見だそうです。チョコレートには近づかないでね。どうか早く会いに来てください。

愛を込めて
ダイアナとヴァレリーより

「誰から?」ジュリーが首を伸ばして手紙をのぞこうとした。

「双子よ。新しいドレスですって」メグは泣くまいとして両目を拭った。「開けるのは明日にするわ。いろいろ落ち着いてから」

「明日ですって? 正気なの?」ジュリーが両手を腰にあてた。「お姉様がいま開けないなら、わたしが開けるわよ」

「わかったわ」周りをうろうろする妹たちを尻目に、メグは包み紙を破いて箱を開けた。中に入っていたのは、これまで見た中で最も美しく華やかで、ため息が出るようなドレスだった。

「並み大抵のドレスじゃないわ」ベスが崇《あが》めるように言った。

メグはそのドレスを箱から出し、息をのんだ。深みのある薔薇色の絹が滝のように床に流れ落ちていく。小さくふくらんだ袖はメグの肩を隠し、四角く開いた深い襟ぐりは鎖骨を縁どってくれるだろう。サテンのサッシュはきらきら輝く淡いピンクで、裾を上品に飾っている繊細なレースとぴったり合っている。

夢見たことすらないようなドレス。

有無を言わさぬ口調でジュリーが言った。「上へ行って着替えてきて」

メグはごくりと唾をのんだ。このドレスを着たら、自分の心をごまかすことができなくなる。

「もう着替えて髪も結ってしまったわ。リボンもドレスに合わせてあるし。これを着るのはまた今度――」

「いまよ」ジュリーがきっとにらみつけてきた。メグは必死で援軍を求めてベスを見た。

「ジュリーに賛成よ。今夜はこの薔薇色の絹のドレスを着なきゃ――さもないと、ジュリーとわたしで無理やり着させることになるわよ」

ウィルはウィルトモア卿のタウンハウスで群れをなす招待客を押し分け、メグを探していた。居間で喋りながらシャンパンを飲んでいるのは自分の母親とレディ・レベッカ、ミス・ウィンターズだ。ウィルが三人に挨拶すると、舞踏室代わりの食堂に行けばメグと会えるかもしれないとミス・ウィンターズが教えてくれた。

混みあった部屋の中で薔薇色のダイヤモンドのように輝くメグを見つけた瞬間、ウィルはあのドレスを買ったことを後悔した。いまや舞踏会に集まったすべての男がメグの美しさに気づいている。ドレスに合わせてショールも買えばよかった――あのまばゆいほどのなめらかな肌を隠すために。ちくしょう、なんてことだ。

ウィルは大股でメグのほうへ歩いていった。メグの気を引こうとしている、気どった若い男たちを蹴散らしてやる。ところが誰かに腕を引かれ、ウィルは苛立ちつつもそちらを向いた。

そんなばかな。どうしてかつての愛人がメグの舞踏会に？　「マリーナ？」

「ウィル」マリーナはせがむようにささやいた。「ふたりきりで話せる？」

「いまは難しい」ウィルはメグのほうをちらりと見やった。ダンスの申しこみを果敢にも断っているが、そのうち根負けしてしまうだろう。メグと踊る相手がいるとすれば、このぼくだ。

マリーナはため息をついた。「あなたの夜を邪魔するつもりなんてないわ。でも、例のおかしな出来事に関係した話なの。あの怪しい紳士の身元がわかったと思うのよ……ここに来ているわ」

「なんだって？」ウィルは完全に注意をマリーナに向けた。「こっちへ。庭でならふたりきりで話せる」

演奏者たちをよけながら、マリーナを連れて石畳の小さな中庭に出た。手入れの行き届いた茂みと、蔓草を這わせた格子垣に囲まれている。

ウィルは髪をかきあげた。「一体、ここで何をしているんだ？」

マリーナはあきれ顔をした。「そんなに知りたいなら教えてあげる。ミス・レイシーに招待されたのよ。あなたが気まずい思いをするかもとは思ったけど——」

「まったくだ」ウィルはマリーナの言葉をさえぎった。

「だけど、あの方も妹さんたちも、これ以上ないほどご親切だったのよ。それに、来てよかった。だってヴォクソール・ガーデンズとオペラにいた男が来ているんだもの。ほぼ間違いないわ」

ウィルは両手をこぶしにした。「どいつだ？」

「ミス・レイシーから紹介されたわ。レッドミア卿ですって」

ウィルは首を横に振った。信じられない。「あの侯爵はそんな人じゃない。どうしてきみを脅しているやつだなんて思うんだ？」

「はっきりしたことは言えないわ」マリーナが言った。「でも、声にとても特徴があるの。今夜あの人に話しかけられたとき、体の奥で震えを感じたわ。わたしの持ってる中でいちばん上等の真珠のネックレスを賭けてもいい——あの人よ」

声に聞き覚えがあることとマリーナの直感以外にもう少し証拠が欲しいところだが、例の男を見つける手掛かりにはなる。「探ってみるとしよう」

マリーナの話を理解しようとして、ウィルの頭の中はすでに混乱していた。レッドミアがマリーナにつきまとうとすれば、どういった動機からだろう？　怪しい男が知りたがっていたのは双子、ライラ、メグについてだ。まるでつじつまが合わない。

「教えてくれたことにあらためて礼を言うよ。レッドミアが今夜の舞踏会できみを問いつめるほど厚かましいとは思わないが、身の安全のためには近寄らないほうがいい」

マリーナは肩をすくめた。「あの人からは離れておくわ……でも何が起こるのかは見届けたいの」そう言ってマリーナは体の向きを変え、家の中へ入っていった。ウィルもあとに続いた。

食堂に入るとメグの姿が目に入った。まだ崇拝者たちからの誘いをかわしている。いままでメグを無視していたくせに、気まぐれなけだものたちめ。ウィルは壁際に散らばっているほかの招待客たちを見まわしてレッドミアの姿を探した。

「もしかして」すぐそばで女らしい声がした。「わたしを避けていらっしゃるのかしら」

ちらりと見おろすとレディ・レベッカがいた。ウィルは苛立ちを隠そうとして言った。

「まさか。じつは、あなたのお父上を探していたところです。ちょっとお話がありましてね」

レディ・レベッカは片方の眉をつりあげ、はっと息をのんだ。早合点しているにちがいない。

「父ならさきほどウィルトモア卿と話しておりましたわ。連れてまいりましょうか」

「いや、自分で見つけます」ウィルは急いでお辞儀をして居間のほうへ向かった。「では失礼」

入り口まで辿り着きもしないうちに、レッドミアが抜け目ないまなざしで近づいてきた。

「こんばんは、キャッスルトン卿。レベッカと話をされていましたね。ふたりは本当にお似合いだ」

ウィルは気づいた——レッドミアは偶然見かけた光景に感想を述べているふうを装っているが、何かをたくらんでいる……そして突然、パズルのピースが組みあわさった。「ちょうどあなたをお探ししていたのです、レッドミア卿。少し外へ出ませんか」

「お望みとあらば。心地のいい夜ですからな。新鮮な空気を吸いたくなる」レッドミアは汚れひとつない夜会服の上着のポケットを軽く叩いて、いわくありげに笑みを浮かべた。「両切りの葉巻《チェルート》を二本、こっそり忍ばせてきましてね。よろしければ吸われますかな？」

「いいですね」嘘だった。ふたたび食堂を通っていくと、今度はメグがこちらを見たのでウィルは残念そうな表情を向けた。メグはわずかに怪訝そうな顔をした。今夜はひと晩じゅう、この埋めあわせをしよう——ウィルは自分に誓った。

レッドミアとの話を終えたらすぐに。

ウィルとレッドミアがすぐそばを通っても、演奏者たちは音を間違えなかった。庭に出たふたりは、あまり騒がしくない場所へ移動した。

老人はポケットに手を入れ、チェルートをウィルに差し出した。

「結構です」

レッドミアは口を引き結んだ。なんとなく侮辱されたと感じたようだ。ウィルは意に介さなかった。

「何か心配事でもおありかな、キャッスルトン卿？」レッドミアはチェルートを鼻の下に持っていって深く息を吸いこんだ。

「ぼくの個人的な問題《アフェア》をかぎまわっているそうですね」

「何をおっしゃっているのか、わかりませんな」レッドミアは落ち着き払って言った。「だが、わかっていることがある——その口調は気に食わん」

ウィルは肩をいからせた。「だったら罪のない《イノセント》人間を脅してぼくのことを問いつめるのをやめていただきたい」

「きみの愛人だった女に無垢《イノセント》なところなどあるまい。なんだってわたしがきみの情事《アフェア》に興味を持つと思うのかね？」

「たぶん」ウィルはくだけた口調で言った。「自分の娘とぼくの仲をとりもつためでしょう」

レッドミアはまさかと言いたげに首を横に振った。「おまえはうぬぼれの強いくそったれだ、キャッスルトン。どこがいいのかまったく理解に苦しむが、わが娘はずいぶんおまえにほれこんでいる。レベッカと結婚できるなんて、おまえは幸運なんだぞ」

「たしかに幸運だと思う相手はいるはずだ。でもぼくは違う」

「考え直したほうがいいんじゃないか」レッドミアはウィルを脅迫するかのように、中庭を行ったり来たりした。

「なぜ？」

「あの家庭教師を気に入っているんだろう？　ウィルトモアの壁の花の長女を」

ウィルの背筋に悪寒が走った。「言葉に気をつけろ、レッドミア。個人的なことに首を突つこむのはいい加減にしてくれ」

「どうしてもというならあの女を愛人にしろ……だが伯爵夫人にしてはならん」

「助言を求めた覚えはない」ウィルははらわたが煮えくり返る思いだったが、どうにかこらえた。まだ話を聞き出す必要がある。

「お互いわかっているはずだ。レイシーとかいう小娘よりわが娘のほうが、はるかに伯爵夫人の座にふさわしいと。あの壁の花はすぐに飽きられ、用なしになる。そしておまえは愛情深く献身的な夫へと変わるのだ……レベッカを妻にして」

ウィルは唾をのみこみ、胸の中で暴れまわる怒りを必死で抑えた。「そのためにライラを説き伏せて双子を連れていかせたのか？　そうすれば家庭教師がいらなくなるから？」

レッドミアは肩をすくめた。「説き伏せてなどいない。金をくれてやっただけだ」

なんだと！　ウィルはレッドミアのほうへ一歩踏み出した。侯爵はあとずさりし、格子垣に背をぶつけた。「そんなことをすれば、あの子たちがたちまち孤児院に入れられるとわかっていたのか？」

レッドミアはせせら笑った。「正直に言ってやる。騒がしい娘どもをライラがどうしようと、こっちの知ったことじゃない。わたしが気にかけていたのは、レベッカがおまえの妻になる前に、屋敷からあいつらを追い出すことだけだ。若い新妻が庶子を育てるなどもってのほかだからな。おまえに少しでも脳みそがあったら、うっとおしいがきどもを駆除してもらったことに感謝しているはずだ」

「あの子たちは害虫じゃない。子どもたちなんだぞ、けだものめ。ついでに言っておくが、おまえのいかれた計画は失敗した。双子はぼくの屋敷にいて無事だ。それに、ぼくはミス・レイシーと結婚する」

「いいや、しない」レッドミアは嘲笑《あざわら》った。

「なぜそう言える？」ウィルは威嚇するように侯爵のほうへ一歩踏み出し、胸と胸をぶつけてにらみあった。

「おまえはあの女とは結婚しない。なぜなら、そんなことをすれば、わたしがあの女に教えてやるからだ。おまえと愛人はまだつきあっているのだとな」レッドミアは邪悪な笑い声をあげた。「さっきここであの女といるのを見たぞ。目撃者はきっとほかにもいるはずだ」暗黙の脅しをウィルによく理解させようとして言葉を止めた。「大した男だな、キャッスルトン。その辺の男どもより度胸がある。愛人の舞踏会に出席しながら、そこで別の愛人と逢い引きするとは」

堪忍袋の緒が切れた。ウィルはレッドミアの上着の襟をつかんで相手の体を持ちあげ、格子垣に押しつけて全身を揺すった。

「何事ですの？」

ちらりと振り返ると、メグがあわててやってくるのが見えた。

「中へ入ってろ」ウィルは命じた。

いつものとおり、メグは無視した。ウィルの腕をつかんで揺すり、こう言った。「レッドミア卿はわが家のお客様なのよ。放してさしあげて」

「悪いがそれはできない。話の途中なんでね」ウィルがふたたび侯爵を格子垣に激しく叩きつけると、相手の背後で格子垣の木材が砕けた。「そうだろう、レッドミア？」

「あなたにお知らせしなくてはなりません、ミス・レイシー」レッドミアが興奮した口調で言った。「キャッスルトン卿はここで愛人と密会されていました。あなたの舞踏会で」

「相手にするな、メグ。こいつはぼくを脅迫して自分の娘と結婚させようとしているんだ」

すでに顔を真っ赤にしている侯爵をメグはきっと見据えた。身をすくませるような、家庭教師然としたまなざしだ。「驚きましたわ、レッドミア卿。紳士らしくないふるまいですこと」今度はウィルに厳しいまなざしを向けて言った。「それでも、わが家の集まりでお客様に暴力を振るうことは許しません。もう一度言います。この方を放してさしあげて」

「頼む、メグ。双子がいなくなったのもこいつのせいなんだ」

「なんですって？」

「こいつがライラに金を渡してあの子たちを連れていかせたんだ」

メグは目を細め、事の真相を理解するにつれて胸が上下し出した。「そういうことなら」メグはわざとゆっくり言った。「わたしが許可します。レッドミア卿にふさわしいことをしてさしあげて」

メグが言い終わるより先に、ウィルは侯爵のみぞおちを真正面から殴りつけ、相手の背中が格子垣を突き破った。ウィルがメグをどかせたとたん、ばらばらになった骨組みがレッドミアの上に崩れ落ち、侯爵は格子の残骸と蔓草の山に埋もれた。

演奏者たちは木材の砕ける大きな音を聞きつけ、手を止めて中庭のほうへ首を伸ばした。リールの陽気な旋律が消え、代わりに侯爵のみじめなうめき声が響く。

野次馬が数人駆け寄ってきて、めちゃくちゃなありさまに息をのんだ。あっという間に、招待客の全員かと思える人々が中庭に詰めかけ、その光景を目撃した。

メグは混乱した状況を驚愕に青ざめながら眺めていた。ウィルはメグの舞踏会を台なしにしてしまったことで、自責の念に駆られてもおかしくなかった……ところが、意外なことに、レッドミアに一発お見舞いできてすっきりしていた。それに、メグから承認を得たうえでの行動だ。

肩をすくめ、胸ポケットのふくらみを軽く叩いた。呆然としている社交界の連中を、もうひとつ驚かせてやるとしよう。

41

メグは急に顔が熱くなってきた。いままさに起こっている醜聞をひと目見ようと、ロンドンの洗練された人々が首を伸ばしている。群がる人々を押し分けながら妹たちがやってきて、悲しそうな表情を浮かべた。ベスが美しく整えた庭は、見るも無残な状態だ。格子垣の残骸の中からレッドミア卿の脚とブーツが突き出ているさまは滑稽だった。もしこれが自分たち三姉妹の開いた、生まれて初めて——あるいは生涯で一度きり——の舞踏会でなければ、笑っていたかもしれない。

メグはまだ、双子が孤児院に捨てられた事件の首謀者がレッドミア卿だったという話に動揺していた。地面に寝転がったままもがいているこの男の脇腹を蹴り飛ばしてやりたい——そうしないためにはありったけの自制心をかき集めなくてはならなかった。

レディ・レベッカも姿を見せた。かなり大柄なお目付け役の婦人ふたりを両脇に従えている。脚をばたばたさせているのがほかならぬ自分の父親だと気づくと、恐怖に顔をゆがめた。

「お父様？」

メグはその場にいた全員から目を向けられたような気がした。舞踏会が明らかにおかしな展開を見せていることに、なんらかの説明を求められている。言葉が見つからないまま口を開いたところで、ウィルに片手で背中を支えられ、耳元でささやかれた。「ぼくにまかせて」

ウィルは集まった人々に言った。「レッドミア卿は運悪く庭の格子垣にぶつかってしまわれました」一部の貴婦人たちが哀れむように息をのんだ。「しかし幸い、どこにもお怪我はないご様子です」ウィルは群がっている人々の中に友人の姿を見つけて声をかけた。「トリントン、悪いがレッドミアを引っ張り出してレディ・レベッカと一緒に家へ送り届けてくれないか」招待客たちが仰天して見つめる中、トリントン卿はレッドミア卿の片脚の足首をぞんざいにつかみ、がれきの外へ引きずり出して立たせた。侯爵は呆然としているものの、大した怪我はないようだ。

「ほら」ウィルは明るく言った。「大丈夫だと言ったでしょう」

「まあ、お父様!」レディ・レベッカが駆け寄って勢いよく抱きしめると、レッドミア卿は苦しそうな顔をした。

「あばらが少し痛むのかもしれない」ウィルが説明し、トリントン卿は庭の後門を通って侯爵と令嬢を連れていった。

それ以上何事もなく父娘がいなくなったので、メグはほっと息をついた。けれど、もうとり返しがつかない。一度でいいから、人生で思いどおりにいくことがあるといいのに。

「さて」あぜんとしている人々に向かってウィルは言った。「皆さんお集まりですから、そのまま聞いていただきましょう」

メグは目をぱちくりさせた。聞くって、一体何を？

ウィルはメグの瞳をのぞきこみ、彼女の両手をとった。そしてまさに話しはじめようとしたそのとき、アリステアおじがよろめきながら招待客たちをかき分け、中庭にやってきた。勝ち誇ったように白髪が揺れている。

「とうとう、祝いを述べるときが来たか！　この立派な紳士が、わしの可愛い姪のマーガレットと結婚する。大賛成だ。心からうれしく思う。ふたりには誰よりも幸せになってもらいたい。末永く、仲むつかしく暮らしなさい！」

アリステアおじの言い間違いがこだましたあと、庭は静まり返った。

メグは目を閉じた。誰がどう見ても恥じ入るべき状況だ。それなのに、恥ずかしさはみじんも感じない。感じているのはただ、愛だけ。

愛が心からあふれていた。おじ、妹たち、シャーロットへの愛。双子とミセス・ホップウッドへの愛。そして何より、ウィルへの愛。

メグは両親の存在も感じていた。頭上で輝く星々や、うなじの後れ毛をくすぐる暖かい夜風の中に。両親の最大の願いは三人の娘たちが幸せになることだった。ひょっとしたら両親こそが、メグとウィルをふたたび結びつけてくれたのかもしれない。

メグが目を開くと、ウィルはまだ彼女の両手を握ったまま、ほほえんでいた。ベスとジュリーとシャーロットが、期待で飛び跳ねそうな様子でメグの片側に立った。マリーナはせつない表情を瞳に浮かべてこちらを見つめていた。ウィルの母親のレディ・キャッスルトンでさえ目を潤ませ、いつになく感傷的になっているように見える。

ウィルが咳払いをした。「お祝いの言葉をいただき、ありがとうございます、ウィルトモア卿。ですが、ぼくはまだ何も言っていません」

アリステアおじは目をぱちくりさせ、じれったそうに杖を振った。「だったら、さっさと言わんか、ほれ！」

メグはすまなさそうな笑みをウィルに向けた。けれどもウィルは気にしていないようだ——メグだけに意識を集中させている。

「じつを言うと、今夜はちっとも計画どおりにいかなかった」ウィルが話しはじめた。「でも人生ってそういうものだろ——驚きに満ちていて、すばらしいこともあれば、悲惨なこともある。ぼくたちは過去を変えることができないし、将来どんな試練と向きあうかもわからない。ただし、誰のそばにいるかは自分で選べる……メグ、ぼくはきみのそばにいたい。これからもずっと」

メグは胸が破裂しそうになりながら唾をのみこみ、それから、うなずいた。

「ミス・マーガレット・レイシー」ウィルは真面目な顔で言った。「きみはぼくのすべてだ。きみがぼくと結婚してくれれば、ぼくは世界一幸せな男になれる」メグをじっと見つめる茶色い瞳が愛情で輝いていた。「お願いだ。ぼくと結婚すると言ってくれ」

メグが返事をするまでには少し時間がかかった。迷っていたからではなく、思いがあふれて声が出せなかったから。「愛しているわ。もちろんあなたと結婚します」

集まった人々が一斉に歓声をあげると、ウィルはメグを抱きあげてくるくるまわした。

「そうだ」ウィルはメグをおろしてポケットに手を入れ、年代物の美しい指輪を差し出した。「ぼくの祖母のものだったんだ」そう言ってメグの指にはめた。「祖母ならきみをとても気に入っただろう」

「そうね」レディ・キャッスルトンがハンカチで両目の端を拭いながら、優しく声をかけてきた。「たしかに義母ならきっと気に入ったと思うわ。わたしでもわかるもの、あなたのおかげで息子がどれほど幸せか。あなたなら立派な伯爵夫人になれるわ、ミス・レイシー」

そのあとは皆で泣いたり、抱きあったり、祝福の言葉を述べたりして数分が過ぎた。しかし、やがて演奏者たちが音楽を奏ではじめ、客たちは軽食やダンス、噂話を楽しもうと、徐々に家の中に引きあげていった。ウィルとメグは中庭でふたりきりになった。

「素敵なドレスをありがとう」メグは身をひるがえし、薔薇色の絹を月明かりにきらめかせた。「夢みたいよ」

ウィルは肩をすくめた。「選ぶのをヴァレリーとダイアナが手伝ってくれたんだ。とても具体的な助言をもらったよ」

「わかるわ」メグはさらに少し幸せな気分になった。「あなたは最高の父親になるのよ」

「努力してみるよ」ウィルは真顔で言った。「以前は、ぼくと距離を保っていたほうが双子のためにはいいと思っていたんだ」

「いまは？」

「ぼくもあの子たちも、同じくらいお互いが必要なんだと気づいた」

メグは片方の眉をつりあげた。「ずいぶん優しくなったのね」

「優しいわけじゃない」ウィルは顔をしかめた。

「そうかしら」

「欲しいものは手に入れる、欲深い男なだけさ」

メグはまた片方の眉をつりあげた。「どんなふうに？」

「こんなふうにだ」ウィルはメグを公の場では不適切なほど引き寄せ、音楽に合わせて中庭じゅうで彼女の体を回転させた。「今夜はずっと、きみと踊りたくてしかたなかった。でもこうして踊っていると、今度はこのドレスを脱がせてきみの体じゅうにキスすることしか考えられない」

メグは誘惑するように下腹部をウィルの下腹部に押しつけた。長くて硬いものがあたっている。「それでおしまい？」

ウィルが喉の奥から声をもらすと、メグの体に心地よい震えが走った。「言葉に気をつけるんだ、小悪魔め。さもないとあのベンチへ連れていってこのきれいなドレスをまくりあげるぞ。気持ちよさそうに声をあげるまで、うっとりさせてやる」

メグはベンチを一瞥した。その光景を思い描きながら。そうしてほしいと望みながら。

「あなたと離れていると寂しいわ」正直な気持ちを告げた。

「明日、双子に会いにおいで。あの子たちの昼寝中、しばらくふたりきりになれる」

「それまで待てるかしら」メグはため息をついた。

ウィルはいつまでも続くような長いキスをして、メグを恍惚とさせた。「大丈夫、待つ価値があったと思わせてみせるよ」

「レイシー先生！」

ヴァレリーとダイアナは子ども部屋の向こうから走ってくると、メグを両脇からきつく抱きしめた。

「ドレスは気に入ってくれた？」ダイアナが訊いた。

「とっても。どうもありがとう」

「きれいだっただろうなあ」ヴァレリーが言った。

「本当にきれいだったよ」ウィルは三人を窓辺の椅子へと導き、メグと自分のあいだに双子を座らせた。「ミス・レイシーとぼくから、きみたちに話があるんだ」

「えっ」ヴァレリーが不安そうに顔にしわを寄せた。

「心配しなくていい」ウィルは静かに笑った。「きみたちはこの知らせを気に入ると思う」

「教えて」ダイアナが意を決したように言った。「あたしたち、どんなことでも受け止めるわ」

メグは胸がきゅんとなった。かわいそうに、この子たちはなんて多くの試練を乗り越えてきたのかしら。「あなたたちのウィルおじ様がね、わたしに結婚を申しこんでくださったの」少女たちの瞳がありえないほど大きく見開かれた。「〝はい〟とお返事したわ」

「やったあ！」少女たちは叫び、椅子の上で飛び跳ねた。ひたすら心のままに祝ってくれているその様子に、メグはますますふたりがいとおしくなった。

「世界じゅうでいちばん大好きなふたりが」ヴァレリーがウィルの膝の上に勢いよく腰をおろしてため息をついた。「結婚だって！」

「ていうことは、レイシー先生はここに住むの？」ダイアナが用心深く訊いた。「あたしたちと一緒に」

「ええ、あなたたちと一緒に住むのよ！」メグはダイアナを安心させた。

「ぼくたちは家族だ」ウィルが言った。「みんなでひとつなんだよ」

「ほんと？」信じたくてたまらない様子でヴァレリーが尋ねた。

ウィルはうなずいた。「ぼくたち四人は最高の仲間になるだろう」

これほど幸せそうにしている双子の姿を、メグは見たことがなかった。

数時間後、ミセス・ホップウッドが少女たちをうまくベッドに入れて昼寝をさせているあいだ、メグとウィルは忍び足で階段をおり、こっそり書斎へ入った。ウィルはドアに鍵をかけてカーテンを引くと、椅子に身を沈め、机の角に踵をのせて交差させた。

メグの全身が期待に打ち震えた。

ウィルはあごの下で両手の指を合わせ、メグの全身を眺めまわした。「で、ミス・レイシー、どうして自分がこの仕事にふさわしいと思うんだね？」

メグは片方の眉をつりあげ、ウィルと向かいあった椅子の肘に腰かけた。「あら、これは面接ですの、伯爵？」

ウィルはメグにゆっくりとみだらに笑いかけた。メグの心が小さく揺れ動く。「そうとも」

メグは何食わぬ顔で目をしばたたいた。「二日酔いでいらっしゃらないなんて、拍子抜けいたしましたわ」

「きみは察しがいいな――すばらしい資質だ。しかし正直言って、経験がないことにはがっかりだ」

「経験なら、最近積みました」メグは満足そうに言った。「それでも、まだ初心者であることは認めます」メグはドレスの片側の紐をほどき、袖を脱いで肩を出した。「その点に関してはほかの方法で補えるかもしれません」

ウィルは欲望に瞳の色を濃くし、立ちあがってつかつかとメグの前に来ると机に腰をもたせかけた。「悪いがもっと具体的に言ってくれないか、ミス・レイシー。きみがふさわしいかどうか、ほかにどうやって判断しろと言うんだ？」

「あら、こうですわ」メグはドレスをウエストまで下げ、身をくねらせて腰までおろし、最後に床に落とした。シュミーズとコルセットだけの姿。誘うように背をそらせた。

「きみはたしかになんらかの技巧を身につけているらしい」ウィルは唾をのんだ。役になりきったままでいるのが苦しくなってきたようだ。「だが、決断するのはもっと確かめてからでないと」

「ずいぶん欲深い雇い主でいらっしゃるようですわね」メグはシュミーズの襟ぐりの紐を解いて引っ張り、張りつめた薔薇色の頂をウィルの焼けつくような視線にさらした。

「だめだ、美しすぎる」ウィルは机から離れてメグの背後にまわり、豊かな胸を両手で包んだ。「いくらでもきみが欲しいよ、メグ」

シュミーズの裾を持ちあげられると、メグの呼吸が速くなった。「それはつまり、わたしを採用していただけるということかしら、キャッスルトン卿？」

ウィルはメグの首筋に口づけした。メグの膝から力が抜けていく。「いつから始めてもらえるかな？」

「いつでも……いますぐにでも」メグはささやいた。

「いいだろう、ミス・レイシー、まずはぼくの机を片づけようか……」

訳者あとがき

アナ・ベネットの初邦訳作品『壁の花の秘めやかな恋（原題：My Brown-Eyed Earl）』をお届けします。

物語の舞台は一九世紀初頭、摂政時代真っただ中のロンドン。牧師の娘として育った三姉妹の長女メグは八年前に突然の事故で両親を亡くして以来、子爵であるおじの家に妹ふたりと一緒に身を寄せています。財産が減る一方のおじにこれ以上負担はかけたくないと、メグは友人の紹介を受けて家庭教師の職に応募しました。ところが面接に出向いて驚きます。雇い主はかつて縁談をはねつけた相手、キャッスルトン伯爵だったのです。

先代の伯爵が生きていた頃、ふたりはどういうわけか、結婚相手として互いの両親に引きあわされました。メグにとってはまたとない良縁でしたが、相手の反応にプライドを傷つけられたせいで一方的に拒絶してしまいました。その後、メグの両親は縁談を断るために雪の中を馬車で伯爵邸へ向かう途中、事故にあってそのまま帰らぬ人に。メグはいまも罪悪感を抱え、密かに苦しんでいるのでした。

そんな過去があるので互いに反感を覚えながらも、メグは結局、伯爵の亡きいとこの娘である、六歳の双子のしつけをまかされます。この双子がなんともおてんばで、次から次へと騒動を引き起こしては周囲の大人たちを振りまわすのですが、そのたびにメグと伯爵の仲は深まっていって……。

恋のときめき、笑い、魅力的な登場人物、そして情熱的な場面といった、ロマンス小説ならではの楽しさがたっぷり詰まった作品です。また、双子の少女たちを相手にヒロインが奮闘する様子はじつに現実味にあふれていて、子育ての経験がある読者なら、思わず共感してしまう場面が多いのではないでしょうか。作者は三人の子どもを持つ母親でもあるので、実体験を生かした描写という印象を受けました。それぞれの登場人物を細かい部分まで巧みに描き分けているところにも、作者の観察眼の鋭さがうかがえます。主人公ふたりの心理が丁寧に描き出されているのも見どころです。

そしてなんといっても、作品全体を貫く前向きなテーマに訳者は強く惹かれました。思うにまかせないことを嘆くのではなく、肩の力を抜いて、ただ自分らしくいまを楽しめば、すべてがうまくいっていることに気がつく――ほのぼのとした雰囲気が漂う物語の中に、そんな深いメッセージが見事に組みこまれているように思います。さまざまなことのある人生の中で、いつも心に留めておきたいものです。

作者のアナ・ベネットは、ＲＩＴＡ賞の新人賞にあたるゴールデン・ハート賞を二〇一一年に受賞し、二〇一三年にアン・バートン名義でデビューしました。本作の前に、五冊（そのうち一冊は電子書籍版のみ）のヒストリカル・ロマンスを発表し、フランス、イタリア、ロシア、ルーマニアで翻訳出版もされています。アナ・ベネットの名前では初出版となった本作を、こうして日本でご紹介できることを大変うれしく思います。

ちなみに本作品は二部作となっていて、今度はメグの妹のベスを主人公とした作品が、二〇一七年四月に本国で出版される予定のようです。

二〇一七年二月

ライムブックス

壁《かべ》の花《はな》の秘《ひ》めやかな恋《こい》

著　者　アナ・ベネット
訳　者　小林由果《こばやしゆうか》

2017年3月20日　初版第一刷発行

発行人　成瀬雅人
発行所　株式会社原書房
〒160-0022東京都新宿区新宿1-25-13
電話・代表03-3354-0685　http://www.harashobo.co.jp
振替・00150-6-151594
カバーデザイン　松山はるみ
印刷所　図書印刷株式会社

落丁・乱丁本はお取替えいたします。
定価は、カバーに表示してあります。
 ISBN978-4-562-04495-5 Printed in Japan